Memento

LE GUINIO Romain

Memento

L'Éveil

Édition : BoD · Books on Demand, 31 avenue Saint-Rémy,57600 Forbach, bod@bod.fr
Impression : Libri Plureos GmbH, Friedensallee 273, 22763 Hamburg (Allemagne)

ISBN : 978-2-3225-9587-7
Dépôt légal : Avril 2025

À ma mère

Partie 1

Eveil

1

Who

« Qui suis-je ? »

Pourquoi était-ce la première question qui me vint, lorsque je me réveillai ? Une personne normale se serait sûrement questionnée sur l'endroit dans lequel elle se trouvait. Ou même la date, si elle avait conscience de s'être égarée dans les couloirs du temps.

Je n'étais pas dans ce cas-là. Une seule question taraudait mes lèvres : « Qui suis-je ? » Pourquoi ne me souvenais-je de rien ? Le fil de mes pensées était simple, sans complexité quelconque. Je me sentais l'esprit léger, mais le cœur lourd.

Une ombre entra dans mon champ de vision. Une forme si particulière que mon instinct la reconnut immédiatement. Une main. La mienne. Je l'agitai sous mes yeux, maladroitement. Elle était si chétive, si fragile. Quelque chose me dérangeait, je n'arrivais pas à en discerner distinctement les contours. Peut-être était-ce à cause de la pénombre omniprésente ou de mes yeux qui me faisaient défaut.

Une seconde ombre surgit à son tour. Mon autre main. La gauche ? La droite ? Je n'aurais su le dire, comme je n'aurais su expliquer ces deux termes. Ils résonnaient dans mon esprit comme une évidence et pourtant, jamais je n'aurais pu mettre de mots dessus. Quelle sensation étrange de savoir une chose sans la comprendre. Ma seconde main papillonnait autour de la première. Elles étaient jumelles. Au détail près que celle-ci était abîmée. J'y apercevais des plaies et des griffures.

Au contact de l'air, quelque chose résonna dans ma main. C'était désagréable, voire insoutenable. Je perdis le contrôle de cette main, n'en ressentant plus l'existence. Le souffle du vent effleurant sa surface s'effaça, laissant place à un néant de sensation. L'espace d'un instant, je crus la perdre dans des ténèbres insondables, dépourvues de quelconque vie.

La peur m'arracha un cri. Un son strident parcourut l'air autour de moi. Ses notes aiguës rejoignirent mes oreilles. Cette vibration me glaça le sang. De l'eau coula de mes yeux. Tout allait trop vite pour moi. Mon corps me dévoilait des choses que je ne comprenais pas. Je manquais d'air. Mon nez, par lequel le vent s'engouffrait pour redescendre à l'intérieur de moi et m'apporter un sentiment de satisfaction étrange, venait de me trahir en ne laissant plus rien passer.

La panique et la terreur montèrent jusqu'à ma tête en secouant mon corps.

Toutes ces sensations me firent prendre conscience
d'une chose. Je n'étais pas un corps, je n'étais pas un ensemble. J'étais juste une petite chose abstraite perdue au
milieu d'un mécanisme que la vie avait créé, il y a si longtemps. Ces mains, cette tête, ce buste, ces jambes, tout cela
n'était qu'un assemblage de rouages me permettant d'interagir avec l'espace m'entourant. Ils faisaient partie de ce que
le monde appelle « moi ». Cependant, ce n'était pas ce que
j'étais. Je savais que je ne me trouvais pas dans mes jambes
qui semblaient si loin, ni dans ces mains qui avaient cessé
de tourbillonner devant mes yeux. J'étais dans la tête. Pas la
tête en elle-même, mais dans un endroit profondément loin-
tain et ancré à l'intérieur. Je n'étais qu'une étincelle qui donnait vie à mon tout. Rien de plus qu'une volonté prisonnière
d'un état physique. C'était ce que j'étais et je devais l'accepter. Il n'y avait que comme ça que j'avancerai.

Tous les troubles parsemant mon corps m'étaient inconnus. Malgré tout, au fond de moi, mon instinct m'affirmait
que je savais ce dont il s'agissait, que je connaissais tous ces
maux et tous ces sentiments. Mes yeux ne déversaient plus
cette drôle d'eau salée. Mon nez décida peu à peu d'accepter
l'air frais qui voulait s'y frayer un chemin. Ma poitrine se
soulevait au rythme de mon cœur, me remplissant de bonheur. Rassemblant mon courage, j'élevais à nouveau ma
main meurtrie au-dessus de ma tête. Son néant réapparaissait comme elle rencontrait le vent. Cette fois, je ne cédais
pas. Je plongeais mon regard sur ses lignes gracieuses et
abîmées.

« *Dolor* », pensai-je. Ce terme ne m'était pourtant pas familier. Un autre mot conquit mon esprit et détrôna le précédent. « Douleur ».

Ainsi, je compris que le néant sur ma main s'appelait « douleur ». Il n'était pas agréable, pas du tout même. Ma voix intérieure me persuada que « douleur » ne serait pas éternel et que le temps le triomphera. Rassurée, je fermai les yeux. Ça, je connaissais. J'avais compris comment fonctionnaient ces étranges rideaux. Ils me protégeaient de la lumière quand j'en avais besoin. Plongée dans le noir, mes sens étaient accrus. Encore une drôle de sensation. Je me sentais si bien dans cet océan de sérénité.

Tout à coup, un son me tira de cette torpeur nouvelle. J'ouvris vivement les yeux. Le bruit avait été émis depuis une source proche. Très proche. Tellement proche que je me rendis compte que j'étais la seule à avoir pu l'émettre. Comment ? Je sentis l'air sortant de mes poumons se mettre à danser dans ma gorge. Il ressortit par ma bouche sous forme de marmonnements. Je me surpris à aimer ça. J'essayais à nouveau. Mon souffle tapait contre les parois de mon cou en faisant vibrer une chose que je ne saurais décrire. Le temps s'écoulait paisiblement. Les murmures se muèrent en des sons plus palpables. J'élevai la voix chaque fois que je sentais mon souffle travailler.

— Ah... Ah...

Ces notes étaient plaisantes, mais je savais qu'elles ne signifiaient rien. J'avais le sentiment que je pouvais leur donner du sens. Comment ? Je me laissais guider par mon seul allié. Semblant provenir du tréfonds de mon cœur, ce petit compagnon surnommé « instinct » continuait de me montrer la voie. Je cessai alors la construction du labyrinthe de mes pensées et les laissai s'écouler vers un chemin qu'elles semblaient bien connaître. Mes lèvres, que je jugeais jusqu'à maintenant inutiles, entreprirent de se heurter et de jouer avec ma langue. Je ne comprenais pas pourquoi le choix de tels positionnements et mouvements, mais je les laissais faire. Les sons se muèrent en une suite d'onomatopées pourvues de signification à mes oreilles.

— Je suis vivante.

Ma propre voix remplissait mon cœur de chaleur. Je ressentis, à travers elle, mon identité. Oui, ces sonorités me correspondaient. Elles étaient une partie de moi. Sans me vanter, ma voix était belle. Elle était légère et douce. Envoûtée, je continuai de tester mon parler.

— Qui suis-je ?

Mettre des mots sur des pensées était une chose absolument géniale et jouissive. J'eus l'impression de réussir à interagir avec le monde, de ne faire qu'un avec lui. J'apprenais à composer avec mon corps, à m'en servir petit à petit pour exister. Les muscles de mes joues se soulevèrent doucement. Ma bouche se courba en arc de cercle. Ce mouvement surprenant allait de pair avec le bonheur que je ressentais à cet instant. Une envie irrépréhensible de laisser mon buste se contracter en créant des séquences d'air à la sonorité unique montait en moi, le tout s'exprimant par l'intermédiaire de ma bouche. « *Ridere* », « Rire ».

Ce n'était pas désagréable, au contraire, je revivais. Cette expression vocale me réconfortait. Mon rire n'était pas beau, enfin je ne le pensais pas agréable à l'écoute. Il était confus et hésitant. Néanmoins, il restait le mien et celui de personne d'autre.

Je me calmais. Peut-être eut-il été temps pour moi de me servir pleinement de l'instrument qu'était mon corps pour me mouvoir. Une chose incroyable se produisit alors. Sans que je ne comprenne, sans que je ne le demande, je me levai. Avec facilité et maîtrise, comme si j'avais fait ça toute ma vie. Vie que je ne connaissais pas. Mes muscles m'envoyaient des informations inconnues. Ils m'assuraient avec aplomb qu'ils savaient ce qu'ils faisaient. Je me laissais guider par l'instrument dont j'étais maîtresse.

Une de mes jambes, que je découvris pour la première fois, se lança en avant. La peur me parcourut. J'inspirais, pensant que j'allais chuter de toute ma hauteur. Ma jambe avait dû sentir ma panique et s'était rabattue au sol plus vite qu'elle ne pensait le faire. Je retrouvais, comment dit-on, « *Aequilibritas* » ? L'équilibre. Mes bras, grands princes, s'étaient positionnés de telle sorte à m'aider à retrouver ma stabilité. Je soufflai un bon coup, réflexe indépendant de ma psyché. « *Confidentia* » ou plutôt « *Fiducia in corpore meo* », je devais accorder de la confiance à mon corps. Était-ce la même chose qu'avoir confiance en soi ?

Je laissais mes jambes commander. Laborieusement mais sûrement, je progressais dans l'espace autour de moi. Mon vocabulaire ne sera jamais assez étoffé pour exprimer ce que je ressentis à ce moment-là. Je marchais. Mon instinct hurlait de contentement. Il venait de réussir l'une des choses pour lesquelles je semblais être innée. Mes jambes dansaient et s'entremêlaient avec une symbiose majestueuse. Elles connaissaient chacune leur rôle et l'assumaient jusqu'au bout. Comme pour ma voix, ma démarche exprimait celle que j'étais. Je me découvrais à travers mes interactions avec l'espace.

Gourmande, je tentai de lever mes mains. Ces instruments complexes s'exécutèrent sans contester. Je les vis entrer dans mon champ de vision. Pourtant, je continuais d'avancer. N'était-ce pas incroyable de parvenir à manier tous ces membres à l'unisson ? Une nouvelle fois, mon buste se contracta et je ris. Je ris fort. Plus fort qu'avant. Ma voix résonna tout autour de moi.

— Je marche.

Je pris conscience du rôle de mes oreilles. Elles percevaient les vibrations dans l'air et me les envoyaient pour qu'une partie de mon être, située entre « moi » et l'extérieur, les traduise. Ainsi, les vibrations prenaient sens. Une question me vint : Comment pouvais-je savoir que telle association de sons signifiait telle chose ? Mon instinct me répondit : « Tu le sais, c'est tout ». Mon compagnon avait l'air de savoir beaucoup de choses, mais cette fois, je sentis qu'il n'aurait pu me donner des réponses claires.

Je venais de saisir le fonctionnement de mon corps. Comment activer mes jambes, bouger mes bras, gérer mon souffle, faire jouer mes lèvres ou encore traduire les sons. Je m'intéressais alors au reste. En premier lieu, la vue. Étrangement, elle n'avait pas de secret pour moi. Je comprenais que je voyais mal à cause de l'obscurité environnante. Je savais diriger mes yeux là où je voulais. C'était rassurant de déjà connaître quelque chose dans l'inconnu. Il fallait que je m'en serve intelligemment.

Je parcourais des yeux l'endroit dans lequel je me trouvais. Rien. Les ténèbres étaient trop grandes. Pas tout à fait. Je devais associer autre chose à mes yeux pour en tirer plein potentiel. Je sentis la chose qui me séparait de la tête s'activer, comme elle s'était mise à fonctionner pour traduire les sons. Elle se mit à carburer à plein régime. Mon front chauffa d'une chaleur étrange. Je me sentis d'un coup très lucide. J'avais l'impression de pouvoir tout comprendre, tout appréhender, tout expliquer. Des images me traversaient et je sentis en moi se déverser un flot inextinguible de connaissances. Il y en avait trop. Je ne pus tout attraper. Le flot continua de s'écouler en moi. Mon compagnon me souffla de ne pas m'inquiéter, que le torrent que je venais de croiser continuerait de voyager en moi pour l'éternité. Ces informations étaient peut-être aussi une partie de moi. Elles ne me voulaient pas du mal. J'en eus pour preuve qu'elles avaient laissé l'une d'entre elles en ma compagnie pour m'aider à comprendre mon environnement.

Mes yeux s'attelèrent une fois de plus à leur travail et tout devint clair. En face de moi, un mur se dressait, recouvrant même le ciel. « Petra », c'était un mur de roche. Mon compagnon m'assura que ce n'était pas un endroit où je devrais être. Sur ces enceintes de pierres, de la végétation avait poussé. Des plantes, des branches et des feuilles que je ne connaissais pas parsemaient le mur. L'obscurité m'empêchait d'en apprendre davantage. Je tournais les yeux de sorte à pouvoir en apprendre plus. Le même motif se répétait. Ma tête facilita la prise d'informations de mes yeux, mais je fus surprise de sentir qu'elle se bloquait à un certain point. Mes jambes connaissaient le problème et se mirent à pivoter. Ma tête changea totalement de côté et je découvris l'envers du décor. Les murs de pierre se rétrécissaient en une petite embrasure camouflée par la végétation, devenue plus autoritaire de ce côté. Un mur de lianes ou de lierre, je ne sais pas, à moins que ce ne soit de l'*ignorace* (encore un terme que je connaissais sans en connaître la signification) recouvrait le creux de l'enceinte de pierre. Mon compagnon me sonna que les ténèbres y paraissaient moins denses.

Je marchai vers l'embrassure. Un mince filet d'air caressa ma joue avec douceur. Je pris le temps de l'apprécier et posai ensuite ma main sur le mur de pierre. Encore une sensation que j'ignorais. Ma paume cessa de ressentir des choses, comme elle se figea. Je la retirai vivement. Encore cette saleté de « douleur » ? Non, c'était différent. J'attendis simplement que le bon mot vienne rugir dans ma tête comme une évidence. Une partie de moi n'était pas très indulgente à mon égard.

« *Frigidus* », « froid » pensai-je. Mon compagnon jugea que l'intensité du « froid » n'était pas dangereuse et je reposai la main sur le mur. D'un geste habile de l'autre, je repoussais la végétation. Mon environnement n'avait pas pour but de me bloquer, au contraire, il avait l'air de vouloir m'aider à progresser. Le petit passage dans la roche que j'avais aperçu n'était pas si étroit finalement. Je passais sans problème. Au fur et à mesure que j'avançais, l'obscurité s'affaiblissait devant une chose dont mes yeux raffolaient : la lumière. Elle m'inonda quand je sortis du passage. J'eus envie de réprimander mes yeux d'avoir tant réclamé la lumière pour, au final, tirer sur mes paupières pour se protéger. Mon bras vint à leur secours et passa par-dessus ma tête pour la bloquer. Je sentis sa chaleur sur ma peau. Quelle sensation agréable ! Être irradiée par des rayons de lumière chauds proférait un bien fou. La tiédeur me fit prendre conscience à quel point mon corps était parcouru par le « froid ».

Quand mes yeux finirent par s'habituer à l'éblouissement, je découvris une salle. Oui, c'était ça, une salle. Un endroit de création non naturelle. Comme là où je m'étais éveillée, l'endroit était clos. Les murs étaient constitués de la même roche, à la différence près que celle-ci était légèrement différente. Il en manquait des minuscules parties. Ces absences semblaient suivre un certain pattern. « Taillée ». De nouveau, le flot de connaissances avait fait irruption dans mon esprit. Quelqu'un avait volontairement abîmé la pierre pour la rendre... Jolie ? Ce mot ne m'évoqua que complexité et abstraction. Fuyant ces pensées, je me dirigeai vers un élément très étrange accroché par je ne savais quelle magie au mur.

Alors que je m'en rapprochais, son contenu s'anima. Je reculai vivement. À l'intérieur de cette mystérieuse pierre lisse, une créature bougeait. Je restai figée un certain temps. Puis, je levai la main. La créature m'imita. Une pensée à l'intérieur de moi m'agressa presque. « *Idiota puella* , c'est un miroir. Ce que tu vois à l'intérieur est ton reflet .» Déterminée à vérifier ces pensées, je levai les mains devant moi et agitai les doigts. La personne dans le miroir effectua les mêmes mouvements en temps réel. C'était la vérité ? Cette personne que je voyais de l'autre côté, me faisant face, était « moi » ? Je m'avançai prudemment. Me plaçant assez proche de la surface du miroir, je fis la rencontre de celle que j'étais aux yeux du monde.

Comment se décrire ? Mon flot de connaissance déferla dans ma tête, assoiffé de l'envie de me répondre. Dans le miroir se tenait une fille avec de longs cheveux châtains aux reflets orangés qui lui tombaient jusqu'aux épaules. Ils étaient en bataille et lui cachaient presque les yeux. Ces mêmes yeux d'un marron noisette me dévisageaient. Son nez, *mon* nez, était fin et parsemé de petites tâches discrètes s'étalant jusque ses, *mes*, joues. Mes lèvres étaient fines et pas vraiment pulpeuses. « Suis-je belle ? », pensai-je. La question m'était venue sans que je n'en comprenne le sens. Je continuais de parcourir le miroir. J'étais mince, très mince. Je remarquai enfin les morceaux de tissu que je portais. Ils me couvraient le buste et les jambes. Mes bras et mes pieds étaient à nu. Qu'est-ce que... « Des vêtements, *Idiota puella* ! », s'énerva la voix dans ma tête. « Tu es censée connaître des choses aussi élémentaires ! ». Cette petite voix commençait sérieusement à m'agacer, à me prendre de haut.

Ces « vêtements », comme elle les avait appelés, n'étaient pas beaux. Tiens. Je commençais à saisir la notion de beauté. Le mot « joli » qui était apparu dans mon esprit tout à l'heure commençait à se teindre d'une signification bien particulière. Je ne portais que des morceaux de tissus usés et abîmés, troués à certains endroits. Leur couleur uniforme les rendait ternes et ennuyants. Je remarquai alors ma peau. Elle était si blanche. Une teinte anormale provenait de sous mes vêtements. Je soulevai mon haut pour découvrir son origine. Je dévoilais à la fille du miroir ma poitrine. En son centre, ma peau était violacée. Pile à l'intersection des parties dures qui protégeaient ma respiration. On aurait dit une tache cherchant à s'étendre le plus possible sur le reste de mon corps. Cette partie de mon ensemble n'était pas normale, je le sentais. Je laissai retomber le haut de mes vêtements, scellant ma poitrine sous ce morceau de tissu dépassé. Je pris du recul sur ce que j'étais en train de regarder. La fille dans le miroir me semblait si loin, tellement... Inatteignable. Peut-être était-ce mon imagination, elle se mit à bouger toute seule sans imiter mes gestes et me pointa du doigt.

— Qui es-tu ?

Ma voix qui résonna dans la salle me confirma que ce n'était bel et bien que mon imagination. Ce n'était pas elle qui avait posé la question, mais bien moi. Et pourtant, tout portait à croire que c'était ma réponse qui l'intéressait, elle. Je frémis en détournant les yeux du miroir. Je ne savais pas pourquoi, mais j'avais l'impression de fuir. Quoi ? Aucune idée.

La lumière se posa de nouveau sur moi. J'en aperçus la source vers le plafond. Ce dernier était troué en son centre par un conduit assez long qui donnait sur le ciel. Je ne pus en détacher les yeux. À travers la lumière, j'observais le ciel d'un bleu magnifique, j'avais enfin compris la notion de beauté. Ce ciel m'hypnotisait. Il fallait que je le rejoigne. Mon compagnon m'indiqua que ce serait une mauvaise idée de le rejoindre par le trou du toit. Je me mis en quête de chercher la sortie de cette salle. Je répétais le mouvement de rotation que j'avais appris pour observer l'espace m'entourant. Je la vis. Plus large que le passage que j'avais emprunté, une sortie. Ou pas. Je n'en savais rien.

Une table, merci ma rivière de connaissance, se tenait juste devant mon échappatoire. Je ne pus la louper, elle me bloquait le chemin. Il n'y avait rien de particulier à dire sur elle, jusqu'à ce que je m'en aperçoive. Comme les murs de la salle autour de moi, elle était... Comment dire ? « Taillée » ? La petite voix agaçante resta muette, m'épargnant de remarques désobligeantes. Je ressentis la signification de ce que je voyais. Des formes étaient tracées sur la table. Elles étaient spéciales. Auraient-elles un sens, tout comme les paroles que j'étais capable de prononcer ? Mon instinct approuva ma théorie. Il m'envoya par la même occasion un mot : « *Legere* ». Je ne comprenais toujours pas pourquoi deux langages cohabitaient dans mon esprit. J'arrivais à les associer sans savoir comment. Je devais « lire » compris-je. De quelle manière ? Comment est-ce qu'on s'y prenait pour lire ? Ce que je redoutais arriva. La petite voix aigrie ressurgit. « *Idiota puella, idiota puella, idiota puella !* Laisse-moi te montrer ! » Le flot de connaissance me frappa violemment, je perdis l'équilibre. Cette sensation, c'était comme si je l'avais toujours su. C'était désagréable.

Je plongeai mes yeux dans ces formes dont la signification me faisait jusqu'à lors défaut. Elles prirent sens. Il s'agissait de lettres. Je les avais lus ? Peut-être était-ce là le bon terme.

— Mar... prononçais-je avec hésitation.

Non satisfaite de moi, je recommençai.

— Mar.

Puis, j'attendis. Je pensais que le torrent de connaissances, qui prenait un malin plaisir à me heurter lorsque la petite voix lui en donnait l'ordre, vienne encore une fois.

Rien. Rien ne se produisit. C'en était inquiétant. Bien évidemment, je ne comprenais pas ce mot. Apparemment, je ne le connaissais *vraiment* pas. Contre toute attente, ce ne fut pas mon compagnon qui chercha à entrer en contact avec moi, mais mon cœur. Il se serra si fort que je suffoquais. Il m'intima que je connaissais ce mot mieux que personne, puis me le cria, hurla. « Mar, Mar, Mar » Pourtant, son sens m'échappait encore. Les larmes montèrent et mon nez me trahit de nouveau. Pourquoi ? Je ne comprenais pas pourquoi je me sentais aussi perdue. J'avais l'impression d'être incomplète.

« Qui suis-je ? »

Cette question hantait mon esprit. Je ne parvenais pas à la chasser. Elle revenait toujours à la charge, comme si elle attendait elle-même une réponse que je n'étais pas capable de lui donner. Je rassemblais mes forces dans ma tête. La chose d'où partait le torrent de connaissances, qui me submergeait parfois, se mit en ébullition. Je sentis ma tête chauffer. Des pensées, des mots et des interrogations naquirent en moi.

— Je suis une fille qui s'est réveillée dans un endroit inconnu et étrange.

Mes mots restèrent en suspens, comme une nouvelle question jaillit en moi. « Comment savais-je que j'étais une fille ?» J'avais déjà utilisé ce mot pour décrire la personne que je voyais dans le miroir. Je... « *Idiota puella* », me hurla de nouveau la petite voix. La traduction s'opéra toute seule en moi. Elle traitait de « fille idiote » depuis un moment. J'en déduisais que j'étais bien une fille, alors.

Je commençais à avoir de sérieuses interrogations quant à l'identité de la petite voix. Elle semblait si détachée de moi. Je n'arrivais pas à savoir d'où elle provenait. J'avais aussi remarqué qu'elle paraissait filtrée. Quelque chose m'empêchait de l'entendre très distinctement. Elle me connaissait bien, mieux que je ne me connaissais moi-même. Malgré ça, je ne pouvais pas croirc qu'elle me veuille du mal. Je passais une main sur la table, effleurant les lettres gravées.

— Mar, répétai-je.

Je n'en connaissais pas la signification, mais je savais que je finirai par la découvrir. Je contournais la table et m'engouffrais dans le deuxième passage. Les murs étaient moins étroits que le premier. Je marchais à présent sans difficultés. Plus je m'enfonçais, moins la végétation s'offrait à moi. Après un moment, je fus surprise de constater que les murs s'étaient mués en une chose lisse et verte. Je posai une main dessus. « Froid », encore. La pierre était belle. Son vert était hypnotisant. Je décelais, à travers elle, mon reflet. Je détournai la tête, incapable d'affronter le regard de cette fille que je ne connaissais pas. Les murs de pierre du passage avaient laissé place à ce vert puissant. Je sentis des rayons de lumières s'amuser à rebondir sur les parois de mon passage. Je plissais les yeux tant les rayons étaient intenses. Ces petits malins descendirent les rideaux, me rendant aveugle. Je tentai de poser une main sur le mur pour me repérer dans l'espace. Rien. Le mur avait disparu. Prise de panique, j'ouvris de force ces petits farceurs.

Je n'avais plus les mots. Plus aucun. Que se passait-il devant moi ? Un spectacle époustouflant, magnifique, grandiose. Je vis le ciel. Un bleu éclatant et immaculé, semblant s'étaler à l'infini devant moi. Sa beauté et son immensité me saisirent. Je ne pouvais en détourner le regard. Ah si, je pouvais. Une boule de lumière destructrice m'aveugla farouchement, comme je plongeais mon regard en elle. Je restais sans vue durant quelques instants. J'avais compris la leçon : ne plus défier du regard la boule de feu. Mon compagnon intervint. Je m'attendais à ce qu'il me montre quelque chose. Au contraire, il me questionna. Sa missive prit forme sur mes lèvres.

— Où suis-je ?

2

Where

Je descendais l'immense surplomb de terre d'où j'avais émergé. Le passage que j'avais emprunté pour sortir de la salle débouchait sur un petit plateau en hauteur. J'y avais pris le temps d'y observer le ciel et l'horizon. Les reliefs du décor qui s'était dévoilé à moi étaient splendides. Je ne savais pas comment nommer ces excroissances de terre qui s'élevaient vers le ciel, mais je les trouvais majestueuses. Du haut de mon perchoir, j'avais pu constater la présence accrue de... Je ne trouvais pas mes mots. « Arbres », m'avait révélé, ou plutôt m'avait craché la petite voix. De mon point de vue, les « arbres » étaient vraiment beaux. Je pouvais les admirer aussi longtemps que je le voulais sans me lasser.

Ils s'étendaient à perte de vue dans le paysage que j'étudiais. Le sol du petit plateau était fait de la même matière que les roches vertes présentes à la sortie du passage.

Avide de découvrir le reste de ce qui s'offrait à moi, je commençais à arpenter le petit chemin sillonnant l'excroissance terrestre sur laquelle je me trouvais. Je descendais à travers les arbres et les rochers. Il y avait tellement d'éléments inconnus autour de moi que je ne savais plus où donner de la tête. Par exemple, qu'était-ce donc que cette chose ? Pendouillant du feuillage d'un arbre, une boule dorée dessinait des cercles. J'en approchai la main et celle-ci se mit à voler tout autour de moi avec grâce. Elle frôlait mes membres et me chatouillait. Puis, lorsqu'elle sembla lassée, elle s'éleva au-dessus de ma tête et plongea sur moi à une telle vitesse que je n'eus le temps de réagir. La boule dorée entra dans ma poitrine avec violence. Je poussai un cri de surprise. Ma peau devint lumineuse l'espace d'un instant à l'endroit par lequel elle avait pénétré en moi. Je m'attendais à ressentir quelque chose, de la « douleur ». Je fus presque déçue de constater que cela ne me fit rien. La petite boule dorée avait disparu en moi. Pourtant, je ne sentais pas de changement particulier. Devais-je rester là, à me demander ce qui se passait ? Trop pressée de continuer mon exploration, je repris mon chemin.

Des petits animaux passèrent en trombe devant moi. J'eus le temps d'en observer un. C'était une petite créature touffue. Une boule de poils, rien de plus. Je ne vis ni jambes, ni bras et encore moins de tête. Ses poils d'un bleu insolite le rendaient facilement repérable. Son compagnon et lui ne s'arrêtèrent pas pour moi et tracèrent leur route dans les hautes plantes bordant le sentier. Je me surpris à sourire tendrement. C'était « mignon ». Une ribambelle de créatures en tout genre déambulait autour de moi. Je m'arrêtai, déroutée. Se retrouver encerclée par plein d'espèces inconnues en même temps était surprenant, voire terrifiant. Cependant, je remarquai qu'elles ne semblaient pas s'intéresser à moi. Elles avaient toutes leurs vies et leurs occupations. Je ne faisais que passer dans leur monde.

Je marchais à mon rythme dans la « forêt », comme m'avait appris la petite voix. C'était drôle de donner un nom à un troupeau d'arbres. Je levai les yeux en tournant sur moi-même. J'avais quitté l'excroissance terrestre d'où je m'étais éveillée. J'étais encore à l'intérieur, il n'y a pas si longtemps. Quel étrange sentiment que de se dire ça. « *Idiota puella* ». Tiens, ça m'avait presque manqué. « Quelle idée stupide d'appeler ça une excroissance terrestre ! Dis Montagne tout simplement, *Idiota puella* ! » Toujours aussi aimable, mais je pris en considération sa leçon. Je m'étais donc éveillée à l'intérieur d'une « montagne ». Je la quittais après qu'elle m'ait bercée.

La forêt semblait sans fin. J'avais eu la chance de rencontrer un nombre impressionnant de variétés d'espèces différentes. Pas seulement d'espèces comme des créatures, mais aussi des plantes toutes plus étranges les unes que les autres. Celle m'ayant le plus marquée était une tige se servant de ses feuilles comme des boucliers. Impossible de passer un doigt au travers de sa carapace. Par contre, elle était dépourvue de protection par au-dessus. Des minuscules boules lumineuses de toutes les couleurs volaient autour d'elle. Lorsque l'une de ces boules entrait en collision avec le bouclier, elle était absorbée et le bouclier se teintait d'une couleur plus claire. Je ne comprenais pas son fonctionnement. Il y en avait plein par ici. Plus j'avançais, plus je me rendais compte que le sentier était long. Sa surface en terre sèche et poussiéreuse me semblait énigmatique. Était-ce naturel ? Où m'emmenait-il ?

Une nouvelle zone s'ouvrit devant moi. Moins d'arbres, plus de roches. Ces pierres étaient teintées de couleurs discrètes, rendant le paysage chaleureux. Le sentier se dessinait au loin. Je commençais à ressentir de la « douleur » dans mes pieds. Ils étaient nus et j'avais déjà bien marché. Je m'efforçai de continuer. L'air était plus lourd et plus... ? Chaud ? Ça devait être ça. La chaleur était particulière, elle m'empêchait de réfléchir convenablement. Dans le ciel, la boule de feu me narguait, tant elle en déversait sur moi.

La faune et la flore n'étaient plus les mêmes en ces terres arides. Je rencontrais des petites créatures à l'opposé de ce que je m'étais habituée à voir. C'était comme si elles avaient une peau faite de pierre. À l'instar des autres, elles ne m'accordaient aucune importance. Les arbres avaient troqué leur feuillage vert pour une couleur plus sèche, moins vivante. Tout ici paraissait plus aride. Paradoxalement, un petit torrent animait les environs, les remplissant d'une douce mélodie. J'y constatais un certain nombre de créatures. Les voir s'abreuver réveilla quelque chose en moi. Ma bouche me fit comprendre que j'avais besoin d'eau. Mon compagnon m'assura que je ne devais pas hésiter quand je sentais ma bouche pâteuse. Je m'approchai du torrent. Je ne connaissais pas grand-chose, néanmoins, l'eau était une denrée dont je n'ignorais rien. Il n'était plus question d'instinct ou de petite voix, ce liquide était mon essence de vie. Elle était le carburant qui me permettait de ne pas passer de l'autre côté de ce monde.

Je m'agenouillai, comme j'arrivais au bord de l'eau. Je joignis les mains, inutilement, puisque je finis par plonger ma tête dans le torrent. J'avalai l'eau, si fraîche et réconfortante. Je me sentais revivre. La sensation de froid qui descendait le long des parois de gorge était étonnamment agréable. Je sortis ma tête du liquide vital et remarquai que plus aucune créature n'était présente. J'étais seule, enfin, pas tout à fait. Mon sang se glaça. Je ne pus me mouvoir, j'étais figée sur place. La provenance de ma peur s'approchait lentement. Étais-je terrorisée ? Non, c'était différent. Une force plus grande que mon propre corps m'empêchait de bouger. Une force mystique et mystérieuse. Je restais plantée, les genoux à terre, à regarder devant moi.

Une ombre surgit de derrière un rocher. Massive et puissante, elle imposait le respect autant que la peur. Une créature bien plus grande que celles que j'avais pu découvrir jusqu'ici. Mes yeux ne parvinrent à se détourner d'elle. Elle possédait une musculature puissante. Pourvue de quatre pattes et d'une queue, elle arborait des rayures noires sur son pelage blanchâtre. Sa tête, parsemée de pelage blanc, faisait peur. Ses dents pointues ressortaient presque de sa bouche. Son museau était recouvert de blessures refermées qui avaient chassé le duvet qui le recouvrait. Enfin, ses petits yeux verts me regardaient avec autorité. Celui de gauche (ou de droite, j'avais du mal avec cette notion) particulièrement, comme il était barré d'une longue marque qui partait depuis l'une de ses oreilles velues. J'étais certaine que si ce monstre était plus petit, il aurait fait un adorable compagnon.

Je voulus dire quelque chose, crier, ou encore paniquer, mais il m'intima le silence d'un simple regard. De sa puissante patte, il gratta le sol. De la fumée s'éleva derrière lui. Je déglutis nerveusement (ce n'est pas agréable de déglutir). Le monstre s'approchait de moi, lentement. Il avait l'air de vouloir prendre son temps. Ne sachant quoi faire, j'optais pour la pire des solutions qui s'offraient à moi. J'ouvris la bouche pour parler.

— Je...

Il m'interrompit prématurément par un cri monstrueux. Le rugissement résonna sur les parois rocheuses environnantes pour s'envoler au loin. Sa puissance vocale avait figé l'espace et le temps. Plus rien ne bougeait, plus aucun bruit ne me parvenait. Il n'y avait plus personne autour de nous. Tout était devenu calme, bien trop calme. Le monstre continuait de grogner en s'approchant de moi. Peut-être essayait-il de me faire comprendre qu'il ne m'autorisait à rien. C'était efficace. Je restais à genoux à le regarder réduire l'écart entre nous.

Arrivé à ma hauteur, je m'aperçus sans surprise qu'il était plus grand que moi. De plus près, il était encore plus terrifiant. Son corps comptait tellement de vieilles blessures que je n'aurais su les compter (savais-je compter ?). Ses yeux se plongèrent dans les miens. C'était drôle vu comment, dans cette situation, même la petite voix qui prenait tant de plaisir à me persécuter restait muette. Je lis dans son regard une chose à laquelle je ne m'attendais pas : « *Sapienta* », de la « Sagesse ». Je découvris en lui un univers entier de connaissances et d'expériences qui me laissèrent cette fois-ci sans voix pour de bonnes raisons.

Le monstre ouvrit grand la bouche. Ses dents étaient plus grandes que mon cou et il y avait de grandes chances qu'elles y finissent. Malgré tout, il n'en fit rien, ou plutôt, il opta pour une autre solution. Il rugit. Une puissante énergie me propulsa en arrière. Ce n'était pas la puissance de son cri, non, c'était autre chose. J'arrêtais ma course contre un rocher à l'ombre. J'eus le souffle coupé. Mon corps me trahissait-il de nouveau ? Je sentais que ce n'était pas le cas, qu'il partageait mon danger. « Douleur ». Je n'aimais vraiment pas cette sensation. L'air retrouva le chemin vers l'intérieur de mon buste et je me sentis de nouveau maîtresse de moi-même. Une lueur verdâtre émanait de la bouche du monstre sous une forme de fumée. Cette même fumée s'échappait de la surface de ma peau. Tiens, elle n'était pas comme d'habitude. Elle était « douloureuse » et sa texture avait changé. Un liquide rouge et chaud en coulait. Ce fluide me paraissait étrangement familier et amical. Il me quittait. Mon compagnon, en panique, jugea mon état et me confia que la situation n'était pas foncièrement grave. Mes bras étaient lourds et chauds. La fumée verte montait au ciel depuis les parties à vif de ces derniers. Je retirais tout ce que j'avais pu dire sur la « douleur », c'était la pire chose qui me soit arrivée depuis que je m'étais éveillée. C'est insoutenable. L'eau de mes yeux pensait que c'était important de montrer au monstre qu'il m'avait fait ressentir de la « douleur ». Rien dans ma situation n'était agréable. Je voulais partir d'ici. Je n'aimais pas cet endroit. Non, j'aimais cet endroit, c'était le monstre que je n'aimais pas. La notion d'appréciation était encore maladroite dans mon esprit.

— Va-t'en.

Oui, il devait partir. Je n'avais rien fait qui puisse le déranger. Pourquoi m'avait-il donné de la « douleur » ? Il devait savoir que ce n'était pas une expérience sympathique. Suite à mes mots, ses babines se retroussèrent furieusement et ses petits yeux s'emplirent de rage et de haine. Je le savais, puisque c'est ce que je ressentais pour lui en ce moment-même (je crois). Il gratta le sol avec vigueur. La fumée de poussière se mélangea avec la verte sans vraiment se rejoindre. Je le vis ouvrir la bouche, plus grand. De la fumée verte se concentra en son centre jusqu'à former une boule de lumière verte comme les pierres du passage par lequel j'étais arrivée dans ces terres. La boule sifflait un bruit strident dans l'air et m'agressa les oreilles. Décidément, tout est fait pour que je ne passe pas un bon moment. Autour du monstre, l'air dégageait la poussière, loin de lui. C'était impressionnant comment, sans le savoir, je venais de voir de la puissance à l'état brut. La boule verte ne tremblait plus dans sa bouche. Et ensuite ? Et ensuite, elle fusa à une vitesse folle sur moi. « C'est la fin, *idiota puella*. ». C'était maintenant que tu revenais, toi ? Je fermai les yeux. Drôle d'envie venant de mon instinct. Dans un instant, la boule me touchera.

~~Mort.~~

Puis, plus rien. La boule avait disparu. Je rouvris les yeux. Je ne l'aurais pas fait si je savais que c'était pour découvrir le regard courroucé du monstre dont la fumée verte restait bloquée dans son pelage. Il ne m'était pas destiné. Son regard portait plus loin, derrière moi. Apparemment indemne, je me relevais. La « douleur » de mes bras n'était plus là. Ils avaient retrouvé leur couleur d'origine. Je n'arriverais peut-être jamais à expliquer les événements qui se déroulaient en ces terres arides. Une seule chose était sûre, c'est que je sentais au fond de moi à quel point c'était incroyable.

En me tournant dans la direction des yeux du monstre, je me rendais compte qu'une autre créature se tenait là, nous faisant face. Elle était grande et majestueuse. Seul un détail attira mon attention, pourquoi avait-elle des branches d'arbres sur la tête ? Elle m'adressa un regard bienveillant. Je sentis mon cœur me réchauffer. Elle avait l'air si... « gentille » ? En tout cas envers moi, puisque la bienveillance de ses yeux se mua en quelque chose de violent à l'encontre du monstre. La créature à la tête parsemée de branches entrouvrit la bouche. Un chant mélodieux en sortit et parcourut les terres arides. L'atmosphère se fit plus légère. Les petites créatures du torrent ressurgirent de multiples trous dissimulés dans la terre. Comme si le monstre n'était jamais apparu, la vie reprit son cours. Pourtant, il était toujours là. Il dévisageait avec intensité la nouvelle créature.

Ils échangèrent dans un langage qui m'était inconnu durant un temps qui me sembla interminable. Comment le décrire ? C'était semblable à un souffle qui changeait de tonalité en fonction du message délivré. Ce n'était pas désagréable à écouter. Au bout d'un certain temps, ils

cessèrent. Le monstre rugit plus doucement à mon intention. Je tournai la tête vers lui. Vraisemblablement, il n'avait
pas abandonné son regard agressif. Il me regarda droit dans
les yeux et se détourna en me tournant complètement le
dos.

— N'oublie pas ta chance, humaine.

Il disparut derrière les rochers d'où il était apparu. Il savait parler, comme je savais faire. On pouvait communiquer
tous les deux. Mon cœur s'emplit de joie, mais redescendit
aussitôt. Pourquoi n'avait-il pas cherché à communiquer
plutôt que de m'infliger de la « douleur » ? Je commençai à
le détester. Je n'aimais pas ce sentiment qui montait en moi.
J'avais la conviction que notre rencontre aurait pu se dérou-
ler autrement.

Je regardai dans la direction par laquelle il s'en était allé.
« humaine ». Il avait utilisé ce mot pour me désigner. Je serai « humaine » ? Est-ce qu'il s'agissait de moi personnellement ou bien était-ce une manière de désigner le type de
créature auquel j'appartenais ? Comment pourrait-il me
connaître précisément ? C'était notre première rencontre.
Mon compagnon me murmurait que quelque part en ce
monde, se trouvaient des créatures semblables à moi.
Quelle drôle de pensée. Ma curiosité se réveilla et m'im-
plora de partir à leur recherche. Je n'avais pas pris le temps
d'y réfléchir, mais imaginer qu'il existait d'autres personnes comme moi me réconfortait. Les muscles de mes
joues se contractèrent en un sourire. Quel bonheur de se
sentir illuminée de l'intérieur.

Perdue dans mes pensées, je n'avais pas remarqué que
la créature aux branches restait sans bouger, le regard

braqué sur moi. Je tentai de lever une main en guise de remerciements. J'avais le sentiment qu'elle m'avait aidée à chasser le monstre. Elle leva une patte qu'elle abattit à terre, soulevant un petit peu de poussière. Une onde translucide se propagea autour d'elle jusqu'à parcourir toute la zone en passant par moi. Je ne sentis rien lorsqu'elle me traversa. D'ailleurs, elle n'affecta en rien le paysage. Je cherchai encore les conséquences de cette onde, puis m'aperçus qu'une lueur couleur or émanait de ma poitrine. La lumière aveuglante mourut doucement, comme si elle retournait en moi. La créature aux branches inclina la tête, geste que je ne compris pas. Elle plongea une dernière fois son regard dans le mien avant de se mouvoir faiblement en direction du sentier. Elle m'indiquait de continuer ma route. Je clignais des yeux. Lorsque je les rouvris, la créature aux étranges branches d'arbres sur le haut du crâne avait disparu. Je secouai la tête pour la trouver. Elle n'était plus là. Sa présence, bien qu'éphémère, m'avait aidée à éloigner le monstre. J'aurais aimé la remercier.

Fatiguée, je retournai sur le sentier qui me prit par la main, toujours avec la même volonté de me montrer quelque chose à son bout. Il servait de ligne directrice à mon voyage. Non mécontente de retourner sur ce chemin de terre et de poussière qui m'agressait les pieds lorsque je les laissais trop traîner, je repris ma marche vers les nouveaux paysages, ravis de m'accueillir et de me montrer à quel point ils étaient magnifiques.

Les fruits de la forêt que je venais de traverser étaient bons. Mon compagnon m'avait fait comprendre que si mon ventre hurlait de la sorte, c'était pour me signaler qu'il fallait que je me substante. Encore une fois, je laissais mon corps agir, comme il avait l'air de tellement s'y connaître. J'avais cueilli un fruit d'une couleur verte alléchante. Sa texture ferme, mais pas dure, m'avait indiqué que je pouvais le porter à ma bouche sans m'abîmer les dents. En croquant dedans, une quantité astronomique de saveurs et de goûts était venue à la rencontre de mon palais. Mes dents s'étaient abattues frénétiquement pour broyer le fruit. En en avalant un premier, je n'avais pu m'empêcher d'en engloutir une dizaine d'autres jusqu'à ce que je sois rassasiée. Je pouvais à présent affirmer être en forme. L'énergie qui virevoltait en moi me donnait envie de courir pour découvrir ce que le sentier me promettait.

Les arbres des forêts que je traversais étaient tous très différents. Allant d'une teinte blanc pur à une écorce aussi noire que les ténèbres, en passant par le rose pétant, ils présentaient tous des particularités intéressantes et amusantes. Par exemple, j'avais croisé une espèce dont l'écorce se changeait en une petite créature volante lorsqu'elle s'effritait. Puis, j'avais remarqué que des êtres vivants peuplaient la grande majorité de la forêt. J'étais partie en pressant le pas, étant donné qu'elles ne semblaient pas apprécier ma présence à leurs côtés.

J'avais observé un phénomène étrange concernant le ciel : il changeait régulièrement de couleur. Lorsque j'étais sortie du passage depuis l'intérieur de la montagne, il était d'un bleu immaculé. Désormais plus sombre, sa teinte tendait vers le noir. La luminosité avait diminué drastiquement. Je parvenais de moins en moins à distinguer la forme des choses. Mes yeux luttaient pour m'aider à appréhender mon espace. La boule de lumière dans le ciel, qui prenait un malin plaisir à m'aveugler chaque fois que je la regardais, avait légué sa place à deux autres boules moins lumineuses, rose et vertes. Elles exhibaient des formes élégantes qui rassasiaient mes yeux de beauté. Ces deux ronds de couleurs vivantes illuminaient les ténèbres laissées par la boule de feu.

Que devais-je faire ? Impossible de continuer d'avancer sur le sentier. Je n'y voyais presque plus rien. La panique vint me prendre. Cependant, la petite voix me ramena bien vite à la réalité : « *Idiota puella* » Ne connaissait-elle pas d'autres insultes ? « Que dois-je faire ? », lui demandai-je alors, irritée par le ton condescendant de celle qui résidait en moi. Il y eut un blanc assez long. « Allonge-toi sur le lit de mousse à côté de l'arbre en forme de nuage » Je le repérai rapidement du coin de l'œil. C'était vrai qu'il ressemblait à ces drôles de formes blanches omniprésentes dans le ciel lorsque la lumière était encore là. Je m'exécutai. Ces plantes étaient douces et confortables. Je les caressais d'un geste de la main. « Ferme les yeux et ne pense à rien », m'indiqua la petite voix. Je ne voyais pas où elle voulait m'emmener avec ces instructions, mais mon compagnon confirma ses méthodes. Je lui faisais plus confiance qu'à la petite voix. Je fermai les yeux. L'obscurité déjà présente devint totale. Mes autres sens se mirent en alerte. J'entendais tous les bruits environnants, allant du chant d'une créature volante au souffle fatigué du vent. Tous les sons qui me parvenaient étaient apaisants. Je me vidai ma tête en laissant mes pensées s'écouler. Puis... Puis rien du tout. La dernière chose dont je me souvenais était le flot de connaissance qui me heurta en me donnant une information avant de s'en aller : « Somnus », « Sommeil ».

Je renaissais. Ce fut la première impression que j'eus en ouvrant les yeux. Mon corps paraissait lourd, je tentais de me lever du lit de mousse. Ma tête aussi était lourde. Je n'arrivais pas à réfléchir correctement. J'avais la même sensation que lorsque je m'étais éveillée dans la montagne. Malgré ces maux sans gravité, j'allais bien. Mon esprit était limpide et mon énergie restaurée. Je pourrai continuer de marcher aujourd'hui. J'avais passé l'obscurité pour retourner vers la lumière. Mon compagnon, aussi appelé instinct, m'apprit qu'il s'agissait d'un cycle récurrent de vie. Consciente d'avoir quasiment voyagé dans le temps, je repris ma marche sur le sentier qui m'avait patiemment attendue. Autour de moi, le monde aussi se réveillait. Des petites créatures émergeaient de trous dans la terre. D'autres se mirent à chanter en constatant le retour de la boule de lumière aveuglante. Comme avant, la vie avait repris son cours.

J'en ai plus qu'assez de marcher. Vraiment, là, j'en avais marre. C'était bien, au cours de mon voyage, je découvrais diverses émotions en moi. En l'occurrence, j'avais rencontré la lassitude. Il fallait dire que j'avais vécu trois disparitions de la boule lumineuse du ciel que j'avais passées avec « sommeil ». Sinon, je n'avais fait que marcher. Mes pieds me hurlaient parfois de m'arrêter. Je les comprenais. Le sentier qui m'avait paru sympathique, m'était désormais hostile. Je ne comptais plus le nombre de forêts traversées, d'étendues d'herbes rencontrées ou de torrents enjambés. Je n'aurais pas su dire combien de familles de créatures j'avais pu observer ou combien de fruits j'avais goûté. Je ne faisais plus qu'un avec mon environnement. Non pas que je ne me sentais pas bien dans ces paysages merveilleux, je voulais en savoir plus sur ma destination. Ce sentier qui partait de la montagne de l'éveil (c'est comme ça que j'appelais le lieu où je m'étais éveillée) ne m'avait pas ménagée. Il traversait à présent une énième forêt d'arbres noirs. Ces amoncellements d'arbres présentaient des points communs. Tout d'abord, on pouvait distinguer plusieurs parties dans ces forêts. Lorsqu'on y entrait ou sortait, les arbres possédaient un feuillage rempli et vivant, d'un vert puissant. Puis, en s'enfonçant en son centre, ils arboraient moins de feuilles, tirant vers le jaune et l'orange. Enfin, En son centre, les arbres n'avaient plus de feuilles et l'endroit à découvert du ciel était sinistre et glacial. Je n'aimais pas m'y attarder. Ces étranges forêts étaient en surnombre dans le coin. Le point le plus important que j'avais pu observer était que, derrière mes pas, plus je m'enfonçais, l'herbe fleurissait et retrouvait une richesse qui n'était pas présente auparavant. Comme si ma présence ravivait quelque chose dans la végétation. J'aurais pris le temps de découvrir ce qui se cachait derrière ce mystère si ma curiosité ne me tannait pas de continuer d'avancer sur le sentier qui faisait office de guide.

J'atteignais le centre de la forêt noire que le chemin me faisait traverser. Les arbres sans feuilles m'offraient une vue imprenable sur le ciel. Le sol, dépourvu d'herbe, laissait penser que tout était mort ici. Il n'y avait pas un bruit. Cette fois je pouvais le dire, je détestais cet endroit. Je ne quittais plus le sentier des yeux. Néanmoins, une chose attira mon attention. Contrairement à toutes les forêts noires que j'avais traversées, une chose différait dans celle-ci.

Coincée entre deux arbres, une structure en pierre se battait pour rester debout. Constituée de pierres empilées presque négligemment, elle avait déjà perdu son toit. Une encadrure servant de porte m'appelait en me suppliant de venir la visiter. Je m'arrêtai. Tout cela ne me paraissait pas naturel. Quelque chose d'extérieur à l'environnement que j'avais côtoyé ces derniers temps était venu construire cette espèce de bâtisse. Je me devais de vérifier la nature de la construction.

Je m'approchai doucement. L'espace derrière moi se ravivait au fil de mes pas. Le sol recréait la végétation à chaque fois que mes pieds l'arpentaient. Je ne comprenais pas ce phénomène. C'était comme si je redonnais naissance à ce lieu mort par ma présence. Je posais une main sur le mur de pierres dégradées. Il s'anima. Comme s'il n'avait jamais été rongé par le temps, il se mit à briller de mille feux comme ce qu'il avait dû être, juste après avoir été construit. Son toit réapparut de nulle part. Un matériau transparent envahit la place présente dans l'encadrure de la fenêtre. Je n'avais jamais vu ça. Il m'empêchait de passer la main à l'intérieur de la bâtisse. De nouveau comme neuve, je me décidai à aller l'explorer. Elle était plutôt petite, mais vu les changements qui venaient de la secouer, je supposais que des choses intéressantes étaient aussi apparues dedans.

Comment y entrer ? Le seul passage que j'avais repéré venait d'être obstrué par une immense dalle de bois. Je sentis en moi la petite voix s'apprêter à ressurgir. N'ayant aucune envie d'être encore sermonnée, je tentai d'interagir avec la dalle. Sans que je n'active quoi que ce soit, elle s'ouvrit, donnant sur un espace contrastant indiscutablement avec tout ce que j'avais découvert jusque là. Le sol en bois était chaud. Les murs de pierre paraissaient moins glacés qu'à l'extérieur. Je voulus en apprendre davantage, mais je ne pus pénétrer à l'intérieur. Une personne (?) se tenait devant moi, me bloquant l'accès. Elle était plus petite que moi. Elle portait un long chapeau se dressant sur sa tête. Ses cheveux blonds descendaient jusque ses jambes sans pour autant la recouvrir. Elle me dévisageait avec des yeux verts. Il n'y avait justement que du vert dans ses yeux, pas de petits points noirs ou d'espace blanc. Ses oreilles étaient plus grandes que les miennes, plus pointues et plus... Impressionnantes. Enfin, ses vêtements longs et amples semblaient narguer les miens. Je restais sans voix quelques instants, puis tentai quelque chose.

— Tu es...

— Non, je ne suis pas une elfe, ignorante.

Si peu de mots, mais tellement de questions. Tout d'abord, j'avais voulu lui demander si elle était humaine. Deuxièmement, qu'était-ce donc qu'une elfe ? Troisièmement, si elle n'en était pas une, qu'était-elle ? Avais-je raison, était-elle bien humaine ? Pour finir, pourquoi ceux que je rencontrais étaient-ils violents avec moi ? Je repris.

— Tu es... humaine ?

Elle éclata de rire. Je ne voyais pas ce qu'il y avait de drôle. J'attendais la fin de son rire, pour lui poser la question, mais il semblait interminable. Elle était presque pliée en deux, essayant de réprimer les tremblements frénétiques de son ventre qui l'obligeaient à rire. Voyant que je la dévisageais, elle s'arrêta.

— C'était une vraie question ? Non, ne dis rien. Je vois que le temps nous est compté. Je suis Niel, une Agronalfe. J'habite ici depuis des années dans cette charmante petite demeure. Je ne m'attendais pas à ta visite, voyageuse. Qui aurait cru que je puisse encore dialoguer avec quelqu'un alors que je suis coincée dans un interstice temporel ?

Pour la deuxième fois, je restais muette tant les interrogations se bousculaient dans ma tête. Je devais procéder par étape pour ne pas me mélanger et passer à côté d'une question qui pourrait me paraître plus importante que les autres.

— Calme-toi et choisis bien ta question, voyageuse. Je vois que tu ne maîtrises pas. Notre échange ne durera plus très longtemps.

— Qui suis-je ?

Niel, qui donnait l'impression de tout connaître, afficha une mine profondément surprise. Elle me scruta un long moment avant de baisser la tête avec un sourire traduisant une émotion que je ne connaissais pas, mais qui semblait sympathique.

— Je ne sais pas, voyageuse. Nous ne nous connaissons pas. Il s'agit de notre première rencontre. Nous autres, Agronalfes, possédons la capacité unique de lire dans le cœur des gens. Ce que je viens d'y découvrir était une chose que, malgré mes longues années d'existence, je n'avais encore jamais vue ou même imaginée.

Elle me lâcha un regard empli de tendresse. Niel releva sa manche, dévoilant de petites mains pleines d'élégance, et décrocha une lanière de son poignet. Elle me prit délicatement le bras et l'y accrocha précautionneusement.

— Je sais que tu te demandes ce qu'est cet objet. Son nom est « bracelet ». Ne l'enlève pas, il te portera chance.

Buvant ses paroles, je ne remarquais pas qu'elle devenait peu à peu translucide. Le toit de la maison disparaissait à son tour. La bâtisse reprenait les mêmes couleurs que lorsque je l'avais découverte. Toutes les choses qui avaient pris vie de par ma présence retournaient dans le néant. Niel était devenu aussi transparente que le reste.

— Voyageuse, afin de pouvoir répondre à ta question, tu dois trouver ton nom qui se trouve quelque part dans le pays du ciel. Si ensuite tu souhaites comprendre, mets-toi à la recherche du « *Veritas Ruptor* ».

Niel avait presque intégralement disparu. Sa demeure n'était déjà plus. Le cœur vide de la forêt noire retrouvait ses ténèbres, comme la boule de lumière dans le ciel déclinait son travail aux roses et vertes. L'Agronalfe que je venais de rencontrer me fit un geste de la main. Elle me disait au revoir, compris-je alors.

— Tu reviendras me voir.

Ce furent les derniers mots qui parvinrent à mes oreilles avant qu'elle ne disparaisse complètement. Je me retrouvais à nouveau seule dans l'obscurité. Je n'avais pas vu les ténèbres s'installer. Pourtant, notre conversation fut courte. Comment était-ce possible ?

Les derniers mots de Niel m'avaient sonné comme une question, mais son regard m'avait révélé que c'était une certitude pour elle. Je ne savais pas comment je l'avais trouvée, ni comment et où je pourrais la revoir. En fait, je n'étais pas tout à fait seule dans le centre de la forêt. Mes doutes, mes questionnements et peurs se rejoignaient pour me tenir compagnie. Je ne pus malheureusement pas plus leur prêter attention, comme je tombais de tout mon poids au sol à cause de la fatigue. Mon énergie avait pris bagages, me laissant incapable de bouger sur une terre sèche et sans vie. Mes yeux luttèrent de toutes leurs forces pour ne pas se fermer, mais ce fut vain. Je sombrais dans un océan de ténèbres, rongée d'incompréhension.

3

When

Le temps. J'ai commencé à prendre conscience de cette notion assez tard après avoir quitté la montagne de l'éveil. Il était comme un flux instoppable qui emmenait avec lui tous les êtres qu'il croise. Je me rendais compte de son existence chaque fois que le « soleil » (enfin ! Le mot pour désigner la boule de lumière aveuglante dans le ciel m'est revenu) déclinait. Lorsque les ténèbres m'engloutissaient, me forçant à envisager de dormir, je percevais son écoulement. Je me remémorais ma journée de marche et les nombreux paysages que j'avais traversés. J'avais déduit que le soleil faisait des cycles perpétuels au-dessus de ma tête. Il avait dû s'écouler pas moins de dix cycles depuis ma rencontre avec Niel. L'Agronalfe hantait mes pensées avec la connaissance du monde que je n'avais pas. Ses mots tournaient toujours dans ma tête. Elle m'avait donné un but, une raison de marcher sur ce sentier qui refusait d'avoir une fin.

Trop d'informations parcouraient mon esprit. Je devais trouver mon nom. C'était la chose par laquelle devaient m'appeler les gens qui voulaient me désigner. J'en avais donc bien un. Impossible de le retrouver dans ma mémoire. Je n'ai absolument aucune idée de ce qu'il pourrait être. Cependant, une chose ne me plaisait pas : Niel m'avait dit que je le trouverais dans le pays du ciel. S'il s'agissait vraiment de notre première rencontre, comment pouvait-elle le savoir ? Je ne savais même où trouver cet endroit. M'aurait-elle menti ? Elle ne donnait pas l'impression d'avoir besoin de changer la vérité. Elle affirmait être capable de lire dans le cœur des gens. Qu'avait-elle lu dans le mien ? ... Mon nom ? Pourquoi ne pouvais-je le trouver s'il se trouvait dans mon cœur ? Décidément, il existait trop de questions pour trop peu de réponses.

Niel avait évoqué le « Veritas Ruptor ». Je ne savais pas ce que représentait cette appellation. Je devais d'abord trouver mon nom, ensuite cette chose dont j'ignorais tout. Je le gardais dans un coin de ma tête. Qui sait ? Je le trouverais peut-être avant mon nom.

Autour de moi, le paysage n'était plus celui que j'avais connu. Fini les forêts, fini les montagnes, fini la nature luxuriante. Le gris avait envahi mon monde. Des centaines de constructions détruites par le temps et aménagées par la flore me faisaient me sentir toute petite. Ces colosses de pierre (?) s'étendaient sur le sol comme les drôles de créatures sans bras et sans jambes qui glissaient pour se déplacer. En fait, oubliez. Ils n'étaient pas faits de pierres. Il s'agissait d'un matériau qui m'était inconnu. Je savais désormais reconnaître au toucher la sensation de la pierre. C'était avec certitude que je pouvais à présent affirmer que ces géants n'en étaient pas constitués. Ils étaient gris et ternes, sans relief. La nature avait repris son droit sur eux. Je trouvais ça plutôt joli. Le vert de celle qui m'avait protégée continuait de me suivre au fil de mon voyage. Les géants gris couchés au sol semblaient brisés et abîmés. Heureusement, les plantes leur apportaient un peu de joie. Cette fois-ci, j'étais sûre de reconnaître de l'*ignorace* et non du lierre. Cette plante envahissante prenait racine dans tout et n'importe quoi. Elle n'était pas spécialement jolie, mais pas non plus laide.

Le sentier continuait devant moi. Malgré le changement de décor, il restait fidèle à lui-même. Il m'emmenait peut-être là où je devais me rendre. Je traversais le royaume des colosses gris couchés au sol. Je m'arrêtai d'un coup. Ces choses... Oui, cette matière transparente que j'avais découverte dans les fenêtres de la maison de Niel. Du... J'attendais que la petite voix dans ma tête siffle le torrent de connaissances avec l'espoir qu'il me heurte assez fort pour me blesser. Je ne dus pas attendre longtemps. Aïe ! Ce débit d'informations me provoquait toujours de la « douleur » au niveau de mon front. Ce n'était pas grave, maintenant, je savais. « Vitrum », « Verre ». Cette matière transparente laissait passer la lumière et les images. Les colosses gris en étaient recouverts. Et si, j'avais affaire à des maisons géantes ? Dans ce cas, ces habitations étaient en piteux état. Plus personne ne pouvait vivre dedans.

Je levai la tête et découvris avec stupéfaction un colosse gris monter vers le ciel. Mon instinct déplaça ma jambe vers l'arrière. C'était gigantesque ! Quasiment aussi grand qu'une montagne, mais bien plus fin. Je restais sans voix devant ce mastodonte. Sa taille démesurée lui donnait un air menaçant. Néanmoins, cette rencontre me confirmait que les autres étaient bel et bien couchés et détruits. Celui devant moi restait le seul debout. À l'instar de ses camarades, la nature ne l'avait pas épargné. Et pourtant, il dominait fièrement. Je l'observais, bouche bée. Qui avait pu construire un tel édifice ?

Alors que je contemplais le colosse gris, un bruit assourdissant retentit sans crier gare. Le vent se levait brutalement, comme s'il était en retard. Le ciel vira au vert. L'air hurla autour de moi. Apeurée, je lançai des regards vers les endroits d'où je croyais venir le vent. Une sorte de fissure déchira le ciel, à présent complètement vert azur. C'était terrifiant. Un « éclair » me souffla la petite voix. J'aurais préféré qu'elle m'explique ce qui se passe. Les éclairs conquirent le ciel, le déchirant et le méprisant. Le vent gagna en force pour me déséquilibrer. Mon souffle s'accéléra. Mon compagnon ressentit une crainte sans égal à travers moi. Il fallait que je parte. Par où ? Comment ? Je restais figée comme une *Idiota puella*.

Une ombre surgit de ma gauche (Vous y avez cru ? Non, je ne sais toujours si c'est vraiment ma gauche). Elle m'attrapa le bras fermement et m'entraîna avec elle. Surprise et apeurée, je ne sus réagir rapidement et tombai comme une pauvre créature qui ne savait pas marcher. Cela ne semblait pas déranger la chose qui me tirait avec ardeur. Je traînais au sol, avalant des cailloux. Les éclairs grondaient. Un d'eux tomba proche de moi. L'impact déstabilisa celle qui me tirait, ce qui me permit de me relever. Je constatais que celle qui me broyait le bras était une personne. Je retombais honteusement. Elle ne semblait pas s'en soucier. Je me résignais à continuer de manger mes cailloux préférés.

Elle me tira jusqu'à l'intérieur d'un colosse gris par une des fenêtres. Je crus que la course se terminait, mais elle ne s'arrêta pas jusqu'à me lancer dans une salle par une porte en bois. Je roulais sur une courte distance, le souffle coupé. Ma vision se faisait trouble, ma respiration saccadée. Je me redressai sur les coudes, à bout de force. La personne qui m'avait amenée ici était une fille, j'en étais sûre. Elle me ressemblait trop pour ne pas en être une. Ses longs cheveux bruns se déroulaient dans son dos. Ses oreilles étaient rondes comme les miennes et ses yeux d'un bleu profond. Elle s'attelait à fermer la porte en bois. Puis, elle poussait de gros objets devant pour la bloquer. Deux autres personnes vinrent l'aider. Je me rendis alors compte que je n'étais pas seule à l'intérieur. Quelques personnes attendaient assises dans la salle. Je les dévisageais une par une. Mes yeux se perdirent à observer la salle dans ses moindres recoins. Il y avait tellement d'objets qui m'étaient familiers. Tout à coup, ma respiration, que je n'avais pas encore retrouvée, me quitta pour de bon. Je manquais d'air. Ma tête me brûla furieusement. Je sentis le flot de connaissances m'étouffer. Je suffoquais. « Attention ! Arrête de penser ! Vide-toi la tête ! », me hurla la petite voix. Trop tard. Je sombrais dans le noir. Cela ressemblait à s'endormir, mais en plus inquiétant. Mes yeux ne purent lutter, tout comme mes poumons ne parvenaient à suivre mon débit d'air. Ma tête heurta le sol, achevant de me faire perdre conscience. Des voix paniquées me parvinrent. Je ne pus en déceler le sens.

Les ténèbres.

4

Le monde

blanc

Mon esprit n'avait jamais été aussi clair qu'à cet instant. Ce n'était pas une métaphore. Un rideau m'interdisant l'accès à la pleine conscience venait de se lever. Cependant, des questions restaient en suspens dans mon esprit. « Qui suis-je ? » « Où suis-je ? » Pour cette dernière, je me contentai de décrire les choses autour de moi. Je m'étais réveillée dans une pièce sans mur. Il n'y avait rien à part un vide blanc infini. Le parquet crissait sous mes pieds. Il ne restait qu'un seul mur debout. Constitué de bois, il présentait, accrochées à lui, des photos. Je me tenais debout devant une table entourée de chaises. Une montagne de papier était posée dessus. Derrière moi, plantée dans le sol, une épée principalement constituée de diamant et d'acier se trônait fièrement. Du sang coulait le long de sa lame, se répandant sur le plancher. Tiens ? Je connaissais à présent bien des mots pour décrire tout ce qui se trouvait ici. C'était comme si j'avais toujours su comment les appeler. Pourtant, j'étais jusqu'à lors incapable de les nommer.

Un bruit de pas attira mon attention. Une silhouette entra dans le petit espace meublé. Un garçon. Ses cheveux et ses yeux rouge sang attiraient mon regard. Il était grand. Ses muscles saillants se cachaient derrière un simple débardeur noir. En me voyant, il sourit. Pas un sourire bienveillant comme celui de Niel, non, un sourire mauvais.

— Tu as perdu ta langue ?

J'optais pour le silence. Il ne m'inspirait pas confiance. Mon compagnon me conseilla de ne pas l'approcher.

— Arrête de faire l'enfant, ██████.

La dernière partie de sa phrase refusa d'être comprise par mon esprit. Je l'avais entendu, j'en avais distingué les syllabes, mais impossible de m'en souvenir ou de mettre des mots dessus. Il fixait mes yeux dans l'attente d'une réaction de ma part. Je ne lui donnerais pas ce plaisir. « Ne le laisse pas t'approcher », m'ordonna la petite voix en chœur avec mon instinct. Son ton était empreint de crainte. Je ne l'avais jamais entendu parler ainsi. Je ne connaissais pas ce garçon, mais je savais déjà que je ne voulais pas le connaître. Mon compagnon prit le contrôle, m'obligeant à zieuter la pièce dans l'espoir de trouver un outil apte à me défendre. Le garçon aux cheveux rouges fit un pas en avant, j'en fis un en arrière. Plus il tentait de s'approcher, plus je reculais. Mon pied toucha une partie blanche en dehors du semblant de pièce. Je fus réprimandé par la petite voix. Apparemment, il ne valait mieux pas que je sorte de l'espace délimité par le parquet. Pourquoi ? Et où étais-je ? Seul le blanc, à perte de vue, semblait enclin à me répondre. Le garçon tendit une main vers l'épée. Il la sortit du sol comme un rien. Je découvris la lame affûtée comme un rasoir trancher l'air. Le sang qui en coulait chutait au sol, créant des éclaboussures plus grandes qu'avant. Il sourit, satisfait.

— Je n'arrive pas à te localiser. Où es-tu ?

Je savais qu'il ne parlait pas de cette pièce, mais de l'endroit où je m'étais évanouie, dans l'un des colosses gris avec la fille qui m'y avait traînée. Je ne répondis pas. Il y avait plusieurs raisons. La première étant que je ne savais pas moi-même précisément où se trouvaient les géants gris. La seconde : je n'étais pas certaine que le lui communiquer soit le choix le plus intelligent que je puisse faire. Je prenais peu à peu conscience que je me trouvais dans un espace hors du monde. Je n'appartenais plus au monde physique dans lequel je m'étais éveillée. Était-ce un rêve ? « Non », me confia la petite voix.

— Réponds.

Le garçon commençait à s'énerver. Ses traits se resserrèrent. Ses yeux se mirent à briller, puis à s'enflammer. Des brasiers en sortir.

— Réponds !

Il frappa le sol du pied. Une déflagration me fit tomber. L'impact avait endommagé le parquet tout autour de sa jambe. Une silhouette monstrueuse s'éleva derrière lui. Elle était translucide avec des contours rouges menaçants. Elle dessinait un monstre semblable quoique différent de celui que j'avais croisé. Ce monstre-ci présentait une touffe garnie autour de la tête. « Leo », « Lion ». Il ouvrit la gueule et rugit. Son cri retentit dans l'espace blanc qui nous entourait. Si je n'étais pas déjà au sol, je serais tombée. Le lion se calma et le garçon reprit.

— Je vois que tu n'es pas ouverte à la discussion. C'est normal. Maintenant, réponds-moi, qu'on puisse reprendre là où on s'en était arrêtés.

Je fis « non » de la tête. Les larmes montèrent à mes yeux. J'avais peur de lui, de ce qu'il pouvait me faire. Il puait la mort à plein nez. Il arma le bras, puis se ravisa. Il s'approcha du mur en bois et décolla une photo qu'il me jeta. La fine feuille mit du temps à tomber. Je l'attrapai en vol.

— Regarde.

Je parcourrai la photographie du regard. Je reconnus la fille qui s'y tenait. Je l'avais rencontrée dans le miroir de la salle de la montagne de l'éveil. Cette fille, c'était moi. Néanmoins, j'étais différente. J'étais belle, habillée d'une belle tenue blanche avec les cheveux coiffés au-dessus de ma tête. Je constatai, autant surprise qu'effrayée, que le garçon aux cheveux rouges se tenait à côté de moi dessus. Il souriait. Je levai les yeux sur celui que j'avais devant moi, il souriait aussi, mais malicieusement.

— N'oublie jamais cette photo.

Il arma de nouveau l'épée de diamant, sans se raviser. Je me relevai, urgemment. Le danger arrivait à grands pas. En effet, il me fonça dessus, toujours avec l'esprit du lion dans son dos. La lame me transperça à l'intersection de mes côtes. Elle ressortit derrière moi. Mon corps se vida de son sang. Le sol se teint de rouge. Je ne respirais plus. La douleur me déchirait. Je voulus crier, mais j'en étais incapable. Le garçon me regarda fixement, les yeux froids et sévères.

— Ronan.

Ce n'était pas mon nom, mais le sien. Je le savais ? Je l'avais toujours su. L'esprit du lion étincela, étant donné qu'il chargeait un rugissement. Son énergie rouge se rassembla en un point. Il ouvrit la gueule. Je me désintégrais.

5

Nom

— AAAAH !

Je me réveillai en hurlant tout ce que je pouvais. J'étais
en nage. Ma poitrine me brûlait furieusement à l'endroit où
il avait planté son épée. Je cherchais à tarir ma douleur en
posant une main sur ma poitrine. Je haletais avec difficulté.
Une goutte de sueur perla depuis le haut de mon front. Je la
vis tomber au sol en se dissipant. Mon instinct se préoccupa
plutôt de ce qui m'entourait. Plusieurs personnes se tenaient en arc de cercle devant moi. Six. Je me rendis alors
compte que la lucidité dont je m'étais dotée dans l'espace
blanc était restée. Je conservais les connaissances que le
torrent m'avait forcées à assimiler. Ainsi, je savais donc

compter... Cette impression de retrouver des capacités qu'on ne pensait pas détenir est vraiment déconcertante. Par exemple, j'avais retrouvé la notion de jours que j'ignorais jusqu'à maintenant. J'avais compris que le soleil faisait des cycles sans vraiment comprendre pourquoi. Maintenant, je savais. Ce que je connaissais déjà se mélangeait avec ce que j'avais appris. Mieux valait ne pas trop y penser.

Les regards inquiets me dévoraient. Je ne savais pas comment réagir. La femme qui m'avait tirée dans cette salle plia les genoux pour s'accroupir à un mètre de moi.

— Tu n'as pas à t'inquiéter, tu es en sécurité ici.

Sous ordre de mon compagnon, je parcourrai l'endroit des yeux. J'y découvris une rangée de huit lits, deux tables, une dizaine de chaises, un tapis, un... Bref, un tas de choses qui laissait penser à une habitation. Néanmoins, aucune fenêtre. La porte barricadée derrière une armoire et un buffet que la femme, accompagnée de deux hommes, avait poussé devant. Ces deux grands costauds restaient en retrait derrière elle, me dévisageant, le regard mauvais.

Pourquoi m'étais-je évanouie ? Il n'y avait aucune bonne raison pour que je perde conscience. Le fait d'être traînée au sol ? J'avais manqué d'air ? « Regarde là-bas », m'indiqua la petite voix. En théorie, il était impossible pour elle de me désigner un endroit en particulier, pourtant je comprenais très bien où elle voulait me montrer. Accrochée au mur adjacent à la porte, une réplique parfaite de l'épée qui m'avait transpercée m'arracha des sueurs froides. Je hoquetai par réflexe. La femme me surprit à paniquer.

— Cette arme te trouble tant que ça ? Tu t'es évanouie après l'avoir vue.

Les yeux écarquillés, la bouche entrouverte, je hochais la tête. Elle me terrifiait du plus profond de mon âme. Pas seulement parce qu'elle m'avait plantée dans cet espace hors du monde, mais pour une autre raison que j'ignorais.

— Ce n'est pas une vraie. Ce n'est qu'une réplique des épées de diamants de la capitale Net'am.

La femme me fixait avec intérêt. Ses yeux bleus étaient pénétrants. Je me sentais mal à l'aise, si bien que je détournai le regard. L'un des hommes derrière soupira. Il était grand, très grand. Il m'attrapa par les épaules et me souleva comme une plume. Plus surprise que paniquée, je ne réagis pas. L'autre homme qui se tenait à côté de lui plaça une chaise sur laquelle le premier m'assit juste assez brutalement pour me faire comprendre que je ne devais pas faire de vagues. La femme lui posa une main sur l'épaule, colère sur le visage.

— Doucement. Nous ne sommes pas obligés de l'intimider.

— Je crois bien que si.

Je décidai de ne pas bouger de la chaise à laquelle on m'avait affectée, pour leur prouver que je ne représentais pas de danger.

— Tu vois bien que ce n'est qu'une pauvre fille perdue.

— Qui traîne au milieu de la ville sans affaires ni armes ?

Vraisemblablement, ma présence ici posait un problème. J'étais tout de même curieuse de savoir pourquoi. Après tout, je n'avais rien demandé, on m'avait traînée dans cette salle contre mon gré. C'était vrai que les phénomènes à l'extérieur étaient assez violents. Je comprenais pourquoi la femme cherchait à me protéger. Les personnes autour de nous optaient pour le silence. L'homme qui m'avait fait m'asseoir sur la chaise se pencha vers moi d'un air menaçant.

— Tu vas gentiment répondre à mes questions.

Je riais intérieurement (drôle de sensation cela dit). Comment pourrais-je répondre à une quelconque question ? Je ne connaissais aucune réponse.

— Que faisais-tu ici ?

Finalement, j'étais peut-être capable de répondre à l'une d'entre elles.

— Je suivais le sentier.

Les deux hommes se dévisagèrent. La femme leva un sourcil.

— Quel sentier ?

Ce fut à mon tour de les dévisager.

— Le sentier de terre que je suis depuis deux semaines.

Semaine : sept jours. Pratique pour se représenter une durée. Je devrais m'en servir plus souvent. Le grand agrippa mon haut avec une sacrée poigne. Je craignais qu'il le déchire.

— Il n'y a pas de sentier dans cet endroit. Pourquoi mentir ?

Mentir ? ...Encore un mot que je ne connaissais pas. Moi qui croyais que le flot de connaissances m'avait restitué tous les rouages de la communication entre semblables, je m'étais fourvoyée. J'attendis un instant que la petite voix daigne venir me réprimander. Elle ne vint pas. Elle était difficile quand même. Je me risquais à poser la question.

— Mentir ?

J'étais certaine qu'ils n'avaient pas compris. Ils s'attendaient à ce que je continue comme si je n'avais pas vraiment posé de question, comme si j'avais bêtement répété le mot pour paraître outrée.

— Je ne sais pas ce que veut dire mentir !

J'avais peut-être un petit peu crié. Il fallait dire que je ne me sentais pas tout à fait en bonne position, cramponnée à cette chaise, sous pression. La peur m'avait retrouvée. Je pensais l'avoir laissée dans l'espace hors du monde avec le garçon aux cheveux rouges. L'homme en face de moi arma son bras. Je ne compris pas tout de suite. Il me heurta le visage. Tout se mit à tourner. Je manquais de tomber, l'autre homme me maintenait sur mon siège. Douleur. J'avais mal. Selon moi, en ce monde, il n'y avait rien que je ne détestais plus que la douleur. Lorsque je m'étais éveillée, mon bras me faisait mal. Cette sensation était ancrée en moi comme un traumatisme. Il s'était guéri tout seul avec le temps. Il ne restait que des petites marques dessus, mais la douleur avait disparu. Oui, s'il y a bien une chose que je haïssais, c'était d'avoir mal, de ressentir de la douleur. Je ne savais pas si ma réaction à celle-ci était normale. En général, mon esprit devenait aussi froid que de la glace et aussi las que le drôle de rongeur au réveil que j'avais croisé à la lisière d'une forêt noire. Je jetai un regard noir à l'homme qui venait de me frapper.

— À quoi cela vous avancera-t-il de me cogner ? À moins que ce ne soit pour affirmer votre volonté futile de vous sentir supérieur ?

Parfois, mon instinct devenait tellement puissant que je ne parvenais plus à le maîtriser. Je ressentais mieux les sentiments des personnes autour de moi que je ne le pensais. J'avais fait mouche. Il arma de nouveau son bras. Je ne le laisserai pas me faire encore du mal.

— Arrête !

La femme le retint. Elle avait assez de force pour le contenir. Il grogna en se retirant plus loin dans la pièce. La femme prit une chaise qu'elle plaça en face de la mienne. Elle s'assit, dos collé au dossier.

— Il n'y a pas de sentier là où je t'ai trouvée.

« Elle te ment ». La petite voix surgit de nulle part. Pour me donner la définition de ce mot, il n'y avait eu personne. Cependant, j'acceptais son aide. D'autant plus que cela me permit de donner sens à cette notion. Mentir revenait à communiquer une fausse information. Je savais que le sentier existait. Elle voulait me prouver le contraire.

— Il y en a un.

— Non.

Pourquoi réfuter mes propos ? Il n'y avait aucune raison à cela.

— Tu vois un sentier là où je n'en vois pas. Pas besoin de s'énerver. J'ai vécu assez longtemps pour comprendre que je n'arriverais jamais à expliquer certaines choses, comme le fait que tu sois la seule de nous deux à le voir.

La femme ne cherchait pas le conflit. Elle voulait comprendre ce qui apparaissait à ses yeux comme de l'entêtement. Et si elle avait raison ? Serais-je la seule à pouvoir suivre le sentier ?

— Ne nous énervons pas pour ça. Excuse Btyls, il n'est pas méchant, juste un peu trop méfiant.

Btyls me dégaina un regard qui m'intima de ne pas prendre pour argent comptant ce qu'elle me disait. Il s'était adossé à un mur, les bras croisés, fermé à toute discussion.

— Donc tu suivais ce sentier, et tu es arrivée jusqu'ici. Ce chemin semblait-il te mener plus loin ?

La femme semblait tout à coup intriguée par mon histoire.

— Réponds, je peux peut-être t'aider.

— Le sentier n'a pas envie de s'arrêter.

Elle hocha doucement la tête, le regard dans le vide. Elle posa ensuite une main sur mon épaule.

— Certaines personnes sont capables de manipuler le Natura de bien des façons. Je ne sais pas qui a créé ce sentier que tu suis, mais il voulait sûrement que tu sois la seule à pouvoir le voir.

— Le Natura ?

La femme interrogea Btyls d'un rapide coup d'œil, puis l'autre homme qui m'avait tenue.

— Tu es amnésique ?

Je ne savais pas comment elle était arrivée à cette conclusion. Je trouvais ça impressionnant. Je ne devais pas être bonne à paraître normale. C'était vrai que je ne comprenais pas tous les termes qu'ils utilisaient. Avais-je l'air si perdue que ça ? L'expression de la femme était plus douce que jamais. Elle décrivait un sourire bienveillant, comme celui de Niel.

— Ne t'inquiète pas, nous ne te voulons aucun mal.

Elle posa une main sur son torse.

— Je suis Agathe.

Elle désigna tour à tour les personnes présentes dans la pièce, en commençant par les deux hommes qui l'accompagnaient.

— Je t'ai déjà parlé de Btyls, voici Tavo. Ils ne se quittent jamais tous les deux. Là-bas, les deux jeunes filles, qui ne se lâchent jamais non plus, sont Elopi et Liopium. Le vieil homme à la belle barbe blanche se nomme Rtot. Enfin, le jeune homme qui se cache pour ne pas que je parle de lui est Amuno.

Je n'arriverais pas à retenir tous ces noms. Je pensais qu'Agathe l'avait deviné à son sourire gêné. Elle me caressa la tête, tendrement.

— Et toi ?

Je m'y attendais. J'avais senti la question venir. Ce n'était pas pour autant que j'avais préparé une réponse.

— Je ne sais pas.

— Je m'en serais doutée. Tu te souviens de ton peuple d'origine ?

Celle-là, je ne m'y attendais pas. J'imaginais le sens de ce mot. Il devait décrire une appartenance à une communauté. Je n'en avais aucune idée et je ne m'étais jamais posé la question. J'avais retrouvé un peu de sens commun, mais rien de relatif à ma personne. Je secouai la tête pour montrer mon ignorance face à la question.

— Trouvons-lui un nom.

Agathe s'était adressée aux autres, enthousiaste à l'idée de me nommer.

— Je sais que j'ai un nom. Je suis à sa recherche.

— En attendant de le trouver, contente-toi de celui que nous allons te trouver.

Son excitation était contagieuse. Je ne savais pour quelle raison elle voulait m'aider. Elle m'était sympathique. Je me laissais aller au jeu. En vérité, j'étais moi-même excitée d'avoir un nom. Ça m'était important, même s'il ne me serait que temporaire. Le vieil homme fit mine de réfléchir, tandis que Btyls commençait à s'énerver parce qu'il ne voulait pas de moi ici. Au passage, je ne savais pas non plus pourquoi j'étais là, mais Agathe était gentille.

— Sans connaître ses origines, difficile de la nommer.

Le vieil homme avait prononcé ces mots comme un problème. Les deux jeunes filles qui restaient collées l'une à l'autre commencèrent à se mêler à la conversation.

— Je suis sûre qu'elle est Wonienne. C'est simple.

Je remarquai que l'une des deux, la blonde, présentait des taches noires partout sur le corps. Ses cheveux étaient surmontés d'un chapeau. Pas tout à fait, il s'agissait de l'une des plantes que j'avais rencontrées durant mon voyage. Une plante jaune dont la seule caractéristique distinctive était qu'elle ressemblait à une bouche. Elle se leva et s'approcha de moi. Ses traits se muèrent en quelque chose d'inexplicable. Un court instant, elle ne ressemblait plus à rien, puis ils se recentrèrent différemment. Je découvris, avec stupeur, la fille du miroir de la montagne de l'éveil, c'est-à-dire, moi. Elle se tenait là, debout devant moi avec mon visage et mon corps. Elle avait toujours son chapeau plante et brillait d'une lueur verdâtre. Ses taches noires n'étaient plus. Je restais troublée sans parvenir à dire quelque chose. Elle s'amusait de ma réaction. Voyant que cela m'effrayait plus que je ne trouvais ça amusant, elle cessa et reprit sa forme d'origine, puis plaça ses poings sur ses hanches.

— Je suis Liopium. Je suis une Mentiri. Mon peuple est capable de se métamorphoser à volonté, pas seulement en humain, mais aussi en animaux ou diverses créatures. Désolé de t'avoir fait peur. Je voulais te détendre.

J'acceptais ses excuses. Son sourire enfantin était rayonnant. La seconde jeune fille la rejoignit sans perdre de temps. Elle ne semblait pas à l'aise à l'idée d'être séparée de son amie. Elle se présenta à son tour.

— Moi, c'est Elopi. Je n'ai rien de spécial.

Elle était plus petite que Liopium. Ses cheveux noirs de jais contrastaient avec ceux de la Mentiri. Pourtant, malgré leurs différences physiques, elles donnaient l'impression d'être très complémentaires. Elles riaient de ma réaction de bon cœur.

— Tu vois, papi. Elle n'est pas une Mentiri comme moi. Je maintiens qu'elle doit être Wonienne.

Le vieil homme vint vers moi. Sa longue barbe blanche était bien entretenue. Son air amusé et amical m'inspira confiance. Il se caressait la barbe avec délicatesse.

— Tu dois avoir raison.

Les débats firent rage parmi le petit groupe. Tous proposaient des noms qui leur paraissaient m'aller comme un gant. Je grimaçai à chaque nouvelle itération. Je ne voulais pas juger, je n'étais personne pour, mais ils n'avaient pas beaucoup de goût. Aucun des noms qu'ils me donnèrent ne me correspondaient. Ils ne sonnaient pas bien à mes oreilles. Je voulais quelque chose de plus doux à entendre.

Le vieil homme, Liopium et Elopi proposaient des noms à la pelle. Rien ne semblait pouvoir les arrêter dans leur délire. Ils riaient, s'énervaient, se consternaient, se moquaient. Parfois, Agathe ajoutait son grain de sel. Ce n'était pas de sa faute, mais pour le coup, ses propositions furent les pires de toutes. Même les trois donneurs de noms autoproclamés la suppliaient d'arrêter d'essayer. Au fond de moi, le rire commença à monter. Ils étaient si chaleureux et attentionnés que j'avais envie de me mêler à eux. Le temps s'écoulait sans que je puisse le mesurer. Adossé au mur, Btyls prit la parole pour la première fois depuis qu'il m'avait frappée.

— Rhuby.

À son tour, l'homme venait de proposer un nom. La bonne ambiance semblait avoir fait fuir la méfiance qu'il éprouvait à mon encontre. Surprise, je hochais la tête d'approbation. Ce nom me plaisait. Sa sonorité m'était agréable. Je me reconnus étrangement dedans. C'était mieux que « Ocraphoniane ». Agathe avait vraiment des goûts spéciaux. Cette dernière adressa un petit sourire de remerciement à Btyls. Le grand homme vint s'asseoir devant moi, à la place d'Agathe. Il soupira en posant sa main sur la mienne.

— Désolé pour tout à l'heure, gamine. Je te prenais pour une espionne. Nous avons eu pas mal de problèmes ces derniers temps.

Je haussais les épaules pour lui signifier que je n'éprouvais pas de rancune. Il continua de me tapoter la main. Mon instinct me partagea son ressenti sur le bon fond de cet homme. Je voyais qu'il regrettait ce qu'il avait fait. Je lui fis mon plus beau sourire pour le réconforter. Je me tournais ensuite vers Agathe. Une question ne voulait plus quitter ma tête.

— Que se passait-il dehors pour que tu me tires jusqu'ici en me faisant manger des cailloux ?

6

Doxan

Je pensais l'avoir déjà beaucoup dit, mais cette fois c'était plus vrai que jamais : j'avais mal à la tête. Depuis que j'avais commencé à voyager depuis la montagne de l'éveil, j'avais appris un nombre incalculable de choses. Les assimiler faisait chauffer mon front de manière incontrôlée. Tellement de nouveautés, de nouvelles choses à retenir. Durant plusieurs heures, Btyls, Rtot (le vieil homme) et Agathe m'avaient donné des cours sur le monde dans lequel je vivais. Nous avions commencé par le « Natura ». Comment dire ? J'essayais de résumer tout mon nouveau savoir sur le sujet.

Le Natura était notre essence de vie. En tout cas, il s'agissait d'une énergie que n'importe qui pouvait utiliser. Elle pouvait prendre bien des formes, tellement que je serais incapable de les compter (au passage, il semblerait que ma capacité de comptage se limite à dix-huit, je ne savais pas ce qui venait après). Je savais que Liopium parvenait à changer de forme en contrôlant son Natura. Btyls m'avait fait une démonstration. Il était capable de faire des petites explosions. « Maîtriser cette énergie est particulièrement difficile », m'avait-il révélé. Il n'était pas apte à me l'enseigner, car il l'utilisait à l'instinct sans vraiment en comprendre le fonctionnement. C'était pour cette raison qu'il se limitait aux petites explosions. Agathe m'avait appris que la dextérité au Natura d'une personne dépendait aussi de son peuple d'origine. Liopium était issue de la population Mentiri. Elle savait donc manier le Natura comme elle bougeait ses mains. Je trouvais ça impressionnant. Des personnes comme Tavo ou Elopi n'avaient aucune prédisposition à cette énergie. Agathe était restée évasive sur le sujet.

Le Natura était une énergie de couleur verte azur. Elle était très caractéristique. Rtot m'avait expliqué le phénomène que j'avais pu observer avant d'être mise à l'abri ici. En très grande quantité et en étant assez concentré, le Natura pouvait se révéler dévastateur. En réalité, je m'étais retrouvée au milieu de la création d'une tempête de Natura. Le vieil homme m'avait confié, la peur dans le regard, que ces tempêtes ne laissaient jamais de survivants et, qu'à une poignée de secondes près, j'aurais fini carbonisée, électrocutée ou désintégrée. Agathe m'avait sauvé la vie. Je me souvenais encore des éclairs verts qui avaient frappé juste à côté de moi. Quand j'avais demandé comment les tempêtes prenaient forme, Rtot avait pris un air sombre. Dans certaines régions, les conditions atmosphériques étaient propices aux déchaînements de Natura. Or, nous n'étions pas dans ces régions. Leur création était artificielle. Agathe avait pris le relais sur les explications, me tenant au courant qu'ils étaient en conflit avec un autre groupe. J'aurais aimé connaître la suite, mais elle s'était interrompue en me demandant de l'emmener au sentier. J'avais accepté.

Nous marchions toutes les deux hors du géant gris qu'ils appelaient « immeuble ». Je préférais « géant gris ». L'air était lourd. J'observais des petites particules vertes tomber doucement comme des feuilles d'arbres. L'une d'entre elles s'évapora au moment où je la touchai. Nous contournions les diverses crevasses nées des impacts des éclairs. Je désignai le sentier. Fidèle à lui-même, il souleva un peu de poussière quand nous nous arrêtâmes dessus.

— Nous sommes sur ton chemin ?

Je fis signe que oui. Agathe s'accroupit et palpa le sol du bout des doigts. Je ne saurais dire combien de temps elle resta comme ça. Peut-être dix-huit minutes, peut-être plus. Je promenais mon regard sur le paysage. L'ignorace, la plante semblable à du lierre, s'était tellement répandue que le géant gris étouffait dessous. Apparemment, elle se nourrit de Natura pour grandir. Le ciel était presque redevenu bleu, l'horizon présentait toujours quelques discrètes teintes verdâtres. L'atmosphère était pesante. Je me sentais surveillée. Agathe finit par se relever.

— Il va loin, très loin.

Était-elle parvenue à le voir ? Son sourire ne mentait pas, elle savait quelque chose que j'ignorais.

— Cette piste de Natura est d'une qualité telle que je n'en avais jamais vu. Même moi, j'arrive à la ressentir. Normalement, seule la personne l'ayant créée est capable de voir la route. J'ignore pourquoi tu es capable de la suivre. Ça me donne envie de découvrir son origine.

Elle me regarda tendrement.

— Décidément, tu es pleine de mystère. Te souviens-tu de ton âge ?

Devant mon air perdu, elle précisa.

— Le nombre d'années écoulées depuis ta naissance.

J'aurais pu estimer le nombre de semaines passées depuis mon éveil, mais je n'avais aucune idée de combien de temps j'avais vécu avant. Je haussais les épaules.

— Je pense que ce sentier te mènera à bien des réponses.

Les propos de Niel réapparurent dans mon esprit.

— Je cherche le pays du ciel et le « Veritas Ruptor ».

Agathe leva un sourcil.

— Et moi, je suis certaine que tu ne sais pas ce que ça signifie.

Elle m'avait percée à jour. Elle soupira en agitant la tête.

— Tu...

Un objet pointu trancha l'air, finissant sa course dans l'épaule d'Agathe. Elle cria de douleur. Du sang perla au sol. L'objet resta planté dans son épaule, provoquant un saignement abondant. Le tissu de son haut s'imbiba de rouge. La douleur déforma son visage. Sans perdre de temps, elle me prit par la main pour se mettre à l'abri. Derrière nous, un troupeau d'objets tranchants vint se planter au sol. Nous

nous cachâmes à l'abri de ce qui ressemblait à un ancien mur. Les objets volants... Petite voix ? « Flèches ». Les « flèches » pleuvaient sur nous. Heureusement, celles ayant le plus de chance de nous toucher se heurtaient aux débris de mur. Il y en avait tellement. Je vis, avec stupeur, Agathe arracher la flèche coincée dans son épaule. Elle la lança par terre, énervée, et sortit de sa poche arrière un petit pot dont elle ouvrit le couvercle. Ses doigts ressortirent du conte-nant avec une sorte de miel, enfin, quelque chose qui était simple à étaler. Elle passa la main sous ses vêtements pour atteindre sa blessure. Je vis son visage soulagé. La pluie cessa. J'entendis des pas de l'autre côté du mur. Sept per-sonnes.

— Sort de là, Agathe. Nous voulons simplement discuter.

Elle me fit signe de me lever. Devant nous, se tenait un homme en amont du groupe. Sa peau était fripée. Il lui man-quait un œil, qu'il dissimulait derrière un petit morceau de tissu noir, tout comme ses cheveux blancs sous un chapeau rond. Il s'appuyait sur un bâton au bout recourbé qu'il fit danser en nous voyant.

— Toujours vivantes ? J'espérais que cette énième tem-pête de Natura aurait raison de ton groupe.

Il se mit à rire aux éclats. Tout seul. Ce n'était pas drôle de parler de quelque chose d'aussi dangereux de la sorte. Je n'aimais déjà pas cet homme. Je l'aimais encore moins lorsqu'il posa son regard sur moi.

— Quelle jolie jeune fille que tu as avec toi ! Elle est nou-velle ? Je ne l'avais jamais vue auparavant. Enchanté, jeune fille. Je me nomme Doxan. Si tu tiens un minimum à la vie, je te conseille de quitter le groupe d'Agathe et de venir me rejoindre.

— Elle n'ira nulle part.

Agathe vint se placer juste devant lui. Elle le surplombait d'une tête. L'homme ne céda pas sous la pression créée par sa simple présence. Elle avait une telle prestance, un tel charisme naturel. J'admirais cette femme. Elle saisit Doxan par le col et le souleva de terre. Bien sûr, avec le bras qui n'avait pas reçu de flèche. Il paniqua brièvement avant de se reprendre et de sourire comme s'il gérait la situation. Les personnes l'accompagnant armèrent de longs bâtons recourbés avec des fils tendus sur les flèches. « Arc », me souffla la petite voix. Malgré toutes les armes pointées sur elle, Agathe ne sourcilla pas. Du bout de la langue, Doxan tenta de lui lécher la main par laquelle elle le tenait. Dégoûtée, elle le lâcha. L'homme se réceptionna non sans difficulté, tout en se léchant ses lèvres avec un regard lubrique. Je pouvais maintenant l'affirmer sans hésitation : je le détestais. Il pointa sa canne vers Agathe.

— C'est mon dernier avertissement. La prochaine fois, je créerai une tempête de Natura assez puissante pour détruire tous les bâtiments aux alentours, vous y compris.

7

Agathe

Agathe me faisait visiter le parc de géants gris. Elle appelait ça une « ville ». C'était donc une ville de géants gris. Elle avait perdu son enthousiasme depuis notre rencontre avec Doxan. L'homme était reparti après nous avoir menacés. J'avais surpris une colère vive déformer les traits du visage d'Agathe. Sa blessure s'était remise à saigner.

J'avais eu affaire à trop d'émotions ces derniers temps, si bien que j'en avais mal à la tête. Il y a deux jours encore, j'arpentais le sentier à travers une forêt verdoyante plongée dans les bruits environnants des petites créatures qui y avaient élu domicile. Rencontrer des personnes me ressemblant s'était révélé autant comme une bénédiction qu'une malédiction. Ils m'avaient fait ressentir du bonheur, de la joie, du rire, de la surprise, de l'incompréhension, de la colère, de la peur et un tas d'autres choses que je ne saurais exprimer. J'avais fait de belles rencontres comme le groupe d'Agathe, mais croiser celui de Doxan m'avait dégoûtée. Je cachais ma peur et mon manque de connaissance derrière des silences.

Nous étions montées sur le dos d'un des géants gris. Agathe pointait du doigt tous les endroits qu'elle jugeait bon de me montrer. Je m'émerveillais parfois devant ces paysages mêlant créations artificielles et naturelles. L'ignorace embellissait les géants d'une façon que je n'aurais pas soupçonnée. Agathe s'assit et m'invita à faire de même. Le sol était froid. C'était désagréable. Je disais ça, car c'était assez froid pour gêner quelqu'un comme moi qui avait l'habitude de dormir par terre dans la forêt. Le vent s'était levé, doucement. Pas de tempête en vue, juste une petite brise tranquille qui me décoiffa. Agathe avait les cheveux au vent. C'était une belle femme. Plus belle que je ne le serais jamais. Ses grands yeux bleus me dévisageaient. Je ne savais pas comment réagir. Elle finit par briser le silence au bout d'un moment.

— Ta présence est apaisante, Rhuby.

Je ne savais pas si c'était parce qu'elle m'avait appelée par mon nouveau nom, mais je ne trouvais rien à répondre à cette étrange remarque.

— Contrairement à beaucoup de gens, tu as la sagesse de ne rien dire lorsque tu ne sais pas quoi répondre. Tu es tellement innocente que ça peut te paraître normal. Or, tu découvriras dans ce monde un paquet de personnes prêtes à dire n'importe quoi pour avoir raison ou pour prouver qu'elles sont meilleures.

Ces yeux trahissaient une certaine fatigue. Pas physique, différente, une que je n'avais jamais vue. Elle me paraissait d'un coup bien plus vieille qu'elle ne l'était.

— Avec Btyls et les autres, nous nous sommes rencontrés il y a un an. Comme tu as pu le voir, nous sommes tous différents, car nous venons de lieux qui n'ont rien à voir les uns avec les autres. Même si certains ont la même origine, ils restent issus de cultures diverses. Nos différences nous ont rapprochés. Grâce au destin, nos chemins se sont croisés en ce lieu. Individuellement, nous avions tous une raison de partir de chez nous.

Elle plongea dans ses souvenirs le temps d'une pause.

— Nous vivions heureux ici. Cet endroit était en quelque sorte une seconde chance qui s'offrait à nous. Tu l'ignores peut-être, mais nous ne sommes pas la seule communauté à vivre sur ces terres. Des voyageurs, déserteurs et exilés ont trouvé refuge dans cette ville. Une règle implicite de non-agression en est née. Btyls et moi avons fait des rencontres incroyables dans cette ville. Nous nous sommes liés d'amitié avec des gens que nous ne pensions jamais côtoyer. C'étaient des moments magiques que Doxan a gâchés. Avide de pouvoir, il a voulu faire sien cet endroit. Il s'est servi des tempêtes de Natura pour nous menacer et nous convaincre de faire de lui notre leader à tous. Notre refus a entraîné son lot de morts. Nous sommes moins de la moitié que nous étions au départ.

Je craignais qu'Agathe prenne mon silence pour de la sagesse. J'étais juste incapable de dire quelque chose d'intelligent à ce moment-là. Je percevais toute sa détresse et son dégoût pour Doxan dans sa voix. Elle ne pleurait pas, car elle semblait être trop épuisée de sa situation pour. Je le fis pour elle. J'avais une assez bonne imagination pour illustrer parfaitement ses propos dans ma tête. J'imaginais la perte des gens qu'elle avait connus. Je n'avais jamais vu une personne mourir, pourtant, mon cœur agît comme s'il y était habitué.

Seuls mes petits sanglots discrets animaient la conversation. Agathe s'était tue. Elle regardait au loin devant elle. Le vent s'était intensifié, faisant à présent claquer ses cheveux. Lorsque j'eus fini de prendre sa tristesse sur moi, elle parla d'une voix faible.

— Qui es-tu ?

Je ne répondis pas.

— Je suis certaine que j'aurais déjà entendu parler d'une jeune fille assez empathique pour pleurer sincèrement de mon histoire. Ça ne court pas les rues, les personnes aussi pures.

Je me levai, car je sentais la météo commencer à faire des siennes. Je partis devant sur le chemin que nous avions emprunté pour monter sur le géant gris. Je choisis de ne pas me retourner afin qu'Agathe ne voie pas mon propre désespoir sur mon visage.

— Je n'ai aucune idée de qui je suis. Je ne sais pas d'où je viens et mes seuls compagnons sont mon instinct et une petite voix désagréable qui ne cesse de me rappeler à quel point je suis idiote.

8

Btyls

Je m'allongeai sur un des huit lits que comportait la salle servant d'habitat au groupe d'Agathe. Nous n'étions que trois dans la pièce. Agathe, Elopi, Liopium, Tavo et Rtot étaient sortis chercher à manger. Je me retrouvais seule avec Btyls et le garçon taciturne qui ne quittait jamais le fond de la pièce.

Je venais de perdre trois parties de cartes contre celui qui m'avait donné un nom. Il tenait tout particulièrement à se faire pardonner de m'avoir frappée. C'était pour cette raison qu'il m'avait proposé de m'apprendre à jouer aux cartes. J'avais accepté sans vraiment comprendre. Je pouvais désormais affirmer que les cartes étaient une discipline bien trop complexe pour moi. Trop de combinaisons à retenir, trop de cartes, trop de stratégies à mettre en place pour gagner. Ça m'avait donné un sacré mal de crâne, tout comme Btyls sautait de joie à chacune de ses victoires (cet homme joue toujours avec tout ce qu'il a). Je n'avais pas réussi à comprendre toutes les règles du jeu auquel on jouait. Je m'étais lassée. Je somnolais pendant qu'il réfléchissait à une autre activité qu'il pourrait m'apprendre. Il avait un côté attentionné avec moi qui contrastait avec l'homme froid et strict que j'avais rencontré. Pour ne pas mentir, j'appréciais désormais sa compagnie autant que celle d'Agathe.

Je m'abandonnais au sommeil lorsqu'il m'appela pour me montrer une épée rouge qu'il avait posée sur la table. Il me raconta qu'elle lui avait sauvé la vie plus de fois que je n'avais mangé de fruits dans ma vie. Je laissais échapper un « oh » d'incrédulité, ce qui le fit partir dans un fou rire incontrôlé. L'épée était belle. Sa lame rouge attirait mon regard. Il me révéla qu'elle appartenait à sa fille. L'expression que je vis passer furtivement sur son visage était celle de la tristesse. Il continua de me raconter des anecdotes sur son arme jusqu'à ce qu'il s'interrompe tout seul.

Il me désigna d'un geste de la main. Je crus avoir quelque chose sur le visage. Il secouait la tête.

— Je vais te donner de nouveaux vêtements.

On aurait pu croire, moi la première, que je m'étais attachée à ces vieux morceaux de tissus qui me recouvraient, alors que pas du tout. Je n'aimais pas ces vêtements ternes et fatigués qui ne me protégeaient ni ne me réchauffaient. J'attendais avec excitation ce qu'il s'apprêtait à sortir de la grosse boîte placée à côté du lit d'Elopi. Si Agathe avait un goût incertain pour les prénoms, Btyls n'y connaissait rien en vêtement. Il tendit un rideau qu'il nomma « robe ». Comment voulait-il que je bouge avec ? Je n'eus besoin de prononcer la moindre parole, il comprit d'un regard que cela ne me plaisait pas. Il grogna en la rangeant, pour la troquer avec un ensemble. Le haut rouge qu'il sortit me tapa dans l'œil. J'enlevais précipitamment le vieux morceau de tissu qui me servait de vêtement. Je me retrouvais torse nu devant Btyls et l'autre garçon qui me regardait comme si j'étais folle. Je savais que les hommes ne possédaient pas de poitrine, mais ce n'était pas une raison de me jalouser autant. Je saisis la « chemise » que Btyls me tendait. Étrangement, je m'attendais à ce qu'elle couvre mon torse, mais elle ne semblait pas se fermer. Je vis le garçon se cacher les yeux, rouge jusqu'aux oreilles. J'étais déçue que la chemise ne m'aille pas. Je m'apprêtais à l'enlever quand Btyls s'approcha de moi. Il saisit les deux pants du tissu qu'il rapprocha. Il fit une petite manipulation avec un des nombreux petits cailloux accrochés au tissu et réitéra le mouvement jusqu'à ce que tous les cailloux soient utilisés. Ma chemise était à présent fermée. La sensation de la porter était agréable et bien plus confortable que mon vêtement précédent. Instinctivement, je tournais sur moi-même pour demander à Btyls ce qu'il en pensait. Il afficha une moue satisfaite, puis me tendit un pantalon bien plus sophistiqué que mon ancien bas. Me voyant prendre du plaisir à être habillée, il s'improvisa maître d'habillage.

Quand il estima mon relooking terminé, il tira un miroir depuis un compartiment dans le sol. Il posa ses mains sur mes épaules en me plaçant devant. Je retrouvais la fille du reflet. Je ne savais pas si j'arriverai un jour à m'habituer à mon image. Sans me passer devant, Btyls posa ses doigts sur mes joues pour les tirer. Il créa un sourire sur mon visage. Peut-être avait-il remarqué mon malaise quant à la fille du miroir. Je chassais délicatement ses mains en lui affirmant avec aplomb que j'étais capable de sourire toute seule. Sur ces mots, je fis le plus beau sourire dont j'étais capable. Il éclata de rire. J'avouais que montrer les dents en retroussant les lèvres pouvait déclencher ce genre de réaction.

Il remit ses mains sur mes épaules en me demandant si ma tenue me plaisait. Il m'avait donné un « veston » noir à mettre par-dessus ma chemise rouge. J'avais récupéré des boîtes dans lesquelles je devais, selon lui, entrer mes pieds. J'avais essayé, en vain, de marcher avec. L'amusement provoqué par les multiples échecs à tenir debout s'était transformé pour lui en inquiétude, comme je me couvrais de bleus. Il avait passé mon bras sous le mien pour me soutenir. Finalement, ces boîtes appelées « chaussures » me plaisaient. Leur esthétique jouait beaucoup dedans. Je préférais reprendre les mots de Btyls pour les décrire : « Ce sont des bottes noires avec des sangles pour qu'elles tiennent bien aux chevilles ». Je me souvenais qu'après avoir prononcé ces mots, il était parti ramener un autre pantalon qui m'irait apparemment mieux que le premier qu'il m'avait donné. Il était revenu avec : « Un pantalon plus large et plus ample qui permet d'effectuer des mouvements plus amples », mais qui surtout : « Il est mieux assorti à tes bottes ». Enfin : « Tu as un style de vraie guerrière à présent ! ».

Je me sentais bien dans cette tenue. Je ne quittais plus le miroir des yeux. Les habits de la fille du reflet lui allaient comme un gant. Pourtant, elle me paraissait toujours aussi loin. Je décidai de faire abstraction de mon malaise vis-à-vis d'elle afin de profiter du moment présent. Je souris au miroir. Pas pour la fille, ni pour moi, mais pour Btyls derrière moi.

Je le vis plisser les yeux, une idée apparut dans sa tête. Il ouvrit une commode d'où il tira un vêtement que je ne connaissais pas (pour changer). Il me le posa sur la tête et m'amena au milieu de la pièce par la main. Ce qu'il venait de mettre sur le crâne ne me gênait pas la vue. Je ne comprenais pas à quoi il servait. Avant de pouvoir me questionner quant à son utilité, Btyls me prit les deux mains et agita ses bras en effectuant des petits pas dénués de sens.

— Joli chapeau, une petite danse ?

Il continua de se déplacer étrangement en m'embarquant avec lui. Je manquais de tomber à plusieurs reprises, mais il me maintenait bien droite. Je suivais ses mouvements avec difficultés.

— On appelle ça « danser ». Si tu arrives au bout de cet exercice, tu n'auras plus de difficultés à te mouvoir, même avec tes chaussures.

Cette promesse d'amélioration me poussa à suivre ces instructions au fur et à mesure qu'on arpentait le parquet de la pièce. Je me surpris à y prendre du plaisir. Je me sentais libre. À présent, Btyls accélérait en effectuant des mouvements plus beaux, plus amples, plus précis. Je le suivais sans me soucier de ma maladresse. Il m'encouragea du regard. Nous dansâmes tout le reste de la nuit.

Le lendemain matin, je me levais, les jambes douloureuses et lourdes. L'exercice de danse de Btyls m'avait fait plus utiliser mes jambes que je ne l'avais jamais fait. Je sortais péniblement de mon lit. La pièce était plongée dans l'obscurité. J'entendais les souffles de mes camarades, ainsi que les ronflements de Tavo. Le grand gaillard était fatigué de ses journées à monter la garde autour du géant gris dans lequel nous logions. Le vieux Rtot m'avait confié que c'était le plus fort du groupe.

Je traversais la pièce sans un bruit. Je sortis pour prendre l'air. Non pas que je n'appréciais pas leur compagnie, j'avais toujours dormi dehors depuis mon éveil. Me retrouver prisonnière de quatre murs ne me mettait pas à l'aise. J'errais dans les couloirs du géant gris. Les vitres donnaient sur l'extérieur, là où plusieurs autres géants reposaient. Bien qu'artificiel, le paysage n'était pas désagréable. La végétation grandissante y jouait un grand rôle.

Notre bâtiment était encore debout, contrairement à bien d'autres. Il n'en restait cependant que le bas, pas de quoi frimer devant le géant gris encore debout qui servait de point de repère à la ville. Je montais sur le toit comme me l'avaient montré Elopi et Liopium. Je voulais contempler le soleil s'élever dans le ciel. Quand j'étais encore dans la forêt, c'était une habitude que j'avais prise en me réveillant. J'arrivais en haut. Le sol était parsemé de trous et de gravats. Je prenais soin de les contourner tranquillement. Je découvrais Agathe, assise au bord du toit. Je la singeai.

Nous n'échangeâmes pas un mot. Elle était calme, absorbée par la beauté de cette ville qui lui était plus familière que pour moi. J'avais arrêté de compter le temps, seul le soleil m'importait. Le spectacle qu'il m'offrait était inestimable. Je me laissais prendre par un sentiment de fascination mêlé à de la nostalgie.

— Rhuby.

Pour être tout à fait honnête, je ne me reconnus pas de suite. Ce fut seulement en répétant ce nom dans ma bouche que je me rendis compte qu'Agathe m'avait adressé la parole. Je n'eus pas besoin de répondre. Elle continua toute seule.

— Amuno nous a trahi au profit de Doxan.

Amuno était le nom du garçon taciturne qui ne quittait jamais le fond de la pièce. J'étais certaine de ne jamais avoir entendu le son de sa voix. Cependant, cette révélation ne me laissait pas indifférente. Je ne connaissais Agathe et les autres que depuis peu, mais je savais qu'ils étaient gentils et attentionnés. Qui voudrait rejoindre le vieux dégoûtant plutôt qu'eux ? Même en y mettant du mien, je ne pourrais jamais concevoir une telle décision.

— Il est parti dans la nuit. Ça faisait plusieurs jours qu'il avait pris sa décision.

Je ne me risquais pas à la question qui me brûlait les lèvres : Comment l'avait-elle su ?

— Il m'a dit des choses horribles lorsque je l'ai croisé cette nuit.

Agathe me répondait sans le vouloir. Je la découvrais blessée par l'attitude du garçon qu'elle pensait être son ami. Je lisais de la douleur en elle, mais elle n'arrivait pas à l'exprimer. Ou plutôt, elle était devenue trop lasse pour souffrir. Je ne connaissais pas sa vie, mais elle n'aurait pas eu besoin de me la raconter tant elle la portait sur son visage. J'y lisais des trahisons à répétitions, des pertes à foison et des nuits sans dormir.

— Qu'est-ce que j'ai fait de mal pour qu'il veuille ma mort ?

Cette interrogation me déchira le cœur si bien que j'eus l'impression qu'il se comprimait dans ma poitrine. Je détestais voir mon... « *Amicus* » souffrir. « On dit amie, *Idiota puella* ». Et moi qui pensais que la petite voix voulait me soutenir. Qu'importe le nom que je lui donnais, Agathe était une personne qui comptait à mes yeux. Peut-être parce qu'elle était la première humaine que je rencontrais, ou alors parce qu'elle s'était montrée gentille avec moi. Dans tous les cas, je ne supportais pas de la voir comme ça.

Je n'avais qu'une envie : forcer Amuno à lui présenter des excuses. « Oui, fais-le payer ! », me susurra la petite voix tout à coup mielleuse. Elle commençait à me faire peur. En fait, je ne m'étais jamais posée la question de son origine. Si vous ne l'aviez pas compris, la petite voix ne représentait pas l'une de mes émotions ou un de mes sentiments cachés. Non. Elle était indépendante de ma volonté. Elle avait un libre arbitre. Cela pouvait paraître étrange, mais c'était bien le cas. Pas une seule fois je ne l'avais considérée comme une partie de moi. À vrai dire, j'ignorais ses motivations. Tantôt elle m'aidait, tantôt elle me haïssait. Je faisais avec. Au fond de moi, sa compagnie m'était importante.

Bien que nos envies soient différentes, elles convergeaient en un point : retrouver Amuno. Si la petite voix voulait le faire souffrir, je voulais juste qu'il s'excuse auprès d'Agathe. Sans un bruit ni un mot, je m'en allais. Certes, je n'avais aucune idée d'où le trouver, mais je pressentais que je n'aurais pas trop de difficultés. Doxan semblait ravi de recruter des gens, c'était ce qui me permettrait de m'approcher de lui.

9

La petite voix

La ville n'était pas si grande. Lorsque j'étais arrivée depuis le sentier, j'avais eu le vertige en découvrant les géants gris. Désormais, ils ne m'impressionnaient plus (un peu quand même, il faut avouer). Je me baladais dans les nombreux chemins de l'endroit. J'avais pour objectif de retourner l'endroit où Doxan nous avait attaqués. S'il avait accès facilement à cette zone, je pourrais le rencontrer plus vite.

En continuant d'avancer, je ne pouvais m'empêcher d'inspecter régulièrement ma tenue. Je me sentais puissante en la portant, bien plus que les vieux morceaux de tissus que je traînais depuis la montagne de l'éveil. Mes bottes rendaient chacun de mes pas plus beau, plus gracieux. Mon chapeau, un beau chapeau qualifié de « parfait pour une voyageuse » par Btyls, me donnait un air mystérieux et énigmatique. Lorsque personne ne me regardait, je prenais des poses que je trouvais pleines de style. Parfois, je sautillais de joie avant que mes jambes me reprennent à l'ordre, me rappelant à quel point elles étaient fatiguées. La danse que m'avait apprise Btyls avait, comme il l'avait dit, eu le mérite de me rendre plus familière avec mes déplacements.

Je me surpris à danser au milieu des géants gris. J'y avais pris goût. La danse permettait de laisser son corps s'exprimer. Je décrivais des mouvements les plus aléatoires les uns que les autres. Ce qui me sauva de me prendre une flèche dans le pied.

Profondément plantée dans le sol, je pris le temps de l'observer. Elle n'était pas comme celle qu'Agathe avait reçue dans l'épaule. La flèche, d'un vert azur, se désintégra lentement sous mes yeux. Trois autres arrivèrent sur moi. Je me jetai sur le côté. Trois petites explosions retentirent à côté de moi, à leurs emplacements.

Une femme sortit de l'ombre d'un géant gris. Son physique me frappa. Ses yeux et ses cheveux étaient aussi verts que ses flèches. Aussi vert que le Natura. Aussi vert que les tempêtes. Elle me décrocha un sourire. Je ne lui rendis pas. Elle arma alors un arc dont j'étais certaine qu'il était fait de fumée. Verte. La femme décocha trois flèches en une. Ne sachant pas comment esquiver, mon corps se mit à danser. Un des projectiles me frôla le flanc. Je crus être sortie d'affaire. C'était avec déception que je la découvris en train de bander à nouveau son arc. J'esquivais trois salves de trois flèches en laissant mes jambes s'amuser comme elles l'avaient fait avec Btyls. Je n'en revenais pas qu'elles ne m'aient pas touchée. Mon souffle se perdait. Je risquais m'y laisser des plumes. La femme vint se poster juste devant moi avec un air condescendant.

— On dirait un *Malzak* ivre.

Plus besoin de préciser que je n'avais pas compris.

— Pourquoi es-tu là, jeune fille ?

À en juger par sa peau et les traits de son visage, nous devions avoir le même âge.

— Je viens voir Doxan.

Elle leva un sourcil. Une expression qui lui allait à ravir autant qu'elle parvenait à m'agacer. Cette fille avait un je-ne-sais-quoi de désagréable. Malgré tout, je fis de mon mieux pour qu'elle coopère. J'étais intimement convaincue qu'en disant la juste vérité, elle serait plus encline à m'aider.

— Mon camarade Amuno l'a rejoint cette nuit. Il est parti violemment. J'aimerais le voir pour le convaincre de s'excuser auprès de celle à qui il a causé du tort.

— Tu es stupide ?

La sincérité de la question me blessa. Je voulus répliquer, en vain.

— Tu es tellement nulle que je pourrais t'amener à Doxan sans avoir à m'inquiéter. Suis-moi, la gourdasse.

Je la détestais de tout mon cœur. Ce n'était pas ça qui m'empêcha de la suivre lorsqu'elle commença à s'éloigner. Nous marchâmes peu de temps. J'avais tout de même pu la voir de plus près. Je jalousais presque sa coiffure quasi parfaite et ses cheveux soyeux qui encadraient son visage. Je pris peur en constatant que les couleurs de ses yeux bougeaient comme si elles étaient vivantes. Le vert azur passait de teintes plus claires à des couleurs plus foncées. Ces mouvements me mettaient mal à l'aise. Ma nuque se crispa. Je me souvenais avoir eu cette sensation avant de m'évanouir devant l'épée de diamant. Je sentis le flot de connaissances monter à toute vitesse vers moi. « Pas maintenant », ordonna la petite voix. La pression à l'intérieur de moi redescendit, libérant ma respiration. Cette fille avait presque failli me donner la même sensation que devant l'épée de diamant. Que cela signifiait-il ? Mon compagnon me conseilla de baisser un peu plus mon chapeau sur mon visage. Par chance pour moi, ou par dégoût pour elle, elle ne me regardait pas.

Sans que je ne m'en rende compte, elle m'avait amenée au pied du seul géant gris encore debout. Je levai la tête, impressionnée. Il était encore plus grand que je ne le pensais. La fille poussa une porte vitrée et me fit signe d'entrer. Il n'y avait rien à l'intérieur, juste un vaste espace terne. Nous montâmes des « escaliers ». Longtemps. Mes pauvres jambes. Elle me donna un petit coup dans le dos pour que je trébuche dans une salle aussi grande que celle du bas. Une quinzaine de têtes se tournèrent suite à mon arrivée fracassante. Difficile de ne pas remarquer quelqu'un qui y entre dans une pièce en tombant de la manière la plus ridicule qui soit. Je faillis éclater de rire de ma propre chute. La fille aux cheveux verts m'attrapa par les vêtements pendant que je me relevai et me jeta au milieu de la pièce avec une force que je ne lui aurais pas soupçonnée. Je me fis mal en atterrissant.

— Ce n'est pas la jeune fille qui accompagnait Agathe ?

Mon rebut pour Doxan m'aida à me lever pour ne pas me retrouver à sa merci. Sans perdre de temps, il tapota le sol de sa canne.

— Tu as décidé de me rejoindre ?

— Non.

Il me dévisagea longuement, se demandant alors sûrement la raison de ma présence ici. De mon côté, je parcourais le groupe de personnes m'observant. Je ne vis pas tout de suite Amuno. Le garçon n'avait pas changé ses habitudes. Il était assis au fond de la pièce, dans la pénombre. Je le désignais du doigt.

— Je suis venue parler à Amuno.

Doxan se tourna vers lui.

— Amuno !

Sa grosse voix résonna dans la grande pièce vide. Le garçon se leva péniblement pour s'approcher de nous. Il me lança un regard froid.

— Oui ?

— Elle veut te parler.

Ce fut à ce moment-là, précisément, que je m'aperçus que je ne savais pas quoi je devais lui dire. J'avais une vague idée du message que je voulais faire passer. Mettre des mots dessus était bien difficile qu'il n'y paraissait. « Idiota pue... », « Oui, je sais ! » La petite voix soupira, l'air de dire « Qu'est-ce que je vais faire de toi ? ». Elle qui était si maligne, elle devrait pouvoir trouver quoi dire. Je me replongeais dans ma conversation avec Agathe pour trouver l'inspiration. Elle me vint rapidement et facilement. J'entrouvris la bouche pour parler. « Laisse-moi faire », s'immisça la petite voix. Mon compagnon me hurla presque de ne, justement, pas la laisser faire. D'ailleurs, comment voulait-elle que je fasse pour lui laisser la place ? Je préférais ne pas le savoir. Qu'importe ce qui arrivera, je ne la laisserai pas s'exprimer à travers moi.

— Je veux que tu t'excuses auprès d'Agathe.

Simple et clair. J'étais presque fière de moi. Pas lui.

— Tu ne nous connais pas. Tu ne sais pas ce qu'on a vécu, alors ne fais pas semblant de la connaître.

Il me poussa pour appuyer ses dires. Force était de constater qu'il était trop faible pour me faire bouger. J'en fus décontenancée. Il voulut continuer à déblatérer des méchancetés, je l'interrompis.

— Elle était au plus mal à cause de toi. Tu lui as dit des choses horribles.

— Tu ne sais rien , tu ne peux pas comprendre.

Il venait de résumer ma vie depuis mon éveil. Je sentais la petite voix bouillir au fond de moi. Ce n'était pas bon.

— J'ai rejoint Doxan, car il est puissant. J'en ai assez de vivre avec des gens sans rêves ou ambition. Ils me ralentissent. Alors oui, j'ai blessé Agathe avec mes propos, mais ce n'était que la vérité. De toute façon, c'est une connasse égoïste !

Je pouvais affirmer avec certitude que c'était le mot « connasse » qui avait fini de faire vriller la petite voix. Mes tripes se serrèrent, ma gorge se noua, tous mes muscles se contractèrent. Je ne contrôlais plus rien. Je voulus crier à l'aide, mais aucun son ne sortit de ma bouche. Mon corps ne me répondait plus. Doxan et Amuno étaient sur la défensive en me voyant. Mon compagnon était aussi perdu que moi. Je vis ma main se lever. Elle poussa le garçon.

— Qu'est-ce que c'est que ça ?

Il s'adressait à moi, puis à Doxan dont la mâchoire s'était décrochée.

— C'est quoi ces fissures sur son visage ? Et ces yeux rouges ?

Il n'y avait pas de miroir pour que je puisse inspecter l'état de mon visage. Le ton de sa voix me décrivait comme un monstre. Je ressentis presque de la pitié quand je le frappai sans le vouloir. Amuno tomba à terre, la joue meurtrie. Doxan avait repris le contrôle de lui-même. Il me sondait calmement. En temps normal, j'aurais tourné la tête vers lui, curieuse de voir ce qu'il faisait avec ses mains. Cependant, je n'en fis rien. Non pas par manque de volonté, je n'étais simplement plus maître de mon corps. Ma bouche s'ouvrit sans mon consentement.

— Tu ressembles à une *Ipane* à qui on aurait tranché les ailes.

J'avais prononcé ces mots. Le problème était que je ne comprenais pas leur sens, ce qui n'était pas pratique. Une seconde... La petite voix ! Il n'y avait qu'elle qui pouvait faire ça ! Elle m'avait demandé de la laisser faire. J'avais refusé. Elle détestait que je ne l'écoute pas. Je n'avais aucune idée du processus par lequel elle m'avait subtilisé le contrôle.

... Qui était-elle ?

J'entendis derrière moi des pas. Pourtant, la petite voix ne se retourna pas. Contre toute attente, elle me confia qu'Agathe, Btyls et Tavo m'avaient suivie. Comment pouvait-elle communiquer avec moi alors qu'elle était aux commandes ? C'était une question idiote : je pouvais le faire aussi. Par contre, une question moins idiote était :

Comment savait-elle qui nous avait suivi ? Elle me répondit de me taire, car, selon elle, je faisais trop de bruit. Non seulement elle me volait mon corps, mais en plus je la dérangeais ? « Chut ». Elle l'avait dit assez fermement pour me dissuader de parler.

La petite voix leva la main pour indiquer aux nouveaux arrivants de ne pas approcher. Elle ramassa Amuno d'une main. Je lis la terreur dans les yeux du garçon en *me*, non, en *la* regardant. Il mit ses bras en protection.

— Écoute-moi bien, petit impertinent.

Elle avait le chic pour être désagréable. Je n'aimais pas qu'elle le fasse avec ma voix.

— Agathe est couverte de cicatrices à cause de toi. Toutes les fois où elle t'a protégé au péril de sa vie, tu ne t'en souviens plus, vaurien ?

— Comment sais-tu ça ?

À l'entrée de la pièce, Agathe, fraîchement arrivée avec les autres, répéta à *mon*, non, à *son* attention.

— Comment es-tu au courant ?

C'est vrai, comment savait-elle ?

— Oh ! Fermez-là ! Je ne m'entends plus penser !

J'étais certaine qu'elle s'adressait tout particulièrement à moi. Ça devait être le bon moment de se taire une bonne fois pour toutes. La petite voix n'en avait pas fini avec Amuno.

— Tu es un enfant capricieux. Ce ne sera que lorsque tu auras tout perdu que tu regretteras. Je ne laisserai pas ça arriver. Voilà une dernière chance pour toi de t'excuser. Je doute que tu le fasses, après tout, tu es un faible et un lâche qui préfère abandonner les siens plutôt que de souffrir avec eux.

Je ne pouvais plus la laisser faire. Pas avec ma bouche, pas avec ma voix. Si elle voulait s'exprimer de la sorte, qu'elle le fasse, mais pas à travers moi. C'était bien beau de vouloir lui reprendre le contrôle, ç'aurait été mieux d'y parvenir. Elle tenait les rënes d'une main ferme, m'empêchant toute interaction avec elle. « Tu es trop méchante ! », criai-je dans mon esprit pour qu'elle l'entende. « Non, je ne le suis pas », me répondit-elle. Je m'étais attendue à ce qu'elle me réprimande de parler, au lieu de quoi, elle m'avait répondu sans haine.

Amuno pleurait toutes les larmes de son corps. Je n'aurais pas su dire si c'était dû aux propos de la petite voix ou à sa soi-disant apparence terrifiante. Il tenta de se libérer de son emprise, en vain.

Ayant assisté à toute la scène, Doxan décida qu'il s'agissait du bon moment pour tester la loyauté d'Amuno envers lui. Il lui lança une arme à la lame pointue qu'il sortit de je ne sais où.

— Prouve-moi que tu es des nôtres, gamin. Bute cette fille fissurée.

Premièrement, je craignais de plus en plus de voir à quoi je ressemblais en ce moment. Deuxièmement, je n'étais pas certaine que proposer de me poignarder, moi, soit la solution. Vu la façon dont *nous* (la petite voix et mon corps) lui parlions, cela ne rendrait son choix que plus facile. Petit trois, c'était fou la vitesse avec laquelle il *nous* passa le couteau sous la gorge. « Couteau », quel mot drôle pour une arme capable de me faire ressentir la pire des douleurs.

La petite voix ne prit pas la peine de bouger malgré ce garçon qui lui pointait une arme dessus. Elle le regardait droit dans les yeux. Je le savais, car j'y étais aussi contrainte.

— Amuno !

C'était Agathe.

— Ne fais pas ça ! Tu peux encore revenir avec nous ! On fera comme s'il ne s'était rien passé !

Elle lâcha un sanglot.

— S'il te plaît...

Ces mots emplis de supplications et d'espoir n'atteignirent pas le garçon. Vraisemblablement, il ne l'entendait plus, trop concentré sur sa cible. Je sentis le froid de la lame passer sur mon cou. Puis la chaleur de mon sang me réchauffa. Le couteau ne m'avait fait qu'une légère coupure. J'espérais que c'était le choix d'Amuno de ne plus m'étriper. Malheureusement, ou heureusement, c'était la petite voix qui avait esquivé au dernier moment.

Là, je découvris des mouvements que j'aurais été incapable de faire à sa place. Elle désarma le garçon comme un rien, s'emparant du couteau qu'elle pressa sur sa gorge à son tour.

— Petite merde...

Assez d'injures prononcées par mon corps, assez de violence, assez de tout ! Je rassemblais ma volonté pour reprendre possession de mon corps. Hors de question que je la laisse tuer le garçon. Elle ne commettra pas ce geste avec moi. Je ne la laisserai pas faire. N'ayant aucune idée de comment récupérer ce qui m'appartenait, je me contentai de projeter ma volonté un peu partout dans mon esprit.

« Rends-le moi ! », hurlai-je. « Ça suffit », m'ordonnait-elle. Mon, *notre*, bras pressa plus fort l'arme contre lui. « A-R-R-Ê-T-E », articulai-je, moi-même de plus en plus énervée.

Je retrouvai momentanément le contrôle de mon corps. Je lâchai le couteau et m'éloignai le plus loin possible de lui. La petite voix me frappa. Ne cherchez pas à savoir comment c'était possible, elle s'était contentée de le faire avant de me voler de nouveau les commandes. Amuno s'était rapproché de Doxan. Satisfait de la fidélité du garçon, le vieil homme nous pointa du bout de sa canne.

— Je peux les tuer ?

Le garçon acquiesça, essoufflé de notre escarmouche. Je lisais de la colère mêlée à de la peur. Doxan leva les mains.

— Débarrassez-vous d'eux.

Ses hommes bougèrent. Tous armés jusqu'aux dents. Tavo nous rejoignit en premier. Il dressa son bouclier devant moi pour bloquer les attaques de nos assaillants. Je vis l'un d'eux s'envoler à l'autre bout de la pièce après avoir entendu une explosion. Les mains de Btyls laissaient échapper une fumée de Natura. Ils s'occupaient d'une demi-douzaine de nos adversaires de cette manière. Cependant, l'un d'eux, armé d'une masse, brisa la protection de Tavo qui grogna de douleur. Trop près de nous, il savait que Btyls ne l'attaquerait pas de peur de nous blesser. En fait, il n'aurait pas dû s'inquiéter de lui. À ses pieds, se trouvait un guerrier bien plus redoutable. Tavo le frappa à la mâchoire avec assez de force pour le faire décoller du sol. L'homme se ressaisit rapidement pour contre-attaquer. Il ne parvint pas à ses fins, car mon camarade l'envoya valser d'un coup de pied.

Je comprenais à présent pourquoi le vieux Rtot m'avait affirmé que le garde était le plus fort du groupe. Il fonçait sur les personnes restantes, assommant la moitié d'entre elles juste avec ses poings. Pendant ce temps, Btyls avait repris ses tirs de Natura. Ils formaient une équipe de choc qui mit à l'amende nos ennemis en un rien de temps.

Les mains de Btyls fumaient plus qu'elles ne devraient. Il avait atteint ses limites. Lorsque Tavo revint à nos côtés, je vis qu'il était en nage. Leur fatigue les empêcha de voir venir un homme de derrière nous avec une épée trop grande pour être considérée comme telle. Btyls se mit devant nous pour nous protéger. L'assaillant se retrouva tout à coup incapable de bouger. Des cordes vertes azur le ligotaient. Je m'étais trompé sur la nature de ses liens. En m'attardant plus longuement dessus, je compris qu'il s'agissait de la tige d'une rose constituée intégralement de Natura. Il couina, manquant d'air, avant de retomber au sol, inconscient. Agathe s'avança vers nous, les mains étincelantes. C'était sa création.

Le trio était si fort. Je ne pouvais être qu'admirative devant leur débrouillardise. Encore et toujours, une question me vint. Je me demandais pourquoi ils ne s'étaient pas occupés du cas Doxan plus tôt. Ils auraient pu renvoyer le vieil homme hors de la ville depuis longtemps. La réponse vint à ma rencontre.

Doxan, bien moins troublé que ce à quoi j'aurais pu m'y attendre, frappa trois fois le sol de sa canne pour s'adresser à la fille aux cheveux verts.

— Esmeralda. Veux-tu bien ?

— Pour toi, c'est Dame Miu'Da'Riu.

— Je n'ai jamais compris les noms Net'am.

— Ce n'est pourtant pas si compliqué. Il se compose du prénom de mon ancêtre, de la région d'où je viens et du nombre de membres de ma famille.

— Je vois. Veux-tu bien faire tu-sais-quoi, Esmeralda Miu'Da'Riu ?

— C'est si joliment demandé.

Nous ferons une aparté sur la démangeaison que je ressentis en entendant ce nom. Ce n'était pas le moment. Elle leva les mains. Un vent violent remplit la pièce. Des lueurs verdâtres se reflétaient sur les murs. Nous n'eûmes pas le luxe d'avoir le temps de comprendre. L'étage explosa littéralement. Nous étions à présent à l'air libre en haut du seul géant gris debout de la ville. Le ciel vira au vert. Déjà une dizaine d'éclairs s'abattaient non loin. Une tempête de Natura. C'était cette fille qui les provoquait. Pour preuve qu'elle la contrôlait, Doxan et Amuno n'étaient pas gênés par le vent.

Btyls m'empoigna pour me guider vers les escaliers dans le but d'évacuer le bâtiment. Je lui dégageais la main d'un mouvement brusque. Rectification : La petite voix lui dégagea la main d'un mouvement brusque. J'aperçus un air blessé sur son visage, puis un froncement de sourcil traduisant ses doutes sur mon identité. Tavo et Agathe couraient derrière nous. Je descendais les escaliers deux par deux, parfois en sautant directement tout en bas, chose que je n'aurais jamais tentée toute seule. J'avais de plus en plus peur que la petite voix n'abîme gravement mon corps. Cela dit, j'avais déjà rejoint le sol. À défaut d'être prudente, elle était efficace. Le trio me rejoignit.

— Allons-nous mettre à l'abri.

L'ordre venait de Tavo et il était non-négociable. La tempête prenait une forme cauchemardesque. J'avouais être plutôt satisfaite que la petite voix prenne ma place pour fuir à travers ce déferlement de vent et d'éclairs.

— Ils ne nous restent plus beaucoup de temps avant la consolidation.

La remarque d'Agathe sonna creux dans mes oreilles. Mon compagnon tenta une interprétation : la tempête n'avait pas atteint toute sa puissance ?

Nous passâmes furtivement sur mon sentier. Je fus la seule à le voir. J'aurais juré qu'il me suppliait de continuer de le suivre. Je n'avais pas vraiment le temps, là, tout de suite. Ce fut en relevant la tête que je croisai le regard de Btyls.

— Tu...

— Je ne suis pas Rhuby.

La petite voix avait répondu avant même la question. Ce fait sembla apaiser l'homme qui s'était occupé de moi. Certainement qu'il craignait que je ne sois pas celle qu'il croyait et que j'avais menti sur mon identité. Ça le soulagea autant que ça le perturba. La petite voix mit un point d'honneur sur notre relation. Elle n'était pas moi, je n'étais pas elle. Dans ce cas, que faisait-elle dans ma tête, ou plutôt dans mon corps en ce moment ?

Un éclair frappa le sol à ma gauche (ou ma droite, au choix) avec une violence inédite. Je sautai de surprise. Réflexe de mon corps. Il y avait tellement d'éclairs qui déchiraient le ciel. Je commençais sérieusement à paniquer. La petite voix devenait nerveuse également. La tempête devenait de plus en plus violente. Je vis un géant gris se fissurer de tout son long. Nous étions presque arrivés à notre refuge.

Ce fut à l'intersection d'une rue que je l'aperçus. Là, au loin, Elopi, blessée, rampait au sol difficilement. Pourquoi était-elle dehors ? Normalement, elle était encore en train de dormir. Elle n'avait rien à faire au milieu de nulle part, qui plus est, blessée. Elle ne parviendrait jamais à se mettre à l'abri à temps. Si je continuais de courir, je pourrais me réfugier avec les autres. Si je m'arrêtais pour l'aider, nous mourrions toutes les deux. La petite voix avait déjà fait son choix. Elle ne s'arrêta pas.

« Non », lui imposais-je, « On ne peut pas la laisser ici ». « Et pourtant, c'est exactement ce qu'on va faire », me répondit-elle. « On va la chercher ! ». « J'ai dit NON ! ». Avoir une dispute à l'intérieur de soi était une expérience que je ne recommandais pas.

Une vague d'énergie verte azur se rapprochait d'Elopi. Elle était opaque, contrairement aux vents de la même teinte que j'avais pu observer jusque-là. Cette opacité décrivait la violence dont la tempête s'apprêtait à frapper. La vague était parsemée d'une multitude d'éclairs qui la rendait encore plus menaçante. Elle allait désintégrer Elopi. La pauvre fille pleurait de toutes ses forces. Sa jambe ensanglantée l'entraîna dans sa chute. Je lus de la terreur à l'état brut sur le visage de ma camarade.

« On va la sauver », imposais-je à celle qui dirigeait mon corps. « Je ne nous laisserais pas mourir ici », s'énerva-t-elle. « D'accord », concédai-je. Je perçus du soulagement chez la petite voix, tout du moins, jusqu'à ce que je finisse ma phrase. « Dans ce cas, JE vais la sauver ».

Je repris le contrôle de mon corps avec une telle fermeté que mon hôte ne put lutter. Après tout, c'était MON corps. JE faisais ce que JE voulais. Pour la première fois, je me sentis m'affirmer en tant que personne à part entière. Elle ne me dictera plus la conduite à adopter. J'allais sauver mon amie si j'en avais envie. « *Idiota puella, idiota puella, idiota pu...* ». Idiote et fière de l'être.

Je retrouvais la pleine possession des moyens pour accourir vers Elopi. Agathe et les autres n'avaient pas remarqué ma disparition, trop soudaine. J'arrivai à hauteur de mon amie. Sa jambe était dans un état bien pire que ce que j'avais pu imaginer. Impossible qu'elle puisse bouger avec. Elle avait dû être écrasée par un débris décroché d'un géant gris. La vague de Natura concentrée avançait sur nous à une telle vitesse que je la soupçonnais de nous en vouloir. L'évidence apparut à mes yeux. Nous ne pourrons pas fuir.

Je pris Elopi, en larmes, dans mes bras. Elle me serra fort contre elle. Je lui rendis son étreinte. Je versais des larmes à mon tour. Ça se finissait comme ça.

— Merci, Rhuby.

Ses sanglots de remerciements apaisèrent mon cœur.

La vague de Natura nous dévora.

10

Juste blanc

Encore ce lieu immaculé de blanc. Le semblant de pièce où j'avais rencontré Ronan avait disparu. Du blanc s'étendait à l'infini autour de moi. Dépourvue d'idée sur la conduite à suivre dans ce cas de figure, je me mis en marche. J'errais seule dans cet espace hors du monde. Je n'avais pas l'impression d'avancer. Ce monde n'était composé que de blanc. Le ciel, l'horizon, le sol, l'air, que du blanc partout. Mes pas ne faisaient pas de bruit, renforçant l'impression d'isolement que je ressentais.

Je me demandais si j'étais morte. La petite voix ne semblait pas ici. La dernière chose dont je me souvenais était cette vague titanesque de Natura qui nous engloutissait,

Elopi et moi. Mon amie n'était pas là non plus. Ainsi, j'étais plus seule que je ne l'avais jamais été.

La notion du temps se perdait. Pas de soleil, ni les deux lunes roses et vertes. Juste du blanc. Ah ! Je devenais folle. Si je devais faire une estimation du temps passé depuis que j'avais commencé à marcher, j'aurais répondu cinq jours. Ce qui n'avait aucun sens ici. Rien ne se dessinait devant moi. Rien, c'était le meilleur mot pour décrire ce monde. Je n'en pouvais plus.

Épuisée, je m'allongeai. La vue avec la tête au sol était la même que debout. Je fermais les yeux. J'appréciais l'obscurité. Je n'avais ni faim ni soif. En réalité, je n'avais pas sommeil. Je concentrais ma volonté pour ne pas la perdre. Étais-je finalement réellement morte ? J'étais déçue de l'après-vie. C'était juste un monde ennuyeux.

Ce fut à ce moment que je le vis au loin, en redressant la tête. Quelque chose qui dénotait du blanc était visible à des centaines de kilomètres à la ronde, ici. Allongée depuis longtemps, je ne m'étais rendue compte que trop tard que j'étais toute proche de quelqu'un que je ne voulais absolument pas voir. Le garçon aux cheveux rouges m'avait déjà repérée. Je ne pouvais pas fuir, il n'y avait nulle part où aller. Je le vis dessiner un sourire malicieux. Il s'approcha à toute vitesse de moi. Je n'avais pas envie de me frotter à lui. Je me relevai sans perdre de temps et regardais autour de moi par réflexe. C'était stupide, je n'avais aucun endroit où partir. Tant pis. Ronan arriva à ma hauteur en me scrutant de haut en bas. Mon estomac se serra.

— Enfin, je...

Peut-être était-ce mon envie irrépressible de le voir disparaître qui le fit... disparaître. Pour être plus précise, c'était moi qui disparaissais. Il me regarda devenir translucide, quittant petit à petit le monde blanc.

— Je te retrouverai.

La certitude dans sa voix me glaça le sang. La dernière chose que je vis du monde blanc était le regard froid de Ronan en disparaissant.

11

Seule

Je me réveillai dans mon lit. Btyls veillait sur une chaise. La salle était plongée dans la pénombre, faiblement éclairée par une petite lampe projetant une lumière jaunâtre. Je m'assis sur le lit. Mon chapeau était posé sur mes jambes. Btyls avait dû le récupérer après la tempête. Je me souvenais l'y avoir perdu. Je coiffais les mèches de cheveux qui me tombaient sur le visage.

Me voyant réveillée, l'homme me sourit faiblement. Des cernes se dessinaient sous ses yeux. Il n'avait pas dormi depuis un bon moment. Il m'indiqua d'un petit geste de ne pas trop bouger, pour ensuite passer une main chaude sur ma joue. Ce geste de tendresse calma la panique encore présente en moi due à ma rencontre avec Ronan. Ses rides ressortaient plus que d'habitude avec le jeu de lumière. Il paraissait épuisé.

— Bon retour parmi nous, Rhuby.

— J'ai dormi combien de temps ?

— Deux jours.

Seulement ? Il m'avait paru s'être passé une éternité dans le monde blanc. Je rassemblais les derniers souvenirs que j'avais eus dans ce vrai monde.

— Elopi...

— Elle va bien. Malheureusement, on ne peut pas en dire autant de sa jambe. Nous avons dû l'amputée. Elle est toujours endormie dans une pièce à côté. La pauvre enfant était sortie faire sa promenade matinale, comme d'habitude. L'explosion de l'immeuble avait projeté des débris un peu partout. Sa jambe a été touchée. C'est pour ça qu'elle ne pouvait plus bouger.

J'avais envie de le noyer sous les questions. Trop de choses tournaient dans ma tête. Il me prit de vitesse.

— La tempête fut la plus violente que nous n'ayons jamais vue. Elle a emporté la moitié de la ville. Doxan court toujours, associé à Amuno et la fille. Nous vous avons retrouvées inconscientes au milieu d'une rue, la tempête terminée. Tu... Regarde par toi-même.

Il désigna mon torse. Sous ma chemise luisait une lueur dorée. Je la déboutonnai. Un halo de lueur créant la forme d'une colonne sortit de ma poitrine pour illuminer la pièce. Je passais une main dessus. Une boule dorée jaillit de moi, m'arrachant le souffle. Elle se mit à danser autour de moi en frôlant ma peau. Btyls écarquilla les yeux en la voyant.

Je la reconnus. J'avais trouvé cette boule dorée sur la montagne de l'éveil. Elle avait dansé autour de moi avant de me foncer dessus et de s'installer dans ma poitrine.

La petite boule sautilla devant mes yeux. Sa lumière s'amenuisa. Elle sauta en moi comme dans de l'eau, puis disparut dans ma poitrine. Je regardais Btyls, en quête d'explication. Je ne savais rien à propos de la boule de lumière mis à part que je l'avais trouvée pendouillant à un arbre. Il affichait toujours cette expression de surprise qui lui allait si mal.

— Un *Oiup*.

En fait, je ne savais pas pourquoi je m'attendais à comprendre du premier coup. Je commençais à en avoir marre de ne rien connaître.

— C'est très rare. Ce petit esprit possède des capacités étranges qui nous sont encore inconnues. Je n'avais jamais entendu parler d'un *Oiup* se prenant d'affection pour quelqu'un. Ça doit être lui qui vous a protégé de la tempête de Natura.

Je portai une main à la poitrine. Ce petit, trouvé sur la montagne de l'éveil, m'avait apporté son aide au moment où j'en avais le plus besoin. J'exprimais de la gratitude envers le lieu de mon éveil. J'y avais obtenu de quoi survivre à mon périple sur le sentier. Je joignis les mains pour remercier ce lieu de sa gentillesse à mon égard.

Btyls reniflait bruyamment. Non pas qu'il cherchait à attirer mon attention, il retenait des larmes. Il finit par pleurnicher.

— J'ai cru que tu étais morte...

J'oscillais entre compatir à sa détresse et refouler un rire. Sa manière de chouiner dénotait avec son physique imposant. Pour ne rien arranger, la morve qui coulait de son nez se tordait dans tous les sens pour s'échapper. Je voulus lui tendre de quoi s'essuyer, mais je ne trouvais rien à lui donner. Il étouffait ses sanglots dans le but de reprendre la parole, en vain.

Quelqu'un toqua à la porte. Btyls changea instantanément d'expression, reprenant celle que je lui connaissais le plus. Il essuya ses larmes d'un revers de manche et permit d'entrer. La tête de Tavo passa dans l'embrasure de la porte. Il scruta la pièce et posa les yeux sur moi.

— Agathe veut te voir sur le toit.

Sa tête disparut. Je tournais la mienne vers Btyls, intriguée de découvrir pourquoi elle me convoquait au lieu de venir ici. L'homme fronça les sourcils. Il ne savait pas non plus.

En haut du bâtiment, la cheffe du groupe m'attendait les bras croisés, la mine sévère. Avais-je déjà parlé du charisme d'Agathe ? Elle était le genre de femme à pouvoir faire taire une assemblée avec un sifflement. Quand elle me dit de retirer mon chapeau, car elle voulait discuter sérieusement, je ne pus faire autrement que m'exécuter. Droite comme un piquet, elle m'interdit de bouger tant qu'elle ne m'en avait pas donné l'autorisation. Je ne savais pas ce que j'avais fait de mal. Enfin, j'avais ma petite idée de ce dont elle voulait parler.

— Qui es-tu ?

Elle m'avait déjà posé la question, elle en connaissait déjà la réponse. Je ne comprenais pas ce qu'elle venait faire là. Je m'apprêtais à tenter une interprétation de ma personne. Elle ne m'en laissa pas le temps.

— Pas toi, Rhuby. Elle.

Agathe parlait de la petite voix qui avait pris possession de moi lorsque je confrontais Amuno. Son comportement devait la troubler. J'aurais aimé pouvoir lui révéler son identité. Malheureusement, je l'ignorais moi-même. Je l'appelais sans grande conviction dans mon esprit. Elle n'avait pas donné signe de vie depuis mon réveil.

Agathe plaça une main sur mon front. Elle ferma les yeux et son corps s'enveloppa de Natura.

— Désolé, Rhuby. Ça va piquer un peu.

Quoi ? Quand Agathe disait que ça allait piquer, ça ne piquait pas, ça donnait des coups de couteau à répétition dans tout le corps. Je ne pus m'empêcher de crier. Je perdais le contrôle de mon corps, non à cause de la douleur, mais par la présence de la petite voix qui ressurgit à la surface. Je me sentis projetée au fond de mon esprit, loin des commandes.

Agathe brandit un miroir devant elle. La fille du reflet y apparut. Elle était différente de ce que j'avais pu observer. Ses yeux étaient devenus rouges. Sa peau ressemblait à une vitre fissurée. Les fissures noires remplissaient son visage de haut en bas. C'était laid, voire terrifiant. Mon amie voulait que je voie à quoi ressemblait mon corps quand je n'en étais pas maître. Maintenant, je suppliais pour qu'elle éloigne le miroir de cette chose qui n'était pas moi.

— Je vais répéter ma question : Qui es-tu ?

La petite voix ne répondit pas. Je ne recevais pas ses pensées.

— Que veux-tu ?

Elle se servit d'un silence en guise de réponse.

— Ne m'oblige pas à utiliser la force.

La petite voix utilisa mon sourire comme provocation.

— Pour une *Sapiens*, vous n'êtes pas très douée avec le Natura, Agathe.

Mon amie se mit en position défensive, un bras en avant, l'autre rétracté contre son flac, le poing serré. Son regard s'illumina d'une lueur verte. Des minuscules roses de Natura surgirent du sol.

— Qui. Es. Tu ?

— Je vous déconseille de faire ça.

Agathe envoya ses roses attaquer mon corps. La petite voix ne prit pas la peine d'esquiver, ce qui n'était pas judicieux, car je ressentais les coups. Une tige, dénuée d'épines, s'enroula autour de mon corps, m'interdisant d'effectuer le moindre mouvement. JE paniquais. La petite voix, non. Elle ne lâchait pas notre sourire narquois.

— Je suis incapable d'utiliser le Natura avec ce corps. De toute façon, je ne vous veux aucun mal, Agathe.

— Laisse Rhuby tranquille ! J'ai reconnu la technique que tu as dû utiliser pour vivre en elle. Il faut être complètement fou pour faire ça !

— Vous ne savez rien de moi.

La petite voix était blessée. Je ressentis de la tristesse s'écouler d'elle. Elle lâcha le contrôle de mon corps que je repris sans faire exprès. « Attends », la retenais-je de s'enfoncer au fin fond de mon esprit, « Ne pars pas ». Nos sentiments s'entremêlèrent furtivement, comme elle voulait me faire passer un message. Elle me considéra avec de la nostalgie, de la tristesse, du désespoir, de la sympathie, de la compatissance, du chagrin. Son torrent d'émotions me noya. Malgré ses insultes et son sale caractère, je ne pouvais pas la laisser partir. Elle avait été ma partenaire de voyage. Celle qui me réprimandait pour mes actions candides, celle qui me donnait toujours le bon mot lorsque j'essayais de m'exprimer. La petite voix s'estompa dans les recoins de mon esprit. « Je ne pars pas, j'ai besoin de me reposer », m'informa-t-elle. « Tu vas devoir te débrouiller seule pour tes prochains voyages sans moi, ma grande. Je reviendrai, sois-en sûre. N'oublie pas que tu es une *idiota puella*. ». Elle disparut en moi. Sa présence n'était plus. C'était comme si elle avait plongé en… comment dire ? « Hibernation ». Un résidu de sa pensée subsista, me communiquant le mot que je cherchais. Pour la première fois, j'étais seule dans ce corps.

Agathe desserra l'étreinte de sa rose de Natura qui s'évapora dans le ciel. Elle accourut pour me prendre dans ses bras.

— Elle est partie.

Si je n'avais pas sangloté en disant ça, Agathe ne m'aurait pas dévisagée si intensément.

— C'était mon amie. Elle me protégeait.

— Non, elle était dangereuse pour toi.

— Tu n'en sais rien !

Réaction dangereuse, voire suicidaire, de crier sur une femme aussi charismatique qu'Agathe. Cependant, mon désespoir l'atteignit.

— Elle m'a beaucoup appris. Elle voulait m'empêcher d'aller sauver Elopi, car elle avait peur pour moi !

Agathe garda le silence. Elle me lâcha pour se diriger vers les escaliers.

— Pense ce que tu veux. J'apprécie ce que tu as voulu faire en allant voir Amuno. Rhuby, tu apprendras, je ne l'espère pas à tes dépens, que le monde n'est pas gentil. Tu aurais pu mourir plus de fois que tu ne sais compter. Laisse notre histoire avec Doxan loin de toi. Ce sont nos affaires, je ne veux pas qu'elles te blessent.

Je la regardais disparaître. Elle avait voulu me montrer à quel point elle était forte, dans le but que je ne m'inquiète pas de leur sort. J'étais perdue dans cet océan de détresse. Je n'étais qu'une pauvre fille ignorant même sa propre identité qui s'était réveillée dans une montagne éloignée de toute civilisation avec, comme seule présence, une petite voix insultante qui venait de plonger dans un coma à durée indéterminée. Je nageais dans les affaires de gens que je venais de rencontrer, mais qui s'étaient montrés si prévenants avec moi. Prisonnière de mon ignorance, je n'étais capable de rien. Ma personne seule ne pouvait régler le problème de ces gens plus âgés et plus expérimentés. Qui étais-je pour prétendre pouvoir les aider ? La seule chose que je pouvais faire était de pleurer.

Mes larmes se séchèrent d'elles-mêmes sur mes joues. J'étais fatiguée de toute cette complexité qui s'offrait à moi. Tout était plus simple quand j'étais seule dans la nature. Les humains étaient trop complexes, trop compliqués à comprendre.

Si j'avais été forte, j'aurais pu arrêter le conflit bien plus facilement. Si je maîtrisais le Natura comme la fille aux cheveux verts, rien ne m'aurait semblé difficile. La force faisait beaucoup dans ce monde. Je le savais. Je l'avais appris en rencontrant Ronan dans le monde blanc. Pourrais-je devenir forte par moi-même ? Je ne savais pas, je m'en fichais.

Une détermination dont je ne me croyais pas capable émergea en mon for intérieur. Je voulais plus que tout résoudre cette situation. Je voulais qu'Agathe et son groupe vivent en paix. Je voulais que Doxan arrête de leur faire du mal. Tous mes désirs convergeaient en un point : la paix. Je n'avais pas de solution à proposer. La petite voix n'était plus là. Mon compagnon ne possédait pas de volonté propre. Comment apporter la paix en ce lieu ?

Je voulus réfléchir à un moyen d'accomplir mon but. Une ruse, un accord, une menace, un combat, rien de tout ça ne m'était inné. Le problème de l'ignorance revenait sans cesse. Je ne savais rien de rien. Je me souvins du flot de connaissances que la petite voix prenait plaisir à commander pour me noyer dessous. Il était encore là, ce qui ne voulait dire qu'une seule chose : je pouvais encore apprendre. Si, et bien *si*, je parvenais à retrouver des capacités, des connaissances ou que sais-je qui me permettraient de réfléchir clairement, arriverais-je à régler cette situation ? Je le devais. Mon cœur me le hurlait. Cette volonté n'avait pas de lien avec ce que j'étais ou celle que j'avais dû être. Elle était indépendante de mon esprit. Mon cœur en était le pilote. C'était lui qui m'indiquait ce que je devais faire pour ne rien regretter.

J'allais régler la situation dans cette ville. Et pour ce faire, mon but sera de retrouver ce que j'avais perdu, ou de mon point de vue ce que je n'avais jamais eu : mes pleines capacités mentales. Il n'y avait aucune profondeur dans mes réflexions actuelles . Je me voyais mal réussir à imaginer un plan ou une stratégie. Avoir conscience de ne pas tout savoir était, pour la première fois, mon unique arme, mon unique chance de changer les choses.

12

Le flot de

connaissances

La nuit était tombée. Les deux lunes jumelles se dressaient fièrement dans le ciel étoilé de la ville. J'avais donné rendez-vous à Rtot dans l'une des nombreuses pièces du géant gris où nous habitions. Je lui avais dit que je voulais lui parler seul à seul sans que nous soyons dérangés. Je ne voulais pas que les autres apprennent ce que je voulais faire. Rtot était un vieil homme à la longue barbe blanche bien entretenue. Son réflexe préféré était de la caresser quand il se servait de sa tête. Je l'avais choisi lui plutôt qu'un autre, car il détenait la plus grande connaissance sur le monde de tout le groupe. Son savoir était infini. Chaque fois que j'avais discuté avec lui, il m'avait donné l'impression de tout connaître par cœur. Son ton empreint de l'envie d'enseigner le rendait encore plus sympathique qu'il ne l'était déjà.

Le vieil homme s'assit, comme je l'y invitais. J'avais ramené deux chaises dans cette petite salle située à l'opposée de celle où nous dormions. J'avais également posé une lanterne par terre pour éclairer un peu l'endroit.

Rtot souriait. Ses lèvres trahissaient l'incompréhension d'une telle demande. Il faisait tout pour paraître à l'aise.

— Que me veux-tu, ma petite *caly* ?

La *caly* était une fleur de couleur rouge dont la présence était abondante dans ses terres natales. Ma chemise haute en couleur les lui rappelait.

Le vieil homme avait beau être, pour ne pas exagérer, chétif, il n'en était pas pour le moins faible. Il m'avait caché sa grande maîtrise du Natura à notre rencontre. Cette habitude de ne pas se révéler être puissant au Natura était présente chez les membres du groupe. Quand Btyls m'avait dit pouvoir faire de petites explosions, je n'en étais que plus surprise de découvrir leur efficacité contre les hommes de Doxan. Je devinais que ne pas partager d'informations sur ses capacités est une chose courante dans ce monde.

Rtot avait déjà plongé la salle sous la pression de son Natura. Comment je le savais ? La lumière de la lanterne était verte. Je commençais à m'habituer à déceler cette énergie un peu partout. Je supposais qu'il avait fait ça au cas où je fasse la même chose qu'Amuno. En temps normal, j'aurais essayé de le rassurer sur mes intentions, mais je n'en avais pas envie. Je voulais plus que tout découvrir s'il était capable de faire ce dont j'avais besoin.

— Peux-tu me rendre la mémoire ?

— Non.

Ce fut rapide. Je fis des gestes de la main pour essayer d'illustrer les propos qui allaient venir.

— J'ai une espèce de *flot de connaissances* en moi qui vient parfois me heurter pour me rendre un savoir que j'ignorais. Tu...

— Décris-le moi.

J'avais attisé sa curiosité. Le vieil s'était penché en avant sur sa chaise, les bras croisés.

— Euh... Comme de l'eau.

On repassera pour les bonnes descriptions. Il s'agissait plus d'une sensation qu'une entité réelle.

— Te sens-tu brouillée lorsqu'il apparaît ?

Je hochais vivement la tête. Je ne savais pas si c'était grâce à ma description exceptionnelle, mais il avait vu juste. C'était exactement ce que j'éprouvais à chaque fois. Comme si chaque ressenti de mon corps ne faisait qu'un.

Rtot prit un air pensif en caressant sa barbe.

— Il s'agit d'un savoir résiduel. Ces quelques « souvenirs » ont survécu à ta perte de mémoire. Ils ne sont pas nombreux en réalité. Si ton but en me parlant de ça est de retrouver ton identité, je doute que tu y trouves quelque chose.

— Peux-tu me rendre ces connaissances résiduelles ?

Ma question le prit de court. Peut-être s'attendait-il, en me révélant que la réponse à mon identité ne se trouvait pas à l'intérieur, je m'en désintéresserais. En vérité, je savais déjà où je pourrais retrouver celle que j'avais dû être : au pays du ciel. Pour le moment, je n'en étais pas là.

— Oui, je peux.

Mon regard s'illumina. Enfin une bonne nouvelle.

— Tu...

— Le savais-tu, Rhuby ? Les *Oiup* n'ont pas la capacité d'absorber autant de Natura que ce qu'il y avait dans la tempête.

Un *Oiup* désignait la boule dorée en moi. Btyls m'avait pourtant dit le contraire. Il m'avait affirmé que c'était grâce à ça que j'avais pu survivre à la tempête. Pourquoi Rtot changeait-il de sujet ?

— Je lis le doute en toi, laisse-moi t'expliquer, petite *caly*. Tu as survécu à un déferlement de Natura brut et très concentré. Ce n'est pas donné à tout le monde. Que dis-je ? C'est impossible, à part sous plusieurs conditions. Par exemple : Avoir une armée de *Oiup* pour l'absorber en totalité. Je te rassure, c'est impossible. Les *Oiup* sont trop peu nombreux en ce monde pour ça. Je pourrais te dire que sinon il suffirait d'être béni des dieux ou d'en être un soi-même. Je m'égare. La seule et unique raison qui explique une survie à un condensé mortel de Natura est soit d'en posséder une quantité incommensurable, soit d'en posséder un d'une qualité aussi pur que le premier diamant du monde. Je n'exclus pas d'autres possibilités que je pourrais ignorer, mais j'ai vécu assez longtemps pour savoir qu'il n'existe que ces deux raisons. Alors, Rhuby ? As-tu des réserves pharamineuses de Natura ou en possèdes-tu un d'une pureté extrême ?

Il me prenait au dépourvu. Ses paroles sonnaient comme une accusation. J'étais persuadée de devoir la vie à la petite boule dorée dans ma poitrine. Je m'en serais sortie toute seule ? Je serais bénie du Natura ? C'était invraisemblable, je ne savais même pas le manier. Dans le cas contraire, pourquoi cela le dérangeait-il ?

Le vieil homme fronçait les sourcils. Il arrêta de caresser sa barbe pour poser un doigt sur mon front.

— Qu'est-ce qui me fait dire que si je venais à te rendre tes connaissances, elles n'influenceraient pas ta personnalité ? Il suffit d'un rien pour faire changer quelqu'un. Je ne prendrai pas le risque de me retrouver face à une Rhuby en pleine possession de son Natura avec de mauvaises choses en tête.

Je comprenais à présent la raison de sa réticence. Cependant, je ne ferais pas de mal à une mouche. Pour la première fois, je craignais ma propre mémoire, celle que je n'avais moi-même jamais eue. Et si, en la retrouvant, je changeais totalement ? Je ne serais plus celle que j'étais maintenant. Cette pensée me terrifiait. Qui pouvait me certifier que je n'étais pas une mauvaise personne avant ? La petite voix ? Elle n'était plus là et j'étais certaine qu'elle ne m'aurait pas répondu.

Cependant, ma volonté d'aider cette ville venait du tréfonds de mon âme. Elle était indépendante de ma volonté, c'était une chose innée. Elle persisterait, même si je venais à changer complètement. Je ne devais pas avoir peur de ma mémoire.

— Je serai toujours celle que tu connais. Je ne laisserai rien ni personne me changer.

— C'est ce que tu crois.

— Tu n'es pas capable de voir à l'avance les souvenirs qui me seront rendus ? Si tu vois des choses dangereuses, alors je renoncerai.

— Non.

J'essuyais un refus douloureux.

— Je t'en prie. C'est important pour moi de retrouver ces quelques souvenirs. Voudrais-tu que je passe le reste de ma vie dans l'ignorance ?

Je le suppliais de m'aider. Je n'en pouvais plus de ne connaître aucun mot, aucune vérité. La disparition de la petite voix me laissait plus seule que jamais à l'intérieur de moi. Plus personne ne me soufflera le nom des choses que j'ignore. Le flot de connaissances était mon ultime recours. Arriverais-je même à survivre sans la petite voix ? Je ne supportais plus le voile couvrant mes pensées. Je me sentais emprisonnée par ma simplesse d'esprit. Certes, je ne savais pas ce que j'allais retrouver, mais ça ne pouvait pas être si horrible que ça.

— Si je vois que tu deviens menaçante, je n'hésiterai pas.

Les intentions du vieil homme étaient claires : il m'ôterait la vie si je me révélais être une ennemie. Je comprenais ses inquiétudes, mais, au vu de tout ce qu'ils avaient fait pour moi, jamais je ne les attaquerai.

— S'il te plaît.

Après avoir pris le temps de soupirer, Rtot tendit les mains vers moi, les doigts vers l'extérieur. Une petite lueur verte apparut en leur centre. Je m'illuminais moi-même de cette couleur. Le vieil homme avait fermé les yeux, visiblement concentré sur sa tâche. Je sentis son Natura me parcourir. Ce n'était pas désagréable. J'aurais aimé vivre cette sensation plus longtemps. Je tombais de sommeil. À moins que je ne me sois évanouie. J'espérais juste ne pas me retrouver dans le monde blanc.

Raté.

ঙ

J'exagérerais à peine en disant que j'en avais plus qu'assez de me retrouver dans ce monde vide. J'y passais un petit peu trop de temps à mon goût.

Le monde blanc était infini, sans paysage, sans vie, sans goût. Il n'y avait rien... Au temps pour moi, je venais de tourner brièvement la tête, découvrant avec surprise une porte bien trop grande pour moi. Je peinais à en apercevoir le sommet, même en contorsionnant mon cou. L'absence de soleil dans le monde blanc privait cette sorte d'édifice d'ombre.

Je posai une main dessus. Elle était faite d'un matériau extrêmement solide dont j'ignorais le nom. Les divers motifs la parsemant étaient complexes et dignes d'un travail d'orfèvre. Elle semblait n'avoir d'âge ni de créateur. Sa présence imposante me laissait muette. Pourtant, je savais qu'elle n'était pas là par hasard. J'avais déjà arpenté le monde en blanc trop longtemps selon moi. Me retrouver face à un édifice, qui plus est, aussi grand, ne pouvait être une coïncidence. Mon empressement venait également en partie du fait que je craignais de tomber sur Ronan, qui me terrifiait au plus haut point.

La porte n'exhibait pas de serrure. Quand bien même il y en aurait une présente dessus, elle serait placée trop haut pour que je puisse l'atteindre. Une porte fermée n'existait que pour être ouverte. Comment arriverai-je à l'ouvrir ? J'avais la conviction qu'il s'agissait de la raison de ma présence en ce monde.

Je poussais de toutes mes forces sur les pans. Je n'avais pas beaucoup de force avec mes petits bras. Je poussai un cri comme je forçais. Rien ne se produisit. Ah non. La chose la plus étrange que je pouvais imaginer à ce moment était que cette porte de la taille d'un géant s'ouvre après avoir été poussée par une fourmi telle que moi. Ce fut précisément ce qu'il se passa. Les deux pans s'ouvrirent lentement, dévoilant un accès sur... du blanc. Je soufflais de lassitude. Je n'en pouvais plus de voir du blanc à perte de vue. À quoi cela m'avait-il servi d'ouvrir ce bijou d'architecture s'il ne débouchait sur rien ?

Ma fatigue de l'immaculé se mua en surprise lorsque je vis apparaître devant moi un torrent flottant dans les airs. Il s'écoulait dans le ciel, comme guidé par une volonté avec un but précis. Semblable à de l'eau, il coula jusqu'à moi. Sa couleur verte alternait avec le jaune or et le bleu diamant. Sa beauté me coupa le souffle. Le cours d'eau prit la forme d'un serpent dont la tête est dressée comme s'il me regardait.

— Choisis. Accepte ou décline.

Sa voix me parvenait d'outre-tombe. Il avait beau me glacer le sang, je comprenais sa véritable nature. C'était lui, le torrent de connaissances. Il était venu à moi afin que je puisse faire mon choix. Je voulais récupérer ce qu'il restait de mes souvenirs pour monter un plan visant à apporter la paix dans la ville des géants gris. Néanmoins, comme Rtot m'avait avertie, il se pouvait qu'il contienne des choses capables de changer ma personnalité en mal. Que devais-je croire ? Que je redeviendrais assez intelligente pour apporter une solution ? Ou prendre le risque de devenir mauvaise ? Je ne connaissais pas les probabilités selon lesquelles j'avais pu être une personne malicieuse avant de perdre mes souvenirs ? Elles ne devaient pas être si élevées, si ? Malgré une faible chance, je ne devais pas négliger cette possibilité.

— J'accepte.

J'en avais assez d'hésiter. Dans tous les cas, en les recouvrant, je changerai. J'abrégeais mes doutes.

Le serpent de connaissances ne me laissa pas le temps de réagir. Il se jeta sur moi de tout son corps liquide. Je fus enterrée sous les fluides verts, jaunes et bleus. Je tentai de me débattre, manquant cruellement d'air. Le flot s'introduisit en moi par ma bouche, mon nez, mes oreilles et même mes yeux. Je ne pouvais plus réfléchir. Mon esprit, jusqu'à lors caché sous un voile, trouva une lucidité inédite. Mes yeux fonctionnaient à plein régime, tout comme quatre autres sens. Plus rien ne me semblait hors de portée. À part respirer.

ฅ

J'ouvris les yeux, en sueur. J'avais perdu connaissance dans le monde blanc. Rtot se tenait debout, abrité derrière une chaise, les deux mains tendues devant lui avec une lueur verdâtre plus menaçante que d'habitude. Il avait un air dubitatif à mon égard. Le vieil hésitait entre me cramer sur place ou me laisser une chance de m'exprimer. Pour ma part, je n'arrivais pas à détourner mon regard de mes mains. J'avais la sensation de les redécouvrir. Ma réflexion était d'une telle lucidité que cela me donnait la nausée. Chaque chose que mes sens captaient me parvenait différemment d'avant. Je n'avais pas l'impression pour autant d'avoir retrouvé de quelconques souvenirs concernant mon identité. Ma façon de penser restait intacte. Je n'avais acquis aucune connaissance notable dans l'instant T. J'espérais en trouver des utiles le moment venu. En résumé, je ne savais toujours rien à propos de ce monde et de ses habitants, mon identité était aussi floue que celle de la petite voix, le Natura restait un mystère complet. Je me demandais ce que m'avait vraiment apporté le torrent de connaissances. Je ne remarquais pas de différence notable avec avant, hormis ma lucidité surprenante.

J'étais assise sur la chaise, les mains sur les genoux. Combien de temps s'était écoulé ici pendant que j'étais dans le monde blanc ? Pas beaucoup si on se fiait à la luminosité et à l'air inquiet de Rtot. Il fallait que je le calme. En signe de paix, je levai les mains. Son regard ne se radoucit pas pour autant.

— Qui es-tu ?

C'était une question que je me posais souvent. On me le demandait souvent également. Et pour être tout à fait honnête, j'en avais assez. Je ne connaissais pas la réponse. Je ne l'aurais peut-être jamais. Malgré tout, j'étais certaine d'une chose.

— Je suis Rhuby.

Je n'avais pas changé.

13

Bluff

En fait, je m'étais fourvoyée. J'avais retrouvé bien plus que je ne le pensais. Il ne s'agissait pas de connaissances brutes sur le monde qui m'entourait, mais plutôt des notions plus abstraites. Mon cerveau gérait mieux les informations qui lui parvenaient. J'analysais ce que je voyais ou ressentais pour aboutir à des conclusions. On appelait ça « *Sensus* », « La perception ». À titre d'exemple, je percevais que cette drôle de créature ressemblant comme deux gouttes d'eau à une grenouille allait bientôt m'attaquer, non pas par nécessité de chasser, mais pure envie de meurtre. Ses petites dents pointues n'attendaient que de se planter dans ma chair. Je décidai de m'écarter pour ne pas finir en casse-croûte.

Deux jours avaient passé depuis que j'avais été engloutie par le torrent de connaissances dans le monde blanc. J'avais réussi à prouver mon inoffensivité auprès de Rtot, après trop de tentatives. Une tempête de Natura avait ravagé les environs encore une fois, sûrement sur ordre de Doxan. Le moral de notre groupe était au plus bas. La lassitude et la fatigue avaient fini par l'emporter sur leur optimisme. Agathe ne parlait plus. Je pensais qu'elle n'avait pas digéré les reproches qu'Amuno lui avait tenus. De mon côté, je réfléchissais à un moyen de faire cesser la tyrannie de Doxan.

Mes facultés de réflexion fraîchement retrouvées me fascinaient. Plus rien ne me semblait insurmontable. Je m'étais posée sur le dos d'un géant gris, face à l'horizon. Des oiseaux volaient au-dessus de moi en direction des montagnes minuscules au loin. Un vent frais me caressait les cheveux protégés par mon chapeau de voyageuse. Nous étions le matin, j'étais la seule levée. Le calme matinal me permettait de me concentrer sur mes pensées. Comment arranger la situation ? Doxan n'acceptait pas de cohabiter avec des gens n'étant pas sous son influence. Cela ne le dérangeait pas de détruire la ville avec des tempêtes de Natura. Ce qui signifiait que l'endroit en lui-même n'avait pas d'importance. Il voulait créer un groupe de personnes sous ses ordres. Là était son unique but. Je rassemblais les morceaux du puzzle que formait cette affaire. En fait, Doxan ne voulait pas régner sur la ville. S'il s'acharnait sur le groupe, c'était parce qu'il avait un objectif précis en tête. Et si, depuis le début, son but n'était nul autre que de mettre la main sur Agathe ? Ou sur l'un des membres du groupe ? Oui, il voulait quelqu'un. Pourquoi ? Je n'en avais pas la moindre idée.

Une autre pensée me traversa l'esprit. Il y avait des chances, non négligeables, pour qu'Agathe soit déjà au courant de ce fait. J'étais nouvelle dans le groupe. C'était normal qu'on ne m'ait pas tenue au courant de ça. La connaissant, elle ne voulait sûrement pas m'inquiéter.

Il fallait avouer que j'étais devenue plutôt intelligente. J'étais très fière de mes déductions. J'avais conscience que je n'avais pas eu jusqu'à présent la lucidité nécessaire pour faire des suppositions par moi-même ou pour réfléchir plus loin que le bout de mon nez. Bien que je me sentais mieux vis-à-vis de moi-même, je n'ignorais pas que j'étais encore loin de me considérer intelligente. Il y avait bien trop d'aspects de la vie que je ne comprenais pas. J'allais devoir redoubler d'efforts pour acquérir le minimum requis pour survivre aux côtés des humains. Pour la énième fois, je regrettais la nature qui m'avait accueillie à mon éveil. Tout y était plus simple. À l'époque, je n'aurais jamais imaginé rencontrer des êtres mauvais comme Doxan.

Et maintenant ? J'avais deviné ses vraies intentions, et ensuite ? Que pouvais-je y faire ? J'avais obtenu la sagesse de comprendre la situation, pas de la résoudre. Je repensais à Btyls. Ce grand homme qui m'avait offert tant de choses ne méritait pas de passer sa vie dans la crainte des tempêtes de Natura ou de perdre un proche. Il fallait que je découvre toute la vérité sur cette affaire. Qui Doxan visait-il ? Que voulait-il à cette personne ? Comment satisfaire tout le monde ?

Je pris tout mon temps pour réfléchir calmement, au sommet du géant gris allongé. Sortie de nulle part, sans prévenir, une étincelle s'alluma au fin fond de mes pensées. Elle engendra un feu qui se transforma en brasier. La voilà, mon idée de plan. Le brasier illumina mes pensées. Ça pouvait fonctionner, condition que je ne fasse pas tout foirer. Le bluff. C'était ça, la solution. Je souriais de contentement. Je pensais pouvoir trouver un plan mieux que celui-là, mais il était déjà suffisant. Reposant principalement sur mes nouvelles capacités de réflexion et de perception, je me risquais à échouer. Cette peur de l'échec était très petite devant la joie de la victoire. Il fallait que je tente le coup.

La ville, déjà détruite à mon arrivée, se trouvait dans un état encore pire. La tempête avait achevé de détruire ce qui restait de joli. Les rues désertiques se remplissaient de végétations en tout genre, la plupart étant de l'*ignorace*. Le Natura était une source d'énergie colossale pour la flore. La présence de toutes ces plantes n'avait donc rien d'inhabituel. De mon point de vue, cela rendait la ville beaucoup agréable. Le vert redonnait vie aux géants gris. J'avouais me sentir plus à l'aise dans cet environnement se rapprochant de la forêt. Je devais lever les pieds assez hauts quand je marchais pour éviter de me les coincer dans des racines trop grosses. L'apparition de petites créatures ne me laissait pas de marbre. J'adorais ces petites vies qui arpentaient la forêt naissante. Je reconnus les petites boules de poils bleus passer devant moi sans s'arrêter. La faune avait rejoint la flore dans la ville anciennement grisâtre et triste. J'étais dans mon élément.

Au milieu des arbres naissants, le dernier géant s'élevait dignement. Sans hésiter, j'entrais. Il avait résisté tant bien que mal à la tempête dévastatrice créée pour nous tuer. Une partie des escaliers avait été détruite. Ce n'était pas la première fois que j'escaladais quelque chose, mais aussi longtemps. Je tombais à plusieurs reprises.

Le dernier étage n'était plus depuis notre dernière venue. La tempête l'avait complètement balayé. Je me dirigeais alors vers le « nouveau » dernier étage. À l'instar des autres, il était vide. Pas un meuble ou une décoration pour apporter de la vie. Cela ne dérangeait pas Doxan qui admirait la nature depuis une fenêtre. Quand Amuno me vit pénétrer dans la pièce, il cria aussi fort que possible. La petite voix avait dû le traumatiser en prenant possession de mon corps. La fille aux cheveux verts était adossée à un mur non loin de Doxan. Elle m'adressa un regard admiratif, pour je ne sais quelle raison. Je m'avançai dans la salle d'un pas qui se voulait assuré. Doxan pivota pour me faire face. Son regard sévère me dérouta. Je restais tout de même impassible. Il tapa sa canne au sol pour attirer l'attention de ceux qui n'auraient pas encore remarqué ma présence. La plupart des hommes et des femmes présents étaient pansés et blessés. Btyls et Tavo n'y étaient pas allés de main morte contre eux. J'étais certaine qu'ils ne représenteraient pas de menace, contrairement à la fille aux cheveux verts.

— Encore toi...

Doxan ne dissimulait pas son mépris pour moi. J'espérais que ça n'influerait pas sur ce que j'allais faire.

— J'ai compris ce que vous voulez faire. Ça ne fonctionnera pas. Je sais tout.

Il leva un sourcil dégarni. J'y lisais plus de la colère que de la surprise.

— Ah oui ? Qu'est-ce qui te fait dire ça ?

La machine était enclenchée. Je ne connaissais rien à ce monde, ni à son fonctionnement. Pourtant, j'allais devoir composer sans.

— Arrêtez de poser des questions dont vous connaissez la réponse. Vous savez au fond de vous que ça ne fonctionnera pas. Vous vous mentez à vous-même, Doxan.

— Espèce de petite impertinente !

Le vieil homme borgne monta d'un ton. Cependant, je ne faisais plus attention à lui. J'étais super forte en fait ! Avec le peu que j'avais déduit de la situation, j'avais réussi à dire des phrases bateaux qui avaient apparemment fait mouche. J'avais décelé du doute dans les yeux de Doxan après mes premières paroles. Sa colère avait confirmé les miens. J'espérais que la suite se passe aussi bien.

— Tu ne m'empêcheras pas d'utiliser Agathe ! Je réussirai à me venger ! Ce n'est pas une gamine qui va me dire le contraire !

Bon, il visait Agathe. Je l'avais presque deviné. Il voulait se venger. Comment ? Pourquoi ? De qui ? Peu importait. Je devais faire attention à ne pas trahir mon ignorance. De toute évidence, il voulait mon amie pour quelque chose que personne d'autre ne possédait. Je doutais que ce soit de la puissance pure. Il avait la fille aux cheveux verts avec lui. Agathe avait beau être forte avec le Natura, elle ne l'égalait pas. Je manquais d'informations. Je continuai d'avancer.

— À quoi bon ? La vengeance découle toujours sur le désespoir.

Pure improvisation. Je n'avais appris le mot « vengeance » que récemment. Je ne savais pas, à proprement parler, ce qu'il désignait.

— Donc, de ton point de vue, on peut laisser les Baryons impunis pour leurs crimes ?

Fin de l'improvisation. Je m'aventurai sur un terrain inconnu. La seule chose que je savais sur les Baryons était qu'il s'agissait du peuple d'origine de Btyls et Rtot. Rien de plus. Me voilà dans de beaux draps. À moins que…

— Non, évidemment, c'est intolérable ce qu'ils ont fait. Cependant, vous ne pouvez pas impliquer tous les Baryons dans votre vengeance. Regardez Btyls et Rtot, ils ont quitté leur patrie, car ils ne toléraient pas leurs actes. Il doit exister une solution plus pacifiste pour apporter justice.

Je priais pour que mon bluff passe. J'avais l'impression de nager en eaux troubles sans voir quoi que ce soit devant moi. Je ne comprenais pas ce que je racontais, mais ça avait l'air en adéquation avec ce dont parlait Doxan. Je n'en revenais pas d'être arrivée aussi loin.

— J'entends tes arguments, petite. Je pense que tu peux comprendre que la situation exige quelques sacrifices.

Je me laissais aller à la perception. La manière qu'il avait de prononcer les mots, d'insister sur les syllabes, ses émotions miroitant dans son unique œil, je devais les décrypter. Ensuite, je tenterai le tout pour le tout dans une comédie minutieusement montée.

— Quelques sacrifices ? Nous parlons d'un peuple entier ! Vous ne pouvez pas faire ça, vous le savez mieux que personne.

Doxan exhibait un calme olympien. Mes mots semblaient glisser sur lui. Ce n'était pas nécessairement une mauvaise chose. Cela voulait dire que ma comédie fonctionnait. S'il se sentait obligé de faire la sourde oreille à mes paroles, c'était qu'elles devaient avoir du sens. Dans le cas contraire, son visage aurait trahi de l'incompréhension. J'étais sur une bonne voie.

Mon regard, bien qu'artificiellement impliqué dans la conversation, se voulait fuyant. J'allais d'Amuno à la fille aux cheveux verts. Cette dernière me souriait. Ce n'était pas amical, ce n'était pas mauvais. Ce sourire en disait long, du genre « Je t'ai percée à jour, mais je ne dirais rien ». Je serrai les dents très fort pour ne laisser paraître aucune émotion. Mon cerveau, en feu, n'arrêtait plus de réfléchir. Elle savait. Elle ne disait rien, mais elle savait. Si elle était vraiment du côté de Doxan, elle m'aurait déjà dénoncée. Autrement dit, elle ne l'avait pas rejoint par conviction. Le vieil homme l'avait peut-être menacée. Non. À en juger par les différentes réactions qu'elle avait pu avoir, elle était loin d'être en position de faiblesse. Cette fille travaillait pour lui. Rien de plus qu'un échange de bon procédé. Il avait dû lui promettre quelque chose pour obtenir son aide en retour.

Sans lâcher son sourire, elle articula lentement quelque chose. Je lus sur ses lèvres (je me découvrais des talents insoupçonnés) : « Doxan, fille ». Elle ne savait pas faire de phrase ? Parfois, j'étais persuadé que ma naïveté me perdrait. Après avoir pris le temps de me traiter d'*Idiota puella* à la place de celle que je n'entendais plus, je remis mon cerveau en marche. Premièrement, la fille aux cheveux verts semblait vouloir m'aider. Deuxièmement... Mince.

— Votre fille ne voudrait pas ça. Elle ne voudrait pas que son père devienne la figure de désespoir d'un peuple.

Doxan avait une fille. Enfin, il avait dû avoir une fille. Sa colère profonde envers le peuple Baryon venait sûrement de là. J'espérais que c'était la bonne explication. Je comprendrais sa haine si on lui avait vraiment pris sa fille. Je ne voyais que cette explication.

Je ne m'étais jamais demandé si j'avais moi-même des parents. Peut-être attendaient-ils quelque part en ce monde que je les retrouve ?

— Je t'interdis de parler d'elle !

Pour la première fois, Doxan haussait la voix. Elle n'avait rien d'impressionnante. Certes, les négociations n'aboutissaient à rien, mais j'arrivais malgré tout à récolter des informations qui pouvaient être utiles.

Le vieux borgne fit un signe à ses hommes. Bien qu'amochés, ils s'approchèrent de moi d'un pas vif.

— Tu seras ma monnaie d'échange contre Agathe. Je pensais qu'elle accepterait mon offre pour récupérer Amuno, mais ce petit imbécile a tout gâché. Tu me seras plus utile.

Ma perception avait tellement bien fonctionné qu'il me voyait comme une menace. Si je n'avais pas été en mauvaise posture, je me serais félicitée. Les hommes de Doxan m'encerclèrent, armes en avant. Aussi clair que du cristal, mon esprit trouva une pirouette pour me sortir du pétrin.

— Maintenant ! Btyls ! Tavo !

Tous les gardes se tournèrent vers l'entrée comme un seul homme. La dernière visite de mes amis ne les avait pas épargnés, ils réclamaient une revanche. J'avais crié pour les tromper : il n'y avait personne. Je pris mes jambes à mon cou. Ma tentative de fuite était parfaite. Ou plutôt, elle l'aurait été si je ne m'étais pas cognée comme une idiote sur un garde, me retrouvant au sol, sur le dos. Le garde qui m'avait fait office de mur tourna négligemment la tête vers moi. Un sourire. Un sourire énervé. Me voilà bien. Je tentai de m'enfuir à nouveau, plusieurs d'entre eux me bloquèrent la route. Tentative de fuite : ratée.

Je joignis les mains en direction de ceux qui me barraient le passage. Je fis mine de me concentrer. D'un coup, je criai de toutes mes forces comme si je venais de relâcher du Natura de mes mains. Bien évidemment, rien n'en sortit. J'espérais créer la surprise chez les gardes et passer entre eux. Sauf qu'ils ne bougèrent pas. Deuxième tentative de fuite : ratée. Ça ne sentait pas bon pour moi.

Deux gardes, trois fois plus grands que moi, me soulevèrent par les bras. Je ne touchais plus le sol. Je me débattais comme un diable, ce qui me valut une petite tape sur le haut du crâne. Une drôle de geste selon moi. Puis, pour se rattraper de cet élan de gentillesse, les gardes me jetèrent au sol avec plus de violence que nécessaire. Je me cognai le coude. La douleur m'arracha un cri. Je n'aimais vraiment pas avoir mal.

Doxan s'approcha de moi et me donna trois coups de canne dans la tête. Mon nez ne sentait déjà plus rien au deuxième coup. J'étais pitoyable, au sol, en état de faiblesse et j'avais mal. Et ça, c'était un problème, car je détestais souffrir. Ça me mettait dans un état de colère qui n'était pas le bienvenu. Je plongeai mon regard dans l'œil unique de mon interlocuteur qui me prenait de haut.

— Je ne vous dirai pas que vous vous trompez. Je ne vous reprocherai pas vos méthodes. Je veux juste que vous sachiez que vous êtes un mauvais père.

La colère rendait ma bouche incontrôlable. Je comprenais donc le coup qui manqua de me faire perdre une dent. Doxan avait les yeux rouges de colère. Il était encore plus coléreux que ce qu'il laissait penser. Il hurlait des injures, faisait de grands gestes avec les bras, frappait le sol du pied. Entre deux insultes, il me frappait. J'avais tenté de me relever, mais les gardes me renvoyaient au sol avant d'être totalement debout. Je n'avais pas d'armes, je ne savais pas me battre. Mon unique moyen de défense consistait à ouvrir la bouche et prier.

— Vous ne vous vengerez jamais d'un peuple entier avec votre petite troupe.

— J'ai des alliés partout ! Mon plan est bien plus travaillé que tu ne le crois !

J'encaissai un coup de pied dans le ventre. Je me tordis en deux. Des larmes roulèrent sur mes joues. Je voulais paraître digne, mais je sanglotais.

— Pourquoi voulez-vous Agathe ? Vous avez déjà cette fille.

Je désignais la fille aux cheveux verts qui observait attentivement la scène.

— Écoute, gamine, une Sapiens comme ton amie prévaut de loin sur un animal de son espèce. Je me suis abaissé à engager une Net'am comme elle, c'est déjà assez humiliant.

— Mon nom est Esmeralda Miu'Da'Riu.

Elle s'était approchée de nous. Je n'avais encore jamais vu des yeux aussi froids que les siens. Elle tourna Doxan de force vers elle en l'agrippant par l'épaule. Le borgne grogna et dégagea son bras avec un geste brusque. Il voulut dire quelque chose, mais elle l'en empêcha. De sa main droite (ou gauche, au choix), elle créa une longue tige crépitante de Natura. Des petits éclairs dansaient autour, elle la plaça d'un geste maîtrisé sous le menton de Doxan. Le vieil homme arrêta de gesticuler et leva les mains en signe de paix. La fille ne le laissa pas s'exprimer.

— Tu insultes les miens, Wonien. Je t'avais prévenu que je ne le tolérerai pas.

— Doucement, tu oublies qui te paie ?

Cet argument n'atteignit pas la fille aux cheveux verts. Au contraire, elle afficha une expression diabolique. Elle avait déjà fait son choix. Sans attendre, elle transperça le petit corps flasque du vieil homme de sa lame de Natura. Il hurla de toutes ses forces. Du sang gicla, réagissant au Natura présent dans son corps. Le liquide rouge forma une flaque sous lui. Quelques gouttes continuaient de voler. J'en pris une sur le front. Doxan ne bougeait quasiment plus. Son corps était secoué de spasmes. Il hoquetait occasionnellement. La lame de Natura s'estompa en une mince fumée verdâtre. Il tomba à genoux.

— Tu es stupide, Wonien. Tu n'as même remarqué que la voyageuse te menait en bateau. Elle n'avait aucune idée de ce qu'elle racontait et pourtant tu t'es laissé embarquer dans sa ruse. Et après ça, tu oses considérer mon peuple comme inférieur au tien ?

— Saleté de Net'am...

Il avait dû se permettre l'insulte, car il se savait condamné. Ce n'était pas la vue de l'homme mourant qui dissuada la fille de s'acharner sur lui. Je ne saurais décrire le spectacle qui suivit. J'avais fermé les yeux afin de ne pas vomir. Il y avait du sang partout. Lorsque je les rouvris, le corps de Doxan n'était plus là. Puis, je remarquai une vitre brisée avec des gouttelettes rouges au sol traçant une trajectoire. Mon estomac se retourna. Je sentis de la bile se former dans ma gorge. Mon premier vomi. Je ne recommanderais pas l'expérience. Je me sentais faible et vidée de mon énergie.

La fille aux cheveux verts, Esmeralda, plia ses genoux pour se mettre à ma hauteur. Elle était recouverte du sang du vieux borgne. J'eus de nouveau envie de vomir. Elle me regardait, amusée. J'éprouvais une sorte de respect à son égard. Non, c'était de la crainte. Elle essuya la goutte de sang sur mon front avec son pouce.

— Tu as réussi. Plus de Doxan, plus de problème pour tes amis.

Je ne considérais pas ça comme une victoire. La mort d'un homme ne résolvait pas tout. La véritable victoire aurait été de trouver une solution mettant tout le monde d'accord. Cependant, j'avais conscience que je n'aurais pas réussi. Je devais l'avouer : la mort de Doxan m'arrangeait. J'étais vraiment une immonde personne. Plus immonde que celle devant moi ? Je n'en étais pas sûre.

Esmeralda me remit debout. Les gardes avaient fui. Amuno était resté planté là, bouche bée. Elle le pointa négligemment du doigt.

— Lui aussi a fait souffrir ton amie, non ?

Oui, en un sens. Je ne voyais pas où elle voulait en venir. Oh non. Je m'interposai entre les deux. Elle me regardait, amusée. Elle jouait avec moi.

— Tu serais prête à te sacrifier pour lui ?

— Non.

Ma franchise lui arracha un authentique air étonné.

— Il a causé trop de tort à Agathe.

Je ne pardonnerai pas à Amuno les problèmes qu'il avait causés à tout le monde. Je n'avais plus envie de le voir. Je voulais juste qu'il parte. Il ne méritait pas la mort non plus.

— Tu es courageuse, voyageuse. Ta petite comédie m'a beaucoup divertie.

Il y avait du vrai dans ses compliments, mais ils cachaient des propos sous-jacents. Le sourire d'Esmeralda me disait beaucoup de choses.

— J'ai tué mon employeur, je n'ai plus aucune raison de rester là.

Elle vint poser une main sur mon épaule.

— Ce fut un plaisir de faire ta connaissance, petite bluffeuse. Tu salueras l'autre de ma part.

L'autre ? Agathe ? Non. Son air entendu m'apporta la réponse : la petite voix. La fille aux cheveux verts était là lorsque j'avais perdu le contrôle de mon corps. Elle avait compris que ce n'était pas moi à ce moment-là. Son ton quand elle avait prononcé « l'autre » laissait penser qu'elle connaissait la petite voix, ce qui était tout bonnement impossible.

Esmeralda approcha sa tête de mon oreille. Elle murmura.

— Ne t'inquiète pas, je ne parlerai pas de notre rencontre à Ronan.

Mon sang se glaça. Mes muscles se contractèrent. Je restais figée comme une statue. Elle me sourit une dernière fois, satisfaite de son effet, et partit en me tournant les talons. Mes sueurs froides m'empêchèrent de parler pendant un moment. Mille pensées tourbillonnaient dans mon esprit. Comment connaissait-elle Ronan ? Comment savait-elle qu'il me connaissait ? Comment ? Pourquoi ? La seule chose positive était ce qu'elle avait dit. Elle ne lui communiquera pas que j'étais là. Je craignais le garçon aux cheveux rouges plus que tout. Mon corps avait peur de lui, mon instinct aussi. De plus, mon expérience récente dans le monde blanc, où il m'avait plantée, n'arrangeait rien. Je restais debout comme une *Idiota puella*. J'entendis Amuno partir en courant. Je l'ignorais. J'aurais aimé que la petite voix soit là pour au moins partager ma peur.

Mon nez me faisait mal. Mon ventre aussi. Mes muscles étaient fatigués de s'être pris des coups. La pièce où Doxan avait perdu la vie s'était vidée de toute présence, m'y laissant comme unique âme restante. Le cri des oiseaux me tira de mes pensées. La vie envahissait la ville. À travers la fenêtre, je découvrais tout un tas de créatures émergeant de la végétation née il y a peu. Leur vue m'apaisa. J'oubliais mes peurs. J'avais envie de voir Agathe et les autres.

Je descendis les escaliers et franchis la sortie du géant gris. Le soleil m'éblouit. J'abaissai mon chapeau sur mes yeux. Mon corps ne réprimait pas tous les tremblements de crainte et de douleur qui le traversaient. Je me mis en

marche vers le seul endroit que je considérais comme réconfortant de la ville.

14

Famille

Btyls me prit dans ses bras. Puis, ce fut au tour d'Agathe, Tavo, Liopium, Rtot. Elopi, incapable de bouger de son lit, me prit aussi dans les bras lorsque je m'approchais d'elle. Je leur avais raconté ce qui s'était passé avec Doxan. Ils m'avaient écoutée, en silence. J'avouais avoir pleuré durant mes explications. J'avais risqué ma vie et assisté à la mort, à peine sanglante, d'un homme. En apprenant la disparition du vieux borgne, Agathe n'avait pas réussi à cacher son soulagement. La menace qui planait sur son groupe s'était envolée. Ils étaient tous en train de se réjouir jusqu'à ce que je casse l'ambiance en demandant pourquoi Doxan voulait tant avoir Agathe. Btyls avait tenté d'étouffer l'affaire, mais elle me répondit simplement de la suivre.

Nous marchions dans les rues vertes de végétation. Le soleil déclinait dans la lueur chaude du soir. Les petites créatures couraient autour de nous. Je caressais l'une des petites boules de poils bleues.

— Je suis une Sapiens.

Agathe regardait dans le vide en marchant.

— Je fais partie d'un peuple en voie de disparition. Nous étions aussi nombreux que les Woniens ou les Baryons. Les nombreuses guerres contre notre pays ont presque réussi à avoir raison de nous. Nous sommes désormais un peuple errant sans terres, ni refuges. Je ne sais pas combien des miens subsistent en ce monde.

Elle marqua une pause, prise par l'émotion. Le déclin des siens l'affectait. Je ne pouvais pas imaginer ce qu'elle avait vécu.

— Nous avons, comme les Net'am, une bonne maîtrise du Natura. La seule différence étant que nous seuls sommes capables de manipuler des artéfacts de créations majeures. Doxan voulait m'utiliser pour récupérer le « *Continens reverser* », un artéfact capable de détruire un continent. Il voulait se venger des Baryons qui lui avaient pris sa fille. Mais, j'ai cru comprendre que tu l'avais deviné toute seule ?

Elle m'adressa un beau sourire, dissimulant une pointe de fierté.

— Tu as été courageuse. Rtot m'a raconté t'avoir aidée à récupérer tes souvenirs.

— Je n'ai rien récupéré.

Agathe me dévisagea pour voir si je mentais. Lorsque je m'en rendis compte, je me sentis obligée de me justifier.

— Je n'ai retrouvé que l'aptitude de réfléchir convenablement. Je n'ai aucun souvenir concernant ce que je cherche.

— C'est déjà un bon début, non ?

Je lui rendis son sourire. Nous n'avions pas parlé d'Amuno. Le sujet semblait tabou, ce que je respectais. Elle m'avait amenée jusqu'au sentier sans que je ne m'en aperçoive. De la poussière se souleva quand je marchais dessus. Bien qu'elle ne puisse pas le voir, elle s'était souvenue de l'endroit. Le chemin de terre partait tout droit à travers la ville et au-delà. Je ressentis une certaine nostalgie. J'avais passé une bonne partie de ma nouvelle vie à le suivre.

Agathe se plaça derrière moi et mit sa tête sur mon épaule pour que nous puissions regarder dans la même direction.

— Rhuby... Il est peut-être temps que tu reprennes ton voyage.

Je me tournai vivement vers elle.

— Quoi ? Je...

— Tu es apparue telle un ange sur notre route. Tu as chassé le mal qui nous rongeait. Ces péripéties t'ont fait dévier de ton chemin.

— J'ai choisi de rester avec vous !

Elle me lança un regard compatissant. Puis, elle me tapota la poitrine du bout du doigt.

— Tu sais aussi bien que moi que tu dois continuer de voyager.

J'aurais adoré pouvoir la contredire. Cependant, mon cœur et mon instinct confirmaient ses dires en chœur. La petite voix aurait été d'accord avec eux. Une force mystérieuse me poussait à continuer la route.

— Tu dois trouver le pays du ciel, c'est ça ? Je pense que ton sentier t'y mènera.

Je la pris dans mes bras. C'était plus fort que moi. Je ne voulais pas les quitter. Elle me caressa doucement la tête en chuchotant que tout allait bien, après avoir enlevé mon chapeau. Le soleil avait eu le temps de se coucher, que je n'avais pas fini de pleurer.

Quelques jours plus tard, Agathe avait organisé une fête à mon honneur. Tavo et Liopium avaient dressé les tables de manière à pouvoir mettre à disposition beaucoup de nourriture. Je ne m'étais pas habitué à leur alimentation basée en priorité sur la viande. Je préférais les fruits.

Je faisais de mon mieux pour ne pas paraître triste. Je n'arrivais pas à me sortir de la tête que je les quitterais bientôt. Ils en avaient aussi conscience. Peut-être était-ce pour ça qu'ils faisaient tout pour s'amuser avec moi. Rtot m'avait appris à jouer au *roulus*. Il s'agissait d'un jeu où chaque joueur disposait de trente billes chacun. Le but était de priver le joueur adverse de ses billes. Il était possible de capturer les billes ennemis en les encerclant à l'aide de quatre billes. On pouvait choisir de sortir la bille capturée du jeu ou de la faire sienne, au risque de se la faire reprendre par un encerclement de seulement deux billes. J'avais eu du mal à comprendre les règles. Le vieil homme m'avait proposé de faire des parties d'échauffement. C'était sympathique de jouer. Je gagnais à chaque fois. Il me répétait sans cesse que c'était la chance du débutant. Lorsqu'on eut terminé nos parties, il approcha la table du lit d'Elopi pour que nous puissions jouer avec elle.

Sa jambe, amputée, ne lui permettait plus de marcher. J'étais désolée pour elle. Agathe rappelait tout le temps que c'était déjà une chance qu'elle soit en vie. Avec le soutien de Liopium, elle avait fini par s'habituer à sa condition. J'étais heureuse de la voir sourire à nouveau. Surtout quand elle gagnait systématiquement chaque partie. Je comprenais mieux le sentiment d'injustice de Rtot. J'avais beau donner le meilleur de moi-même pour gagner, elle me surpassait systématiquement.

Une fois l'ivresse du jeu passée, Tavo m'annonça qu'il allait m'apprendre à me battre. Je déclinais farouchement. Hors de question d'avoir mal. Je regrettais presque de décliner devant son air déçu. Cependant, il ne se découragea pas. Il me montra comment donner un coup de poing, puis de pied, des coups de coudes, des coups de tête, tout en fait. Malheureusement, Btyls, qui avait mal pris de servir de sac de frappe, se jeta sur lui et ils finirent au sol. Le pauvre homme devait avoir le double de l'âge de Tavo, mais il ne faiblissait pas devant lui. Pendant qu'ils se battaient, Agathe et Liopium nous appelèrent pour passer à table. Nous mangeâmes tous ensemble dans une ambiance festive qui me réchauffa le cœur.

Une fois le repas terminé, Btyls m'offrit sa main pour danser. Il m'apprit de nouveaux pas qu'il me montra en direct. Il était vraiment doué. Accompagnée des autres, je passai la nuit à m'y entraîner. Les deux lunes étaient levées depuis longtemps quand nous décidâmes d'aller dormir. Je passais ma dernière nuit avec eux, dans cette pièce où je me sentais en sécurité. Malheureusement, je ne pus fermer l'œil à cause des ronflements incessants de Tavo.

Le lendemain, Agathe nous réunit sur mon sentier. Tavo avait porté Elopi assise sur une chaise jusque-là. Les autres attendaient patiemment que la cheffe du groupe prenne la parole. Elle leur expliqua ce qu'elle m'avait expliquée : je devais repartir suivre ma route. Ils le savaient déjà, mais l'entendre de manière officielle en affecta certains. Ils avaient leur vie ici, je devais continuer la mienne dans ma quête de ma véritable identité. Si ça n'avait tenu qu'à moi, je serais restée à leur côté. Pendant combien de temps ? Mon cœur réclamait des réponses.

Agathe fit un petit discours à mon honneur. Je me mis à pleurer comme une enfant. Elle me prit dans ses bras en riant. Puis, elle demanda à Elopi et Liopium de s'avancer. La Mentiri approcha la chaise de son amie. Elles me donnèrent un petit objet rond que je passai à mon doigt. Elles m'apprirent qu'il s'agissait d'une bague de lumière. Elle me permettrait d'éclairer mon chemin durant la nuit. Je les remerciais de ce cadeau. Après un câlin collectif, ce fut Rtot qui m'apporta quelque chose. Il me tendit un sachet de billes rouges. Il me dit que j'avais désormais mes propres billes pour jouer au *roulus*. Il voulait vraiment rejouer avec moi.

Tavo et Agathe m'offrirent un petit bout de bois avec une lame pliable cachée dedans. Ils m'affirmèrent qu'avec ça, je pourrais me sortir de bien des situations. Le morceau de bois était travaillé, avec des inscriptions dessus : les noms de tout le groupe. Je manquais de pleurer, encore. Je le rangeai dans une poche de mon veston.

Le dernier à s'approcher de moi fut Btyls. Le grand gaillard passa ses mains derrière mon cou. Je sentis ses doigts faire une rapide manipulation. Lorsqu'il eut fini, je découvrais un pendentif autour de mon cou. Une gravure en argent d'un oiseau pendait au bout d'une chaîne de la même couleur. Il était magnifique. Ce cadeau fut de trop, mes larmes sortirent toutes seules. Btyls tendit les bras devant lui pour que je puisse l'enlacer. Il m'avait déjà tellement donné. Il m'avait offert un nom et des vêtements, il m'avait appris à danser et m'avait fait me sentir en sécurité avec lui. Il était l'une des meilleures rencontres que j'avais faites. Si je n'avais pas été trop concentrée sur le fait de contenir mes larmes, j'aurais remarqué qu'il sanglotait aussi.

Il me lâcha et m'embrassa sur le front. Le grand homme repartit rejoindre les autres. Ils me firent tous un signe d'au revoir. Je leur rendis en les regardant s'éloigner. Agathe resta avec moi jusqu'à la fin.

— Tu es prête ?

Je hochais la tête, larmes séchées. Je me tournais vers la suite du sentier. Je trouverai ce que je recherche au bout.

Je serrai une dernière fois Agathe contre moi. Je commençais à m'engager sur le chemin.

— Tu sais, il y a quelque chose que je voulais te dire.

Je tendis l'oreille, intriguée.

— Ton nom. Btyls ne l'a pas inventé. C'était celui de sa fille.

Je restais sans voix, Agathe partait dans la direction opposée.

— Au revoir, Rhuby. Je suis certaine que nous nous reverrons.

Partie 2

Arthur

15

Bandits

Si je devais donner un conseil à quelqu'un concernant les voyages, ce serait : Ne traversez jamais un désert. Cela faisait trop de jours que je parcourais ces immenses étendues de sable. J'avais eu de la chance de tomber sur deux oasis pour ne pas mourir de soif. J'avais du sable plein les bottes, mais ce n'était pas le pire. Je ne comptais plus le nombre de fois où j'étais tombée, dévalant au passage une dune assez haute pour avoir le temps de me demander quand est-ce que je m'arrêterai de rouler. Le soleil, plus décidé que jamais à en découdre avec moi, déversait toute sa puissance sur ces malheureux grains de sable constituant le désert, et sur moi. J'étais particulièrement heureuse d'avoir mon chapeau sur la tête.

Je n'aurais jamais imaginé que la nuit soit aussi froide. Elle était aussi glaciale que le soleil était chaud le jour. Les deux lunes m'en voulaient aussi. Lorsque je me réveillais, impossible de me souvenir quand et comment je m'étais assoupie. Il existait de grandes chances pour que je me sois simplement évanouie à chaque fois. Mon corps n'en pouvait plus. Quelle erreur c'était de traverser un désert.

Le pire dans tout ça, c'était le sentier. Il aurait pu m'épargner au moins le sable dans les bottes, mais il n'avait pas voulu me faciliter la tâche. Le chemin avait pris l'apparence d'une longue ligne dorée flottant dans les airs pour me montrer la direction. Quel fainéant ! Pas foutu de rester au sol. J'en avais ma claque de perdre mon énergie dans un pas, là où sur de la terre, j'aurais pu en faire dix.

Cela faisait plus de dix-huit jours que j'avais quitté Agathe et les autres. Après être sortie de la ville, j'avais parcouru un bon nombre de forêts. J'aimais les forêts. Bien plus que les déserts. La séparation était difficile. J'avais beaucoup pleuré les premiers jours. Jusqu'à ce que je ne puisse plus m'offrir ce luxe, comme je passais sur des terres remplies de créatures hostiles. J'avais eu l'intelligence de laisser échapper un sanglot, ce qui m'avait valu de me faire courser pendant une journée entière par une horde de grosses créatures poilues, attirées par le bruit, possédant quatre pattes gigantesques et une tête d'oiseau. Avec des dents acérées. Une tête d'oiseau avec des dents. Après quoi, mon envie de pleurer était passée.

J'avais franchi des montagnes. Je n'avais rien à raconter là-dessus, car il ne s'était rien passé. Je m'étais même ennuyée durant cette partie du voyage. Je préférais tout de même cet ennui au désert. Je n'aimais vraiment pas le désert.

Je marchais actuellement sur une dune s'élevant bien au-dessus des autres. Je surplombais la mer dorée. Le sable s'étendait à l'infini dans toutes les directions, hormis au loin devant moi. J'apercevais des colonnes de roches rougeâtres. Elles se composaient de plusieurs couches de couleurs différentes dérivant du rouge. Le sable y semblait moins abondant et moins doré. J'accueillais ce changement de paysage avec enthousiasme. Fini le sable jaune, bonjour au sable rouge.

Mon pied gauche (ou droit) se positionna un peu trop sur le côté. Je perdis l'équilibre et dégringolais le long de la dune de façon comique. J'atterris tête la première dans le sable, que je ressortis le plus rapidement possible, dégoûtée d'en avoir dans la bouche. Je me relevai en me frottant la langue pour chasser les grains de sable accrochés dessus. J'en avais partout sous les vêtements, ça grattait. J'enlevais mon veston noir et retroussai les manches de ma chemise. Je l'aurais bien retirée, mais j'avais peur de prendre de trop gros coups de soleil. Et puis zut ! J'avais trop chaud. Je me mis torse nue. Impossible de dire si je me sentais vraiment mieux. J'arpentais à présent le désert à moitié habillée, le reste de mes vêtements à la main.

Je ne mis qu'environ deux heures à atteindre les massifs rouges. Leur vue me coupa le souffle. Ils étaient immenses et bien plus raides que les montagnes, ce qui les rendait plus impressionnants. Au fur et à mesure que j'avançais, tête en l'air comme une idiote pour admirer les sommets, le sable rouge se raréfiait pour laisser place à un sol dur et rocailleux. Mes pieds étaient si heureux que je dus faire une pause. La chaleur était restée fidèle à elle-même. Je croisais de temps à autre des minuscules arbres desséchés.

Après plusieurs heures à traverser les terres rouges, je compris qu'elles ne valaient pas mieux que le désert doré. Je ne rêvais que d'une chose : trouver une forêt. Une belle forêt verdoyante et pleine de vie. Avec de l'eau. Oui, de l'eau. J'en avais envie plus que tout au monde. Ma soif me semblait inextinguible. Si dans le désert je pouvais apercevoir une oasis à des kilomètres à la ronde, les rochers grands de plusieurs dizaines de mètres me cachaient la vue.

Le sentier avait repris forme d'un chemin de poussière. Il en soulevait tellement que ça me piquait les yeux. Il n'aurait pas pu rester sous forme de ligne flottante ? Il m'obligeait à toussoter lorsque la poussière entrait dans ma gorge. La toux additionnée à la soif me faisait souffrir terriblement. Mes pieds me hurlaient de m'arrêter. Sauf que si je les écoutais, je prenais le risque de ne jamais repartir. J'allais devoir prendre sur moi pendant encore un moment.

La nuit était en train de tomber dans le désert de rochers rouges. L'air se rafraîchissait pour mon plus grand bonheur. Je retirai mon chapeau pour permettre au vent d'aérer mes cheveux. L'air frais sur mon torse mouillé de sueur me donnait presque froid, mais mon corps était toujours trop chaud pour se plaindre. Je tentai de récupérer mes propres gouttelettes d'eau pour m'hydrater. Quelle horrible surprise de découvrir qu'elles étaient salées. Je grimaçais durant un bon moment, dégoûtée. La lumière du soleil s'amoindrissait, soulageant mes yeux. Je savais que ce moment de bonheur serait de courte durée. Bientôt, un froid sadique viendra geler mon corps meurtri par les coups de soleil.

J'entendis des sons saccadés au loin. Ils se rapprochaient. Je tournais vivement la tête dans tous les sens pour deviner d'où ils venaient. Le bruit s'intensifiait de plus en plus. On aurait dit un troupeau de créatures en train de courir. Ce n'était pas du tout rassurant. Je voulus me rapprocher d'une colonne de roche pour mettre un minimum à l'abri. Les sons se calmèrent, comme ils se rapprochaient de moi. Des bribes de voix me parvinrent. Je comptais cinq voix différentes. Des hommes qui faisaient des bruits de créatures ?

Je découvris un homme, grand et robuste, se dirigeant vers moi. Vêtu d'une longue cape noire et d'un affreux bandana qui lui barrait le front, il me fit un signe de la main en guise de salutations. Il était suivi de quatre hommes, habillés de la même manière. Ils étaient tous descendus du dos des créatures qui les accompagnaient. Elles marchaient sur deux grandes pattes puissantes terminées par deux longues griffes qui accrochaient le sol. Leur long cou débouchait sur une tête ovale dont la mâchoire semblait décrochée. Elles étaient horriblement laides.

Le premier homme s'arrêta devant moi et me dévisagea longuement avant de m'inspecter de la tête au pied. Il resta bloqué sur ma poitrine. Longtemps. Très longtemps. Je ne comprenais pas pourquoi tous les hommes étaient jaloux de ça. Ce n'est pas parce qu'ils n'en avaient pas qu'il fallait autant m'envier. Il fit un geste de main à ses camarades qui vinrent se poster à côté de lui, bloqués sur la même chose que lui. J'avais l'impression de donner un spectacle dont je ne voyais pas l'intérêt. Lassée d'être observée avec autant d'attention. J'enfilais ma chemise que je reboutonnai en vitesse. Ils parurent déçus. Je remis mon veston par-dessus, fin définitive du spectacle.

Celui qui semblait être le chef prit la parole en premier avec un ton sûr de lui.

— Que fait une demoiselle au milieu de nulle part ?

Son sourire charmeur m'était désagréable. Comme son regard, resté coincé sur ma poitrine.

— Elle voyage.

Ma réponse ne le convainquit pas.

— Tu m'as l'air perdue. Ça te dirait de venir avec nous ? Nous ne sommes pas si loin de la ville la plus proche.

Bonne nouvelle pour moi. J'espérais le désert rouge bientôt fini. Leur proposition était intéressante.

— Vous voyagez sur ces créatures ?

Je désignai les montures dont les têtes changeaient de direction avec des à-coups peu naturels.

— Ce sont des Aknon. Ce n'est pas très futé comme bestiole, mais ça court vite.

— Je veux bien venir avec vous.

Je ne comprenais pas pourquoi il avait l'air aussi surpris. L'homme interrogea ses camarades du regard. Ces derniers haussèrent les épaules.

— D'accord, mais ça ne sera pas gratuit.

— Je n'ai rien à vous proposer.

En signe de ma bonne foi, je tirai les poches vides de mon pantalon. En réalité, j'avais mes billes et mon couteau dans mon veston, mais je ne voulais en aucun cas les donner.

— Tu as quelque chose qui nous intéresse.

Même si on m'avait donné des heures pour y réfléchir, je n'aurais pas trouvé.

— Ta vie !

Parfois, j'étais vraiment longue à la détente. Tellement longue, qu'il eut le temps de me soulever par la gorge pour mieux me jeter au sol ensuite. J'eus la respiration coupée. Je tentai de me relever, en vain. Je titubai, comme il me frappait au menton à plusieurs reprises. Les autres riaient en me regardant essayer de rester debout. La fatigue et la soif m'avaient tellement épuisées que mon corps ne répondait déjà presque plus. Je regardais l'homme qui me frappait, les yeux mi-clos.

— Pourqu...

Je venais de découvrir ce que ça faisait de se faire assommer.

16

Le tigre

Quel mal de crâne horrible. Je n'osais pas rouvrir les yeux. L'homme et sa troupe m'avaient passée à tabac au milieu du désert sans raison. J'aurais été légitime de leur demander la raison qui les avait poussés à faire ça. Pourtant la seule chose qui me venait à l'esprit était que pour une fois, je n'étais pas passée par le monde blanc après avoir perdu conscience. J'aurais presque pu affirmer avoir bien dormi si je n'avais pas aussi mal à la tête.

Je me réveillai dans un endroit que je ne connaissais pas. Mes ravisseurs m'avaient déplacée pendant mon sommeil. Tout autour de moi, des barreaux de métal me barraient le passage. Je ne pouvais pas espérer passer, car ils étaient trop rapprochés. On m'avait mis en cage.

Mon chapeau m'avait été confisqué, ainsi que mon veston qui abritait mes billes et mon couteau. Des boutons de ma chemise étaient décrochés alors qu'ils n'auraient pas dû. Je soupçonnais ces hommes de jalouser un peu trop mon corps. Il pouvait me tripoter autant qu'ils le voulaient, ils n'auront jamais de poitrine. On m'avait pansé à plusieurs endroits où je m'étais fait mal. Je n'avais également plus soif. Je sentais ma bouche humide et ma chemise mouillée. La présence d'un récipient d'eau à l'extérieur de la cage confirmait qu'on m'avait hydratée.

La pièce dans laquelle ma cage se trouvait n'était pas très grande. Les murs, tapissés de vieux draps troués, ne la rendaient pas accueillante. Elle était close, aucune fenêtre permettant de se faire une idée de l'heure. Je remarquai une deuxième cage à côté de la mienne. Quelqu'un dormait dedans. Je n'arrivais pas à le voir.

Des bruits de pas se rapprochèrent. Je vis des hommes passer le voile qui faisait office de porte. Je reconnus ceux qui m'avaient agressée. Celui que je supposais être le chef me salua lorsqu'il me vit réveillée.

— Bien dormi ? Elle te plaît ta cellule ?

Ses hommes rirent de bon cœur.

— Pourquoi m'avez-vous...

— On fait du trafic d'humains, ma belle. On espère te revendre à un bon prix. Évite de nous compliquer la tâche, tu veux ?

Je ne comprenais pas tout, mais j'avais saisi l'essentiel : il ne me voulait pas du bien.

— Je peux avoir mes affaires ?

— Non.

Je voulus argumenter. Apparemment, je parlais dans le vide puisqu'il était parti devant la deuxième cellule. L'homme frappa les barreaux avec force. Le son métallique retentit de manière assourdissante dans la pièce. Je me bouchai les oreilles.

La personne à l'intérieur se releva en position assise. Il s'agissait d'un garçon aux cheveux blonds ébouriffés et aux yeux verts. Il était torse nu. Son corps mince et musclé était couvert de blessures diverses. Il afficha un air arrogant à l'attention de l'homme.

— On s'est endormi, le chat ? Tu penses que tu peux te permettre de nous faire perdre du temps comme ça ?

— Si vous me libérez, je serais peut-être plus enclin à parler.

Il exhiba des grosses menottes faites d'un matériau particulièrement sombre. En guise de réponse, l'homme dégaina une arme dont le canon pointait sur le garçon. Il appuya sur la détente et un projectile en sortit à grande vitesse dans un fracas assourdissant. Le blond fut frappé par le projectile qui explosa à son contact, libérant une fumée verdâtre familière. Le garçon tomba sur le dos, la peau du torse partiellement arrachée. De la fumée se libérait de la blessure et s'élevait jusqu'au couvercle de la cage où elle cherchait une sortie. Il grognait de douleur.

— Décidé à coopérer ?

— Si tu savais où tu peux te la mettre, ta coopération...

Un deuxième tir le percuta. Il râla aussi longtemps que la fumée s'accrochait à lui. Les hommes, sauf le chef, sortaient en discutant comme si de rien n'était. Leur désinvolte m'effrayait. En réalité, ils voulaient laisser leur chef tranquille. Celui-ci attendait que le garçon de la cage se relève.

— Essaie de viser mes menottes, ça m'arrangerait.

— Arrête de faire le malin, le chat. Tu n'as pas envie de m'énerver.

— Sinon quoi ? Vous allez pleurer ?

L'homme pointa son arme pour la troisième fois sur lui. Ses yeux trahissaient son envie de le descendre, tandis que le garçon attendait patiemment le tir. Prise de peur pour lui, je finis par intervenir.

— Vous n'êtes pas obligé d'en arriver là. Tout le monde peut trouver un terrain d'entente, non ?

L'homme interrompit son geste. Je crus d'abord qu'il s'était calmé, puis je constatai qu'il la pointait vers moi. J'avais peut-être fait une erreur de calcul en lui rappelant ma présence.

— Le terrain d'entente, c'est qu'il me dise ce que je veux savoir avant que je ne perde patience. Maintenant, que j'y pense, je pourrais t'utiliser pour le faire parler.

Le blond me jeta un regard du style : « Tu me mets dans une position vraiment inconfortable ». J'avais déjà compris que la situation tournait mal pour moi. Je devais tenter un bluff.

— Il vaudrait mieux pour vous éviter de m'abîmer, pas vrai ? En plus, je ne pense pas que ça serve à grand-chose étant donné qu'on ne se connaît pas.

L'homme baissa le canon en riant du nez.

— Bonne élocution, ma belle. Tu as raison, ce serait du gâchis de défigurer une belle marchandise comme toi.

La victoire était amère. Son regard lubrique me dégoûtait. Je ne savais pas à quoi il me destinait, mais je devinais qu'il n'y avait rien de bon.

Il prit le temps de menacer une dernière fois le garçon avant de soulever le voile de l'entrée pour sortir. Mon cœur se calma en le voyant disparaître de mon champ de vision. Il était dangereux. Bien trop dangereux. Mon mal de tête me rattrapa, m'assommant presque. La pression redescendue, je tombai de fatigue. J'entendis le blond essayer de m'interpeller, mais l'appel du sommeil était trop fort. J'avais besoin de me reposer. Les jours dans le désert m'avaient profondément affaiblie. Bien plus que je ne l'imaginais.

Quelle bonne nuit de sommeil ! Je ne savais pas vraiment si le jour s'était levé ou si la nuit était tombée. L'absence de fenêtre troublait ma notion du temps. En tout cas, mon mal de tête était passé. Je me sentais en meilleure forme. Mes blessures ne me lançaient presque plus.

Assoiffée, je tendis les bras à travers les barreaux pour rapprocher la bassine d'eau. Je joignis les mains en coupelle pour ramener le liquide à ma bouche. J'en mettais partout tout en manquant de m'étouffer après avoir bu de travers. Mes toussotements provoquèrent un mouvement dans la cellule d'à côté. J'aperçus la tête du garçon se dresser et me regarder avec des yeux aussi fatigués qu'agacés. Il s'assit en bâillant.

— Tu en fais du bruit.

— Désolé.

Je finissais ma gorgée. Je me tournai à mon tour vers lui, la chemise trempée. J'espérais qu'il n'allait pas croire que je ne savais pas boire.

— J'ai essayé de te réveiller, mais tu as un sommeil de plomb. En plus, tu ronflais.

Ce garçon était désagréable.

— J'ai passé trop de temps dans le désert. J'avais besoin de récupérer.

— Il n'y a pas de mal. Évite d'assourdir la pièce de bruit la prochaine fois.

Rectification : il était TRÈS désagréable.

— Comment vont tes blessures ?

Il s'était fait tirer dessus deux fois par un canon sûrement alimenté par du Natura. Son torse meurtri présentait des croûtes sombres. Il était taché de sang et de poussière.

— Bien. Ce ne sont pas ces pichenettes qui vont me faire mal.

Je me remémorais le voir grogner de douleur. Il ne paraissait pas vouloir continuer de parler de ce qui s'était passé. Il cachait ses souffrances derrière un visage impassible qui me dévisageait.

— Tu ne sais pas boire correctement ?

C'était officiel, je le détestais.

Décidée à ne pas lui répondre, je le sondais. Il n'était pas imposant, mais ses muscles parfaitement taillés le rendaient impressionnant. Je ne l'avais pas vu debout. Je me doutais qu'il me dépasse en taille. Je découvris, en me collant presque aux barreaux, une cicatrice lui enroulant le bras jusqu'au bout de ses doigts. Drôle de forme pour une cicatrice. Il me regardait l'analyser en silence. Ses expressions faciales étaient facilement déchiffrables. Par exemple, il voulait me dire : « Continue de me regarder et tu vas voir ». Cependant, il n'en fit rien. Au bout d'un long moment, il reprit la parole.

— C'est quoi ton nom ?

Je marquais un temps d'hésitation.

— Rhuby.

— T'es une Baryon ?

— Non. Enfin, je ne sais pas.

Ses sourcils aplatirent ses yeux, ma réponse ne lui plut pas.

— Comment c'est possible de ne pas savoir ?

Il était insistant. Je décidai de lui répondre.

— J'ai perdu la mémoire. Je ne sais pas d'où je viens.

— Dur la vie.

Le blanc qui suivit fut lourdement gênant. Le blond semblait perdu dans ses pensées. Je me retournais de l'autre côté pour lui montrer que je n'étais plus ouverte à la discussion. Je devais réfléchir à comment sortir d'ici, en prenant, au passage, mes affaires. Je n'abandonnerai pas les cadeaux de mes amis. Je doutais pouvoir m'en sortir en rusant. Je ne me sentais pas assez maligne pour me tirer d'affaire cette fois.

— Eh.

Le blond m'apostrophait. Je l'ignorai volontairement, parce que je le trouvais désagréable. Je n'avais pas envie de perdre mon temps dans une conversation qui ne me mènerait nulle part.

— Eh. Machin.

Il avait vraiment oublié mon nom en si peu de temps ? Au moins, grâce à lui, je découvrais le sentiment de vexation. J'avais encore moins envie de lui parler.

— Eh. Machin. Je sais que tu m'entends.

— Je ne m'appelle pas « Machin ».

— Je sais, c'est pour attirer ton attention.

— Rappelle-moi mon nom.

—... Lapis-lazuli ?

— Quoi ?

— C'est le nom d'une pierre précieuse, c'est la même chose.

Il avait gagné. Je pivotai sur mes fesses pour lui faire face, malgré la double couche de barreaux qui nous séparait.

— Je suis Rhuby.

— Génial. J'ai une idée pour nous sortir de là.

Sa remarque piqua ma curiosité. Il leva les bras pour mettre en évidence ses menottes.

— Elles m'empêchent de manipuler le Natura. C'est du *bronkterbe* pleureur, un matériau parfait pour neutraliser cette énergie. Ces menottes sont faites de telle manière qu'elles présentent un point faible énorme. La neutralisation du Natura ne se fait qu'à l'intérieur, là où se trouvent mes mains. Par contre, à l'extérieur, rien du tout.

Il me regardait fièrement. Son sourire impatient s'estompa rapidement en voyant que je ne réagissais pas comme il le voulait. Je pris un air d'incompréhension pour lui signifier que je ne voyais pas où il voulait en venir.

— Et ?

— Tu n'as pas de menottes, toi.

— Je ne sais pas utiliser le Natura.

Je découvris un air plus agacé que déçu.

— Eh bien, je vais devoir t'apprendre.

Le garçon se colla aux barreaux de sa cage. Il se contorsionna pour passer ses bras menottés le plus loin possible hors de la cellule. Il me demanda de lui donner la main. Je rechignais à la tâche, puis finis par accepter. Je tendis une main vers lui. Il l'attrapa maladroitement.

— Tu connais les bases ?

— Aucune.

Il ferma les yeux et commença à tâter mon poignet du bout des doigts. Je les sentis trifouiller ma peau et mes tendons. Sans prévenir, il appuya violemment à l'intersection de ma main et de mon poignet. Mes muscles se contractèrent. Une énergie verte enveloppa ma main furtivement avant de disparaître. Je regardais le blond, sans comprendre.

— Bizarre... C'est comme s'il n'émanait pas de toi. Enfin, c'est une bonne nouvelle pour nous. Avec toute cette énergie que j'ai sentie, tu peux te permettre de faire des erreurs. Ça devrait faciliter ton apprentissage.

— C'était mon Natura ?

— Tu veux que je te rappelle qui de nous deux a des menottes ? Je ne peux pas utiliser le mien.

J'étais excitée à l'idée de découvrir mes capacités. Mon enthousiasme devait être communicatif. Je le surpris à sourire en retirant ses bras.

— J'ai facilité la liaison entre ton être et le Natura. Ça ne dure pas longtemps, mais ça te permettra d'accélérer l'entraînement.

— Tu as fait ça en me touchant le poignet ?

— Ne me prends pas pour un amateur. Concentre-toi sur mes paroles.

Je fermai les yeux comme il me le demanda. Le blond commença à parler sans s'arrêter. Il murmurait d'une voix étrangement apaisante. Sa confiance en lui forçait le respect. À cet instant, j'aurais pu lui confier ma vie tant il savait ce qu'il faisait. Je me laissais guider par ses instructions. La plus fondamentale était : « Respire ». Je concentrais mes respirations en longues inspirations suivies de longues expirations. Je trouvais ça inutile jusqu'à ce qu'il me dise que ce n'était qu'un moyen d'atteindre un état de calme propice à la manifestation du Natura. Lorsqu'il jugea enfin ma respiration bonne, il m'ordonna d'ouvrir mes sens. Je ne comprenais pas ce qu'il voulait dire par là. Il capta mes pensées et me dit de vider mon esprit, de ne penser à rien. Ce que je fis. Je ne voyais pas comment j'allais pouvoir utiliser le Natura si je ne pensais à rien. Comment pourrais-je savoir quoi faire si je ne prêtais plus attention à mon environnement ?

Le garçon arrêta de murmurer et me réprimanda, car il me voyait douter. Je me remis au travail. Vider mon esprit. Je court-circuitais le flux de mes pensées. Je ne laissais pas mon attention s'envoler. Je flottais. Pas littéralement. Mon esprit flottait. « Suis le son de l'eau ». L'instruction du blond m'embrouilla. Mille et une questions tentèrent de surgir dans ma tête, mais je les réprimais. J'entendais bel et bien un bruit d'écoulement. Je lui permis de me porter.

« Attention la marche ». Quoi ? Je tombai physiquement à la renverse. Que s'était-il passé ? Je me relevai sur les coudes, bouche bée d'être tombée sans raison.

— Je t'avais dit de faire attention.

Il souriait, le visage tiraillé entre bienveillance et moquerie.

— Qu'est-ce que...

— J'aimerais t'épargner la théorie, nous n'avons pas le temps. Réessaie, prends garde à lever le pied la prochaine fois.

— Comment ? En plus, je ne bouge pas. Comment j'ai pu tomber ?

— Ne réponds pas, recommence.

Je m'en remettais à lui. Ces choses étranges qui m'arrivaient prouvaient que son exercice avait un sens. J'inspirais. J'expirais. Le son de l'eau apparut. Je le suivis. Je vis la marche, cette fois. Ce n'était pas une marche à proprement parler. Plutôt un obstacle pour l'esprit, comme une pensée ou sentiment. Je flottais par-dessus. J'avais réussi.

Pour la deuxième fois, je tombai à la renverse dans ma cage.

— J'ai oublié de te prévenir qu'il y en avait une autre.

Il riait. Je me redressai en arrangeant mes cheveux qui tombaient sur mes yeux de façon comique.

— Aller, on recommence.

Je répétai le même processus, esquivant au passage l'autre marche. Après quoi, mon esprit s'envola à toute vitesse. Je volais. Mon corps était pourtant assis, mais je volais. C'était tout bonnement incroyable. Les murmures d'instructions du garçon me portaient toujours plus haut.

« Dirige toi vers le nuage vert. » Quel... ? Là-bas. Une immense, gigantesque, gargantuesque nuage verdâtre planait au-dessus de ma tête. Il était magnifique. Ses teintes se reflétaient dans le ciel. Mon esprit monta vers lui.

« Continue, lorsque tu seras à sa hauteur, tu... ». D'un coup, je dégringolais. L'espace autour de moi se désagrégea. Des fissures apparurent dans le ciel. Les couleurs jusqu'à maintenant assez claires et calmes se changèrent en quelque chose de plus agressif, virant du rouge sang au bleu océan. Je fus prise de nausées. Le nuage devint menaçant, lançant des éclairs de la même couleur que lui. Il me rappelait la tempête de Natura. Petit à petit, toutes les formes m'entourant devinrent étranges et disproportionnées. « Qu'est-ce qu'il se passe ? ». Le garçon ne semblait plus contrôler la situation. « Ça n'est jamais arrivé auparavant. ». Je supposais que ce n'était pas censé me rassurer. « Reviens ». Et comment ? J'étais perdue au milieu d'un maëlstrom de désespoir. Ma chute n'avait plus de sens. Je ne savais plus si je tombais ou si je montais. Les fissures du ciel s'agrandissaient dans un boucan infernal. Mes yeux ne supportaient plus les couleurs dénuées de logique qui les traversaient. Le nuage vert, plus agressif que jamais, me visait de ses éclairs. L'un d'eux me frôla, lançant au passage mon corps dans tous les sens à cause de sa force. Quand je pus enfin me stabiliser, je découvris un paysage d'apocalypse devant moi. J'aurais aimé pleurer si je n'étais pas trop sous le choc pour.

Au milieu du chaos, je discernais une drôle de silhouette. Elle flottait, enveloppée d'une aura argentée. Elle se démarquait facilement dans cet amas de non-sens. En y regardant plus attentivement, je me rendis compte qu'elle m'était familière. Du bois sur la tête. C'était la créature avec les bois sur la tête. Celle que j'avais rencontrée au début de mon voyage après être sortie de la montagne de l'éveil. Elle m'avait protégée du monstre qui voulait en finir avec moi. Je n'aurais jamais imaginé la retrouver dans cet enfer. Lorsque je la vis, mes souvenirs fraîchement retrouvés me donnèrent un nom à lui attribuer : « *Cervus* », « un cerf ». Il était majestueux. Je ne parvenais pas à détourner mon regard de lui malgré l'espace qui se déchirait.

Son regard se posa sur moi. En un instant, j'étais revenu dans ma cage, allongée sur le dos en nage avec le garçon qui donnait des coups d'épaules dans sa cellule en criant ce qu'il pensait être mon nom. Le silence, bien que perturbé par lui, était bienvenu. Je respirais fort comme si j'avais fait un effort éprouvant. Mon cœur battait à toute allure. Techniquement, je n'avais jamais bougé. Seul mon esprit avait voyagé.

— Tu m'entends ? Eh ! Émeraude, tu m'entends ?

Il commençait à me taper sur les nerfs à ne pas retenir mon nom. Je prononçais faiblement.

— Rhuby.

— C'est quoi ce bordel ?

Il était vraiment choqué. Une expression d'incompréhension et de panique de quelqu'un qui était tellement habitué à quelque chose que le moindre changement le faisait paniquer. Je pris du temps pour me remettre de mes émotions. Ma poitrine allait exploser si je ne me calmais pas. J'apaisais ma respiration.

— Regarde tes mains !

Quoi mes mains ? Ce n'était pas le moment, j'étais encore hors d'haleine. Oh ! Mes mains brillaient d'une lueur verdâtre propre au Natura. Je les inspectais avec crainte. Mon expérience traumatisante était encore récente. Une douce aura enveloppait mes deux mains. La sensation était apaisante. J'aurais pu les contempler durant des heures.

— Visualise une lame, vite ! Profitons-en pour nous évader.

Il m'agaçait avec son ton pressant. Il n'avait pas été perdu au milieu de l'enfer. Malgré tout, je fis un effort pour me relever et m'approcher des barreaux. J'avançais les mains vers lui. Il se contorsionna pour faire de même. Je me concentrai pour faire de ce Natura une lame capable de trancher ses liens. Sauf que j'avais oublié que je n'avais aucune maîtrise. J'avais beau essayer de toutes mes forces de créer une lame, rien ne se produisit. C'était pourtant une occasion en or de fuir cette cage. Je devais y arriver.

Le garçon m'avait dit de « visualiser » une lame. J'avais tout tenté : transformer le Natura dans mon esprit, créer une forme dans ma tête, projeter mes pensées. La panique arrivait, tout comme son ton se faisait de plus en plus pressant. « Aller ! ». Je m'implorai de réussir. L'énergie verte autour de mes mains ne bougeait pas d'un poil. Cette vision me découragea.

— Normalement, tu as juste à imaginer le Natura prendre une forme spécifique pour qu'il le fasse.

Son ton n'avait rien de moqueur ou d'agacé, il essayait de m'apprendre comment faire. Malheureusement, j'avais déjà appliqué son conseil, sans résultat. Pourquoi n'y arrivais-je pas ? J'avais fait le plus dur, non ? Je me remémorai les roses d'Agathe. Elle était un génie et je ne m'en rendais compte que maintenant. Donner une forme si précise au Natura était prodigieux.

J'en avais assez de ne pas y arriver. Je devais tenter autre chose. Une lame était une forme trop complexe pour moi, apparemment. Que pourrais-je utiliser d'autre pour briser des menottes ? Je posais mes mains dessus. J'avais une idée. Pas forcément bonne, mais ça restait une idée. Je n'avais rencontré que trois personnes capables de manipuler offensivement le Natura : Agathe, Btyls et Esmeralda Miu'Da'Riu. Les deux femmes possédaient des capacités trop compliquées à singer pour moi. Btyls, par contre... Je visualisais une explosion. Pas trop grande pour ne pas nous faire exploser. Était-ce plus dur de créer une explosion plutôt qu'une lame ? Je ne savais pas.

Le blond écarquilla les yeux lorsqu'il comprit ce que je m'apprêtai à faire.

— NON !

Voici la réponse à ma dernière question : Oui, c'était plus simple pour moi de matérialiser une explosion. L'aura autour de mes mains doubla de volume en éclatant. Un amas de fumée m'aveugla. Mes mains me brûlaient. J'étais parvenue à manipuler le Natura ! Bon, ce n'était peut-être pas la forme la plus élégante possible, mais ça restait une réussite. J'étais excitée à l'idée de pouvoir faire comme Btyls. J'avais complètement oublié le garçon à qui je venais d'exploser les mains. J'attendais que la fumée se dissipe pour voir s'il allait bien. Un bruit sourd m'obligea à me boucher les oreilles. Le nuage de fumée se dissout aussi vite qu'il s'était formé.

— Tu es une grande malade.

Le garçon était debout devant ma cage. Il n'avait plus ses menottes. Cependant, ses poignets étaient meurtris par des blessures pas belles à voir. Son expression faciale avait changé du tout au tout. Il souriait comme un fou.

— Avec le raffut que tu as fait, les bandits vont débarquer.

— Tu ne crois pas si bien dire.

Le chef des bandits apparaissait en passant le voile d'entrée. Ses hommes le suivaient de près. Il sortit instantanément son canon qu'il pointa sur le blond.

— Retourne dans ta cage, le chat.

Le garçon l'ignora royalement. Il plaça un pied en avant et se replia sur lui-même, les bras contractés. Le bandit cria quelque chose à ses hommes qui se mirent à tirer avec des canons plus petits. Les balles de Natura fusèrent sur le garçon. Étrangement, elles ne l'atteignirent pas. Elles semblaient heurter une barrière invisible autour de lui. Je la vis enfin. Une aura verte monstrueuse l'entourait. Elle était concentrée et semblait se renforcer chaque seconde qui passait. Un sifflement strident montait dans la pièce. Le bandit lui tira dessus à plusieurs reprises. Ses projectiles étaient plus gros que ceux de ses hommes. Je voyais à son air paniqué que quelque chose ne tarderait pas à se produire.

Le garçon se déplia d'un coup, libérant le Natura qu'il avait accumulé. Derrière lui, son énergie prit la forme translucide et verdâtre d'une créature. Ces traits, cette forme, je les avais déjà vus. Elle ressemblait comme deux gouttes d'eau au monstre qui avait attenté à ma vie peu de temps après mon éveil. Je posai un nom sur ce monstre, « Tigris ». Le garçon avait dans son dos une projection faite de Natura d'un tigre aussi monstrueux que celui que j'avais rencontré. Il rugit de toutes ses forces lorsque l'énergie fut relâchée. Le souffle du rugissement envoya le chef des bandits et ses hommes voler à travers le mur, qui s'effondra au passage. Des pierres s'éboulèrent, enterrant certains. L'homme était sonné au centre des débris.

Le garçon fit disparaître son aura en accourant vers ma cage. Il attrapa deux barreaux adjacents de chaque main et les écarta comme un rien, me créant une sortie. D'un geste de la tête, il me demanda de le suivre. À sa grande surprise, je restais figée comme une *Idiota puella*. Ce n'était pas ma faute, cette démonstration de force avec la projection d'un monstre dans le dos me rappelait un profond traumatisme. Je revivais la scène avec Ronan et son lion. Qu'est-ce qui me faisait dire que ce garçon n'était pas de son côté, étant donné qu'ils possédaient les mêmes habiletés ? J'avais du mal à lui faire confiance tout à coup.

Je me repris rapidement. Je ne pouvais pas rester ici. Au pire, si je le sentais dangereux, je pourrais toujours lui fausser compagnie. J'attrapai la main blessée qu'il me tendit. Il me releva et envoya une vague de Natura dans le mur à côté de ma cellule. Il vola en éclats, laissant apparaître le ciel en plein jour. Avant qu'il ne m'entraîne par cette sortie, je me rappelais quelque chose d'important.

— Je dois récupérer mes affaires.

— On n'a pas le temps.

Sa voix plaignante disparut derrière moi, comme je courais sur les débris recouvrant les bandits. Je passai par une salle vide avec deux portes. L'une d'elles était bloquée, j'enfonçais l'autre. Mon épaule manqua de se déboîter au passage. J'entrai dans une chambre avec quelques lits. Mes affaires ne devaient pas se trouver là. Je continuais ma course à travers ce bâtiment dont je n'avais pas souvenir d'y être entrée. Enfin, je pénétrais dans ce qui ressemblait à une salle de stockage. Je ne savais pas compter assez loin pour dire combien de caisses étaient empilées ici. Je cherchais du regard où mes affaires avaient pu être conservées. J'étais certaine qu'elles étaient là.

Le garçon entra dans la pièce à son tour. Il m'avait suivi. Ses blessures étaient encore plus impressionnantes vues de près. Il s'approcha de moi avec un regard particulièrement énervé.

— Qu'est-ce que tu fais ? On est en train de s'évader.

— Je cherche mes affaires.

— Elles sont assez importantes pour qu'on risque nos peaux ?

Je les vis enfin. Posées négligemment au-dessus d'une pile de caisses, mon chapeau et mon veston trônaient fièrement dessus. J'étais trop petite pour les atteindre. Je fis alors signe au garçon de m'aider. Il mesurait une tête de plus que moi. Simplement en levant le bras, il les attrapa, puis me les rendit.

— On a perdu tout ce temps pour un vulgaire chapeau et une veste ?

J'allais lui rétorquer que moi, au moins, j'avais des affaires quand le chef des bandits apparut à l'encadrure de la porte. Du sang ruisselait sur sa tempe. Il haletait bruyamment. Plus de fureur que d'épuisement. L'homme souleva son canon dans notre direction. Je distinguais des balles rouges au fond.

— T'es mort, le chat.

Le blond se plaça entre lui et moi. Il n'activa pas son aura, pas plus qu'il ne le menaça. Je sentais que quelque chose n'allait pas. Il n'avait plus de Natura ? La situation était pire que je ne le pensais. Je devais intervenir.

— Vous ne devriez pas tirer.

Il me dévisagea, dubitatif.

— Et pourquoi, ma belle ?

— Votre arme est trop abîmée. J'ai vu que vous avez chargé des munitions différentes d'avant. Sûrement plus puissantes, d'ailleurs. Si vous utilisez votre canon, il explosera dans vos mains.

— J'en ai rien à foutre, du moment que je vous emporte avec moi.

Son regard de fou ne me rassurait pas. C'était plus difficile de convaincre des personnes bornées. J'enfilais mon veston noir et posai mon chapeau de voyageuse sur la tête. Je n'en avais pas fini.

— J'entends votre volonté. Le problème étant que si vous tirez, vous serez le seul à être touché. L'explosion de vos munitions ne nous atteindra pas.

Le chef des bandits s'emporta dans une colère noire et nous fonça dessus.

— Dans ce cas, nous serons tous pris dans l'explosion.

De tout ce que j'avais pu imaginer, je n'aurais jamais pensé qu'il soit suicidaire comme ça. Le roussi approchait, à un détail près. J'avais menti. Son arme était intacte, elle n'explosera pas lorsqu'elle sera utilisée. Donc, l'explosion qui nous emportera tous n'existait pas. Le problème restant était qu'il ne fallait pas qu'il nous la pointe quand même dessus.

Il arriva sur le garçon, canon en avant. Je redoutais le tir. Et puis... Et puis, rien du tout. Le blond le frappa à la mâchoire avec une telle violence que l'autre fut projeté contre un mur au loin, perdant son arme au passage et manquant de le traverser. Le garçon se tourna vers moi, presque déçu de s'être débarrassé du chef des bandits aussi rapidement. Il entreprit de dégommer le mur derrière moi, dévoilant une vue splendide sur le ciel. Il aime vraiment tout casser.

Je me demandais comment c'était possible d'aussi bien voir le ciel à travers le trou. La réponse était plus simple que ce à quoi je m'attendais. Le bâtiment dans lequel nous nous trouvions était bâti au sommet d'un des immenses rochers rouges. Le plus haut que je n'avais vu, soit dit en passant. Ses falaises étaient terriblement raides. Impossible de descendre à pied. Je me demandais même comment les bandits étaient montés jusque-là. Le sol était si loin en contrebas. Je fis un pas en arrière, de peur de chuter.

Des cris retentirent dans le bâtiment. Les bandits étaient sortis des décombres du premier mur détruit par le garçon. Ils cherchaient leur chef et nous, par la même occasion. Ils seraient là dans quelques minutes, armés de leurs canons. J'étais certaine que nous ne pouvions pas les affronter. Comment faire pour se sortir de là ?

— Bon. Tu es prête, Charbon ?

Il faisait exprès de m'appeler par tout sauf mon prénom. En plus, il ne faisait même plus l'effort de trouver le nom d'une pierre précieuse. J'allais devoir lui faire comprendre que ce n'était pas agréable de se faire appeler n'importe comment.

— Prête pour quoi, le chat ?

Le chef des bandits l'appelait comme ça. J'ignorais pourquoi. Cependant, je vis bien que ça fit son petit effet. Il eut l'air ennuyé.

— Je m'appelle Arthur. Évite de m'appeler « le chat », Saphir.

Moi qui pensais qu'il faisait exprès de se tromper, je commençais à en douter.

— D'accord, Arthur. Qu'est-ce que tu prév...

Il me saisit par la taille et sauta par le trou. Nous chutions du haut de l'immense rocher rouge à pleine vitesse. Il était complètement fou. On allait s'écraser comme des crêpes. Par réflexe, je me débattais. Il me serra plus fort. Il fallait dire qu'il était costaud. Nous tombions de plus en plus vite. Je maintenais fermement mon chapeau sur ma tête. J'avais peur qu'il s'envole, comme mes cheveux qui n'avaient de cesse de claquer au vent. L'air me fouettait furieusement le visage. Et dire que j'allais finir écrasée au sol.

Arthur n'était absolument pas paniqué. Au contraire, il prenait son pied. Crier des « Youhou ! » Assez fort, malgré le vent pour me faire mal aux oreilles, ne le dérangeait pas. Il souriait à pleines dents. Ce fut quand je le vis ouvrir la bouche pour laisser entrer l'air, qui provoqua des remous sur ses joues, que je me dis que j'allais vraiment mourir.

Nous approchions du sol. Au fond de moi, je m'étais imaginée que le garçon avait prévu quelque chose pour que nous nous en sortions. Je priais de ne pas m'être fourvoyée.

En tout cas, il était désormais trop tard pour faire une manœuvre ayant pour but de ne pas nous écraser.

Le sol sablonneux. Il était à moins d'un centimètre de mon visage. C'était terminé. Je fermai les yeux. Et puis, plus rien. J'avais l'impression d'avoir plongé dans de l'eau. Mon corps était léger et mes mouvements plus fluides. J'agitais les bras pour comprendre ce qui se passait. Je sentis Arthur stopper mes gesticulations. Je rouvris les yeux. Nous étions dans un vaste espace obscur, en train de flotter.

Le garçon ne me laissa pas le temps de comprendre. Il me saisit par un bras et m'envoya vers le haut de toutes ses forces. J'allais à une vitesse folle, comme s'il n'y avait rien pour ralentir ma trajectoire. Je heurtai quelque chose de mou que je transperçai en perdant de la vitesse. Le soleil du désert vint me cueillir. J'étais de retour dans le vrai monde. Ma trajectoire n'était pas tout à fait terminée. Je retombais de pas bien haut sur le sol poussiéreux. J'étais enfin immobile.

Étendue sur le sable rouge, le rocher de la même couleur, au sommet duquel j'étais tombée, se dressait devant moi. Il confirmait mes doutes, c'était bien le rocher le plus haut que je n'avais jamais vu. Je n'en revenais pas d'être en vie après une telle chute. Que s'était-il passé ? D'ailleurs, où était Arthur ?

Je me relevais pour inspecter les environs. Il n'était nulle part. Tout à coup, je vis une tête sortir du sol. Je poussai un cri de surprise. Il me jeta un regard courroucé par le bruit strident. Il sortit ses bras puis son buste. Je l'entendis râler comme pas possible. Le garçon extirpa ses jambes comme s'il sortait de l'eau. Une fois complètement hors du sol, il s'étira en bâillant et s'approcha de moi pour poser une main sur mon épaule.

— Je t'expliquerai plus tard. Tirons-nous de là.

Arthur entreprit de marcher dans une direction au hasard. C'était bien beau tout ça, mais je devais retrouver le sentier. Cela dit, on m'avait assommée et transportée ici. J'avais peu de chance de le retrouver. J'avouais ne pas me sentir à l'aise de me savoir loin de ce chemin de poussière. C'était bien la première fois que je m'en éloignais autant. Néanmoins, j'étais une grande fille (je crois), je pouvais un peu dévier de mon chemin sans pleurer. Je trottais pour rejoindre Arthur.

— On va où ?

— Chez moi.

— C'est loin chez toi ?

— Oui.

J'avais presque failli oublier mes doutes le concernant.

— Tu connais Ronan ?

Arthur me regarda comme si j'avais dit une absurdité.

— Ça fait des années que j'ai pas traîné en ville, alors si tu me parles de soi-disant célébrités mondiales, j'en ai rien à faire.

— Des célébrités ? Tu as entendu parler de lui ?

— Non. Pourquoi ? C'est pas une célébrité ?

— Je ne sais pas.

— C'est quoi ces questions idiotes ?

Il pouvait être vraiment agaçant. Surtout que j'avais l'impression qu'il me prenait pour une *Idiota puella* en permanence.

— C'est juste que... C'est une personne qui me fait peur et je craignais que tu sois mêlé à lui.

— Pourquoi je le serais ?

— Tu as déployé une projection de Natura à l'apparence d'une créature et...

— Tout le monde peut faire ça avec un peu d'entraînement.

— Vraiment ?

— OK, beaucoup d'entraînement. Économise ta salive si c'est pour dire des bêtises. On va marcher pendant pas mal de temps. Alors, un peu de silence, Rhuby.

Il avait bien insisté sur mon nom. Cette fois, j'en étais certaine, il faisait exprès de se tromper à chaque fois.

— Espèce de sale...

Quiconque en aura envie pourra compléter ma phrase, je ne connaissais aucune insulte et j'aurais aimé en connaître juste pour ce moment.

17

Le Paradis

Moi qui n'avais jamais voyagé accompagnée, j'étais servie. Arthur avait été insupportable durant les trois jours de marche. Il râlait en continu. Il se plaignait de la chaleur, du soleil, de la tristesse du paysage, du vent, de la nuit, du froid de la nuit, des créatures hostiles qui nous avaient pourchassées sur deux kilomètres avant qu'il se décide à se débarrasser d'elles, du manque de nourriture, du manque d'eau, et enfin, de mon chapeau. Oui, il avait critiqué mon magnifique chapeau de voyageuse. Il aurait mieux fait de se regarder, lui et son pantalon comme seul compagnon. Et dire qu'il m'avait imploré de me taire. Il ne faisait que parler. Je n'avais jamais rencontré une personne aussi loquace.

Même la petite voix, durant ses heures les plus virulentes, faisait des pauses en parlant. Lui, il ne s'arrêtait pas.

Pendant notre trajet, je lui avais raconté ce que j'avais vécu au long de mon voyage. Je lui avais dit de chercher le pays du ciel. Ce à quoi il avait répondu que ça devait être un pays de riches et qu'il n'aimait pas les riches, et donc, qu'il ne fallait pas que j'y aille si je ne voulais pas devenir snob. C'était épuisant de tenir une discussion avec lui. Je lui avais demandé s'il connaissait le « *Veritas Ruptor* ». Je n'avais pas compris pourquoi il m'avait ensuite dit « À tes souhaits ». Ce garçon ne m'avait apporté aucune aide.

Pour détendre l'atmosphère après notre passage dans un canyon un peu trop hostile, où je l'avais soi-disant empêché de se battre comme un homme contre une créature de deux mètres de haut, je lui avais montré les cadeaux de mes amis. Il affirmait haut et fort que les billes c'était bien un truc de fille. Il avait trouvé mon couteau ennuyant (allez savoir ce que ça voulait dire). Puis, lorsque j'avais exhibé mon pendentif offert par Btyls, le garçon m'avait fait la morale en me disant de ne pas le montrer à n'importe qui, parce que s'il avait été un voleur, il me l'aurait embarqué, fissa. Heureusement, selon lui, j'avais de la chance qu'il soit un homme digne et droit dans ses bottes qui ne vole pas les filles naïves comme moi. Il avait un côté hautain particulièrement fatiguant.

Nous avions traversé le désert rouge, débouchant sur des terres complètement plates. Le sol y était craquelé et desséché. Il n'y avait rien à l'horizon, pas d'arbres ou de rochers. Ce fut pénible d'y progresser avec le soleil qui nous tapait sur le crâne. Arthur avait tenté de me voler mon chapeau. Je lui avais alors rappelé qu'il était un homme droit et digne. Ce à quoi il avait répliqué n'être qu'un humain après tout. Sur la route, nous avions trouvé un arbuste isolé, d'où pendaient des fruits bleus en forme de losange depuis ses branches. Le garçon avait catégoriquement refusé d'en prendre. Il avait ensuite changé d'avis en me voyant tous les avaler un à un. Ils étaient gorgés d'eau. C'était grâce à ça que nous avions pu tenir la journée. Cependant, il avait continué de me regarder bizarrement. J'étais sûre qu'il me prenait pour une sauvage qui sautait sur tout ce qui pouvait être mangé.

Il ne m'avait pas parlé de lui. À part se plaindre et critiquer chaque chose que je lui racontais, il ne s'était pas étalé sur sa vie. La seule chose que je connaissais de lui était son nom. En un sens, c'était inquiétant. Je suivais un parfait inconnu, on ne savait vraiment où. D'ailleurs, je ne savais pas comment il s'y prenait pour nous guider, mais il était certain de la destination.

Finalement, nous arrivâmes devant une barrière de rochers, perdue dans ce désert sans sable. Il ne s'agissait pas d'une simple barrière, mais plutôt d'une enceinte de pierre. Étrange, cette formation rocheuse au milieu de nulle part.

— Nous sommes chez moi.

Je supposais que nous n'avions pas la même notion de « maison ». Je ne voyais pas d'entrée. L'enceinte était complètement fermée et trop haute pour être escaladée. Arthur s'approcha de la roche.

— Donne-moi la main.

— Non.

Son air hébété devant mon refus faillit me faire sourire. Ma négation prenait sens si, comme moi, on l'avait vu enfoncer ses doigts dans son nez comme pas permis, pour en sortir des immondices à vomir. Franchement, je savais que je n'avais pas une hygiène incroyable de par mon statut de voyageuse, mais ce que j'avais vu me répugnait au plus haut point.

— Arrête ton cirque.

Je me résolus à faire ce qu'il disait. Je mis ma main dans la sienne sans dissimuler mon dégoût. Il recommença à râler en me faisant la morale. Le garçon marcha vers le rocher sans craindre de se cogner. Son corps se fondit dedans comme s'ils fusionnaient avant de disparaître, ne laissant que le bras par lequel il me tenait. Je le sentis me tirer. J'avançai à mon tour. Je m'attendais vraiment à me cogner, mais au lieu de ça je passais au travers après avoir ressenti une faible résistance à la surface de la roche. Je me retrouvais dans le même espace obscur qu'après notre chute depuis le repaire des bandits. Nous ne flottions pas. Le garçon marchait devant moi malgré l'absence de sol. Je le laissais me guider dans cet espace angoissant. Il savait ce qu'il faisait. J'apercevais des petites particules blanches flotter ici et là. Je voulus lui demander quel était cet endroit, mais nous étions déjà arrivés à destination.

Arthur disparut comme par magie devant moi, répétant le schéma d'entrée. Nous n'étions pas restés longtemps dans l'espace noir. Lorsque j'en sortis, j'hallucinais du spectacle qui s'offrait à moi. Nous émergions du mur dans une forêt luxuriante. La verdure était omniprésente. Le paysage me coupait le souffle.

Nous étions à l'intérieur de l'enceinte de pierre. La forêt remplissait l'espace. La nature y était chatoyante. L'herbe au sol caressait mes bottes. C'était un paysage en totale opposition avec l'extérieur. Ici, la vie prenait le pas sur la mort. Il y avait tellement de plantes que je ne connaissais pas, tellement d'arbres que je n'avais jamais croisés. Je restais bouche bée devant tant de beauté. Une petite créature apparut en sortant d'un buisson aux longues feuilles vertes. Elle sautillait et courut loin de nous, joueuse. Une autre beaucoup plus grande, elle me dépassait, cueillait des fruits à l'aide de sa queue dans un des arbres les plus hauts du lieu. En prenant du recul, la forêt était remplie de créatures en tous genres et de toutes tailles.

Une bestiole au pelage ras jaune arborant une petite queue touffue fonça sur nous. Ou plutôt sur Arthur. Elle lui sauta sur l'épaule. Le garçon lui caressa le menton. Elle se frotta à lui en passant d'une épaule à l'autre. Quand elle eut l'air contentée, elle sauta à terre et disparut dans des hautes herbes.

Il ne m'avait pas lâché la main. Il s'en servit pour me guider vers une cabane en hauteur bordant l'enceinte de pierre. Je le suivis, sans voix. Les mots étaient de trop pour décrire le paradis qui s'offrait à moi. Sur le trajet, un singe à peine plus grand que trois fruits d'eau me vola mon chapeau en sautant du haut d'un arbre. Ravi de son nouveau trésor, il se mit à danser en essayant de le mettre sur sa tête, ce qui le recouvrit entièrement. Je le vis s'enfuir avec. Il avait beau être mignon, c'était mon chapeau. Arthur réagit avant que je ne lui demande. Il siffla en coinçant son petit doigt entre ses dents. Un son différent d'un sifflement sortit de sa bouche. Le singe revint à nos pieds, ronchon. Il me tendit le couvre-chef que je récupérais avec plaisir.

Le garçon me fit signe de le suivre. Nous montâmes des escaliers collés aux parois de pierre. Ce fut en prenant de la hauteur que je remarquai ce dôme transparent aux reflets multicolores qui recouvrait l'endroit. Je plissais les yeux pour mieux en discerner la surface quand Arthur ouvrit la porte en bois taillé, m'invitant à entrer. L'intérieur de la cabane était modeste, mais chaleureux. Il y avait un lit, une table et deux chaises. Le tapis ornant le sol était de bon goût. Je découvrais un espace de cuisine avec des ustensiles jamais vus auparavant. Le garçon s'approcha d'un bureau croulant sous la paperasse. Il se pencha pour ouvrir un tiroir dont il sortit une chemise beige à manches courtes. Il l'enfila tout en déplaçant une chaise qu'il me désigna. Je m'y assis sans arrêter de tout observer attentivement. Des photos étaient mises en valeur, accrochées au mur. Cependant, elles étaient trop loin pour que je puisse voir leur contenu distinctement.

Arthur cala la table devant moi, où il posa une panière de fruits. Je me jetai dessus, me rappelant soudainement ma faim. Il prit une chaise à son tour et attrapa un fruit avant qu'il n'y en ait plus.

— C'est le moment de poser tes questions.

J'avais la bouche sur le point d'exploser tant je m'étais gavée. À vrai dire, il y avait tellement de choses que je voulais savoir.

— Où sommes...

— Chez moi. Cette enceinte paradisiaque est un lieu coupé du monde. Il est impossible pour quelqu'un d'autre que moi d'y pénétrer. La roche ne peut être détruite et le dôme est infranchissable. Pour aller plus loin, nous sommes dans un sous-espace du temps.

Il me surprit à écarquiller les yeux, ce qui lui arracha un léger rire.

— Ne me regarde pas comme ça. Pour nous, il ne s'agit que d'un lieu cerné de pierres. Pour les milliers d'êtres vivants qui le parsèment, il n'est qu'une fraction du monde qu'ils parcourent. Tu verras à l'occasion certains d'entre eux passer à travers les murs, un peu comme nous l'avons fait. Ils vivent dans un monde différent du nôtre. Le « Paradis » est une intersection entre le nôtre et le leur.

Je cherchais quelque chose d'intelligent à dire, mais rien ne me vint. C'était si... Fou.

— Tu ne manqueras de rien ici. La typographie change toutes les huit nuits, renouvelant les arbres et les fruits présents. C'est pour cette raison que je l'ai nommé le « Paradis ».

— Comment est-ce qu'on a fait pour y entrer ?

— Grâce à mon « *Identitas* ».

— Ton quoi ?

Arthur plissa les yeux.

— Tu m'as dit avoir perdu la mémoire. Tu ne te souviens vraiment de rien ?

— Non.

— Même pas du Natura dans son ensemble ?

— Non.

Il poussa un soupir.

— Je vais parfaire ton éducation.

18

Natura

Le garçon m'avait amenée au milieu de la forêt. Il avait tapoté une plante refermée sur elle-même, mesurant deux fois sa taille. Elle s'était dépliée, laissant apparaître en son centre des touffes blanches semblables à du coton. Arthur s'allongea dessus délicatement. Je l'entendis pousser un cri de soulagement. Il m'avait expliqué que cette plante pouvait soigner même la pire des blessures. J'avais presque oublié dans quel état il était. Son torse exhibait des souffrances impressionnantes. La chemise fraîchement sortie du tiroir était déjà tâchée de sang. Notre voyage avait duré trois jours. Pourtant, ces blessures ne s'étaient pas refermées convenablement. Elles s'étaient remises à saigner peu de temps après notre arrivée.

Il était en train de choir sur la plante à gémir, comme ses blessures se disparaissaient. Les créatures environnantes restaient loin de moi, en lisière de la clairière dans laquelle il m'avait emmenée. Je me sentais observée, analysée, reluquée. De fines particules de Natura flottaient en suspension autour de nous. Leur contact réchauffait mon corps et me redonnait de l'énergie. La forêt était bénie de Natura.

— Dis-moi, Quartz, que sais-tu sur le Natura ?

Arthur n'avait pas pris la peine de se redresser pour m'adresser la parole. En plus, il savait que ça m'agaçait particulièrement qu'il fasse exprès de se tromper de nom.

— Pas grand-chose. C'est l'énergie issue de la nature que nous pouvons utiliser.

— Oui et non.

Toujours en restant avachi sur la plante, il leva le doigt et le fit tourner en rond.

— Tout ce qui nous entoure est fait de Natura. Tu es faite de Natura. J'en suis constitué aussi. Son utilisation revient à manipuler la réalité de son corps. C'est pour ça qu'il n'existe personne incapable de le manier. Cite-moi des exemples d'utilisation de cette énergie que tu as pu observer.

Je décidai de m'asseoir sur une plante portant une feuille géante plate et assez solide pour supporter mon poids. Je retirai mon chapeau, le posant à côté de moi.

— J'ai rencontré quelqu'un qui créait des tempêtes de Natura.

— Impressionnant.

— C'était une ennemie.

— Ça reste impressionnant, continue.

— Des explosions.

— Je sais maintenant d'où te venait cette idée idiote qui a failli me faire perdre mes mains. Continue.

Je voulus le fusiller du regard, mais il était toujours allongé. Une petite créature que je connaissais, la touffe bleue, lui monta dessus. Elle était mignonne. Le garçon l'attrapa d'une main et la jeta négligemment au loin. Je lâchai un hoquet de surprise. Il me fit un signe, m'indiquant de poursuivre la conversation.

— Il y avait quelqu'un capable de matérialiser des roses.

Il resta muet un instant, ce qui était inhabituel venant de lui.

— Comment s'appelle-t-elle ?

— Agathe.

Arthur n'insista pas. Son comportement avait changé. Je ressentais une gêne émanant de lui. D'une curiosité innocente, je creusai le sujet.

— Tu la connais ?

— C'est ma mère.

Ce fut à mon tour de rester silencieuse. Je ne savais pas quoi dire. C'était si improbable de tomber sur le fils de celle qui m'avait tant aidée.

— Les roses de Natura sont sa signature. Il n'y a qu'elle qui en soit capable.

— Elle ne se trouve pas si loin. Que dirais-tu de...

— Non.

Son refus empreint de fermeté me découragea immédiatement d'insister. Je ne comprenais pas pourquoi il ne voulait pas la voir. En y réfléchissant un peu, son ton était devenu plus hostile depuis que j'avais évoqué Agathe. Pourquoi ? D'après les connaissances que j'avais récupérées grâce à Rtot, je savais qu'un puissant lien unissait les parents et les enfants. Je disais ça sans même connaître ma relation avec les miens ou même si j'en avais. Je réalisais encore mon ignorance. Peut-être qu'Arthur ne s'entendait pas du tout avec Agathe. J'aurais aimé le questionner plus s'il ne s'était pas fermé à cette conversation. Agathe était si gentille, pour quelle raison y aurait-il un problème entre eux ?

Le garçon s'assit sur la plante, la mine dépitée. Il bâilla, bouche grande ouverte. Il ne restait sur son torse qu'une cicatrice violacée. Il enfila la chemise beige qu'il avait enlevée avant ses soins. Il la reboutonna en s'approchant de moi.

— Passons. Je vais te parler de l'*Identitas* et du *Spiritus*. Le premier est une capacité unique à chaque individu. Elle ne passe pas par le Natura pour être acquise.

— Mais, tu viens de me dire...

— Chaque chose en son temps. Mon *Identitas* consiste à passer à travers la matière. C'est comme ça que je nous ai fait traverser l'enceinte de pierre et, par extension, sauver d'une chute mortelle.

— Que tu as provoqué.

— Si tu veux, Topaze. Lorsque je l'utilise, j'entre dans un sous-espace à l'intérieur de la matière que je traverse. La taille de ce sous-espace dépend de la taille de la matière traversée. Par exemple, pour un mur, je suis capable de passer presque instantanément au travers et pour l'enceinte de roche, étant plus large, nous sommes entrés entièrement dans son sous-espace, nous forçant même à y marcher.

— Mais, pour le sol ? Il n'y a pas de sortie.

— C'est pour ça que je n'aime pas passer dans le sol. Le risque de rester coincé est beaucoup plus grand. Heureusement, j'ai appris à mes dépens comment en sortir.

Il me fit une démonstration en passant dans un arbre. Il ne disparut pas dans l'arbre, seule la partie qui aurait dû se cogner se fondait dedans. C'était un spectacle étrange à regarder. Il revint vers moi en souriant, fier de sa démonstration.

— L'*Identitas* est l'une des choses les plus complexes à apprendre. Cependant, elle en vaut le coup. Tu ne pourras pas avoir ma capacité, tu développeras la tienne. Je t'apprendrai plus tard. Concentrons-nous d'abord sur le Natura, c'est une valeur sûre. Je te montrerai comment le manier efficacement pour ne plus que tu fasses de vulgaires explosions qui pourraient te blesser, ou pire, me blesser.

Arthur m'invita à me lever. Je retirai mon veston. Il faisait chaud dans cette forêt. J'arborai ma chemise rouge couverte de poussière. Je le vis contracter ses muscles. Une aura verte l'enveloppa. Une projection de Natura verdâtre apparut dans son dos, à l'effigie d'une tigre. Il était effrayant. Je ne pus réprimer un mouvement de recul. Sa silhouette menaçante me rappelait trop bien le lion de Ronan.

— Tu n'as rien à craindre. Il ne te fera pas de mal.

D'un geste de la main, il le fit voler en éclats. Le tigre s'évapora aussi rapidement qu'il était apparu. Son aura s'amenuisa jusqu'à disparaître également.

— Ça, tu vois, c'est le *Spiritus*. C'est le plus haut degré de maîtrise du Natura. Tu matérialises un élément qui t'est spécifique et tu en tires un avantage. Ça peut être n'importe quoi, un animal, un objet ou même une idée.

— Pourquoi as-tu un tigre ?

— Longue histoire que tu mériteras d'écouter quand tu auras finalisé ton entraînement.

— Tu veux que je fasse comme toi ? Je ne sais même pas manipuler correctement le Natura. Tu n'as pas l'impression de griller des étapes.

Il afficha le sourire le plus confiant dont il était capable.

— Avec un professeur comme moi, tu vas devenir une érudite du Natura en un rien de temps !

19

Impotente

— Je n'ai jamais vu quelqu'un d'aussi peu doué !

Seulement une semaine s'était écoulée depuis que mon auto-proclamé instructeur avait voulu me donner des cours. Il m'avait fait un programme d'instructions à suivre à la lettre. Et quel programme ! Je n'avais pas vu au premier coup d'œil quand est-ce que je pouvais dormir. Sa discipline spartiate ne me plaisait guère. D'autant plus que ses méthodes étaient à revoir. Tous les jours, il m'entraînait dans la clairière, assis confortablement sur une plante à me regarder m'exercer. Je tentais tant bien que mal de donner forme au Natura. Rectification : il fallait d'abord que je puisse l'appeler à moi. Comme l'exercice spirituel auquel je

m'étais adonnée quand nous étions emprisonnés, je proje-
tais mon esprit. Et conformément à ce qu'il s'était passé ce
jour-là, l'enfer ressurgissait à chaque fois. Arthur répétait
en boucle qu'il n'avait jamais vu ça et que ce n'était pas normal. Il m'avait même demandé si je n'étais pas cassée. Génial, le professeur. Agacé de mes échecs récurrents, le garçon m'avait proposé une autre méthode qu'il considérait
plus barbare. Il me préparait des mixtures de feuilles écra-
sées et broyées avec un mortier que je devais avaler tous les
jours pour ouvrir mon corps au Natura. Ces plantes jaunes
jonchaient les arbres en abondance dans la forêt. Elles
avaient un goût répugnant, mais j'étais obligée de les ingur-
giter. À part me faire vomir, aucun changement n'avait eu
lieu.

Durant cette semaine, je m'étais habituée à cette forêt
enchanteresse. Quand Arthur me laissait tranquille, autrement dit, quand il dormait, je parcourais les bois. Je ne croisais presque jamais les mêmes créatures, toutes pacifiques
et amicales à mon égard. J'avais caressé mille et une four-
rures. Cet endroit était la définition de l'harmonie. J'avais
goûté à tous les fruits possibles, dont ceux poussant au sol.

La nuit, je dormais dans un lit de fortune fabriqué par le
garçon. Il avait décrété que je ne dormirai pas avec lui, car,
je cite, je représentais un danger pour son sommeil et son
intégrité en temps qu'individu droit dans ses bottes qui ne
se laisse pas aller à ses pulsions. Aller savoir ce qu'il voulait
dire. Des fois, je n'arrivais pas à comprendre tout ce qu'il
racontait. Je logeais dans une pièce adjacente à la principale qui servait auparavant de débarras. Quel goujat. Malgré tout, j'appréciais posséder une pièce rien qu'à moi,

aussi petite soit-elle. Arthur avait voulu me donner des vê-tements, le temps de laver les miens. Finalement, je m'étais trimballée toute une journée avec un drap de couverture comme seul habit, car, je cite encore, je n'allais pas souiller ses habits avec mon corps impur qui le pousserait, dans un moment de faiblesse qu'un homme digne comme lui n'était pas censé avoir, à passer ses délicates narines sur le tissu fraîchement porté par une autre personne que lui. Il avait l'art de rallonger assez ses phrases pour que j'en perde le sens. Nous n'avions pas discuté tant que ça, à part de mon entraînement. Je n'avais pas eu le fin mot de l'histoire con-cernant Agathe. Le garçon esquivait habilement le sujet.

Aujourd'hui encore, mes efforts pour manipuler le Na-tura se soldaient par des échecs. Arthur était si désespéré qu'il m'avait noyée sous son Natura pour développer le mien. Je lui avais demandé si cette méthode fonctionnait, ce à quoi il m'avait répondu que non, mais qu'on ne savait jamais étant donné que je marchais à l'envers selon lui. Il était dépité.

— Bon. Je ne comprends pas pourquoi tu n'arrives même pas à produire une minuscule aura. Un enfant en bas âge peut le faire. Tu te rends compte ? Tu es plus nulle qu'un nourrisson.

Sympathique garçon.

— Pourtant, j'avais réussi dans la cage.

— C'est précisément ce que je ne comprends pas, Amé-thyste.

Voilà bientôt trois jours qu'il s'était arrêté sur ce surnom. En fait, je crois bien que je préférais quand il changeait d'appellation. Qui sait ? Si ça se trouve, il avait oublié mon vrai nom.

— À poil.

— Pardon ?

Le garçon tapait son poing dans sa main, signe qu'il avait une idée, qui ne me paraissait pas très intelligente.

— Il existe des objets qui bloquent le Natura. Peut-être que tu en portes sans le vouloir.

— Tu ne m'obligeras pas à me déshabiller.

— Tu crois ?

Je m'attendais à ce qu'il m'attaque. Il n'en fit rien. Au lieu de ça, il partit dans la forêt en direction de la cabane. J'attendis une dizaine de minutes avant de le voir revenir. Il portait un seau rempli d'eau. Où voulait-il en venir ? Arrivée à ma hauteur, il déversa son contenu sur ma tête. Mes habits étaient trempés. Le saligaud. Je ne l'avais pas vu venir.

— À poil. On se dépêche.

Comme je ne bougeais pas, il tapota du pied pour me montrer qu'il s'impatientait.

— Tu ne vas pas rester avec des vêtements mouillés.

— Pourquoi pas ?

Ce fut la goutte d'eau. Il me sauta dessus, m'enlevant mon chapeau et mon veston d'un coup. Je voulus le frapper, mais il s'était déjà replié de l'autre côté de la clairière où il les posa soigneusement. Il se tourna vers moi, déterminé à finir ce qu'il avait commencé.

— Je croyais qu'un homme digne et droit dans ses bottes comme toi ne s'abaisserait pas à déshabiller une jeune fille.

Mes mots lui firent l'effet d'un tir de canon. Il baissa les yeux vers ses mains, paumes tournées vers le ciel. Il les contempla, l'air choqué.

— Qu'un homme digne et droit dans ses bottes comme moi soit obligé d'en arriver là... Que suis-je devenu ?

C'était si ridicule, pourtant si émouvant de le voir tomber à genoux avec un effet théâtral aussi maîtrisé. Il tapait du poing par terre, exprimant son désespoir de trahir ses convictions. J'aurais juré l'entendre sangloter. Il était pathétique.

— Tu penses qu'il pourrait s'agir de mes bijoux.

Arthur releva la tête d'un coup, sans émotions. Mouais, c'était bien de la comédie. Dire qu'il avait failli m'avoir. Il se releva d'une traite et m'attrapa la main.

— On pourrait essayer en les enlevant.

Je retirai ma bague de lumière de la main qu'il tenait. Je lui confiais. Ensuite, je décrochai mon pendentif. Le garçon les garda précisément, main ouverte devant lui pour me montrer qu'il en prendrait soin. Je lui montrai que j'avais fini. Il me désigna le poignet.

— Il reste un bracelet.

Il s'agissait du cadeau de Niel, l'Agronalfe que j'avais rencontrée dans une forêt noire. Elle me l'avait confiée après l'avoir retirée de son propre poignet. Je desserrai délicatement sa lanière et le tendis à Arthur. Il me conseilla de m'asseoir, puis de retenter toutes les méthodes qu'il m'avait montrées. Je fermai les yeux, projetant mon esprit. Et puis... Rien. Rien du tout. Encore moins qu'avant. Si je pouvais toujours accéder à l'enfer créé par le nuage de Natura jusqu'à lors, je n'en étais plus capable. Je ne ressentais plus du tout la présence de l'énergie autour de moi. Je cherchais le garçon du regard. Quelle déception de voir qu'il était plus choqué que je ne l'étais. Il avait les yeux écarquillés et le menton en avant.

— Ce n'est pas possible. Absolument pas. Je refuse de croire ça. Tu n'as pas de Natura !

— Quoi ?

Il exhiba le bracelet.

— Ce truc te permettait de l'approcher, mais sans, tu n'as rien. En théorie, c'est impossible. Nous sommes constitués de Natura. Tu ne peux pas ne pas l'être. Tu ne peux...

Il se perdait dans ses délires. Je lui repris le bracelet que je raccrochais à mon poignet. Mes perceptions s'ouvrirent de nouveau. Je ressentais le Natura autour de moi comme avant. Je fis plusieurs tests en l'enlevant, puis en le remettant. Il y avait une différence significative à chaque fois. Sans, je me sentais isolée de cette énergie. Avec, j'appréhendais son existence. Je ne comprenais pas. Pas plus qu'Arthur qui s'arrachait les cheveux tant cela n'avait pas de sens pour lui.

Le garçon me tourna les talons et fonça vers sa cabane. Je mis du temps avant de me décider à le suivre. Je raccrochais mes bijoux. Mes vêtements mouillés me ralentissaient. J'avouais avoir le moral dans les chaussettes. Cette révélation n'aurait pas dû m'impacter autant. Pourtant, j'en souffrais.

Je rejoignis Arthur. Il retournait ses affaires sur son bureau déjà en bazar. Des feuilles tombaient au sol au rythme de ses gestes brusques. Il ouvrit un à un les tiroirs, toujours plus violemment. Arrivé au dernier, il sortit un épais livre qu'il me montra de si près que j'eus peur qu'il me cogne avec. Il alla s'asseoir sur le tronc d'arbre qui lui servait de canapé. Il ouvrit l'ouvrage de manière virulente, faisant défiler les pages comme il savait ce qu'il cherchait. Sa main stoppa les pages, s'arrêtant sur des lettres encadrées d'un cadre rouge. Il lut à haute voix.

— « Si vous constatez des phénomènes contraires à ceux dépeints au cours de votre lecture, merci de contacter le support ». Alors... Le support... C'est page neuf-cent-soixante-quinze, il me semble. Ah ! « Pour toute tentative de contact du support de cet écrit, veuillez vous adresser au guichet mille-quarante-quatre du district deux d'Hermès, pays du ciel. » Merde ! On doit se rendre au pays du ciel. Je ne sais même pas où c'est.

Le garçon se leva en laissant tomber le livre. Il se rua sur un meuble dont j'ignorais l'utilité, mais semblable à un coffre. Il l'ouvrit et fouilla à l'intérieur, comme un fou. Il en sortit un rouleau. M'écartant au passage, il le déroula au sol. L'immense page remplissait le parquet de la cabane. Arthur plaça des objets sur les extrémités pour ne pas qu'elle se replie. Il avançait dessus à quatre pattes, guidé par son doigt qui glissait à sa surface. Je découvrais une carte détaillée d'un monde que je n'avais jamais vu, mais que je soupçonnais être celui dans lequel nous vivions. Je ne comprenais rien à tous ces symboles qui la parsemaient. Arthur, lui, saisissait très bien leur sens et avançait dessus en râlant.

Il y passa une trentaine de minutes avant de crier l'évidence.

— Il n'y est pas, leur foutu pays du ciel, sur cette carte. Je me serais fait arnaquer ? Je savais que la garantie était bidon !

— Arthur.

— Je n'aurais pas dû faire confiance à ce vendeur avec sa tête de tortue zébrée.

— Arthur.

— Pourtant, il était incroyable ce bouquin. Je ne doute pas de ce qu'il y a écrit dedans.

— Arthur !

Il tourna enfin la tête vers moi, les sourcils froncés. Il se voulait intimidant, mais le voir à quatre pattes, les fesses en arrière m'aurait, au mieux, arraché un rire moqueur.

— Quoi ?

— Je voyageais en suivant un sentier avant d'être enlevée par les bandits. Je ne suis pas complètement sûre qu'il nous y emmène, mais je sens que c'est le cas. Il faut qu'on y aille.

Il se leva et posa une main sur mon épaule.

— Écoute, Améthyste...

— Rhuby.

— Comme tu veux. J'ai appris tout ce que je sais sur le Natura dans ce livre. J'en ai vérifié tous les faits et théories. Je suis certain de leur véracité. Pour la première fois de ma vie, je tombe sur quelqu'un dont la seule existence contredit ces écrits. J'ai besoin de réponses. Donc, nous irons au pays du ciel pour comprendre ce qui ne colle pas avec toi. J'accepte que tu me guides pour cette fois.

En dépit de ses explications plus qu'insultantes, j'étais satisfaite de pouvoir reprendre mon périple, qui plus est avec un compagnon. Même si je l'aurais bien troqué contre un autre.

— En tout cas, c'est sympathique de constater que tu m'écoutes quand je parle. J'avais déjà évoqué le pays du ciel.

— Je ne t'écoute pas. Trop ennuyeuse.

Je voulais vraiment changer de partenaire de voyage. Je le surpris à plisser les yeux. Il sourit de toutes ses dents.

— OK petite erreur de la nature, ton entraînement n'est pas fini. Nous ne partirons pas avant. Ton bracelet te permet d'accéder à du Natura, j'en suis certain. Reste à savoir comment. Ensuite, je te ferai développer ton *Identitas*. Pas besoin d'énergie pour ça. Prépare-toi à souffrir, Améthyste.

— Rhuby.

Il n'avait pas menti, je souffrais. Deux jours plus tard, Arthur m'avait passé la théorie de *l'Identitas*. Je m'attelais directement à la pratique. Pour je ne sais quelle raison, il m'avait forcé à courir tout autour de l'enceinte de pierre. Je sautais les obstacles tels que des racines ou des buissons sur mon passage. J'avais à peine fait trois tours que je crachais mes poumons. Mes voyages avaient fortifié mes jambes, mais je n'avais pas l'habitude de courir. Ce n'était pas tant le fait d'agiter dynamiquement mes jambes qui me fatiguait, mais la gestion de mon souffle. J'avais toujours eu un problème avec. Dès que je manquais d'air, je m'évanouissais juste après. J'étais certaine de m'être déjà évanouie une fois depuis le début de ma course. Une sorte de renard trottait à mes côtés. Il m'accompagnait depuis mon premier tour. Contrairement à moi, c'était une promenade de santé pour lui.

Le garçon s'était enfermé dans un cabanon, non loin de sa cabane principale. Il m'avait confisqué mon bracelet, m'affirmant avoir besoin de l'étudier. Je m'étais montrée réticente à cette idée. Devant cet air sérieux qu'il avait parfois, je m'étais résolue à lui laisser. C'était dans ces moments-là que je savais que je pouvais compter sur lui. Il ne me donnait même pas d'avancées de ses recherches lors des repas, moments où nous nous retrouvions. Chaque matin, il me donnait des instructions d'entraînement. Hier, c'était de monter aux plus d'arbres possibles. Il continuait de me confirmer que c'était utile. Je ne voyais pas en quoi. Ceci dit, ma condition physique s'améliorait. Je me sentais beaucoup mieux dans mon corps. J'avais l'impression d'être capable de plus de choses.

Je finis ma course au bout de six tours. Je m'allongeai, exténuée, sur l'herbe grasse d'une clairière devant la cabane. Le renard me sauta dessus et courut au loin. Je peinais à reprendre mon souffle. Ma chemise était trempée, mes poumons en feu.

Arthur sortit de son cabanon, les yeux cernés. Je me doutais qu'il continuait ses recherches, même de nuit. Sa fatigue était telle qu'il titubait légèrement. Je n'aurais pas été étonnée de le voir s'endormir debout. Arrivée à ma hauteur, il posa des yeux mi-clos sur moi. Il ne devait pas apprécier une bonne vue, comme j'étais dans un sale état. Il leva le bras et lâcha mon bracelet qui me tomba sur le torse.

— Qui t'a donné ça ?

Je n'avais plus assez de souffle pour répondre. Il le vit et attendit patiemment, ce qui était inhabituel venant de quelqu'un d'aussi impatient. Je calmai les allers-retours de ma poitrine.

— Niel. C'est une Agronalfe.

— Les Agronalfes sont morts depuis trois siècles. Il n'en reste aucun.

Je me remémorais les paroles de celle qui m'avait confié le bracelet.

— Elle était coincée dans un interstice temporel.

— Je comprends mieux.

Le garçon s'assit à mes côtés.

— Ce bijou te relie à une quantité astronomique de Natura stockée quelque part. Il ne te permet pas d'en produire, seulement d'utiliser celui à ta disposition par son biais. Autrement dit, tu es bel et bien dénuée de Natura et tu ne peux en utiliser qu'une quantité limitée grâce à cet objet. J'ai vérifié, je ne peux pas voir combien il t'en reste, mais vu la quantité initiale ça devrait aller en cas de besoin.

— Et si j'ai survécu à une tempête de Natura ? On m'a dit qu'il fallait de sacrées réserves pour ça.

Le visage du garçon se décomposa.

— Tu as d'autres énormités dont je ne suis pas au courant ? Tes réserves doivent être à sec.

— Tant que ça ?

Je détestais quand il me dévisageait en bonne *Idiota puella*.

— Évidemment ! C'est un miracle que tu sois en vie après ça. Je doute que tu puisses désormais utiliser ce bracelet vu toute la quantité que tu as pompée. Cependant, je l'ai analysé assez longtemps pour être capable de le faire fonctionner sur commande. Si un jour nous sommes en trop mauvaise posture, demande-moi de libérer le potentiel Natura qu'il doit y rester. Ton entraînement avance ?

Je désignais mon corps épuisé de ma course en guise de réponse. Il sourit.

— Continue encore deux jours comme ça et l'*Identitas* sera à toi.

— Pourquoi cette capacité n'a pas besoin du Natura ?

Arthur se releva et se mit en direction de la cabane. Au vu de la position du soleil, il avait dû se dire que c'était le moment d'aller préparer le repas. Il me répondit sans se retourner.

— Parce qu'elle vient de l'âme.

20

Identitas

Durant ces deux jours, nous avions discuté de notre futur voyage. Le garçon tenait absolument à aller au pays du ciel. Mon existence était un mystère qu'il voulait percer. Je le soupçonnais aussi de s'ennuyer ici. Mon sentier m'y emmenait très certainement, comme l'avait suggéré Agathe. Ainsi, nous savions par où commencer. Je devais retrouver le chemin de poussière qui m'avait tant fait voyager. Malheureusement, je l'avais perdu de vue depuis le jour où je m'étais fait agressée par les bandits. Ils m'avaient conduit à leur planque, me privant de mes repères en orientation. Je n'avais aucune idée d'où je pouvais retrouver le sentier.

De son côté, Arthur avait cherché, sans discontinuer, des informations sur ce pays si mystérieux. Absent de sa carte bien-aimée, il s'était demandé à plusieurs reprises s'il existait. Je l'avais vu retourner les différentes bibliothèques de sa cabane. Il avait étudié chaque livre dans l'espoir de trouver la moindre information. J'appréciais son investissement.

Ces deux jours ne furent pas simples pour moi. En plus des exercices absurdement difficiles qu'il m'avait donnés, mon esprit doutait de plus en plus. Je me noyais sous les questions naissantes dans mes pensées. Je m'étais efforcée de retracer tout mon parcours depuis mon éveil. Je m'étais souvenue du moment où j'avais ouvert les yeux pour la première fois dans la montagne de l'éveil. J'avais essayé de me souvenir des moindres détails. Cette volonté de tout retracer venait des révélations récentes telles que mon impotence au Natura ou le bracelet de Niel. Je voulais découvrir des choses qui m'avaient peut-être échappées. J'avais recréé la montagne de l'éveil dans ma tête avec sa salle énigmatique. Je m'y étais découverte pour la première fois. La question qui titillait mes pensées concernait cette table devant le dernier tunnel avant l'extérieur. « Mar » était le mot gravé dessus. Mon cœur avait bondi dans ma poitrine à son évocation. Pourtant, personne d'autre comme la petite voix ou mon instinct n'était intervenu. Je me demandais de plus en plus si ce mot dénué de sens ne se révélait pas être mon nom. Ç'aurait été trop simple, non ? Pourquoi chercher le pays du ciel si je le connaissais déjà ? La petite voix, peut-être ? Elle aurait réagi, j'en étais certaine. Ce mot m'intriguait de plus en plus.

La rencontre avec le tigre, le monstre et le cerf me paraissait de plus en plus mystique. Ils semblaient supérieurs. Avec du recul, j'estimais que le tigre était capable de déployer une puissance aussi grande, voire plus qu'Esmeralda Miu'Da'Riu. Le félin était un être béni du Natura et je n'avais pas les connaissances nécessaires pour le comprendre. Dire que je l'avais défié droit dans les yeux. Le cerf qui m'avait sauvé était encore plus spécial. Je ne saurais mettre des mots sur l'impression qu'il me faisait ressentir. Il était si calme et sage. Le maître des bois m'avait indiqué de suivre le sentier comme s'il savait que c'était la chose à faire. Ces deux rencontres me revenaient à l'esprit comme un rêve. Je ne voulais pas les raconter à Arthur. Il ne m'aurait pas cru.

Enfin, je revoyais Niel, l'Agronalfe de la maison perdue dans un interstice temporel. J'essayais de me souvenir au mieux de ses paroles et de son sourire qui, maintenant je le comprenais, était rempli de compassion et de pitié. Pourquoi notre rencontre avait-elle été si brève ? Selon mes souvenirs, elle m'avait dit quelque chose du genre que je n'étais pas au point. Avais-je provoqué notre rencontre sans le vouloir, avec une capacité que j'ignorais ? Elle m'avait donné ce bracelet après m'avoir sondée. Elle avait dû comprendre que j'étais dépourvue de Natura. Son cadeau m'avait sauvée de la tempête de Natura. Cependant, je n'expliquai pas comment elle pouvait savoir où je devais me rendre pour obtenir des réponses. C'était elle qui avait évoqué le pays du ciel pour la première fois, ainsi que le *Veritas Ruptor*. Niel était tellement remplie de mystère.

Je m'étais perdue dans mes pensées si souvent que chaque fois qu'Arthur venait me voir, il se sentait obligé de me réprimander en tant que bon professeur. J'aurais aimé lui faire part de mes doutes, mais il était tellement pris dans ses livres que je n'osais pas le déranger.

Je venais de terminer le dernier entraînement qu'il m'avait imposé. Il consistait à donner des coups de poings dans une épaisse feuille qu'il avait accrochée autour du tronc d'un arbre. Je ne me faisais pas mal en frappant grâce à ça. Il m'avait d'abord montré comment frapper, puis m'avait laissée m'exercer pendant des heures. Je n'en pouvais plus. Mes épaules et mes bras me hurlaient d'arrêter. J'avais mal.

Exténuée, je trouvai Arthur dans la cabane. Elle n'avait jamais été particulièrement en ordre. Les recherches du garçon avaient empiré la chose, laissant traîner des livres un peu partout. Il tourna la tête en me voyant arriver.

— Tu as fini ?

Je hochai la tête. Arthur se leva. Il passa ses mains sur mon corps en tapotant certains endroits. Il inspecta mes mollets, mes cuisses, mes bras, mes mains, mon ventre et mon cou. Il eut l'air satisfait. Je le regardai partir à la cuisine. Il en revint avec un sachet de billes bleues. Il en déposa deux dans ses mains et me les tendit en faisant signe de les avaler. Je lui jetai un regard dubitatif. Je voulus l'interroger, mais il ne prit pas la peine de patienter et me les mit dans le gosier directement. J'avalai les deux drôles de billes.

Ma gorge me brûla. Mes yeux s'asséchèrent. Tout mon corps se contracta à l'extrême, me paralysant de douleur.

Je ne pouvais plus parler. La souffrance était telle que je ne parvenais plus à penser. Je m'écroulai au sol, lourdement. Ce fut au tour de mes poumons de cesser de fonctionner. Mon regard s'arrêta sur le garçon. Je le suppliais de m'aider. Des larmes roulèrent sur mes joues rougies. J'aurais juré être en train de baver. Je mentirais si je disais que ce n'était pas la première fois que j'avais autant mal. Ce que je subissais dépassait tout ce que j'avais vécu jusqu'à présent. Je concentrai mes forces pour articuler quelque chose d'audible, vain. Il m'avait empoisonnée. Je me sentais mourir. Mon esprit filait ailleurs. J'entendis de toutes dernières paroles avant de partir.

— Sois forte, ça picote, Rhuby.

ౠ

Plus que tout au monde, je ne voulais plus jamais revoir le monde blanc. Cela faisait un moment que je n'y étais pas entrée et ce n'était pas pour me déplaire. Ces vastes étendues blanches me fatiguaient déjà. Je regardai autour de moi, dans l'espoir de tomber sur une structure comme la dernière fois. Pas de porte, pas de morceau de salle. Néanmoins, il y avait bien quelque chose. Ou plutôt quelqu'un. Il s'agissait d'une jeune fille d'environ mon âge. Elle était blonde avec des petits yeux verts. Elle portait une toge blanche qui faisait ressortir la couleur de ses cheveux. Quelque chose dans son visage me dérangeait. Il était narquois, voire désagréable.

Elle agita les mains devant elle. Le sol se mit à trembler si fort que je perdis l'équilibre. L'air se tordit dans un sifflement insupportable. Elle ne bougeait pas d'un pouce, visiblement concentrée sur sa tâche. Des colonnes blanches surgirent du sol en surnombre, nous enfermant sur leur passage. Une fois complètement sorties, une voûte se matérialisa au-dessus de nos têtes. Un dessin aussi beau que confus l'embellissait. Sous nos pieds, le sol se souleva. Une structure toujours plus imposante prenait place dans le monde blanc. Nous montions malgré nous en altitude, soulevées par l'édifice. Les tremblements se firent plus doux jusqu'à complètement s'arrêter.

Je me penchai au bord du promontoire où nous nous trouvions, accrochée à une colonne par sécurité, pour découvrir avec stupéfaction que nous étions aussi haut que l'était le repaire des bandits qui m'avaient enlevée. Une chute serait mortelle d'ici. D'autant plus qu'on ne se sentirait pas tomber tant le blanc omniprésent du monde déformait les sens et proportions. Nous avions beau être montées en altitude, le paysage blanchâtre restait le même qu'au sol. Un jour, tout cet immaculé finira par me faire vomir de dégoût.

La fille joignit les mains en les clappant à trois reprises. Devant elle, un trou parfaitement rond se forma. Après quelques instants, une plateforme bleuâtre s'éleva par le passage. Elle s'arrêta à bonne hauteur pour que la fille puisse monter dessus d'un pas. Elle se positionna derrière un pupitre, dont elle tira un petit objet. La fille aux cheveux blonds redescendit de la plateforme bleue, qu'elle congédia d'un geste. Le trou se referma à sa disparition dans l'espace sous nos pieds, permettant au sol de redevenir uniforme.

Elle marcha lentement vers moi. Elle avait une sacrée démarche, que j'aurais plus tendance à qualifier de vulgaire que sensuelle. Je découvris le petit objet qu'elle avait pris sur le pupitre, comme elle me l'exhiba. Il était rond et plat comme un disque. Sa surface brillante créait des reflets bleutés sur mon visage.

— Il est temps de récupérer ce qui te revient de droit.

Quelle voix ! Elle était si... Insupportable, énervante, prétentieuse, imbue d'elle-même, méprisante, désagréable et j'en passais. En une phrase, elle m'avait déjà donné envie de l'ignorer. Il y avait un petit quelque chose chez cette fille que je ne saurais expliquer et qui me rendait folle. Sa tête ne me revenait pas, c'était plus fort que moi. Ce fut quand elle secoua ses magnifiques cheveux blonds que je dus me retenir de la frapper. Ce sentiment de haine qui montait en moi m'inquiétait profondément. Je n'avais plus l'impression d'être moi-même. Je me reprenais en imaginant ce que la petite voix aurait pu dire. « Quelle pimbêche, non mais regarde-la sérieusement », elle me manquait, parfois. Tous les jours, j'espérais qu'elle se réveille de son sommeil pour venir animer mes pensées. Heureusement que j'avais rencontré Arthur, grâce à lui, je ne me sentais plus aussi seule qu'avant.

La fille coinça l'objet dans sa main droite (ou gauche). Elle plaqua le poing de son autre main dessus. Une puissante lumière bleue en sortit. Je plissais les yeux, complètement aveuglée. Je devinais le mouvement qui suivit. Elle sortit lentement un long objet du premier, ce qui était techniquement impossible étant donné qu'il était plat. Lorsque la lumière cessa, la fille avait une épée dans les mains.

Mon sang ne fit qu'un tour. La même sensation que lorsque j'avais avalé le poison me prit. Je restais paralysée devant elle. La blonde tenait une épée de diamant. Pas n'importe laquelle, une réplique exacte de celle accrochée chez Agathe et les autres. Pour être encore plus précise, la même, au défaut près, que celle de Ronan. Ce fut lorsque je vis le sang au bout de sa lame que mon cœur se stoppa. C'était elle. Cette épée qui m'avait déjà transpercée une fois dans le monde blanc. Je voulus reculer, mais impossible d'émettre le moindre mouvement. La fille la faisait danser gracieusement, trahissant une certaine habitude. Elle n'était plus qu'à un mètre de moi. J'étais incapable de détourner le regard de la lame.

Elle me surprit à trembler de peur. Sa réaction ? Un sourire sadique. Tout chez elle me débectait. Elle était trop belle, trop bien habillée, trop gracieuse et elle semblait particulièrement forte. Elle brandit l'épée au-dessus de sa tête. Elle allait l'abattre sur moi. Je ne me laisserai pas faire une fois de plus. Rassemblant mon courage pour parer mon traumatisme, je levai le bras pour arrêter le coup, comme il tranchait l'air vers moi. La lame de diamant se planta dans mon avant-bras, éclaboussant le sol blanc de mon sang. Je voulus hurler de douleur. Si ma chemise avait été d'une autre couleur, j'aurais tout de suite vu qu'elle était profondément imbibée de ce liquide vital qui continuait de se déverser par terre. Une flaque se forma à mes pieds. Je ne sentais plus mon bras.

La blonde leva un sourcil, consternée par ma réaction. Elle me frappa d'un revers de manche. Je tombais lourdement, me tâchant au passage de tout mon corps dans la flaque rougeâtre. Elle me suivit dans ma chute en me donnant des coups de pied dans le ventre. Je toussai tout ce que je pouvais. Mes poumons brûlaient toujours de la vue de l'épée. Elle abattit de nouveau la lame sur moi. J'étais sans défense, ou plutôt, je pensais l'être.

Une vague d'énergie verte déferla du fond de ma blessure, créant un bouclier qui bloqua l'arme lorsqu'elle le heurta. Une fois l'attaque avortée, le bouclier se changea en tête de tigre. Le Natura d'Arthur ! Le félin rugit. Il fit vibrer l'espace entier. Je crus un instant que les colonnes qui soutenaient le plafond allaient s'écrouler sous la puissance du cri. La fille parut plus agacée qu'impressionnée. Elle claqua des doigts et le tigre s'évapora doucement. Les particules de Natura s'envolèrent au loin. La fumée verdâtre émergeant de ma blessure signifiait qu'en cas de nouvelle attaque, l'opération se réitérerait.

— Ton partenaire m'empêche de m'amuser. Je n'aime pas ça, mais il a raison. Le temps est venu de le recevoir.

Elle arma l'épée devant elle comme si elle allait donner un coup d'estoc. Ce qu'elle fit. Je ne m'en rendis compte que trop tard, quand le morceau de diamant ressortait derrière ma poitrine. Je crachotais du sang. Ce même sang qui coulait de mon torse à l'endroit exact où Ronan avait déjà frappé, il y a de cela un moment. L'expérience était abominable. Sentir son être se faire déchirer était la pire des sensations possibles. Ma vision se brouillait, je filais vers un autre monde. Je n'avais plus besoin de préciser que des larmes coulaient sur mes joues, comme mon sang se vidait sur le carrelage blanc.

— Ce pouvoir ne sera que temporaire. À partir du moment où tu commenceras à l'utiliser, le compte à rebours sera lancé. Quand bien même tu parviendrais à le faire évoluer, il finira par disparaître. Tu ne pourras te soustraire à cette réalité. Ton âme a changé.

La fille aux cheveux dorés recula, abandonnant l'épée de diamant dans mon corps. Elle joignit les mains devant sa poitrine en gardant de l'espace entre ses paumes. Une lueur bleutée s'y manifesta, gagnant en intensité chaque seconde pour finalement former une pierre précieuse en forme de gouttelette d'eau. Ce fut la dernière chose que j'aperçus avant de sombrer dans les ténèbres.

— Les dés sont jetés.

ઝ

Où étais-je ? Mes paupières s'ouvrirent lentement, dévoilant un toit entièrement constitué de bois. Je me trouvais dans un lit, apparemment dans la cabane... Oh ! Un visage familier collé au mien. Il gênait ma visibilité. Arthur me dévisageait avec une expression hilarante. Je n'avais jamais vu une telle grimace. Je lui explosai de rire au nez. Il se recula vivement, effrayé.

— Ça ne va pas de faire ça ? Tu ne peux pas te réveiller normalement ?

— Qu'étais-tu en train de faire aussi près de mon visage ?

J'avais posé LA question qu'il ne fallait pas. Pourquoi ? Parce que je le vis prendre sa fameuse expression de pierre. C'est-à-dire la bouche, le nez et le front contractés. Il prenait une voix roque qu'il croyait imposante. Son torse se bomba et son dos se raidit. Ses bras se plièrent derrière lui, prêt à me donner une leçon.

— Une homme digne et droit dans ses bottes comme moi...

Et c'était reparti. Franchement, je n'écoutais plus ses radotages. Il me fatiguait avec ça.

— ... Doit savoir contrôler les envies qui l'animent du plus profond de son être. Cependant, il arrive que cet homme, digne et droit dans ses bottes que je suis, traverse des moments de faiblesse, que j'admets inacceptables en l'occurrence. Malgré ce statut de droiture qui m'incombe, je reste un humain avec ses défauts et ses égarements. Je n'expliquerai pas en quoi cette élan de débauche aurait abouti, car il n'aurait pas abouti, moi vivant. Je suis un homme digne et plein de vertus qui est tout à fait capable de gérer tous les éléments extérieurs ou intérieurs qui l'influencent dans ses décisions, parfois reprochables. Retiens bien que je n'aurais, en aucun cas, cédé complètement à ces vices infâmes qui pullulent dans l'esprit d'un homme et qui...

— Tu as essayé de m'embrasser ?

Il me prenait vraiment pour une *Idiota puella* parfois. J'avouais prendre plaisir à jouer avec lui. Rien que cette expression pleine de panique valait le coup d'être vue. Arthur qui s'affolait était la chose la plus drôle à laquelle assister. Son visage avait viré au rouge en partant du bas. Sa bouche se déformait dans un rictus ridicule. Il agitait les bras avec des gestes dénués de sens.

— C'est même pas vrai d'abord !

Je riais. Ma moquerie n'arrangeait pas son désespoir, lui qui faisait maintenant les cent pas pour se calmer. Cependant, ma bonne humeur fut sapée lorsque mes souvenirs du monde blanc remontèrent. Ce silence inattendu capta l'attention du garçon qui vint à mes côtés.

— Qu'est-ce que tu m'as donnée ?

— Une préparation de ma réalisation. Ces petites boules que tu as avalées sont le résultat de mon expérimentation concernant l'*Identitas*. Elles permettent de l'acquérir facilement et rapidement, pas comme j'ai dû le faire. En somme, c'est un moyen simple de débloquer l'*Identitas*. Le seul problème est que ces petites billes provoquent des douleurs inimaginables, qu'un corps non préparé n'est pas en capacité de supporter. C'est pour ça que je t'ai forcée à renforcer ton corps ces derniers jours.

Son ton sérieux me donnait confiance en ses paroles.

— Par contre, comme d'habitude, il y a encore eu un événement inattendu avec toi.

Je n'en doutais pas. D'abord, c'était lorsque j'avais suivi ses conseils pour manier le Natura et que je m'étais retrouvée dans un enfer sans nom. Ensuite, quand nous avions essayé toutes les méthodes possibles pour que je l'acquière, résultant sur la conclusion que j'étais impotente. Maintenant, le processus d'acquisition de l'*Identitas* ne s'était pas déroulé comme prévu.

— Qu'est-ce qui s'est passé ?

Je cherchais du réconfort dans ses yeux.

— Je ne sais pas. La situation a dégénéré. Regarde ton bras.

Je redressai ma tête, calée contre un oreiller. Mon bras droit (ou gauche) était soigneusement pansé. Je ne tentai pas de le bouger, j'avais déjà compris. Les bandages qui le protégeaient étaient imbibés de sang. Pile à l'endroit où l'arme m'avait heurtée. Une pensée effrayante me traversa l'esprit. De ma main valide, je palpais l'endroit où l'épée m'avait transpercée. Rien. Aucune blessure. Je soupirai de soulagement.

La fille aux cheveux blonds était parvenue à m'infliger une blessure par-delà le monde blanc. C'était effrayant. Mon instinct me soufflait que ce n'était pas normal. Ces deux mondes étaient liés ? Je me souvins du tigre de Natura.

— Tu m'as protégée.

— Quand j'ai vu ton bras s'ouvrir comme un fruit avec un couteau, j'ai tout de suite réagi. Pour ne pas te mentir, j'étais sur mes gardes depuis le début, puisqu'avec toi, tout part en sucette. J'ai insufflé tout le Natura que je pouvais pour essayer de minimiser les dégâts, même si je ne comprenais pas ce qui se passait.

— Merci.

L'intervention de son tigre m'avait épargné d'autres meurtrissures. Je n'osais pas imaginer l'état dans lequel je me serais retrouvée s'il n'était pas intervenu.

— Je ne te forcerai pas à me raconter ce que tu as vécu dans ta vision. Par contre, je dois savoir si tu as vu une pierre bleue.

— Comment sais-tu que j'ai eu une vision ?

Sans se laisser dérouter, il répondit immédiatement.

— Tu étais censée en avoir une qui te confirme ou pas avoir obtenu l'*Identitas*. Pas quelque chose qui aurait dû te blesser en tout cas.

J'avais vu la pierre dont il parlait. C'était ma dernière vision dans le monde blanc. La fille l'avait matérialisée sous la forme d'une goutte d'eau. Je répondis à Arthur par l'affirmative. Son visage s'illumina.

— Enfin quelque chose qui marche ! Quel est ton *Identitas* ?

Je haussais les épaules. Comment pouvais-je savoir ? J'ignorais déjà jusqu'à lors la signification de cette pierre. Il me demandait quelque chose que j'ignorais totalement. En y réfléchissant bien, s'il posait la question, cela signifiait que j'aurais dû connaître la réponse. Or, je ne l'avais pas. Quand je le lui dis, il ne parut pas étonné.

— Finalement, il y avait bien un problème quelque part. La pierre devait te communiquer ta capacité et potentiellement t'en donner un aperçu. C'est ainsi que ça s'est passé pour moi.

— Et si mon pouvoir était temporaire ?

— Qu'est-ce que tu me racontes encore ?

— Oublie.

Je n'avais pas très envie de m'étaler sur le sujet de l'*Identitas*. Le monde blanc était trop récent dans mon esprit. Mon corps tremblait encore de peur. Si je résumais la situation, j'avais développé cette capacité unique, mais j'en ignorais le fonctionnement. Pratique. Rien n'avait changé finalement. De plus, les paroles de la blonde me hantaient. J'avais beau les retourner dans tous les sens dans mon esprit, je n'en saisissais pas le sens. Mon âme avait changé ?

Comment ça ? Cela voulait dire que je ne pourrais pas conserver mon *Identitas* ? Cela me paraissait tellement
étrange, que je ne voulus pas en parler à Arthur.

— Ne t'inquiète de rien, tu le découvriras en temps
voulu. Ce n'est pas le plus grave. À part ça, prépare tes bagages. Nous partons pour le pays du ciel.

— Tu l'as trouvé ?

— Non, mais j'ai une idée.

Pour information, quand Arthur avait une idée, elle était
systématiquement mauvaise. Je ne prétendais pas être plus
intelligente, juste plus prudente. Pourtant, j'ignorais beaucoup de choses concernant le danger. Imaginez Arthur.

— Je suis encore blessée.

— Un petit tour dans la plante guérisseuse et c'est bon.

— Qu'est-ce qui va se passer ?

Je prenais mon ton le plus chétif et inquiet possible pour
lui faire prendre conscience de la potentielle dangerosité de
son idée, dont je ne connaissais pas la nature. Je n'étais visiblement pas assez douée en comédie pour provoquer son
inquiétude.

— Ça va être trop drôle !

À l'aide, que quelqu'un m'éloigne de ce fou !

21

Le canon

Nous partions une semaine plus tard. Arthur avait fait les préparatifs nécessaires à notre voyage. Enfin, j'espérais. Pour ma part, mon bras était soigné. Pas une cicatrice ou une trace de la profonde entaille laissée par l'épée en diamant de la fille blonde dans le monde blanc. La plante que m'avait montrée le garçon faisait des miracles. Si elle n'avait pas été aussi énorme, je l'aurais emportée avec moi en cas de pépin.

Mon camarade avait retourné la cabane, pour la quinzième fois depuis que j'étais arrivée. Il avait préparé des sacs à dos pour nous deux, pleins à craquer, évidemment. Le sien contenait des vêtements, des objets en tout genre et de la nourriture. C'était ce qu'il m'avait affirmé avant que je voie son oreiller dépasser. Il ne pouvait pas dormir sans. Lorsque je lui avais fait remarquer, il m'avait rétorqué : « Un homme digne et droit… », vous connaissez la suite. Mon sac, préparé par ses soins était affreusement lourd. Il m'avait interdit de jeter un œil à l'intérieur. Bien évidemment, j'avais désobéi. Il l'avait rempli de cailloux sous prétexte que ça faisait partie de mon entraînement afin de devenir plus forte physiquement. Je le lui avais vidée sur la tête.

J'avais pris le temps de profiter de la forêt une dernière fois. Cet endroit unique au monde allait me manquer. Je m'y sentais si bien. J'adorais l'harmonie avec la nature que j'y ressentais, elle me rappelait mes origines à la montagne de l'éveil. J'étais en train de caresser les petites boules de poils bleues appelées « Psic » quand Arthur vint me trouver.

Nous vérifiâmes que nous n'avions rien oublié. J'avais toutes mes affaires sur moi, il avait les siennes. C'était ce qu'il croyait jusqu'à ce que je lui rappelle qu'il avait oublié d'enfiler un haut. Il aimait bien rester torse nu. Le garçon passa la tête dans un débardeur blanc qui taillait ses muscles. C'était supposément mieux que rien. Nous étions à présent prêts à partir.

J'attendais le garçon près d'un mur de l'enceinte, imaginant qu'on utiliserait son pouvoir pour sortir. Il m'indiqua qu'on fera autre chose pour se mettre en route. Ce fut à ce moment-là que je compris que j'aurais dû insister pour le convaincre de ne pas avoir d'idées. Il m'amena dans une salle cachée sous la cabane. Je ne l'avais pas remarquée jusqu'à maintenant. L'habitation se situait en hauteur, collée au mur de pierre. Il y avait en effet une étrange structure juste en dessous, mais j'avais pensé que ce n'était rien et que ça devait renforcer la structure. Pas du tout. Dans cette extension, se dissimulait toute une salle remplie d'instruments en tout genre. J'étais sidérée de toutes les choses qui étaient sous mon nez depuis le début et que je ne découvrais qu'au moment de notre départ.

Arthur actionna un levier accroché à l'entrée. Le mur de bois côté forêt s'ouvrit en s'enroulant au-dessus de ma tête. Je n'avais jamais vu une telle technologie. Une vue imprenable sur la forêt s'offrit à moi. Pendant que j'admirais le paysage, le garçon s'attelait à des préparatifs que je ne comprenais pas. Il ajustait la plateforme au milieu de la pièce, surmontée d'un objet énorme camouflé sous une bâche. Il jetait des coups d'œil dehors, tantôt en fermant un œil, tantôt en tirant la langue.

Curieuse, je retirai la bâche de l'élément central de la pièce. Un cylindre assez grand pour mettre cinq personnes dedans apparut. À sa base, une sorte de fourneau attendait d'être alimenté d'un feu. On aurait dit une grosse marmite aux parois plus hautes que la normale. Arthur s'en approcha et tira le cylindre vers le bas. Il arrêta son mouvement lorsque le trou fut en direction de l'horizon, au-dessus de la forêt et de l'enceinte pierre. Je l'entendis râler, puis remonter le tube plus haut. Celui-ci resta en place même lorsqu'il le relâcha. Le blond repartit à ses affaires sur un établi calé contre un mur, parsemé d'outils et de plans. Je m'approchai du cylindre, avec prudence. Je ne comprenais pas à quoi il servait. Arthur me bouscula pour placer un tabouret devant. Ensuite, il sortit un tonneau d'un coin de la pièce. Il me demanda de l'ouvrir pendant qu'il retournait à ses occupations. Je faisais de mon mieux durant la dizaine de minutes où il me laissa seule contre le tonneau. Agacé de ma piètre performance, il arracha le couvercle d'un coup en passant devant. L'intérieur contenait des pierres vertes en grande quantité. J'étais certaine qu'il s'agissait de Natura à l'état solide.

Arthur chargea le contenu du tonneau dans le fourneau du cylindre. Il était en nage avec toute cette agitation. Il me prit par la main pour m'amener devant le tube et me faire monter sur le tabouret installé plus tôt. Il me dit de monter dedans. Mon regard dubitatif ne lui plut pas, il me donna une claque au derrière pour me faire avancer. Je lui aurais bien rendu s'il ne m'y avait pas rentrée de force. J'essayais de ressortir, mais les parois glissaient trop. J'entendais Arthur râler non loin de moi. Puis, un « psh ». Je n'aimais pas ce bruit. Il était annonciateur de mauvaises choses. Les pas lourds du garçon s'accéléraient, comme s'il courait. Je le vis apparaître au bout du cylindre en se glissant dedans avec moi. Je voulus lui demander ce qu'il avait fait, mais il plaça son index sur ma bouche pour m'ordonner de me taire. Il tendait l'oreille. Le bruit s'intensifia d'un coup. Arthur créa instantanément une plateforme de Natura sous nos pieds, par-dessus le fond du tube. Il m'agrippa par la ceinture d'une main et maintenait la forme de sa création de l'autre. Il me serra contre lui. Je croisai son regard jubilatoire. Je le sentais mal, de plus en plus mal.

— Trois...Deux...Un...

Une explosion retentit à la base du cylindre. Nous étions, tout à coup, soulevés violemment. Le cylindre s'envola à une vitesse folle dans le ciel, nous dedans. Sous le Natura du garçon, le fond avait totalement fondu, ou explosé, aucune idée. La seule chose dont j'étais certaine, c'était que nous nous envolions très haut dans les airs à vitesse grand V. Arthur me maintenait collée à lui. Je le serrais en retour, effrayée par la hauteur. Si je n'étais pas tétanisée, je l'aurais disputé pour cette idée stupide. Le plus inquiétant était que nous ne retombions pas. Au contraire, le cylindre prenait de plus en plus d'altitude. La chute n'en sera que plus pénible. Je n'imaginais pas comment nous allions y survivre. Lui, il prenait son pied en criant son fameux « Youhou » spécial chute vertigineuse.

La peur finit par disparaître. Il fallait dire que traverser le ciel dans un cylindre métallique troué aux extrémités durant près d'une heure laissait le temps de réfléchir. Je m'ennuyais même. Je n'aurais jamais imaginé réussir à m'ennuyer dans une telle situation. Nous ne perdions pas d'altitude, pas plus que nous n'en gagnions. Arthur dormait. Ça, par contre, ça me faisait peur. Ma survie dépendait de lui. Je parvenais à voir le paysage à travers le trou. Il se résumait à des nuages. Autrement dit, je n'avais aucune idée d'où nous nous trouvions, ni d'où nous allions. Arthur ronflait dans mes bras, inapte à me répondre. Je soufflais de fatigue, j'allais devoir attendre.

Une autre heure plus tard, nous entamions la redescente. Je secouais le garçon de toutes mes forces, en faisant attention à ne pas le lâcher non plus. Il se réveilla en bâillant. Il me demanda où nous nous trouvions. En guise de réponse, je montrai le ciel. Il me spécifia que ce n'était pas une réponse en bonne et due forme. Il était vraiment en train de me prendre la tête dans un moment comme celui-là ? J'élevai la voix afin qu'il comprenne l'urgence de la situation.

— Oh putain.

J'espérais sincèrement que c'était une blague et qu'il n'était pas vraiment surpris, ni paniqué. Non, c'était autre chose. Il tapotait son dos.

— Où est mon sac ? Il est tombé ?

— Tu n'as jamais eu de sac.

Arthur avait oublié nos sacs. Super. On n'avait plus de vêtements, ni de nourriture. Tout du moins, si on survivait, parce que ça semblait mal parti. Il décrocha une corde à sa ceinture, seul objet qu'il a finalement emmené. Il la passa autour de nous en serrant fort, puis consolida le tout avec un nœud. Nos corps se collaient. D'un geste rapide et furtif, camouflé en accident, il effleura ma poitrine. J'aurais vraiment cru à une coïncidence s'il n'avait pas recommencé trois fois.

— Tu penses que c'est le moment de me toucher ?

Il prit son air outré.

— Quoi ? Un homme digne comme moi...

Les mouvements de bascule du cylindre l'interrompirent. Il tournait dans tous les sens, nous faisant nous cogner sans discontinu. Énervé d'être malmené, le garçon tendit les bras au-dessus de lui pour saisir le bord du tube. Je le sentis contracter ses muscles. Il donna un coup sec, nous propulsant hors du cylindre. Nous étions à présent en chute libre, ceinturés l'un à l'autre. Je criai, par-dessus le sifflement du vent, à Arthur qu'on allait s'écraser sur le nuage en contrebas. Jamais, au grand jamais, il ne m'avait autant jugée en un regard. Je compris pourquoi quand nous passâmes au travers. J'étais convaincu que les nuages étaient solides. Je découvrais à mes dépens que non. Ils étaient semblables à de la fumée. Nous ne voyions rien à l'intérieur. Je pus enfin discerner des choses quand nous le dépassions. Il y avait d'immenses étendues d'herbes. Je crus, dans un premier temps, qu'elles s'étendaient à l'infini, mais j'aperçus des constructions qui ressemblaient à ce qui se rapprochait le plus d'une ville selon moi. Je croyais distinguer des montagnes les bordant. Nous étions trop loin pour que je puisse les voir en détail. De plus, je devais composer avec les cris de joie incessants de mon camarade. Il s'amusait comme un fou.

— Prête à plonger ?

Il voulait passer à travers le sol pour amortir notre chute, comme il l'avait fait au repaire des bandits. Le garçon stabilisa notre chute et nous fonçâmes en piquet, droit vers le sol.

Lorsque je rouvris les yeux, instinctivement fermés par la peur, je me trouvais dans l'espace noir de l'*Identitas* d'Arthur. Il nageait vers le haut en agitant ses bras et ses jambes. Je compris que pour traverser cet endroit d'un côté à un autre, il fallait marcher, mais de bas en haut, on nageait. Cela me donnait mal à la tête. Je le laissai gérer la situation, après tout, il avait l'air de maîtriser ce qu'il faisait. Nous émergeâmes du sol comme on sortait d'un lac. J'entrepris d'enlever la corde nous liant. Le nœud était particulièrement bien fait, si bien que je n'y arrivais pas. Arthur le fit pour moi. Libérée, je roulais sur le dos dans l'herbe de cette plaine où nous avions atterri. Je voyais le ciel d'où nous avions chuté. Quelle idée inconsciente. Le garçon s'étirait, fatigué d'être resté aussi longtemps sans bouger.

— Arthur.

— Améthyste.

— Rhuby. Qu'est-ce qui t'a pris de faire ça ?

— De quoi ?

— Nous envoyer dans le ciel à l'aide d'un... canon ?

— Arrête de faire ta rabat-joie, c'était marrant.

— Admettons. Comment va-t-on au pays du ciel maintenant ?

— En fait, vu que c'est un pays censé se trouver dans le ciel, vu son nom, je pensais qu'avec un peu de chance, on atterrirait dessus.

— *Stultus puer*.

— Pardon ?

— Rien.

— Tu viens de m'insulter dans quelle langue ?

— Je t'ai traité de génie. C'est un compliment.

— Merci.

— *Stultus puer*.

Partie 3

Frontis

22

Criminel

Non loin de la plaine où nous avions atterri, se trouvait une ville. J'avais proposé à mon camarade d'y aller, comme nous étions revenus au point de départ de nos recherches. Je ne savais pas dans quelle direction il nous avait propulsés, je n'avais pas non plus vu le sentier de tout notre trajet. Je craignais d'en être trop éloignée. Il était notre guide pour nous rendre à notre objectif.

Arthur et moi traversions cette ville peuplée, gigantesque. Je n'avais jamais vu autant de monde de toute ma vie. C'était aussi effrayant qu'excitant. Les gens déambulaient dans les rues, tous avec un objectif précis en tête. De nombreux bâtiments bordaient les rues, permettant à des personnes d'y entrer et de ressortir avec plein d'affaires. Contrairement au parc des géants gris, pas une seule habitation n'atteignait leur taille. La structure des bâtiments était très différente. La plupart d'entre elles étaient constituées de bois et de pierres, donnant un aspect plus classique et naturel que les géants gris. Le sol était rouge et sablonneux, comme dans le désert que j'avais traversé avant de me faire enlever. L'architecture de cet endroit était magnifique. J'étais perdue au milieu d'un paysage qui me coupait le souffle. N'importe quel endroit où je posais les yeux, je découvrais de nouvelles choses. Les gens étaient bien habillés, d'autres arboraient ce qui ressemblait à des uniformes. Ils tenaient des armes et marchaient coordonnés. Parfois, au bord de la route, des personnes étaient assises, un tapis avec plein d'objets devant eux. D'autres s'arrêtaient pour leur échanger des pièces contre lesdits objets.

Une bonne odeur chatouilla mes narines. Elle venait d'un bâtiment nommé « Restaurant de Jkop, cuisine Baryon traditionnelle ». En regardant par la fenêtre, je voyais des gens attablés se faire servir de la nourriture sur un plateau d'argent. C'était si alléchant.

Sur l'axe principal, je reconnaissais les drôles de créatures que les bandits utilisaient pour se déplacer plus vite. Les habitants de la ville, ou des voyageurs, les montaient, avançant doucement pour ne renverser personne. Elles étaient vraiment laides, ces bestioles.

Il y avait tellement de bâtiments différents aux fonctions qui semblaient différer. J'étais subjuguée par cet endroit réunissant autant d'humains comme moi. Un homme avec une grosse barbe foncée s'approcha de moi. Il enleva brièvement le petit chapeau qu'il avait sur la tête avant de le remettre.

— Bonjour mademoiselle, recherchez-vous du travail ? Nous manquons d'hôtesses dans notre bar.

Il désigna un bâtiment au loin avec une insigne lugubre. Je ne savais pas quoi répondre, mais je n'en eus pas besoin, comme Arthur intervint.

— C'est gentil, mais nous ne sommes pas intéressés.

Il me prit par la main pour m'emmener autre part. Le barbu nous suivit.

— Vous êtes sûrs ? Vous serez bien payée. En plus, vous ne manquerez pas de plaisir.

— Tu vas en ressentir du plaisir quand tu te prendras ma main dans ta gueule.

Je comprenais l'agressivité de mon camarade. Cet homme me reluquait d'un sale regard. Le même genre qu'avait Doxan. Il était malsain. Le vieux claqua des doigts et fit apparaître, comme par magie, deux armoires à glace de derrière nous.

— Je me suis rapidement lassé de vous demander votre avis. Suivez-nous.

Les deux géants m'attrapèrent en me soulevant de terre pour m'emporter. L'un d'eux ne put faire plus de deux pas avant de tomber lourdement au sol. Arthur me libéra de l'emprise de l'autre.

— Elle n'ira nulle part avec vous. Vous voulez vous battre ?

Le barbu sourit. Il ordonna à ses deux subalternes de s'occuper du blond. Les passants s'arrêtèrent progressivement autour de nous, en ils voyaient l'agitation. Nous nous retrouvions rapidement entourés d'inconnus qui nous observaient attentivement. J'entendis une multitude de messes basses.

— Faites vos paris, messieurs-dames ! Deux monstres de puissance contre un jeune homme désarmé !

Le barbu invitait les spectateurs à parier sur le potentiel combat qui allait avoir lieu. J'en vis sortir des pièces de leurs poches qu'ils allèrent lui donner en échange d'un papier. Je profitais de cette inattention collective pour prévenir Arthur que c'était le moment de filer. Il me rétorqua que c'était trop tard. S'il s'enfuyait maintenant, nous aurions la ville à dos. Il me demanda ensuite de m'écarter. Le barbu avait fini de récolter des pièces. Il leva les mains et se mit à crier pour capter l'attention générale.

— Que serait un combat de rue sans enjeux ? Si mes hommes gagnent, nous embarquons la jeune fille pour en faire une hôtesse de notre bar !

Des cris d'approbation s'élevèrent dans la foule à cette annonce.

— Et toi, jeune homme ? Que choisis-tu pour ta victoire ? Qui est plus qu'improbable.

Arthur afficha un sourire dément.

— Ton bar.

L'homme lui lança un regard noir.

— Ainsi commence le combat.

Il abattit son bras. La foule hurla autour de moi. L'atmosphère était devenue électrique en un rien de temps. Les gens formaient un cercle parfait, entourant Arthur et les deux hommes. Ils allaient se battre sous les yeux de tous ces gens. Je ne comprenais pas comment on avait pu en arriver là si vite. Je m'inquiétais pour mon camarade. Ses adversaires le dépassaient de deux têtes. Dans quel bourbier nous étions-nous retrouvés ?

L'une des armoires à glace fonça sur lui, bras armé en arrière. En dépit de sa taille imposante, il était rapide. Arthur ne pouvait pas esquiver le coup. Il le prit de plein fouet dans la tête. À ce moment précis, la foule était en délire. Délire qui retomba instantanément lorsqu'elle se rendit compte que le garçon n'avait pas bougé d'un pouce malgré la puissance de l'impact. Le poing de l'autre était collé à son visage, visiblement inefficace. Je découvrais des expressions faciales inédites chez mon camarade, notamment un sourire sadique mélangé à un ego justifié. Il le provoqua d'une réplique simple, mais efficace.

— C'est tout ?

Sans permettre au géant de répondre, il lui broya les intestins d'un coup de poing qui l'envoya dans le décor. L'armoire à glace finit sa course dans un des bâtiments bordant la rue.

L'attroupement de parieurs hésitait entre jubiler et se taire. Personnellement, j'étais sous le choc. Je ne soupçonnais pas une telle force chez le garçon. Son deuxième adversaire semblait douter. Le barbu lui dit quelque chose que je ne compris pas. Cela fit son effet, puisqu'il fonça à son tour sur Arthur. Il envoya un coup de poing. Mon ami fit de même. Leurs coups se heurtèrent sèchement. Le géant se saisit la main en hurlant, il avait des doigts cassés. Arthur allait on ne peut mieux. Il balaya le géant. Ce dernier tomba. Avant qu'il ne touche le sol, le blond leva une jambe et lui donna un coup de pied qui le fit s'envoler, puis s'écraser loin derrière le barbu.

Certains parieurs hurlèrent de joie, tandis que d'autres étaient à deux doigts de pleurer. Arthur nourrit le spectacle en tapant ses mains au-dessus de sa tête en signe de victoire. Je vins à ses côtés, craignant qu'un des spectateurs ne me blesse dans son euphorie. En traversant l'arène primitive du combat, je croisai le barbu du coup de l'œil. Il enrageait.

— Tu as utilisé le Natura pour les battre ?

J'avais chuchoté à l'oreille d'Arthur pour qu'il puisse m'entendre malgré le brouhaha des vainqueurs.

— Non. Pas besoin de ça pour défoncer des nullos. Je suis trop fort.

Il a un côté vantard presque attendrissant, étant donné qu'il s'exprimait comme un enfant après avoir gagné une bagarre. Il m'exhiba son biceps que je repoussai, parce qu'il le collait à mon nez. Il prit son ton sérieux pour m'expliquer le contexte.

— Les combats de rue sont monnaie courante dans cette partie du monde. La plupart du temps, des paris sont organisés par-dessus pour les rendre plus attractifs. Le vieux a voulu nous piéger, mais il ne s'attendait pas à ma super force de beau gosse.

— Attends, tu sais où on se trouve ?

— Oui.

— Et tu ne t'es pas dit que je voudrais le savoir ?

— Nous sommes en Gorianne. Ça te parle peut-être, mademoiselle l'amnésique ?

Il marquait un point. Évidemment que ce nom ne me disait rien. J'allais devoir lui faire confiance sur tout, puisqu'il avait l'air de connaître.

L'homme barbu se pencha sur l'un des hommes à terre. Il sortit une sorte de manche d'épée de sa manche qu'il appuya d'un coup sec sur la nuque de l'évanoui. Des dizaines de lignes verdâtres se propagèrent dans son cou. Le géant se releva, les yeux entièrement remplis de Natura. Il semblait ne pas être conscient pour autant. On aurait dit une bête enragée. Il soufflait lourdement. Sous sa peau, les lignes vertes pulsaient tellement fort qu'elles étaient sur le point d'exploser. J'étais persuadée que ces lignes s'accroissaient, se propageant sur tout son corps. Plusieurs personnes dans la foule le pointèrent du doigt en criant, avant de partir en courant. La décision fut unanime pour tous les hommes : la fuite. Nous nous retrouvâmes très vite seuls face au barbu et à son monstre. Je vis des gens aux fenêtres des bâtiments nous entourant fermer les volets et se barricader. L'ambiance encadrée du pari avait laissé place à une atmosphère de danger.

Le géant arma sa main devant lui, paume tournée vers Arthur. Du Natura se concentra en son centre. D'un coup, un laser trancha l'air, droit sur lui. Ce dernier mit ses bras devant lui pour se protéger. Malgré tout, il fut projeté en arrière. Sans que je ne le remarque, son adversaire était déjà arrivé à son corps-à-corps. Il frappa le blond à la tête. Je compris alors que je n'avais pas rencontré un type normal chez les bandits ce jour-là, puisqu'il encaissa le coup, souriant comme un diable. Il lui rendit au même endroit. Le géant ne broncha pas, ainsi, ils commencèrent à se frapper mutuellement.

Je ne savais pas quoi faire. Je ne pouvais pas l'aider, leur combat me dépassait. Je compris comment agir lorsque la déflagration de Natura manqua de me décapiter. Je courrai me mettre à l'abri. Arthur vola jusqu'à moi en défonçant tout sur son passage, après m'être réfugiée derrière un tonneau à l'avant d'une bâtisse. Il avait soulevé une quantité astronomique de poussière en atterrissant. Il se relevait en faisant mine de s'épousseter le torse.

— Reste pas là, Rhuby. Je ne sais pas à quoi il a été drogué, mais c'est du costaud.

Sur ces mots, le géant l'envoya à travers le bâtiment. OK, je devais partir et vite. Je courais aussi vite que possible, aussi loin que j'en étais capable. J'arpentai les rues désertes jusqu'à traverser des bondées. J'étais hors d'haleine. Savoir Arthur aux prises avec ce monstre ne m'inquiétait pas. Il était fort. Une bonne idée me vint, je devais chercher de l'aide. Comment faire pour savoir à qui s'adresser dans cette ville gigantesque ?

— J'ai besoin d'aide !

M'écrier comme ça au milieu de tout le monde attira tous les regards sur moi. Cependant, contrairement à mes attentes, les gens se détournèrent rapidement de moi, ne m'adressant pas un regard. J'étais sous le choc. Personne ne voulait me venir en aide ? Je criai encore deux-trois fois dans l'espoir qu'une âme charitable se présente et me demande quel était mon problème. Au bout d'un moment, une jeune femme en uniforme vint me trouver. Elle était magnifique avec de grands yeux noisette. Elle gardait ses mains derrière le dos, prenant un air sévère.

— Vous dérangez l'ordre public avec votre bruit.

— J'ai un problème. Une bagarre a éclaté de l'autre côté de la ville.

C'était en l'expliquant que je m'aperçus que j'avais beaucoup couru.

— Et alors ? Je suppose qu'elle est encadrée.

Je levai un sourcil, pour montrer volontairement mon étonnement. Selon Arthur, les paris étaient réguliers par ici. Elle devait me prendre pour une ignorante qui n'avait jamais assisté à ces pratiques. Il fallait la convaincre.

— Au début, c'était un simple combat, mais la situation a dégénéré. L'un d'eux a les yeux injectés de Natura. Tout le monde a fui.

La femme me prit au sérieux. Ouf.

— Montre-moi.

D'un geste rapide et précis, elle sortit un sifflet d'une poche de son uniforme. L'objet ne fit pas de bruit lorsqu'elle souffla dedans. Néanmoins, l'effet fut escompté. Une demi-douzaine d'hommes en uniforme sortirent un à un de la foule pour nous rejoindre. La femme m'indiqua qu'ils nous suivaient. Je me mis en marche. Heureusement, j'avais une bonne intuition qui me permettrait de retrouver mon chemin. Je reconnaissais les éléments du paysage que j'avais croisés à l'aller.

Quelques minutes plus tard, nous arrivâmes au lieu de l'affrontement. Le barbu n'était plus là. Des traces de violences confirmaient mes dires à la femme en uniforme. Elle ordonna à ses hommes de fouiller la zone. Ils ne cherchèrent pas longtemps. Une explosion de Natura retentit si fort que je crus devenir sourde. La déflagration dépassait au-dessus des bâtisses dans une fumée noire. J'accompagnai le groupe d'uniformes vers son origine. Nous passâmes dans de toutes petites ruelles où je dus ralentir au point de marcher pour les traverser, tant elles étaient serrées. Le spectacle de l'autre côté me laissa sans voix. Au centre de la colonne de fumée, elle-même au milieu de la rue, Arthur se dressait debout sur le géant allongé au sol, dans une position qui en disait long sur le gagnant. Son débardeur était parti en fumée, couvrant son torse de saleté. Il n'avait plus son expression de l'ivresse du combat collée sur le visage. Le garçon regardait dans le vide, cherchant à se calmer. Quelques gouttes de sueur perlaient le long de son front.

J'étais absorbée par la scène devant moi, si bien que j'oubliais un paramètre important. La femme en uniforme libéra un fouet accroché jusqu'à lors à sa ceinture. Elle le fit claquer l'air.

— Rendez-vous bien gentiment. Si vous faites des vagues, nous serons contraints de vous achever.

Prise de panique à cause du quiproquo, je tentai d'interpeller la femme pour lui dire qu'elle se trompait de coupable. J'aurais sûrement réussi si Arthur n'avait pas fait ce geste provoquant l'invitant à se battre. Il sauta du corps du géant. La femme fit claquer le fouet. Celui-ci s'agrandit d'un seul coup, griffant au sang la joue d'Arthur. Il porta une main à la coupure, en claquant sa langue.

Les hommes se mirent en position autour de lui, gardant une certaine distance de sécurité. Ils s'armèrent tous d'un canon long, pointé en direction de mon camarade. Ils attendaient le signal de leur commandante pour tirer. La femme au fouet toisa froidement le garçon.

— Attendez !

J'intervins trop tard. J'étais assez proche de la femme pour voir ses pupilles se dilater après ce qui semblait être un moment de réflexion.

— Tirez !

La demi-douzaine d'hommes pressèrent la gâchette. Les tirs de Natura filèrent droit sur lui. Les projectiles, du même nombre que les hommes les ayant tirés, explosèrent dans une fumée verdâtre. Arthur fut entièrement caché sous le nuage. Les hommes ne baissèrent pas leurs armes malgré la réussite de leurs tirs.

Il y eut un moment de flottement. Je croyais le garçon gravement blessé. Les tirs de Natura étaient particulièrement puissants. Je m'étais trompée. Il sortit de l'amas de fumée d'un coup en fonçant sur la femme au fouet. Les hommes reprirent leurs tirs. Il les esquiva avec facilité, en courant. Lorsqu'il fut arrivé à son niveau, elle fit signe aux autres de cesser le feu. La femme claqua son fouet sur le blond. Avais-je déjà dit être surprise par Arthur ? Ce fut à nouveau le cas. Alors que le bout du fouet allait lui laisser une nouvelle griffure, l'arme le traversa comme s'il n'avait pas de cible. Son opposante écarquilla les yeux avant de se prendre un coup de poing assez puissant pour briser un mur. Son nez devint rouge à l'impact, comme le sang qui en sortit abondamment. Elle redonna un coup de fouet. L'arme traversa de nouveau Arthur comme s'il n'existait pas. Elle se reprit un coup.

Le garçon s'apprêtait à continuer son offensive quand la femme le balaya d'un coup de pied pour planter son coude dans son visage. Il tomba à la renverse. Elle en profita pour passer derrière lui furtivement. Je la vis faire une manipulation avec un objet à sa ceinture. Elle saisit Arthur par les mains et lui passa des menottes. Il grogna de rage et envoya des coups de tête à l'aveugle. La femme put donner libre coup à son fouet, il ne pouvait plus se laisser traverser par celui-ci. Son visage fut marqué par les innombrables coups qu'elle donnait. Il finit par tomber sur le dos, gémissant de douleur. Pourquoi ne pouvait-il plus se laisser traverser ? L'*Identitas* était pourtant indépendant du Natura. D'ailleurs, il aurait aussi pu se libérer chez les bandits, non ? Il y avait quelque chose qui m'échappait. La femme en uniforme prépara son arme au-dessus de sa tête pour donner un coup capable de le tuer.

— Ça suffit !

Je m'étais précipitée entre les deux en tendant bien les bras de chaque côté pour ne plus permettre de violence. J'avouais avoir les larmes aux yeux de voir le garçon dans cet état. Ce n'était pas de la tristesse ou de l'inquiétude, plus de la colère qui montait en moi. Elle n'avait pas à s'acharner sur lui, surtout qu'elle se trompait depuis le début.

— Ce n'est pas lui le fautif ! Celui qui a attaqué, c'est le géant au sol derrière vous !

La femme aux yeux noisette me dévisagea. Je pourrais décrire l'instant exact où elle avait pris la décision de me donner ce coup de genou dans l'estomac. Je tombai, le souffle coupé. Elle me passa également les menottes. J'avais si mal. Vraiment mal.

— À quoi ça vous avance de frapper les autres ? Que ressentez-vous ? Du plaisir ?

Elle m'ignora et souleva Arthur par les cheveux, pour le lancer dans les bras de deux de ses hommes, s'étant rapprochés pour l'assister. Ils l'agrippèrent par les épaules. La femme en uniforme troqua son fouet pour une petite épée qu'elle pointa en direction du garçon pour proférer une sentence.

— Arthur Sparks, vous êtes en état d'arrestation pour violence publique et rébellion sur agents.

Ses traits se durcissent. Ses jolies petites noisettes se teintèrent de haine et de dégoût.

— Ainsi que pour attentat à la couronne du troisième royaume Wonien, en terres Quzort. Tout ce que vous direz pourra être retourné contre vous, je vous conseille de garder le silence. Vous serez placé en détention provisoire dans les cachots de la ville en attendant d'être exécuté publiquement en Quzort. Comprenez-vous ?

Les yeux mi-clos, le garçon répondit faiblement.

— Sale chienne du gouvernement, tu ferais mieux de ne pas t'occuper des affaires qui ne te concernent pas.

Non pas que j'étais d'accord avec elle, mais je comprenais la gifle qu'elle lui mit. Une provocation, dans son état, était suicidaire. Arthur s'était évanoui. Son visage ensanglanté m'était insupportable à regarder.

De ce que je comprenais, il était un criminel recherché. Ç'aurait dû me faire un choc, mais je ne pouvais pas imaginer qu'il soit mauvais. Il m'avait tellement aidé (comme il pouvait, certes). J'étais persuadée que cette histoire était plus complexe qu'il n'y paraissait. Il était brusque et un peu sauvage. Pourtant, jamais il n'aurait fait du mal à quelqu'un par plaisir. Je ne laisserai pas cette femme lui faire plus de mal. Comment ? Je ne savais pas. J'étais menottée, impuissante. La petite voix n'était plus là pour m'aider. Je m'en sortirai seule, avec les seules capacités que ma mémoire m'avait léguées.

— Vous ne devriez pas faire ça.

— Pourquoi ça ?

Elle plongeait ses yeux dans les miens. Elle me mettait au défi de lui répondre. Je n'avais pas oublié la douleur qui me déchirait l'estomac.

— Parce que vous agissez plus par rancœur personnelle que par devoir.

Première étape : percer à jour la femme en uniforme, check. Deuxième étape : se faire assommer pour la deuxième fois de sa vie parce qu'on a percé à jour la femme en uniforme, check.

23

Torture

Cette odeur... C'était atroce. Elle piquait mon nez si fort. La pénombre ambiante ne m'aidait pas à en discerner l'origine. Je ne voyais, pour ainsi dire, rien. J'étais accrochée par les mains, au-dessus de moi. Quelle position insoutenable. Je ne savais pas depuis combien de temps j'étais là, mais mon corps n'en pouvait déjà plus de tenir en équilibre comme ça. Chaque fois que j'essayais de bouger, mes poignets brûlaient, irrités par les menottes trop serrées qui supportaient mon poids. Mes pieds aussi étaient cadenassés. Impossible de bouger avec ça. Se sentir prisonnière était une expérience nouvelle pour moi. Je paniquais de plus en plus. Je haletais avec difficulté. J'avais peur. Mon cœur se déchirait de détresse. Combien j'aurais donné pour partir d'ici ? Déshabillée de mes bottes, de mon veston et de mon chapeau, j'avais froid. J'étais plus vulnérable que jamais. Et cette odeur... À l'aide.

Mes yeux s'habituèrent lentement aux ténèbres. La silhouette d'une femme se dessina devant moi, assise sur une chaise. Lorsque je pus enfin voir quelque chose, je fermais finalement les yeux. C'était bien mieux de rejeter la réalité. Je ne voulais pas être là. Je devais être dans une forêt, en sécurité, plutôt que dans cet endroit lugubre. La salle dans laquelle je me trouvais était petite. Il n'y avait pas de fenêtre, ni de lumière. Ce n'était pas non plus une cellule, juste une pièce close sans accès apparent sur l'extérieur.

Comme je commençais à m'agiter, la femme se leva pour s'approcher très près de moi. C'était elle. Celle aux yeux noisette. Je n'aurais pas dû aller chercher de l'aide. Arthur et moi aurions dû nous enfuir. Je ne pouvais m'en prendre qu'à moi-même de me retrouver dans cette situation. Non. En quoi étais-je en faute ? J'étais seulement partie demander assistance pour mon ami. Ce n'était pas normal d'en arriver là. Cette femme aurait dû m'aider, pas m'assommer puis m'emprisonner. Elle n'avait pas, non plus, à mettre Arthur dans cet état pour l'interpeller. Je sentis une partie de moi se brouiller. J'en avais assez des méchants. Doxan, Amuno, Esmeralda, les bandits et maintenant ces gens en uniformes. Prenaient-ils plaisir à faire souffrir les autres ? Je les détestais. Assez d'être gentille avec des gens comme eux.

Je broyais du noir dans mon coin quand la femme au fouet m'attrapa d'une main par les joues. Elle me secoua violemment la tête avant de la lâcher comme une malpropre. La colère montait en moi. Elle prit la parole en première.

— Nom, prénom, âge, origine. Tu vas ensuite m'expliquer ce que tu faisais avec ce terroriste.

En plus, elle me donnait des ordres avec une moue désinvolte. C'était si simple de paraître forte devant quelqu'un d'enchaîné. Cette femme était détestable. Elle jouait avec moi. Peut-être que la sincérité apaisera son sentiment de supériorité ?

— Rhuby.

— C'est tout ? Je t'ai demandé plus que ça, je te signale.

Deux gifles. Mes joues, rougies, me brûlèrent. Était-elle folle ? J'avais répondu comme convenu. Pour qui se prenait-elle ? Pour une tortionnaire ayant droit de vie et de mort sur moi ? Sûrement. Je détestais quand on ne me croyait pas alors que je disais la vérité. La femme souriait après m'avoir frappée.

— Je suis Rhuby ! C'est tout !

— Arrête de te foutre de moi. Je veux prénom ET nom, ton âge et ton origine.

— Je ne sais pas !

Ces dernières paroles sortirent accompagnées d'un sanglot. Quelle douleur que de sentir le couteau être remué dans la plaie. Plus que toute personne au monde, j'aurais rêvé connaître les informations qu'elle demandait. Qui étais-je ? « Eh bien dis-le moi, toi qui es si sûre de toi ». Prononcer ces paroles ne m'aurait apporté que des coups en plus. Ma volonté intérieure miroita à l'extérieur sous forme d'une voix penaude et désespérée.

— Je ne sais pas...

— Tu auras beau cacher ton identité, je finirai par savoir.

Sérieusement ? Pourquoi ne voulait-elle pas accepter ma vérité ? Je n'avais pas d'intérêt particulier à mentir.

— Si c'est si simple pour vous de savoir qui vous êtes, dites-le moi !

Elle marqua un temps avant de me répondre droit dans les yeux pour me montrer que, contrairement à moi, elle n'avait pas d'hésitation.

— Je suis la commandante Aaricia Baroq. Je fais partie de la milice chargée de l'ordre et de la droiture de Frontis. Concernant mon origine, je viens...

— Du troisième royaume Wonien.

Ça passait ou ça cassait. Au vu de son amertume pour Arthur, elle qui l'accusait d'être un ennemi de ce royaume, elle devait certainement en être originaire.

— Tout à fait.

Apparemment, j'avais vu juste. Cela ne m'avançait en soi à rien, mais cette petite victoire m'apportait du réconfort.

— Dis-moi, petite Rhuby, que faisais-tu avec ce criminel ?

— C'est drôle, la seule criminelle que je vois ici, c'est vous.

— Et pourquoi ça ?

— Quelle est la différence entre vos méthodes douteuses et les actes condamnables d'un hors-la-loi ?

— Le statut.

Sur ces mots, elle me retourna le ventre d'un coup de poing. Je crachai de la bile. J'avais si mal. Ma tête tournait. Ma vision se brouillait.

— Ne joue pas à la plus maligne. Jusqu'à preuve du contraire, tu es ma prisonnière. Si je veux te torturer jusqu'à ce que tu te décides à cracher tes informations, je ne m'en priverai pas.

Elle me saisit par les cheveux pour me soulever la tête.

— Où l'as-tu rencontré ?

— Qui ?

Aaricia Baroq m'asséna, avec plaisir, un nouveau coup dans le ventre qui m'arracha un bruit immonde en provenance de la bouche. Je crachai tout ce que je pouvais, comme je sentais l'intérieur de mon ventre se brouiller. Quelque chose dans mon estomac me provoqua des nausées atroces. Un liquide remonta jusqu'à mon œsophage.

— Je t'ai pourtant ordonné de ne plus jouer avec moi. Où l'as-tu rencontré ?

Même si j'avais bien voulu lui répondre, je n'y parvins pas. Une soupe bouillante surgit de ma bouche pour finir par terre. La femme au fouet se recula vivement en jurant. Plusieurs hauts-de-cœur m'obligèrent à continuer ces immondices. Je crus cracher mon âme, tant mon corps se vidait de ses forces.

Elle perdit patience. Je le devinais au coup de poing que je pris dans la mâchoire.

— Répond !

Mon esprit commençait à céder. J'aurais supplié pour que cela cesse. C'était la première fois que je subissais autant de souffrances. J'étais surprise de constater comment le mental s'affaiblissait vite quand on se trouvait en mauvaise situation, comme maintenant. Malgré tout, je devais rester forte pour mener à bien mon bluff. « Réfléchis,

réfléchis, réfléchis ! ». Se donner des instructions par la pensée n'était pas aussi utile que je le pensais. Je perdais trop de temps à me convaincre. J'aurais dû le consacrer à trouver une solution. Pourtant, la seule chose qui hantait mon esprit était cette colère sourde qui montait en moi chaque fois que j'avais mal. Elle me faisait perdre pied et toute prudence par la même occasion.

— Tu vas...

— Pourquoi vous faites ça ? Vous n'êtes qu'une idiote, doublée d'une sadique !

— Pardon ?

Ces mots étaient sortis tout seuls de ma bouche. Sans sommation, Aaricia Baroq me roua de coups à n'en plus pouvoir. L'insulter l'avait définitivement fait sortir de ses gonds. Entre deux séries de coups, elle se forçait à me questionner. Je la soupçonnais de prendre plus de plaisir à me frapper qu'à me soutirer des informations.

— Dis-moi d'où tu connais ce criminel ! Dis-le !

En proie au désespoir, je tentai quelque chose.

— Je vous dirai tout si vous me libérez de suite.

En fait, je craignais que même en disant tout ce que je savais, elle ne me libère pas. Je ne saurais comment l'expliquer, mais je sentais qu'elle me garderait ici quoi qu'il arrive. Je voulais me garantir une porte de sortie. Était-ce stupide de penser ainsi ? La douleur et le désespoir me faisaient délirer.

— Sombre idiote ! Ce n'est pas comme ça que ça fonctionne ! Je ne laisserai sortir seulement lorsque j'aurai décrété que tu le mérites.

— Et moi, je vous dis que je suis prête à tout vous dire si je ne suis plus emprisonnée.

— Qui serait assez stupide pour accepter ?

— C'est votre unique chance pour que je vous dise ce que je sais.

C'est-à-dire rien. C'était vrai, je ne connaissais rien du garçon. Comme la femme semblait déjà douter de la véracité de mes paroles quant à mon identité, elle ne me croirait pas si j'affirmais avoir rencontré Arthur récemment et voyager avec lui dans le but de trouver un pays apparemment méconnu. Je pressentais que quoi que je dise, je resterais dans cette cellule froide. Au temps tenter ma chance dans un ultime bluff.

— Je te torturerai tant que je ne saurais pas ce que je veux savoir.

Elle me roua de coups de fouet. Ma peau, déjà rougeâtre, se déchira à l'impact du fouet. Mon sang s'échappait sans que je ne puisse y faire quoique ce soit. J'avais si mal. Ma tête tournait furieusement, comme mes pensées s'évadaient de leurs cages. Je hurlai tout ce que je pouvais. Peut-être mes cris de souffrance feraient ressentir de la culpabilité à mon bourreau. Quand bien même c'était le cas, elle n'en montrait rien. Sous moi, vint s'ajouter à mon vomi mon sang fraîchement sorti. Un soupçon de larmes s'ajouta à cette soupe de désespoir. J'aperçus le sourire jouasse de ma tortionnaire. Elle prenait son pied à me déchirer de toute part.

Je nageais dans un tourbillon de toutes les pires choses que pouvait vivre un humain. Désespoir, haine, tristesse, panique, injustice, terreur, peur, désillusion. Ce genre d'émotions ne m'étaient pas particulièrement familières depuis mon éveil. J'en avais ressenti quelques-unes par-ci par-là, mais jamais d'une telle intensité. Je ne pouvais pas non plus affirmer qu'elles me soient complètement inconnues. Mon cœur s'était refermé sur lui-même, habitué à ce maëlstrom d'ondes négatives. Si je devais mettre des mots sur cette impression, je dirais qu'il avait déjà vécu ça, mais en pire. Plus j'y songeais, plus je me rendais compte que cette boule battante dans ma poitrine détenait plus de réponses sur mon passé que je ne pouvais l'imaginer.

Bien que la douleur, la souffrance et les maux me déchiraient aussi bien mentalement que physiquement, je n'abandonnais pas mon envie de me sortir de là. Mon désir de ne pas céder à Aaricia Baroq n'était que plus grandissant. Plus elle me frappait, plus je me sentais m'abandonner à la folie. Je ne parvenais plus à contrôler mes sentiments. C'était trop, beaucoup trop. Ce maëlstrom d'émotions m'étouffait. Je confondais le bonheur et le malheur, la joie et la tristesse, le rire et les pleurs. Où en étais-je ? Les coups me déchiraient psychologiquement. D'un coup, une étincelle embrassa mon cœur. Ce dernier était à bout. Mon instinct, complètement perdu, appela mon corps à produire un réflexe plus qu'étonnant. À l'unisson, plusieurs parties de moi réagirent. Ma bouche se mua en un sourire étrange. Mon diaphragme se contracta séquentiellement. C'était... Une habitude ? De mon corps entier émanait cette sensation de déjà-vu. Dans le plus profond désespoir, ma première réaction était... Le rire ?

Je me tordais de rire, comme les coups achevaient de me mettre en lambeaux. La femme au fouet arrêta aussitôt son exécution en entendant mon air chantant. Jamais personne ne m'avait autant dévisagée de la sorte. Je la vis mettre une main sur le manche de la longue épée qu'elle tenait à la ceinture. Elle craignait que je ne prépare quelque chose. Comment ? Allez savoir. Dans mon état, je ne pouvais rien faire, ni même espérer.

Mon ventre se tordait de douleur à cause de ce rire dont l'origine inconnue le contractait. Était-ce nerveux ? Amusé ? Désespéré ? Aaricia Baroq n'aurait pu répondre mieux que moi. C'était peut-être pour cela qu'elle ne prit pas de risque et m'asséna un dernier coup de cette arme particulièrement agaçante qu'était son fouet. Elle imaginait mettre fin à mon hilarité inconvenante. Que nenni. Je repartais, hilare. Ce fut, cette fois, son épée qu'elle pointa sur moi. La pointe de la lame sur ma poitrine. Assez. J'en avais plus qu'assez qu'on me provoque avec ce genre d'arme. Elle ne ressemblait pas à celle de diamant, mais sa nature restait la même. Je me tordis en avant afin de permettre au morceau de métal pointu d'entrer en contact avec ma peau sous ma chemise. La commandante de la milice écarquilla les yeux si grands qu'ils auraient pu tomber. Ma provocation ne la laissa pas de marbre. L'incompréhension inonda son visage, tout comme le doute.

— Vous voulez me tuer ? Allez-y.

À vrai dire, je ne me contrôlais plus tout à fait. Manquant de lucidité, j'étais en mode automatique. J'agissais comme mon être pensait que j'aurais agi. Pourtant, je ne me reconnaissais pas dans cette attitude. Je n'étais pas vraiment provocatrice, d'habitude. Alors, pourquoi l'étais-je au bord de la mort ? La peur me rendait-elle folle ? J'étais quasiment inconsciente, peut-être que quelqu'un d'autre parlait à ma place. La petite voix ? Elle n'était plus là ? Alors, qui ? La vraie moi. Je ne voyais que ça. Celle que j'étais, avant de m'éveiller dans la montagne, refaisait surface. Enfin, pas vraiment. Une pensée résiduelle ou une réaction instinctive, tout au plus. L'ancienne moi ne devait pas être saine d'esprit, pour s'amuser en étant en proie à la mort. Ou alors, était-ce ma nature profonde ? Et puis zut, je m'en fichais.

Aaricia Baroq déglutit bruyamment, trahissant son incertitude. J'avais renversé le rapport de force entre nous sans même bouger. Ma folie l'avait emportée sur la sienne. Qui serait assez fou pour planter quelqu'un qui vous demande de le faire sans cligner des yeux ? Certainement pas elle. Au vu de son caractère, elle soupçonnait une ruse de ma part ? Cependant, il n'y en avait aucune. Juste de la folie.

— Qui es-tu ?

Encore et toujours cette unique et même question ! Encore, encore, et encore ! Au diable mon identité, au diable ma mémoire. Je tolérais encore quand j'étais celle qui la posait. Le doute, le questionnement et la peur avaient laissé place à une colère profonde pour ces mots. En quoi cela importait-il de savoir mon nom ? Mon âge ? Mon origine ? Nous étions tous égaux devant la vie et la mort. Guidée par cette montée croissante d'adrénaline puisée dans la haine, je répondais en oubliant le contexte dans lequel je me trouvais.

— Personne. Je pourrais être vous, comme je pourrais être n'importe qui, ça ne changerait rien à mes propos ou à mes actes. Ne posez plus de questions idiotes.

— Il faut être bas du casque pour rigoler dans ta situation, ou être fou. Et tu sais quoi, petite Rhuby ? Personnellement, je pense que tu fais partie de la seconde catégorie.

— Que fait-on alors ? Vous ne voulez toujours pas me libérer ?

Aaricia Baroq ne prit plus la peine de faire les cent pas autour de moi pour me mettre la pression. Elle restait droite comme un piquet, exhibant comme elle pouvait, en dépit de la faible luminosité environnante, son uniforme de la milice. Son épée toujours contre ma poitrine, elle se concentrait pour que je ne sente pas les faibles tremblements de ses bras. L'absence de bruit dans la pièce close accentua le souffle irrégulier de sa respiration. La femme voulait prendre une posture de supériorité. Elle donnait plutôt l'impression d'être à deux doigts de s'évanouir sous mes yeux. En la parcourant plus attentivement du regard, je m'aperçus qu'elle était plus jeune que je ne le pensais. Dans la rue, elle m'était apparue comme une femme pleine de confiance en elle. Dans ce caveau sombre, elle n'était plus qu'une fille perdue dans ses responsabilités de commandante de la milice de Frontis.

— Les fous, nous les exécutons sans pitié. À partir du moment où tu as montré des signes de folie, j'ai su que je ne tirerai plus rien de toi. Petite Rhuby, tu ne m'es plus d'aucune utilité. Je vais devoir t'ôter la vie ici même.

— Cesse de m'appeler « petite ». Tu n'es pas assez vieille pour prétendre à plus d'expérience que moi.

J'avouais, c'était osé de ma part. Je continuais.

— Essaie d'agir par devoir plutôt que par plaisir quand tu me tortures. C'est toi la folle, pas moi !

Irritée que je lise facilement en elle, la fille haussa la voix. Elle me hurla qu'elle était ce que je ne serais jamais. C'est-à-dire une puissante femme avec de l'ambition, ne craignant personne, travaillant pour la noble cause, traquant les plus dangereux criminels du continent. Ses cris étouffaient ses sanglots montant. En voulant me narguer de sa situation, elle avait dû se rendre compte de tous les problèmes qu'elle traversait, sinon les ruisseaux d'eaux sur ses joues n'auraient aucun sens. Elle menaça de me tuer une dizaine de fois, agitant son épée de son fourreau à ma poitrine. Son changement d'humeur avait été soudain, passant de la commandante sadique à une pauvre fille triste. Pour je ne sais quelle raison, elle semblait me jalouser. Nous ne nous connaissions pas, mais nous nous dégoûtions l'une l'autre.

Je n'avais plus prononcé un mot depuis un moment, pourtant, j'avais toujours l'avantage psychologique sur elle. Un sourire malsain décorait mon visage. Ma peur n'était plus que provocation. Je souriais, riais à ses menaces. Je m'étais abandonnée à ce personnage sûr de soi en tout point, tellement confiant qu'il ignorait même la mort. Si je devais devenir détestable pour m'offrir une chance de vivre, je n'hésiterais pas.

— Je ne suis pas folle ! C'est toi qui l'es !

Je comprenais. J'avais bel et bien touché sur un point sensible. Cependant, je n'arrivais pas à éprouver de la pitié. Elle devait admettre qu'elle avait un problème.

— Je vais devoir te tuer, Rhuby.

— Parce que tu me penses folle ? Il ne faut pas être mentaliste pour deviner que ça ne tourne pas rond dans ta tête de folle !

— Arrête de dire ça ! Je vais...

— Tu es folle ! Folle ! Folle ! Tu prends du plaisir à me torturer, espèce de folle !

— Ce n'est pas...

— La seule folle que je vois ici, c'est toi, Aaricia Baroq.

J'étais convaincue qu'elle n'aurait pas l'audace d'en finir. L'image de la femme forte et sûre d'elle s'était effondrée un peu plus, chaque seconde. Mon absence de bon sens et de rationalité l'effrayait. J'aurais dû avoir plus peur d'elle, la craindre. Elle devait aimer ça, être crainte. Je ne compatissais pas à sa panique naissante. Elle était la seule responsable de ma dégénérescence. Pouvait-on dire que j'avais abandonné toute idée de survivre ? Non, j'espérais qu'elle finirait par accepter ma proposition de liberté, au lieu de commettre l'irréparable. Néanmoins, mes dernières paroles l'avaient ébranlée.

Aaricia Baroq dégaina une dernière fois l'épée rangée dans son fourreau, au gré de son hésitation, pour l'armer devant elle. Elle hurla de toutes ses forces. Un coup d'estoc parti droit dans ma poitrine. Je hoquetais de surprise. Un mince filet de sang s'écoula le long de mes lèvres, partant se mêler à la flaque au sol. Je crachotais à présent. Je n'avais pas mal. Le coup avait été si rapide, si précis que je ne sentais rien. La lame de l'épée ressortait derrière moi. C'était la troisième fois depuis mon éveil que je me retrouvais dans cette configuration. Cependant, c'était la première fois dans ce monde. La réalité me frappa, trop tard à mon goût. Je mourrais. Dans ce caveau sombre, allais-je réussir à survivre malgré ça ? Non, impossible vu le torrent de sang s'exfiltrant de mon torse lorsqu'elle retira l'épée. Je me sentis partir, comme le débit s'amenuisait. C'était bien la fin.

Ma vue, déjà obstruée par sueur et le sang, se brouilla. L'image d'Aaricia Baroq en proie à la terreur de m'avoir ôté la vie fut la dernière chose que j'observai. Tous les sens que j'avais appris à comprendre depuis la montagne de l'éveil s'estompèrent dans le néant. J'aurais aimé pouvoir dire qu'avant de passer de l'autre côté, je m'étais remémorée les meilleurs moments que j'avais vécus. Seul le vide insondable combla mon esprit.

Se tenant debout dans ses ténèbres infinies, le cerf baigné dans une lumière dorée m'adressa un regard avant de se détourner pour disparaître.

~~Mort~~

24

Immortelle

« hhh... » « hhh... ». Ce son. Je l'entendais depuis assez de temps pour ne plus le supporter. C'était ma propre respiration. Saccadée, affaiblie, sifflante. Elle en disait long sur mon état. Au cours des deux ? Trois jours ? Je ne savais plus. Un homme en uniforme était venu me nourrir d'une bouillie immonde avec des proportions minimes, le strict nécessaire pour me maintenir en vie. Pour l'hydratation, disons que je priais de toutes mes forces pour que le mince filet d'eau coulant d'une pierre au plafond soit propre. J'étais un cadavre ambulant. Seul le mince flux de mes pensées me confirmait être en vie. C'était si dur. J'avais envie d'abandonner, de partir, de me retirer loin de cet endroit, de cette souffrance et de tous ces maux me déchirant.

Mes souvenirs étaient brouillés. Chaque fois que je tentais de me remémorer ces derniers jours, je me heurtai à un mal de tête monstrueux. Le dernier essai en date m'avait arraché des pleurs incontrôlés, ainsi que des difficultés à respirer, au point de m'évanouir par manque d'air. Heureusement, ou malheureusement, j'avais l'habitude de vivre dans le flou. En réalité, je me souvenais de choses précises, comme ma confrontation verbale avec la fille au fouet. Je l'avais poussée à bout, lui rendant la pareille pour ce qu'elle m'avait fait subir. Ensuite, elle m'avait plantée. Étrangement, je n'avais aucun mal à me repasser cette scène dans ma tête. Je revoyais l'épée me transpercer, le sang couler, la vie me quitter. Puis, plus rien. Je m'étais réveillée dans l'obscurité, aveugle de toute lumière. Je ne comprenais pas moi-même ce qu'il s'était passé. Un garde était entré, puis ressorti traîné par ses collègues, comme il s'était évanoui en me voyant. On aurait dit qu'il avait vu un fantôme. Depuis lors, je croupissais seule dans ma cellule, attachée. J'aurais tout donné pour revenir à l'époque de mon éveil où je n'avais pas de problèmes comme maintenant.

Deux jours plus tard (?), un homme de grande taille vint me trouver. D'apparence aussi âgé que Btyls, il arborait un air sévère, à la limite du dégoût. S'il ne voulait pas paraître digne devant les hommes qui le suivaient, il m'aurait déjà craché dessus. Les reflets de la lumière du couloir sur son épaisse armure blanche aveuglèrent mes pauvres yeux dont l'habitude de la luminosité faisait défaut. Cette protection aux gravures précises était si belle que je croyais rêver.

Rien n'aurait pu l'abîmer et l'homme le savait. D'un simple geste de main, il ordonna aux autres de rester sur le pas de la lourde porte bloquant l'accès vers l'extérieur.

Arrivé à ma hauteur, ses traits durs se dévoilèrent à la faible lueur émanant de son armure. Il claqua des doigts sous mon nez. La pièce s'illumina d'un coup. Je dus fermer les yeux tant j'étais éblouie. Il n'avait amené aucune source de lumière, comment avait-il fait ? Au bout de cinq minutes, je me risquais à les rouvrir. Le fait de cligner plusieurs fois des yeux pour m'accoutumer à l'éclairage m'offrit un spectacle terrifiant de différentes grimaces de l'homme. Il prit mon mouvement de recul pour de l'insolence. D'une main puissante, il m'attrapa par les joues et approcha son visage du mien pour m'observer comme on le faisait d'un fruit pas mûr. Quand il eut terminé son cinéma, il me lâcha négligemment pour se retourner vers ses hommes et leur donner des ordres assez bas pour que je n'entende pas.

De retour à la clarté, je découvrais pour la première fois avec précision le lieu insalubre dans lequel je survivais depuis trop longtemps à mon goût. Il n'y avait rien de particulier à part moi. Ma belle chemise rouge n'était plus qu'un amas de tissus déchiqueté par les nombreux coups que j'ai endurés. Le peu de peau que j'apercevais était ensanglanté, ou plutôt crouté comme mon liquide vital avait séché depuis le temps. J'étais parsemée de bleus et d'ecchymoses. Le plus impressionnant restait la plaie, refermée par je ne sais quelle magie, au milieu de ma poitrine, au même niveau que ma cicatrice. Animée d'une mission de protection de mon corps, ma chemise tenait bon pour protéger ma poitrine du froid de la pièce.

Sous moi, la flaque visqueuse de tout ce que j'avais pu rejeter s'était écoulée dans le creux du sol devant moi. Je l'avais remarqué, car l'homme avait fait très attention aux endroits où il avait marché.

L'armure sur pied se plaça devant moi. Il se dressa de toute sa hauteur pour m'intimider. Franchement, il n'en avait pas besoin, il n'y avait qu'à voir l'état dans lequel je me trouvais. Il se racla la gorge plusieurs fois pour attirer mon attention, qui était tout à lui.

— Parle, démon. Explique-nous ce que tu as fait.

Si j'avais eu de la salive, j'aurais très certainement lâché un râle d'incompréhension. Qu'est-ce qu'il me racontait ? Mes yeux trahissaient sûrement mes interrogations intérieures, car il répéta ses paroles, ce qui ne m'avança en rien. Ma gorge desséchée m'empêcha de lui répondre. J'émettais de faibles sons pour lui faire comprendre que j'étais incapable de communiquer correctement. Je le vis tendre l'oreille de façon presque comique. Il acquiesça d'un hochement de tête, puis claqua des doigts. Un cercle aux bordures verdâtres se dessina au-dessus de moi. Sa surface se colora d'une lueur translucide. Lorsque son contour fut complètement fermé, de l'eau en jaillit. Je me retrouvais entièrement trempée. J'entendis l'homme claquer de la langue et récidiver son geste. Je comprenais où il venait en venir. Au lieu de rester à ne rien faire sous cette douche inattendue, j'ouvris la bouche lorsque l'eau m'aspergea de nouveau. Après trois ou quatre répétitions, je n'avais plus soif. Ma gorge, soulagée, se dénoua lentement. Un peu trop pour l'armure sur pattes.

— Parle.

Malgré les chaînes retenant mes mains, j'agitais les doigts, lui faisant signe que je ne tarderai pas à répondre, quand j'en aurais retrouvé les capacités. Quelques minutes plus tard, je m'essayais à des vocalises douteuses. L'homme me jugea du regard. On aurait pu lire dans ses yeux : « Elle est ridicule ». À la fin d'un énième toussotement rauque, je formulai enfin une phrase digne de ce nom.

— Que je vous explique quoi exactement ?

Il ne s'attendait visiblement pas à une autre question. La longue attente de ma réponse renforçait sa déception. Il me gifla, presque doucement, d'un revers de la main. Ce geste était tellement humiliant.

— La commandante te tue, et toi, tu ne meurs pas. Explique-toi, démon.

Il avait rajouté « démon » à la fin de sa phrase avec un léger retard, comme s'il avait oublié de m'insulter. En passant outre ce détail, la réalité de ses propos me frappa. Emprisonnée depuis on ne savait combien de temps, je commençais à croire à un rêve. Je doutais de cette vérité autant qu'on doutait de l'existence d'un rêve au réveil. Personne n'avait pu me confirmer que cette scène avait bien eu lieu. Instantanément, mes souvenirs de cette confrontation avec Aaricia Baroq ressurgirent plus réalistes que jamais. Ma poitrine se comprima comme si elle essayait de contenir le sang imaginaire s'en échappant. M'observant me contorsionner au gré du traumatisme remontant en moi, l'homme claqua des mains pour capter mon attention.

— Es-tu, oui ou non, humaine ?

J'en étais persuadée. Je n'avais jamais envisagé autre chose. C'était si clair dans mon esprit. Et ce, depuis presque le moment où je m'étais éveillé et où j'avais rencontré Niel. Pourquoi remettait-il ce fait en question ? Sentant les doutes m'étouffer, je pris les devants et y mis fin avant de me perdre dans le dédale du labyrinthe de questions de mon esprit. J'aimerais, pour une fois, vivre avec des certitudes et non des doutes.

— Je crois. Oui.

— Vraisemblablement, non.

L'homme dégaina une arme bien trop massive pour être appelée épée. Attendez... D'où la sortait-il ? Je ne l'avais pas vu entrer avec. Je l'aurais tout de suite remarquée. Il posa ses deux mains sur le manche. L'immense lame dévora la distance nous séparant.

— Je vais te couper en deux pour voir si ton petit tour fonctionne encore.

Devant mon air apeuré, il se mit à rire. Un rire puissant qui donnait envie de le suivre. Cependant, l'heure n'était pas à l'amusement de mon côté. Je décidai d'arrêter de compter le nombre de fois où des armes s'étaient retrouvées sous ma gorge. Ma peur s'envola peu à peu, remplacée par la lassitude du danger. J'en étais arrivé au point de trouver la notion de peur dépassée.

— Laissez-moi m'en aller.

— Non.

— Pourquoi ?

— Tu es complice d'un criminel hautement recherché, doublé d'une démone.

J'étais fatiguée de me battre. Qu'il en finisse.

— Je ne sais pas. Je ne sais rien. Je ne savais pas qu'il était recherché. Je ne savais pas qu'une épée plantée dans la poitrine ne me tuerait pas. J'ignorais tout ça. Je voulais juste découvrir le monde, voyager, trouver le pays du ciel. Je suis une ignorante née.

Le regard de l'homme s'adoucit. Son morceau de fer retomba lentement au sol, accompagné du bruit si caractéristique de l'impact d'un objet en fer sur une surface. Il leva une main pour ordonner à ses hommes de se retirer. Nous nous retrouvâmes complètement seuls. L'une enchaînée, l'autre libre. Il lâcha le manche de son arme qui s'évapora en une nuée de bulles vertes s'estompant au fur et à mesure qu'elles s'envolaient vers le plafond. J'observai ces petites billes de Natura avec attention. Cette énergie était si belle. Pourtant, j'en étais dépourvue. Pourquoi ? Pourquoi étais-je privée de ce qui semblait être la plus naturelle des choses de ce monde ?

— Quel est ton nom, jeune fille ?

La voix de l'armure ambulante était calme et posée. Je ne sentais aucune animosité en émaner. Son ton avait changé du tout au tout. Je ne reconnaissais pas l'homme qui me regardait avec mépris, quelques secondes plus tôt. Il donnait envie de lui faire confiance. Le visage détendu, il faisait moins âgé, comme la fille au fouet. Pourquoi tout le monde paraissait vieux ? Je m'abandonnais à lui donner les réponses qu'il attendait. Je n'étais plus à ça près. Mon échange avec Aaricia Baroq s'était soldé par ma pseudo-mort. Je voulais éviter de réitérer la même expérience. De plus, l'homme me paraissait plus agréable qu'elle.

— Rhuby.

— C'est tout ?

Je soupirai du nez, d'agacement.

— Oui.

— Bien, je suis Jirofa Hoctane, originaire du premier royaume Wonien. Colonel de la première division de l'armée de Frontis.

Surpris de mon absence de réaction, il se racla la gorge avant de passer à un autre sujet.

— Tu es très étrange. C'est la première fois que je rencontre une personne comme toi, aussi perdue. On dirait que tu sors de nulle part. Tu ignores même la renommée de Frontis, je me trompe ? Veux-tu jouer à un jeu avec moi ?

Son sourire en coin ne me plaisait pas. Son changement d'humeur était trop soudain pour ne rien cacher.

— Ne fais pas celle qui ne veut pas, tu dois t'ennuyer dans cette cellule.

— Quelque chose me dit que vous ne vous contenterez pas d'un jeu traditionnel.

— Bien vu.

— De plus, je suis toujours attachée et dans un sale état. Je suppose ne pas avoir le choix.

— En effet.

Je n'eus pas le temps de le voir faire des moulinets avec son immense arme subitement réapparue que je tombais de toutes mes forces, face contre terre. Les liens de mes mains n'étaient plus. Il avait tranché les chaînes accrochées au plafond, me maintenant debout. Pour la première fois depuis de nombreux jours, mes genoux furent soulagés. Leur fatigue était telle que j'étais incapable de me lever. Allongée sur le ventre, mon nez souffrait de l'odeur d'une des flaques de ma propre immondice. J'avais atteint un état de fatigue si grand, que je me fichais bien de nager dans la saleté. Mon corps avait tellement souffert que je ne pouvais m'empêcher de laisser mon esprit s'envoler au loin quand le soulagement me prit mes jambes.

Deux bruits de ferrailles qui s'entrechoquent montèrent derrière moi. L'homme venait de me libérer des chaînes à mes pieds. Si j'avais pu, j'aurais marché. Il m'avait retiré mes entraves. Pourquoi ? Malgré l'absence de réponse, la force de se poser des questions ne se tarissait jamais. Incapable de relever la tête, je ne pus observer l'origine de ces sons étranges à l'extérieur de mon champ de vision. Quelques secondes plus tard, je sentis une force monstrueuse me soulever du sol. Je ne pouvais lutter. Jirofa m'assit sur une chaise fraîchement apparue sans prendre la peine de m'attacher ou de particulièrement me surveiller. De la négligence ? Non. Il savait que c'était inutile. J'étais trop en mauvais état pour tenter quoi que ce soit.

L'un des pieds de la chaise était mal agencé. Je tanguais. Si mon ventre avait été rempli, j'aurais sûrement vomi. Mes bras balançaient dans le vide. Mes jambes s'étendaient de toute leur longueur devant moi, comme pour rattraper le temps qu'elles auraient pu passer à se reposer. Finalement, seuls mon arrière-train et mon dos me maintenaient sur le siège. Je soufflais avec difficulté, visage en arrière, tête posée sur le haut du dossier. Mon cou réclamait repos, lui aussi.

Manquant d'attention sur ce qui m'entourait, je ne vis pas d'où l'homme sortit une seconde chaise sur laquelle il s'assit avec grâce et élégance. Le dos droit, il la rapprocha de la mienne avec des petits sauts. Ce décalage entre sa prestance et le ridicule m'aurait arraché un petit rire si j'en avais été capable. Arrivé devant moi, il tendit une main dans ma direction, paume devant mon buste. Du Natura en émergea, m'enveloppant. Son aura resta en suspension au-dessus de moi. Son sourire satisfait m'indiqua qu'il avait terminé de mettre en place ce qu'il appelait « un jeu ».

— Commençons. Ton nom ?

— Je vous l'ai déjà...

— Redis-le.

Je marquai un temps d'arrêt, dubitative quant à sa demande.

— Rhuby.

Le nuage de Natura créé par Jirofa changea de couleur. Vert par défaut, il vira au bleu. Je ne comprenais pas bien ce que cela signifiait, mais je me doutais qu'il réagisse à mes paroles. J'avais compris, cette petite mise en scène avait pour but de vérifier la véracité de mes dires. Bof... Ce n'était pas particulièrement une mauvaise chose. Si cela pouvait me permettre de leur prouver que je ne représente pas une menace. J'étais juste déçue que personne ne l'ait utilisée plus tôt. Cela m'aurait permis d'éviter bien des souffrances.

Néanmoins, tout n'était pas gagné, vu la tête de l'armure ambulante. Sceptique... Non, ce n'était pas un mot assez fort. Décontenancé. Il était décontenancé par la réaction du nuage. Ses sourcils vinrent s'aplatir sur ses yeux qui sortaient presque de leurs orbites. Après une dizaine de secondes, il souffla en cachant son visage dans sa main.

— Oh putain...

... Qui voulait dire : « Qu'est-ce que c'est que ce bordel ? ». Il tapota rapidement ses joues parsemées d'une petite barbe de trois jours. Enfin, il joignit les mains en entrecroisant ses doigts, coudes sur les genoux.

— Quel âge as-tu ?

— Je ne sais pas.

Le nuage de Natura reprit une couleur plus naturelle. Il scintilla d'un vert magnifique. Ce qui ne plut pas à mon interlocuteur.

— Es-tu une Baryon ?

— Je ne sais pas.

Vert, une nouvelle fois, accompagné d'un râle.

— D'où viens-tu ?

Je réfléchis un petit temps.

— De la montagne de l'éveil.

— Qui se situe ?

— A l'origine du sentier.

— Et il est où ce sentier ?

— Je ne sais pas.

Un enchaînement de scintillements verts de mon côté. Du sien, un front devenant de plus en plus rouge, comme la situation l'énervait. Il tapa trois fois ses mains violemment contre ses genoux avant de me regarder, en papillonnant des yeux.

— Dis-moi, Rhuby... Tu ne serais pas amnésique par hasard ?

— Si.

Et un nouveau scintillement vert au-dessus de moi.

— Comment est-ce possible que personne ne s'en soit rendu compte avant ? Aaricia aurait dû comprendre que quelque chose clochait lorsqu'elle t'a demandé ton nom et ton origine.

— Elle était trop occupée à me cogner.

Ma voix, pleine de reproches, mit Jirofa mal à l'aise.

— Ce doit être dur pour toi. Je suppose que tu ne savais pas qu'Arthur était recherché.

— En effet.

Vert.

— Il m'a aidée de bien des manières. Vous vous trompez sur lui. Il n'est pas méchant.

Vert. Les yeux de Jirofa s'écarquillèrent devant les appels de lumière du nuage. Il reprit un air sérieux et sévère.

— Non. Il reste un criminel ayant attenté à la vie d'un souverain. Tu auras beau le décrire comme la plus admirable des personnes, il n'en reste pas moins qu'un hors-la-loi.

— Il devait avoir ses raisons.

D'un coup, je me sentis écrasée par une force inconnue. Jirofa n'avait pas bougé d'un pouce et pourtant, par un procédé inconnu, il me paralysait. La douleur accompagnant cette incapacité était ridicule face à celle ressentie ces derniers jours. Les yeux de l'homme trahissaient une certaine colère envers moi. J'avais dû dire quelque chose qui ne lui avait pas plu. Tant pis. Tous ces gens me fatiguaient à user de la force à la moindre contrariété. J'avais du mal à respirer. Ma poitrine se soulevait lentement, comme compressée. Je jetai un regard plein de confiance à l'armure ambulante pour lui montrer qu'il ne m'impressionnait pas. Pour une fois, une de mes ruses avait fonctionné. La pression disparut aussi vite qu'elle était venue m'étouffer.

— Ne plaisante pas là-dessus, petite.

— Ça vous arrive souvent de faire du mal aux autres parce qu'ils ne sont pas d'accord avec vous ?

L'homme se colla contre le dossier de sa chaise, l'air amusé.

— C'était donc vrai : Tu deviens cinglante à chaque fois que tu as mal. Aaricia avait remarqué ça. Tu devrais faire plus attention à ne pas t'emporter comme ça à l'avenir. Va encore que je suis sympathique, mais tu ne tomberas pas toujours sur de bons samaritains. Passons.

Il se pencha en avant et me tapota l'endroit où l'épée avait tenté de m'ôter la vie.

— Tu m'expliques ?

— La fille puérile qui se prétend commandante a voulu me tuer. J'ai survécu.

— Comment ?

Je haussais les épaules. Le nuage ne changea pas de couleur. Plus que pour toutes les autres questions, Jirofa était déçu. Il voulait vraiment comprendre comment j'avais fait. Il posa ses mains puissantes d'un coup sur ses genoux et se leva lentement. Il fit disparaître sa chaise en claquant des doigts. Celle-ci s'évapora en une multitude de spores verdâtres. Il me tourna le dos, se dirigeant vers le seuil de la porte.

— J'ai eu les réponses que je voulais. Te présenter des excuses est inutile vu tout le mal que nous t'avons fait. S'acharner contre une pauvre amnésique... Je vais rappeler mes hommes. Ils vont te libérer et tu pourras t'en aller.

L'homme en armure fit pivoter assez légèrement sa tête pour me lancer un regard d'un œil.

— Amnésique, mais dangereuse. Ne te fais pas de nouveau attraper, des gens moins indulgents n'auront aucune pitié pour une sorcière immortelle.

Je le regardais sortir de la pièce, m'y abandonnant. J'allais enfin revoir la lumière du jour après tout ce temps. Cependant, un goût amer restait dans ma bouche. Tout ça pour quoi ? Au final, on m'avait torturée au point de me faire perdre mon innocence enfantine. Une flamme vengeresse brûlait au fond de ma poitrine. Je me sentais devenir mauvaise. Ou plutôt, *re*devenir.

25

Eemori

J'étais restée onze jours au total dans cette cellule à l'étage le plus bas du château pluricentenaire de la ville de Frontis. Cet édifice, bâti il y a plusieurs centaines d'années, faisait la fierté et la renommée de la ville. Il était si grand que les gardes chargés de m'escorter jusque la sortie s'étaient perdus plusieurs fois avant de réussir à me jeter dehors. Je m'étais retrouvée par terre, sur les pavés de la rue principale. Les gens s'étaient écartés sur mon passage en me dévisageant avec un rictus dégoûté. J'étais dans un sale état. On avait beau m'avoir rendu mes vêtements, je n'en restais pas moins sale. Je titubais en longeant les bâtiments aux façades luxueuses de la rue. Facilement épuisée, je marquais régulièrement des pauses. Mes jambes avaient perdu l'habitude de parcourir de grandes distances ou même d'être utilisées. J'avais mal.

Ce fut au croisement d'une ruelle que je sentis mon esprit glisser ailleurs. Le contact avec l'extérieur était encore trop dur pour moi, qui avais passé une éternité dans les ténèbres du sous-sol. Je descendais les marches de la petite estrade devant le promontoire d'un magasin. Il n'y en avait que trois et pourtant, j'en ratai une, me retrouvant par terre dans la boue. J'essayais de me relever sur les coudes, impuissante. Cet effort m'arracha un râle de fatigue avant de perdre peu à peu conscience. Ma position était ridicule. Je riais doucement de ma pathétique prestation. Était-ce tout ce dont j'étais capable ? Allais-je finir ici ? Après tous ces jours de souffrances m'accrochant désespérément à la vie ? La dernière image qui parvint à mon œil droit (ou gauche) fut une botte en cuir qui s'abattit sur le sol à moins d'un mètre de moi, m'éclaboussant au passage.

J'avais fait un cauchemar. C'était la première fois. D'habitude, lorsque je m'évanouissais, soit je me retrouvais dans le monde blanc, soit je faisais un joli rêve. Pourtant, cette fois, ce fut la terreur qui vint me prendre dans mes songes. Je revivais cet enfer qu'était la torture. Combien de fois l'épée d'Aaricia Baroq m'avait-elle transpercée dans le monde onirique ? Ce sommeil n'avait rien eu de reposant. Où était l'époque où je dormais paisiblement au milieu de la forêt ? Ceci dit, j'étais plutôt bien installée. Couchée dans un lit aux somptueux draps blancs comme la neige, j'admirais une fresque d'une grande beauté, dessinée au plafond.

Ma tête, calée sur un oreiller moelleux à souhait, réclamait repos. J'avais compris qu'il ne valait mieux pas que je bouge. À chaque micromouvement, mon physique déchirait mon mental. J'étais si bien immobile. Ma respiration laborieuse témoignait de l'état lamentable dans lequel je me trouvais.

Il n'y avait personne dans la pièce avec moi. Je ne savais pas où je me trouvais, mais j'étais certaine que cela ne pouvait être pire que ma cellule. Je me fichais de ce qui pouvait désormais m'arriver. J'avais atteint un état mental de non-retour, comme si tous mes désirs s'étaient envolés. Dans le vide de mes envies, une seule subsistait : libérer Arthur. Les soldats qui m'avaient escortée hors du château discutaient de mon camarade. Il était retenu tout comme moi dans l'un des cachots au sous-sol. Je n'imaginais que trop bien la détresse dans laquelle il se trouvait en ce moment même. Je ne le laisserai pas croupir ici. Hors de question que je continue le voyage seule. Le garçon était devenu une partie de mon monde. Malgré son tempérament imprévisible et étrange, je l'appréciais beaucoup. Il m'avait beaucoup aidé. Je ne repartirai pas de Frontis sans lui. D'autant plus qu'il me devait des explications quant à cette prétendue accusation à son encontre. S'additionnant à ce désir de le sauver, un sentiment bien plus sombre vint s'y mêler. Je voulais me venger d'Aaricia Baroq. Je la détestais de tout mon cœur. Je voulais la faire souffrir comme elle l'avait fait avec moi. Je ne saurais expliquer le miracle qui m'avait maintenue en vie. C'était grâce à ça que je pouvais continuer de fouler la terre de mes pieds. Je ne pardonnerai jamais à cette fille d'avoir voulu me faire disparaître sans raison. Si Ronan était assez terrifiant pour me glacer le sang à chacune de nos rencontres, Aaricia Baroq me faisait presque pitié. Elle n'était personne pour moi, de quel droit pouvait-elle m'ôter la vie ?

Trop occupée à broyer du noir, je ne remarquais pas la porte de la pièce s'entrouvrir lentement. Deux hommes de grande taille entrèrent. Ils se ressemblaient comme deux gouttes d'eau. Je pivotais ma tête sur l'oreiller pour mieux les voir. Quelle ne fut pas ma surprise quand ils réajustèrent en même temps leurs lunettes d'un geste identique. En fait, ils étaient habillés pareils. Leur ressemblance devenait de plus en plus dérangeante à chaque nouveau détail en commun que je leur trouvais. Ils s'approchèrent du lit d'un pas unique. On aurait dit des clones. Je glissais doucement la tête sous la couette pour me cacher.

— Je vois que...

— ... Tu es réveillée.

Ils parlaient d'une même voix en complétant la phrase de l'autre. De mon point de vue, il n'y avait rien de plus terrifiant. L'un d'eux... Ah non, les deux se pointèrent chacun du pouce.

— Je suis Iigoro.

L'autre allait sûrement sortir un nom similaire. J'y mettrais ma main à couper.

— Et moi, Oodavi.

J'aurais perdu ma main. Ils me dévisageaient dans l'attente de quelque chose. Leurs regards inquiétants ne me donnaient pas envie de participer à la discussion. Cependant, j'avais beau opter pour le silence, ils restaient debout au-dessus de moi avec de grands yeux. C'était vraiment op-pressant.

— Je suis Rhuby.

— **Enchantés, Rhuby.**

Ils l'avaient dit en même temps. À l'aide.

— Laissez cette pauvre fille tranquille et allez faire peur à quelque d'autre, les faux-siamois.

— **Oui, Madame.**

La paire d'hommes sortit de la pièce, échangeant leurs places avec une femme vêtue d'une longue blouse dont le blanc avait pris congé. Ses cheveux en pagaille trahissaient un manque de soin apparent. Elle exhibait un petit bâtonnet coincé entre les dents qu'elle remuait de temps en temps.

— Eh bien, heureusement que je t'ai trouvée, petite Opale. Tu serais morte dans la rue si je ne t'avais pas ra-massée.

Elle m'avait appelée « petite Opale ». Cela me rappelait une certaine personne qui adorait mal me nommer. À ses pieds, je reconnaissais les bottes que j'avais entrevues avant de plonger dans l'abysse de mes cauchemars. Cette femme m'avait apporté de l'aide. Je me redressais pour me mettre en position assise, non sans douleur. Malgré mes râles de souffrance, elle ne m'empêcha pas de faire ce que je voulais. Une fois dans une position plus appropriée à la parole, je la remerciais le plus sincèrement possible. Elle m'écouta d'une oreille distraite. Une fois que j'eus fini mes remerciements à rallonge, la femme à la blouse pointa son doigt vers ma poitrine en mastiquant son bâtonnet.

— Dis-moi, d'où sort cette tache ?

Je baissai la tête vers l'endroit indiqué. Oui, cette cicatrice violacée située entre mes côtes était présente depuis que je m'étais éveillée. Stop. Pourquoi pouvais-je la voir ? J'étais nue. Mon regard gêné amusa la femme.

— J'ai mis tes vêtements à laver. Vu leur état, c'était pour le mieux. Je les recoudrai, ne t'inquiète pas. Je t'en prêterai, ne t'inquiète pas. J'ai bien peur que ta peau ait névrosé. Fais attention, si tu veux j'ai des traitements pour des problèmes comme ça.

— Ce n'est pas une cicatrice ?

— Il me semble que non.

J'étais persuadée que c'était le cas. Bien que brève, cette interaction me fit comprendre que cette femme semblait connaître beaucoup de choses. Ou bien, était-ce la blouse qui la faisait paraître érudite ? Son sourire amusé ne quittait pas son visage. Elle jouait du bout des lèvres avec le bâtonnet. Elle me demanda de l'attendre le temps qu'elle m'apporte des vêtements. Chacune de ses paroles résonnait avec un léger tintement d'amusement. On aurait dit qu'elle était en permanence sur le point d'exploser de rire.

Elle ne mit pas très longtemps avant de revenir avec une pile de tissus dans les mains. La femme en blouse les lâcha sur le lit négligemment en m'ordonnant de les enfiler. Je m'exécutai. Elle ne quitta pas la pièce pendant que je me changeais. Au contraire, elle m'observait attentivement. Je me dépêchai d'enfiler le plus rapidement possible ces vêtements. Bien que l'intention soit louable, les goûts esthétiques de cette dame laissaient à désirer. J'arborai un pantalon beige large dont les extrémités entraient dans mes hautes bottes noires. Mon haut se limitait à un débardeur blanc serré sous deux lanières, passant pour l'une sous l'épaule et l'autre au-dessus, permettant à un morceau semblable à du cuir de recouvrir mon bras gauche (ou droit). Il cachait également une partie haute de mon torse du même côté que le bras. Cette asymétrie avait son charme, mais elle ne m'allait pas.

En m'habillant, je fis au passage l'inventaire de mes affaires. La femme à la blouse avait retiré mes bijoux qu'elle avait posés sur une commode en face du lit. J'accrochai délicatement le pendentif de Btyls. À ma main, le bracelet de Niel demeurait. Je passais ma bague de lumière à mon petit doigt. Enfin, j'accrochai le sachet de billes de *roulus* à ma ceinture. Mon couteau m'avait été confisqué par la milice de Frontis. Voilà une chose que je comptais bien récupérer en plus d'Arthur. J'exhibais ma tenue à la femme en blouse. Cette dernière fit une moue amusée.

— Une vraie guerrière.

Elle m'invita à la suivre. Nous traversâmes la maison dans laquelle elle m'avait amenée. L'endroit n'était pas très grand. Je notais quatre portes, dont une donnant sur des toilettes, similaires à celles se trouvant dans la cabane d'Arthur. Derrière une autre, je distinguai deux paires d'yeux me dévisageant. Les jumeaux. Je les ignorai de toutes mes forces. Arrivant dans une vaste pièce sombre, la femme me laissa un instant pour aller ouvrir les rideaux. Il ne s'agissait pas d'une simple fenêtre, mais d'une baie vitrée donnant sur un balcon, donnant lui-même sur une vue imprenable de la ville. Je ne pus m'empêcher d'aller y jeter un coup d'œil. La demeure dans laquelle je me trouvais était coincée entre une multitude d'habitations similaires. Bien qu'étouffée sous les autres, celle de la femme en blouse offrait une vision claire sur Frontis. J'apercevais le château non loin de là. Nous nous trouvions derrière lui, dans des reliefs montagneux. En fait, je ne comprenais toujours pas la topographie de la ville. J'étais incapable de situer l'endroit par lequel Arthur et moi étions arrivés. De plus, les jours passés sous la fierté de la ville m'avaient encore plus désorientée.

— Reviens là.

La femme m'indiqua le centre de la pièce. Elle tapa trois fois ses mains l'une contre l'autre. Une trappe au plafond s'ouvrit d'un coup, faisant tomber une sorte de coupole métallique suspendue à un câble robuste. Plein de petits fils multicolores chutèrent sans toucher le sol. Elle me tira par le bras pour me placer en dessous de la coupole. Puis, après m'avoir entourée les poignets avec les fils, elle se recula et fit apparaître d'un geste une plaque translucide verdâtre flottante devant elle. Son doigt glissa dessus un moment. Je la vis faire rouler le bâtonnet le long de sa dentition à mesure que la lueur d'amusement dans son regard grandissait. Ses mains se joignirent dans un bref applaudissement. Le son déclencha le fonctionnement inattendu de ce qui se trouvait ne pas être un simple morceau de métal. Je ne pouvais pas bouger. À chaque tentative de mouvement, de l'électricité était envoyée dans mes poignets. La peur prit le dessus sur la douleur. Je commençai à sérieusement me débattre quand la femme m'interrompit.

— Tu n'aurais pas mal si tu arrêtais de bouger. Cet appareil ne te causera aucune séquelle.

La confiance me faisait défaut. De par mon expérience récente de torture, j'étais devenue plus méfiante. Pourtant, je m'étais encore fourrée dans une situation embarrassante. Je ne pouvais que prier que rien de grave ne m'arrive. À peine je fus résignée, que la machine termina d'émettre ce petit bruit suraigu qui me dérangeait depuis le début. Je ne comprenais pas ce qui venait de se passer. Il ne m'était rien arrivé. La coupole retourna toute seule avec les fils se ranger dans la trappe du plafond qui se referma à l'aide d'un bras mécanique. La pièce était redevenue aussi vierge qu'auparavant. Je dévisageais la femme en blouse, concentrée sur son écran de Natura, dans l'espoir d'obtenir une réponse. Elle resta en silence un long moment, hochant de temps à autre la tête en mastiquant bruyamment son bâtonnet.

— C'est extrêmement intéressant ce que je lis là, Rhuby.

Le fait qu'elle m'appelle par mon nom me dérangea. Je ne me souvenais pas lui avoir révélé. Elle n'était pas là lorsque je l'avais dit aux jumeaux. J'étais sur le point de le lui faire remarquer, mais elle ne me permit pas de lui couper la parole.

— Première fois que j'analyse une simplesse d'esprit pareille. La clarté des informations n'avait jamais été aussi propre. L'amnésie rend vraiment les choses plus simples.

— Comment...

— Que vois-je ? Il y a des choses intéressantes. Voyons, voyons... Je ne comprends pas ces passages dans un espace blanc. Mouais... Oh, je reconnais des visages connus ! Évidemment, tu n'avais pas conscience de rencontrer des célébrités. Oui, oui, oui. Attends, j'ai bien lu ? Une Agronalfe ?

Incroyable ! Quoi ? Tu n'as de Natura ? Une vraie anomalie de la nature. Ouch ! Sacré torture de la part de la commandante de la milice, c'est vraiment une garce.

Elle me jeta un regard à la limite de la colère.

— Arrête d'être confuse, ça brouille mes données.

Un sourire illumina son visage lorsqu'elle reposa les yeux sur l'écran.

— Ne serait-ce pas là, le jeune Arthur ? Que diable ? Il serait emprisonné ? J'en ai plus qu'assez de cette Aaricia. Elle ne se prend pas pour de la merde, celle-là. Faire passer ce garçon pour un criminel juste parce qu'il a essayé de mettre fin à la tyrannie de son oncle en Quzort est vraiment bas. Le peuple le considère comme un héros. Enfin, en partie. Pas du tout même. Il n'y a que moi, je crois. Bref, le pauvre, il ne mérite pas de finir exécuté sur la place publique. Je lis d'autres choses intrigantes à ton sujet, Rhuby. Je suis à deux doigts de te disséquer pour découvrir quel est le problème de ton corps.

Je fis un mouvement de recul par réflexe. La femme pouffa.

— C'était une blague. Houla ! Tu tires une de ces tronches ! Tu dois avoir un tas de questions, là où moi je connais toutes les réponses. Pour faire simple, la machine que j'ai sortie de là-haut est un petit bijou de ma confection. Elle permet basiquement de lire dans les esprits. Je n'aime pas les conversations à rallonge, c'est pour ça que je l'ai créée.

— Vous avez vu mes souvenirs ?

— Le peu qu'il y avait, oui. Ainsi que de NOMBREUSES questions.

Le fait qu'elle avait autant insisté sur ce mot m'agaça. Ce n'était pas agréable de se retrouver face à quelqu'un qui savait de tout de soi, mais pour laquelle, au contraire, on ne connaissait rien.

— Pour répondre à quelques-unes de tes interrogations : Eemori Yuntal, oui, non, non, il y en a dans le tiroir derrière toi. Respectivement : Qui était-elle ? Étais-je en sécurité ? Était-elle dangereuse ? J'avais faim, où y avait-il de la nourriture ?

De toute évidence, cette femme aimait jouer avec moi. Je sortis des tranches de pain de l'endroit indiqué. Je les dévorais à pleines dents. Sans prendre le temps d'avaler, je continuai la conversation.

— Je...

— Je suis partante pour t'aider à libérer le garçon.

26

Le monde

Quatre heures plus tard, je saturais d'informations. Ee-mori Yuntal s'était mise en tête de m'apprendre tout ce qu'il était possible d'apprendre pour combler mes lacunes en histoire du monde et de fonctionnement de la société. Elle m'avait inondée de savoir et de connaissances que je peinais à retenir. Assise sur une simple chaise en bois au milieu de la grande pièce, je faisais tout mon possible pour ne pas m'endormir. Ses capacités d'enseignement étaient, pour le moins, limitées. Je ne remettais pas en question son génie scientifique, loin de moi cette idée, mais disons qu'elle avait du mal à le transmettre.

Durant les rares moments où elle partait prendre une pause, autrement dit, toutes les heures, mon esprit se questionnait sur les raisons pour lesquelles je lui accordais ma confiance. Après l'incident d'Aaricia Baroq, je m'étais jurée de ne plus faire confiance à n'importe qui. Et pourtant, je me retrouvais embarquée avec cette femme que je ne connaissais pas. Cependant, je ne saurais comment l'expliquer, mais j'avais le sentiment qu'elle ne m'apporterait pas de problèmes. Mon compagnon, mon instinct, me le jurait. Pour toutes ces fois où il m'avait tiré d'affaire, je l'écoutais. De plus, cette femme était animée d'une grande détermination pour libérer Arthur avec moi.

En quatre heures, j'avais appris bien des choses. Par où commencer ? Eemori avait jugé bon de m'informer en long et en large de la situation de Frontis et des différents royaumes qui constituaient « *Janua* », le nom que porte ce monde. Alors voilà, nous nous trouvions dans la ville dite « de la frontière » entre le territoire Mentiri et Humain. J'avais connaissance des Mentiri de par Liopium, mon amie de la ville des géants gris. Ce peuple se démarquant par leur affinité naturelle au Natura et cette capacité unique de se métamorphoser. Les relations entre ces deux peuples n'étant pas particulièrement amicales, Frontis s'était vue militarisée rapidement. De nos jours, elle était davantage une terre neutre pour les différentes nations humaines qu'un véritable avant-poste de guerre. La ville possédait des connexions chez chacune des populations humaines. Ainsi, elle entretenait des relations avec les trois royaumes Woniens, les Baryons et les Net'am. Si différend il devait y avoir entre eux, c'était à Frontis qu'il devait se régler. Je trouvais ça intéressant. Je comprenais mieux la fierté que les gens avaient à appartenir à cette ville. Elle jouait un rôle central dans l'organisation du... pays ? À vrai dire, je ne savais pas vraiment définir les zones du monde. S'il y avait des frontières avec les terres Mentiri, cela voulait-il dire que les Hommes étaient unis dans un pays ? Pourtant, ils vivaient séparément suivant différentes cultures. Enfin, Eemori m'avait expliqué la topographie de la ville. J'étais arrivée par le quartier touristique. La grande majorité des entrées de la ville se faisait par là. Nous nous trouvions actuellement derrière le château, dans le quartier des oubliés. Rares étaient ceux s'y aventurant, à part les résidents. Cet endroit était un amas d'habitations montées les unes sur les autres. L'adjectif « oublié » était parfaitement approprié, car pas même les forces de l'ordre ne s'y aventuraient. Mêmes forces qui n'étaient d'ailleurs pas appréciées par la plupart des habitants. La femme en blouse m'avait confié que la ville dérivait lentement en quelque chose de totalitaire, comme l'homme faisant office de roi renforçait chaque jour son armée, qui était également la milice de la ville. Je soupçonnais que la situation dégénère dans un futur proche. Si la libération d'Arthur venait à être vue comme un acte de rébellion de la part des habitants, alors oui, peut-être qu'une guerre civile éclatera. Ce n'était pas mon analyse, mais celle d'Eemori. Pourquoi les Hommes aimaient-ils tant la violence ?

Avant de passer à un peu d'histoire du monde, la femme en blouse s'était attardée brièvement sur Arthur. Elle m'avait donné les grandes lignes de pourquoi il posait problème. Elle m'avait expliqué qu'il était un Sapiens, ce dont je me doutais. Agathe m'avait confié en être une. De par leur lien de parenté, j'en déduisais que le garçon en était un aussi. Il s'agissait d'un peuple en voie de disparition dont peu de membres subsistaient dans ce monde. Leur affinité au Natura les rendait spéciaux. Je n'y avais jamais vraiment réfléchi, mais cela expliquait les facilités du garçon. Eemori avait continué en m'informant que ce peuple déchu n'était pas vu d'un bon œil. Souvent associés à malheur et désespoir, ils étaient chassés, tout comme un autre peuple avant eux. Arthur avait tenté de renverser le pouvoir du troisième royaume Wonien. Sa tête était mise à prix partout dans *Janua*. La femme en blouse voulut me donner la raison de ses agissements. Néanmoins, je déclinais toute interprétation de sa part. Je voulais entendre ces mots de la bouche d'Arthur.

Durant la dernière heure de cours sur les « connaissances de base que doit connaître une amnésique », j'en avais appris beaucoup plus sur le monde dans lequel j'évoluais. Les hommes n'étaient qu'une petite partie de celui-ci. Des peuples, dont je n'avais jamais entendu parler, foulaient le même sol que moi. Tout d'abord, les Mentiri, qui ne m'étaient pas inconnus. Les Mare, habitants du grand Océan séparant les deux continents de *Janua*. Étendue d'eau que je n'avais jamais aperçue, au passage. Eemori fit mention d'autres populations dont je ne parvenais pas à retenir le nom, hormis lorsqu'elle passa brièvement sur les Agronalfes. Elle ne m'apprit pas grand-chose de plus que je ne savais déjà.

La femme en blouse n'avait jamais entendu parler du pays du ciel que je recherchais. Je notais que cela avait piqué à vif sa curiosité. En fait, ses connaissances sur le monde par-delà les frontières étaient limitées. Je craignais de ne pas réussir à tout retenir. La tonne d'informations fraîchement acquise peinait à rester en place dans ma tête. J'étais satisfaite d'en apprendre plus. Bien que tout ça ne me soit pas utile pour sauver Arthur, je me sentais plus instruite.

Eemori revint des toilettes en s'essuyant les mains dans un torchon qu'elle posa sur le dossier d'une chaise près de la porte. En quatre heures, je ne la connaissais pas mieux. Elle restait mystérieuse à mes yeux.

— Bien, maintenant que tu as les bases, parlons de comment tu comptes t'y prendre pour le libérer.

Elle me dévisagea longuement tout en s'asseyant en face de moi. Ses yeux d'un rouge éclatant m'effrayaient un peu. Ils n'étaient pas sans rappeler ceux de Ronan. Contrairement à lui, d'Eemori émanait quelque chose de chaleureux. Elle s'amusait à faire tourner son bâtonnet entre ses lèvres. Elle ne le lâchait jamais.

— On récupère un plan du château et on part l'aider.

La femme en blouse leva subtilement un sourcil, puis rit.

— Vraiment ? Tu es bien naïve. Est-ce que...

— Je me suis mal exprimée. Nous devons infiltrer le château en toute discrétion. Je pense qu'avec une de vos inventions cela devrait être possible. Pas besoin de bras armé si personne ne se rend compte de notre présence. Je suppose qu'Arthur est maintenu prisonnier grâce à des menottes en *bronkterbe* pleureur. Une fois brisée, il nous permettra de ressortir.

— C'est mieux, mais pas assez. Les soldats du château sont des experts. Ce n'est pas la bleusaille qui s'occuperait de la sécurité du bâtiment le plus connu de la région.

— Que proposez-vous ?

Elle sourit.

— Je peux me procurer un plan.

C'était un bon début. Une fois entre nos mains, nous pourrions l'étudier afin de connaître l'itinéraire nous menant à mon ami. Cependant, il fallait prendre en compte ma faiblesse. J'étais inutile en cas de violence. Je ne savais pas me battre, ni me défendre. C'était le rôle d'Arthur. Livrée à moi-même, et à Eemori dont j'ignorais les capacités offensives, je devais potentiellement m'armer pour mener ce plan à bien. D'un coup, une idée particulièrement maligne me vint, c'était assez rare pour que je le souligne.

— Eemori, vous êtes une inventrice ? Je le devine à toutes les machines que vous m'avez montrées.

En effet, avant de me donner cours, elle avait passé un temps monstre à me faire le tour de ses créations les plus incroyables. Allant de l'appareil à chauffer l'eau à la téléportation sur courte distance, sa maison était un musée de créativité.

— Est-ce que vous avez une machine capable de m'éveiller au Natura ?

Pensive, elle se leva pour aller consulter un épais livre trônant sur le meuble derrière nous. Elle le feuilleta lentement, tout en essayant de rassembler ses souvenirs. J'avais compris qu'il s'agissait du répertoire de ses inventions. Vu son épaisseur, il devait y en avoir un paquet.

— Non. Jusqu'à maintenant, je pensais que tous les humains en étaient capables avec un peu d'entraînement. C'est pourquoi je ne me suis jamais penchée dessus.

Eemori ferma le livre qu'elle posa sur la première de couverture pour le lire en partant de la fin. Après avoir tourné une dizaine de pages, elle posa son doigt sur le papier et me lança un sourire fier.

— Par contre, je peux t'initier à l'*Identitas*.

— Arthur l'a déjà fait.

— J'ai vu dans tes souvenirs qu'il te manque des informations pour l'utiliser. J'ai une machine qui te permettra de t'éveiller complètement.

Ce fut à mon tour de sourire. Voilà quelque chose d'intéressant. Maîtriser mon *Identitas* me permettrait peut-être d'envisager plus de solutions au sauvetage d'Arthur.

— Comment ça marche ?

— Fais-moi confiance.

27

Roulus

La milice de Frontis parcourait la ville régulièrement en effectuant de nombreuses patrouilles. En l'espace d'à peine une dizaine de minutes, nous avions croisé deux groupes de soldats en uniformes, similaires à celui d'Aaricia Baroq. Les gens sur leur passage s'écartaient naturellement en leur jetant des regards noirs. Nous nous trouvions dans un quartier à l'ouest du château, où il faisait normalement bon vivre. De toute évidence, la haine grandissante à l'encontre de la milice touchait l'entièreté de la ville. Selon Eemori, la guerre civile se rapprochait dangereusement. De plus, quelque chose me disait qu'elle ne serait pas la dernière à y participer si elle se déclenchait. Ce quelque chose en question était son attitude plus que provocatrice envers cette pauvre soldate qui faisait de son mieux pour ignorer ses crachats. De mon point de vue, cela aurait été légitime qu'elle se fasse arrêter pour incivilité.

Alors que nous arpentions les rues de ce quartier aux bâtiments bleuâtres, j'assistais à un drôle de spectacle. La femme en blouse saluait chaque passant, chaque vendeur et chaque enfant. Tous lui rendaient son bonjour en souriant. Elle était connue, voire reconnue. J'avais l'impression de marcher avec une célébrité, si bien que je ne savais plus où me mettre. Parfois, elle me mettait une tape dans le dos pour me mettre à l'aise.

Eemori m'emmenait voir un homme qui serait en possession des plans du château. Elle n'avait de cesse de me répéter que plus tôt nous libérerons Arthur, moins de dégâts nous causerons. Franchement, j'en doutais. La femme en blouse m'avait décrit l'homme que nous allions rencontrer comme une personne avide et colérique. Je ne relevai pas les quelques insultes qu'elle avait profanées à son égard. Elle m'avait expliqué qu'il faisait partie d'un groupe de révolutionnaires qui voulait prendre le contrôle de la Frontis avant d'être contrôlé par la tyrannie montante du roi en place. Je m'attendais à ce que nous passions par des ruelles sombres et exiguës pour rejoindre des quartiers sombres et lugubres, comme la description de ce groupe pouvait le suggérer. Quelle surprise d'entrer, contre toute attente, dans le bâtiment le plus extravagant de la rue. On ne voyait que lui. Environ deux fois plus grand que les autres, peint d'une couleur criarde, une architecture à l'opposée des habitations adjacentes, il fallait être aveugle pour ne pas le voir. J'avais honte d'y entrer. Ce ne fut qu'en passant le pas de la porte que je me rendis compte de l'absurdité de la chose. Une quantité démentielle de pancartes étaient accrochées sur la façade ainsi que sur les murs intérieurs, sur lesquelles figuraient des messages peu charmants pour la milice. Ces gens ne voulaient pas être discrets. Ils criaient sur tous les toits leur haine et leur désir de diriger la ville. Je trouvais ça étonnant que personne ne soit venu les appréhender. La femme en blouse me chuchota de la suivre au pas. Nous traversions un immense hall fourni de monde. Le brouhaha environnant était assourdissant. Les gens présents criaient et rigolaient en buvant une étrange mixture qui, je le devinais d'ici, empestait. J'accélérais la cadence à mesure que les regards se braquaient sur moi. Inévitablement, je heurtai Eemori qui avait eu la bonne idée de s'arrêter au milieu du passage. Devant elle, un homme anormalement grand lui adressait un sourire charmeur. Ses dents parfaitement alignées auraient pu être jolies si elle n'était pas aussi jaune que du sable.

— Eemori, que me vaut la visite d'une charmante Wonniene comme toi ?

L'intéressée lui désigna simplement une porte située derrière un bar plutôt apprécié des habitués. L'homme comprit l'indication et nous y invita. Ma confiance reposait sur la femme en blouse. Nous nous enfoncions chez des inconnus, tout du moins pour moi, sans assurance de pouvoir ressortir. À moins que je ne sois devenue paranoïaque à cause de la torture.

Il s'agissait d'une petite pièce vide sans mobilier. Elle ne permettait d'accueillir au maximum une demi-douzaine de personnes. Le seul point remarquable résidait dans cette étrange mousse collée sur les murs. Je l'examinais discrètement pendant que les deux autres commençaient à discuter.

— Nous avons besoin du plan du château, Pguse.

— Ainsi le jour est venu...

— Non, non et non. Je ne rejoindrai pas votre groupe d'imbéciles heureux.

— Dans ce cas, tu sais où tu peux te le mettre, ton plan.

J'avais saisi l'utilité de cette mousse. Elle servait à étouffer le bruit afin d'isoler le son de la pièce. Ingénieux. Je me souvenais en avoir croisé dans la forêt.

— Écoute, si ça te rassure, ce que nous nous apprêtons à faire risque de déclencher les premières hostilités. Toi et les tiens, vous n'aurez qu'à suivre le mouvement pour rafler tout le mérite de la révolution.

— Tu ne comprends pas. C'est toi que je veux, ma belle Wonniene.

— Espèce de pervers, tu ne changeras jamais.

Je me remémorais toutes ces nuits passées à la belle étoile. Cette mousse était très confortable et m'avait même servi de matelas. Si je pouvais en prendre un peu...

— C'est le prix à payer, ma belle. Le plan contre toi.

— Hors de question ! Je me débrouillerai sans toi alors.

— Ne te fâche pas, si tu veux... Eh ! Qu'est-ce qu'elle fait, l'autre ? Lâche cette mousse.

Il m'avait pris la main dans le sac. J'essayais de cacher un peu de mousse dans mes poches en souvenir du bon vieux temps d'après mon éveil. Je n'étais pas très douée pour les dissimuler, il en ressortait un peu de mon débardeur.

— Petite voleuse. Je vais t'apprendre ce qu'il arrive aux gens qui veulent me voler !

— Non, calme-toi. Elle ne pensait pas à mal.

— Eemori, tu te ramènes avec des emmerdes aujourd'hui. Tu sais pourtant ce qui se passe lorsque ma patience atteint ses limites.

J'avais écouté la discussion d'une oreille distraite. J'ignorais le fond de leur échange, mais j'étais rapidement venue à la conclusion qu'il ne nous donnerait pas le plan facilement. Ma perception me confiait que la solution pour se sortir de là, en même temps qu'obtenir ce que nous étions venues chercher, était plus simple qu'elle ne semblait l'être. Le genre d'homme en face de nous était prévisible au possible. Ma source ? Mon instinct.

— Attendez... Pjuz ?

— C'est Pguse !

— J'ai une proposition à vous faire.

— C'est non. Et repose ce que tu as pris.

Je fronçai les sourcils tout en recollant, non sans difficultés, ce végétal qui n'avait rien à faire là.

— On joue à un jeu. Si vous gagnez, vous avez Eemori. Si vous perdez, vous nous donnez la carte.

Il s'agissait pour moi de la solution la plus pacifiste possible. Pas de violence, pas de blessé, juste deux personnes réunies autour de règles à respecter pour remporter une partie. N'était-ce pas un procédé magnifique ? De plus, je mourrais d'envie de jouer. Depuis que Rtot et Elopi m'avaient initiée à l'art du jeu, j'avais très envie de rejouer.

— Tu penses me rouler avec une astuce aussi bidon ?

— Oui ?

— Eh bien, tu as vu juste. À quoi joue-t-on ?

Je posai mes billes sur la table.

— Au *roulus*.

Je n'avais pas touché à ce jeu depuis mon départ du groupe d'Agathe. Rtot m'avait offert mes propres billes de jeu que je conservais désormais précieusement avec moi. J'avais enfin une occasion de les sortir. Je vidai fièrement, sur une table que l'homme avait apportée, le contenu du pochon gardant mes billes rouges. Il sourit, amusé. À son tour, il me montra un pochon dont il sortit minutieusement chaque bille bleue. À mon instar, il possédait ses propres billes de jeu. Un homme de goût selon moi. Je n'eus nul besoin de lui expliquer les règles, comme il positionnait déjà ses billes. Son assurance forçait le respect. J'étais tombé sur un bon adversaire. Eemori posa sa main sur mon épaule et me chuchota à l'oreille.

— J'espère sincèrement que tu sais ce que tu fais. Je te ferai payer ton culot de m'avoir mise en jeu.

Son ton me glaça le sang. Elle voulait m'étriper. Pas question de se laisser distraire par ces menaces. Je devais rester concentrée pour gagner. Pguse m'invita à jouer en première, par pure galanterie, car il n'y a pas d'avantage particulier à ne pas commencer. Je devais encercler une de ses billes par quatre des miennes pour soit la sortir ou la capturer. Dans le second cas, il pourra la reprendre en l'encerclant de deux billes seulement. Il avait dessiné un plateau de jeu pour faciliter le cours de la partie. Bien qu'il ne soit pas nécessaire, il rendait l'expérience de jeu plus agréable en donnant une meilleure représentation de l'espace aux joueurs. Je déplaçai ma première bille. Le jeu était lancé.

Pguse était fort, très fort. Il dévorait toutes mes billes sans difficultés. Je ne pouvais pas me défendre. À défaut de pouvoir lutter, je percevais un certain pattern dans sa manière d'opérer. Il était minutieux et rigoureux dans ses choix de placements et de stratégies. Ma défaite fut inévitable. Lorsqu'il me priva de ma dernière bille, il me sourit sans arrière-pensée.

— J'ai gagné.

Eemori était en train de s'arracher les cheveux derrière moi. Elle me rouera de coups dans pas longtemps. Je tendis la main vers mon adversaire en signe de bon jeu. Il la serra.

— Une revanche ?

J'avais conscience que cette proposition puisse être raisonnablement rejetée, mais j'étais convaincue qu'il l'accepterait. C'était ce genre de personne. Son désir de jouer l'emportait sur le reste. Je l'avais compris dès les premiers tours. Le doute traversa son visage un quart de seconde.

— Ça marche.

Eemori souffla derrière moi. Elle vivait pleinement la situation. Peut-être plus que moi. Nous replacions tranquillement nos billes sur le plateau de fortune. Je ne trahissais aucun stress. L'atmosphère devait rester en adéquation avec l'amusement. Pguse ne dissimulait pas sa fierté du vainqueur. Il m'invita une nouvelle fois à débuter en première.

La partie était lancée. Contrairement à la précédente, je voyais clair dans son jeu. Aucun de ses coups ne me surprit. Je prenais l'avantage. Les billes bleues furent dévorées par les rouges. Je capturai la dernière représentante de l'ennemi avec un sourire.

— J'ai gagné.

La femme en blouse jubila, mais je coupai court à ses réjouissances.

— Une revanche ?

Ma proposition de rejouer emballa l'homme. À peine avais-je prononcé les mots de ma victoire que j'avais vu la colère déformer ses traits. Il n'aurait pas accepté de respecter sa part du marché dans ces conditions. Il avait gagné en premier et avait été bon prince d'accepter une deuxième partie. Son ego n'aurait pu être contenté. En proposant cette troisième chance, je lui montrais que j'étais bonne joueuse. Ainsi, je ne créais pas d'animosité entre nous et le jeu pouvait continuer dans de bonnes conditions.

— Volontiers.

— Celui qui gagne remporte tout.

En guise d'approbation, il plaça sa bille au centre du plateau. Je le suivis en positionnant les miennes. Nous nous retrouvions une nouvelle fois dans une configuration de début de partie. La dernière. Je commençai.

Il n'y eut pas plus intense comme partie de *roulus*. Nous étions si serrés. À chaque fois qu'il me privait d'une bille, je lui en prenais une en retour. La règle de capture des billes adverses devenait plus importante que jamais. Toutes nos stratégies reposaient dessus. Bien que plus faibles, les capturées représentaient un moyen sûr d'augmenter la taille de ses troupes. De temps à autre, nous osions sortir des billes du jeu entre plusieurs vagues de captures. Cette règle fut tellement utilisée que chacune de nos billes avait été enlevée au moins une fois par l'adversaire. La partie s'éternisait. J'avais la tête en feu à force de réfléchir à quelle action réaliser dans la configuration la plus optimale. Je voyais que Pguse, aussi, réfléchissait à se donner mal à la tête. Le jeu arrivait doucement à son terme. Il ne nous restait que deux billes chacun. En temps normal, dans ce cas de figure, la partie se serait terminée sur une égalité. Cependant, nos billes, fatiguées d'être capturées et recapturées pouvaient être sortie du jeu en étant encerclées par seulement deux billes adversaires. Donc, c'était encore possible de désigner un vainqueur. Seul notre positionnement permettra de nous départager. Le premier à encercler une bille de l'autre remporte la victoire.

Évidemment, nous nous sommes longtemps tournés autour sans vraiment tenter quoi que ce soit. Nous laissions échapper un petit rire nerveux chaque fois que nous reculions nos boules face à l'adversaire. Au bout d'un moment, je vis clair à travers le plateau. Je réfléchissais à tous les coups possibles qu'il pourrait faire dans un futur proche. J'adapterai mes déplacements en fonction. Inexorablement, je prenais l'avantage. Sans crier gare, je l'encerclai, le privant du minimum nécessaire pour jouer. Enfin ! J'avais gagné. Ma notion du temps était déformée par celle du jeu. La pièce me paraissait plus sombre. Pguse releva la tête du plateau pour la première fois depuis le début. Il n'était pas en colère ou dégoûté, juste fatigué. Il m'envoya un sourire, que je lui rendis.

— Deuxième victoire pour toi.

J'acquiesçais.

— Attendez ici, je vais chercher une copie des plans.

Il sortit de la salle en refermant la porte derrière lui. Instantanément, Eemori me sauta dessus.

— Tu m'as impressionnée. Je n'ai rien compris à votre jeu, mais ça avait l'air serré. Avec ta simplesse d'esprit, je ne pensais pas aussi maligne.

Je m'attelais à ranger mes magnifiques billes rouges dans mon pochon, en passant outre le commentaire désobligeant.

— C'est la dernière fois que tu paries en m'utilisant, petite idiote.

Je riais, gênée, pour dissiper le malaise de la menace. Le temps se faisait long à attendre le retour de l'homme. J'étais sur le point de demander à la femme en blouse s'il était vraiment digne de confiance, quand il ouvrit la porte avec fracas. Un rouleau de papier atterrit sur la table devant moi.

— Voilà.

Pguse n'entra pas. Il préféra rester sur le seuil de la porte un court instant avant de tourner les talons.

— Reviens jouer avec moi quand tu veux.

Puis à Eemori.

— Mon cœur te sera toujours réservé, beauté Wonniene.

Ce fut la dernière fois que je vis cet homme. Sans relever sa dernière remarque, ma camarade déroula le papier et l'inspecta rapidement. Elle me certifia l'authenticité du plan. Satisfaites, nous traversions le hall désert du bâtiment pour rentrer chez nous. Je confirmai que nos parties avaient duré longtemps. Le soleil avait fortement décliné, ne laissant derrière lui que quelques rares rayons discrets. Le calme de la rue était agréable. Nous ne croisâmes qu'une poignée de personnes en traversant la ville. Eemori tenait fermement le rouleau de papier contre sa poitrine. Au vu de la confidentialité du dessin, il était normal qu'elle veuille se faire le plus discret possible avec.

En une vingtaine de minutes, nous rallions la maison de la femme en blouse dans le quartier oublié. À l'entrée, Iigoro et Oodavi nous attendaient. Ils débarrassèrent Eemori de ses vêtements et l'invitèrent à se reposer dans le salon. Les deux jumeaux avaient été recueillis par la femme quelques années plus tôt, alors qu'ils mourraient de faim dans les ruelles sombres de Frontis. Incapable de les ignorer, elle leur avait ordonné de rester chez elle tant qu'ils ne seraient pas capables de se débrouiller seuls. Lorsqu'ils lui parlaient, je discernais du respect et de la gratitude, malgré leurs voix robotiques. Ce fut cette anecdote qui me confirma la bonté d'âme de celle qui aimait se faire passer pour une scientifique survoltée.

La nuit était tombée, plongeant les rues dans le noir complet. Le quartier oublié ne disposait pas d'éclairages publics. D'ailleurs, aucun travaux n'y avaient eu lieu depuis longtemps. Si la révolution devait éclater, elle partirait sûrement d'ici, si le groupe de Pguse ne l'avait pas déjà fait avant. Les ténèbres amenées par la lune obligent, nous partîmes nous coucher dans l'espoir de mettre un plan de sauvetage en place grâce à ce butin bien mérité.

28

Plan

Je découvrais avec stupeur la complexité du plan. Il y avait tellement de traits dans tous les sens. Où se trouvait l'entrée ? La sortie ? Comment voir l'étage ? Et les souterrains ? Ma confiance en ce bout de papier s'écroula à mesure que je le parcourais des yeux. Fort heureusement, ce n'était pas le cas d'Eemori. Elle savait parfaitement comment le lire. Peu douée en explications, je ne lui demandai pas d'éclairer ma lanterne. Je l'entendais parfois rouspéter en affirmant que celui qui l'avait dessiné devait avoir le cerveau d'un *mamav*, une créature connue pour sa stupidité. J'attendais, sur un siège, qu'elle ait fini de l'étudier.

Une demi-journée s'écoula. L'analyse du plan s'était transformée en une épreuve de force. La femme en blouse avait fait des manipulations étranges avec des récipients de Natura à l'état liquide, qu'elle avait versés sur le bout de papier. Dès lors, une structure en trois dimensions avait pris forme, rayonnant d'une lumière verte. Elle utilisait en parallèle cet écran de Natura qu'elle semblait être la seule à pouvoir manipuler. Je me demandais s'il ne s'agissait pas de son *Identitas*, je me rappelais que cette technique ne nécessitait pas de Natura, c'était donc autre chose. Je ne comprenais pas tout ce qu'elle faisait, mais cette structure dynamique du château qui était apparue donnait un meilleur aperçu de l'endroit que nous voulions infiltrer.

Une autre demi-journée passa. Eemori râlait à la moindre occasion alors qu'elle étudiait la structure du bâtiment. Elle ne voulait pas me dire ce qui lui posait problème. Je ne savais pas ce qu'elle voyait sur son écran, mais ça l'agaçait régulièrement.

Le lendemain, j'entrai dans le salon en bayant aux corneilles. Un cri de joie m'avait tirée de ma torpeur. J'imaginai qu'elle était parvenue à faire ce qu'elle voulait. Je découvrais ma camarade avec les plus longues cernes que je n'avais jamais vues. Elle n'avait pas dormi. Je me doutais qu'elle était une bête de travail, mais pas à ce point.

Elle s'approcha de moi, me prit les mains, et se mit à danser de joie. J'essayais de tenir son rythme malgré le fait que je venais de me réveiller. Elle finit sa danse seule et m'invita à venir voir ce sur quoi elle travaillait. La structure verdâtre du château se matérialisa au-dessus du plan. Eemori fit quelques manipulations du bout du doigt sur son écran. La projection du plan s'agrandit.

— À première vue, un ignorant penserait que ce bout de papier ne vaut rien. Je connais Pguse, il ne se reposerait pas sur un document sans valeur. Après inspection, j'ai compris comment accéder au « vrai » plan.

Elle exhiba le château vert.

— Voici une magnifique carte de la fierté de Frontis ! J'ai accès à tout depuis elle. Regarde. Voici l'entrée. On voit tous les escaliers, les fenêtres, les portes, tout ce qui est nécessaire à la compréhension du bâtiment. Mais le meilleur n'est pas là.

Elle appuya sur son écran et des tâches rouges apparurent sur la projection de Natura.

— J'ai déniché des passages secrets. Il y en a une tonne. De plus, j'ai érigé un chemin jusqu'au dernier niveau des souterrains.

Je m'approchai de la projection. C'était prodigieux. Tous ces détails ! Si on m'avait miniaturisée, j'aurais pu le visiter comme le vrai. Le travail de la femme en blouse était remarquable. Il y avait des petites notes dissimulées un peu partout telles que : « Passage fréquent de gardes », « Lieu à découvert », « Porte verrouillée ».

— Comment as-tu découvert tout ça ?

— Je n'ai rien inventé. Pguse et ses hommes ont fait un plan des plus complets. Cependant, en dénicher les secrets s'est révélé compliqué. C'est un petit peu comme essayer d'ouvrir une porte verrouillée sans avoir la clef.

— Impressionnant.

— J'ai traduit les horaires de rondes des gardes. Une fois les informations triées, nous pourrons décider du moment de l'infiltration.

Elle sourit de toutes ses dents sans en laisser tomber son bâtonnet. Elle ne le lâchait jamais. Son enthousiasme me fit chaud au cœur. Pourquoi un doute naquit en moi. Pourquoi tant d'acharnement à vouloir libérer Arthur ? Elle ne le connaissait pas personnellement. Certes, elle le considérait comme un héros, mais était-ce une raison suffisante ? Mes doutes n'étaient-ils que le fruit d'une paranoïa grandissante ? Mon instinct ne voyait rien de dangereux, alors je ne creusais pas plus dans les questions. La torture avait-elle brisé quelque chose en moi ?

— Pendant que je trie tout ça, que dirais-tu que nous discutions un peu toi et moi ?

Sa demande me prit de court.

— Il y a des choses que j'ai vues dans ta tête que je ne parviens pas à expliquer. Étant donné que je ne peux voir que les souvenirs et non les sentiments qui y sont mêlés, ni les explications qui y sont relatives, certains points me dérangent.

Elle pianota une dernière fois sur son écran de Natura et se tourna vers moi, son regard chaleureux envolé.

— Explique-moi ce qu'est le monde blanc. Je veux aussi que tu me racontes ce qu'est cette histoire d'immortalité.

L'atmosphère devenait menaçante. Pourquoi maintenant ?

— Je ne sais pas, je ne me souviens de rien...

— Ce n'est pas comme ça que je vais te croire. Rien ne me prouve que tu aies oublié ça.

Je n'en revenais pas. En fait, elle ne me faisait pas confiance du tout. Pourquoi ? Ces interrogations me blessaient. L'espace d'un instant, j'eus l'impression d'être de retour dans ma cellule face à Aaricia Baroq.

— Je ne sais pas !

C'était de la colère. De la colère d'être trop souvent vue comme un monstre ou comme une mauvaise personne. De la colère contre ma moi du passé qui ne m'avait laissé que des problèmes.

— Écoute, Eemori, je n'ai pas de Natura. La chose la plus basique que chacun possède, je n'y ai même pas accès. Quand je perds connaissance, je tombe dans un monde hostile où mon cœur ne peut s'empêcher d'être serré. Je découvre tous les jours des choses étranges concernant mon corps. J'en ai assez. Assez de ne pas me comprendre. Assez d'être vu comme une paria. Si vous êtes tous aussi hostiles avec ce qui sort de votre normalité, alors vous pouvez aller vous voir !

La femme en blouse écarquillait les yeux, visiblement surprise de cet élan de colère.

— Houla, je ne pensais pas que c'était un sujet si sensible.

— La prochaine fois, tu te tairas dans ce cas !

C'était puéril, mais je me mis à bouder.

— Si tu sais quelque chose, dis-le moi. Je pourrais t'aider.

En fait, elle ne me croyait pas quand je lui disais ne rien savoir. Elle ne me laissa pas le temps de monter dans les tours.

— Je veux dire, si tu as compris des choses. Si, par le temps passé là-bas, tu en as déduit des informations.

Elle me faisait signe de me calmer avec ses mains. J'étais passée de la fille fragile à la colérique en un clin d'œil pour elle.

— Je parle notamment, de ce que j'ai vu, de ta blessure au bras.

Mon bras ? J'avais presque oublié. Il avait été meurtri lors de mon passage dans le monde blanc pour obtenir l'Identitas. La blonde m'avait planté une épée dans le bras, avant de viser correctement le cœur. Eemori devait faire référence à la répercussion de mes blessures à travers les deux mondes.

— Je n'avais jamais entendu parler du monde blanc avant de te rencontrer. De ce que j'ai pu en voir dans tes souvenirs, il échappe aux règles de notre monde. Tout ce qui s'y passe n'a aucun sens. Nonobstant, j'ai établi une hypothèse plus que probable. Je pense qu'il s'agit d'un espace spirituel et non physique. La preuve étant que tu y accèdes à chaque fois en perdant conscience. De plus, pendant ton voyage, ton corps semble rester inerte. Ce ne sont pas quelques images piochées dans ta tête qui me permettront de dresser un véritable schéma de fonctionnement. Je veux y assister en direct.

Mes craintes se confirmaient. Elle était complètement folle. Sa curiosité maladive la pousserait à me mettre en danger ? Je secouais la tête vivement.

— Pas moyen. Premièrement, je ne sais pas y aller seule. Et deuxièmement, même si c'était le cas, je n'irais pas.

— Et pourquoi ça ?

— Parce que c'est dangereux. Je n'accepterais d'y aller seulement si j'ai Arthur avec moi.

— Quel rapport ?

— Il est capable d'envoyer son Natura à travers moi pour m'aider dans le monde blanc.— Les Sapiens sont fascinants.

Une petite note de musique retentit de son écran. Elle y jeta un œil. Le tri des horaires de rondes était terminé. Ainsi, en plus de l'endroit par lequel nous passerons, nous avons l'heure optimale à laquelle s'exécuter. Eemori termina de régler des détails sur l'écran en continuant sur sa lancée.

— J'ai une autre conjecture.

D'un mouvement mou, elle désigna approximativement mon torse sans me regarder.

— Si j'ai bon, alors je validerais certaines suppositions sur le monde blanc. Pendant que tu dormais, je t'ai prélevé des bouts de peau.

— Pardon ?

— Tu es tatillonne sur les détails. Passons. Ce n'est pas de la peau névrosée, ce n'est pas non plus une cicatrice. Grande génie que je suis, je n'ai pas réussi à déterminer l'origine de ta tache.

Je posai une main dessus. Partant du centre de ma poitrine, sa forme étrange donnait l'impression qu'elle s'étendait.

— Tu n'as pas remarqué ? On t'a transpercée trois fois déjà avec une épée, dont deux dans le monde blanc.

— J'avais remarqué.

— Le point commun entre ces événements est l'endroit où on t'a plantée. Précisément, la tache. Ce n'est qu'une supposition, mais au vu des situations, je ne vois que ça. Elle rejette la mort.

Émettre une telle hypothèse avec un air aussi sérieux provoqua un bond de mon cœur. Une sensation de réalisation caractéristique du choc. Lucide comme si j'avais plongé dans un lac gelé, je réfléchissais à ses mots. Et si, depuis le début, c'était bien le cas ? La marque sur ma poitrine m'avait empêchée de trépasser lorsque j'aurais dû ? Cela confirmait le transfert des blessures depuis le monde blanc. Les deux fois où je n'étais pas morte malgré mes blessures s'expliqueraient par cette incapacité de mourir. Aussi folle soit cette théorie, elle faisait sens. C'était le seul moyen d'expliquer les événements qui m'étaient arrivés.

Tout de même, trois fois ? Au même endroit ? Plus j'y songeais, plus je trouvais ça étrange. À moins que... Tout prit d'un coup sens grâce à un détail.

— Tu as raison ! Cette cicatrice rejette la mort !

— C'est une conjecture, ne t'emballe pas...

— Non, plus maintenant, j'en suis convaincue.

Eemori me dévisagea d'un air curieux. Je lui expliquais à haute voix mon raisonnement. Je devais avouer que je trouvais ça, malgré tout, étrange de dialoguer avec quelqu'un qui connaissait tous mes souvenirs. Pourtant, avoir mis en commun mes connaissances, contre mon gré, était utile. La théorie de la femme en blouse m'avait donné l'élan nécessaire à la compréhension de ce phénomène qui m'avait valu le nom de « démon ».

Ma certitude se basait essentiellement sur ma seconde mort, lors de l'épreuve de l'*Identitas*. La blonde, énervante au possible, m'avait tuée de sa lame. Après ça, j'avais réussi l'épreuve selon Arthur. Ce qui fut confirmé lorsque je passai par la machine d'Eemori pour finir de l'éveiller. La blonde savait. Elle savait ! Quelque chose d'inexplicable me poussait à croire qu'elle était au courant du pouvoir de ma cicatrice. Son attitude, ses faits et gestes, sa désinvolture au moment de passer à l'acte. Et puis, l'aspect mystique de notre rencontre...

La femme en blouse rechigna à accepter mon explication, essentiellement basée sur des ressentis. En se remémorant mes souvenirs, elle finit par admettre que quelque chose était étrange dans son attitude.

En partant du postulat que ma cicatrice effrayait la mort, je me remémorais les trois fois où j'aurais dû y rester. La blonde m'avait tuée en connaissance de cause. Aaricia Baroq par « accident ». Ronan... Rien que d'y repenser, je tremblais. Savait-il ? Rien ne me permettait de l'affirmer. Il avait agi comme si nous allions nous revoir après. Donc, il savait ? J'étais perdue avec lui. Toutes ses actions et paroles échappaient à ma compréhension. Tout s'effaçait face à la terreur qu'il me faisait ressentir.

— Je suis partiellement immortelle.

Le dire à voix haute me faisait prendre conscience de l'importance de la chose.

— Partiellement.

Ça m'agaçait qu'elle appuie sur ce mot. Ça rendait moins bien.

— C'est limité comme super pouvoir.

— Mais ça reste un bon atout.

— Ou pas.

J'avais l'impression d'argumenter avec Arthur. Autrement dit, de parler avec un mur. Eemori s'approcha de moi et déchira mes vêtements, mettant à nu ma poitrine. Je criai de surprise. Elle me mit une petite gifle en guise de punition pour lui avoir fait mal aux oreilles.

— Par contre, cette cicatrice, marque ou qu'importe comment tu l'appelles, est moche. On dirait presque une malédiction. Il faudra faire attention si jamais elle évolue.

J'entendais ses inquiétudes, mais je ne les partageais pas. Mon instinct me soufflait que tout irait bien. Je m'étais éveillée avec cette cicatrice. Elle faisait en quelque sorte partie de moi. Je décidai de changer de sujet, satisfaite des avancées effectuées sur la compréhension de moi-même.

— Bon, par où on entre dans ce château ?

29

Infiltration

Vieux de plusieurs centaines d'années, le château de Frontis se dressait fièrement en son centre. Peu intimidé par les hautes montagnes derrière lui, le maître de la ville représentait la puissance et la fierté des habitants d'une des agglomérations les plus importantes du continent. Pourtant non visible depuis ses abords, il devenait incontournable quand on s'en rapprochait. Classé comme plus beau bâtiment par les habitants, sa beauté n'avait d'égal que sa renommée.

Debout depuis assez longtemps pour avoir connu plusieurs dizaines de rois, il connaissait un regain de jeunesse grâce aux travaux lancés par l'actuel souverain. Maintenir cet édifice en bon état était une marque de puissance incontestable. La réputation, jusqu'à lors respectée et adulée du château, se dégradait de jour en jour à cause de la montée irrépressible de la tyrannie du roi. Ses murs, autrefois clairs et chaleureux, n'étaient plus que des pants de pierres sombres qui achevaient de plonger Frontis dans les ténèbres.

Alors, infiltrer le bâtiment le plus protégé, le mieux gardé et surveillé, relevait de la folie. Cependant, avec un plan aussi abouti que le nôtre, même l'impossible semblait envisageable. Deux jours après avoir mis au point les actions précises que nous réaliserons en vue d'infiltrer les sous-sols de l'édifice, nous nous préparions enfin à passer à l'acte. Le moment était minutieusement choisi. Le roi sortait aujourd'hui à la rencontre du peuple dans les rues de la ville, emportant avec lui bon nombre de gardes et soldats. Sur l'effectif militaire total, cela ne représentait pas grand-chose, mais l'attention n'était plus portée sur le château en l'absence du souverain. Avec le risque permanent de révolution, la protection rapprochée du seigneur était améliorée. Qui penserait à une attaque dans le château quand le roi était dehors ?

Selon le plan obtenu avec ma victoire contre Pguse, nous avions trouvé un accès vers le premier sous-sol par une trappe dans un des jardins de la cour. Nous avions été momentanément découragées au moment d'apprendre l'existence de neuf sous-sols. Le chemin était bien plus long que je ne l'imaginais. Malgré tout, nous avions une solution pour nous lancer dans l'exploration de ces souterrains. Eemori avait mémorisé tous les escaliers permettant de descendre de niveaux. Elle m'avait montré les différents points stratégiques où l'infiltration serait plus complexe de par la présence de gardes. En fin de compte, le neuvième et dernier sous-sol ne nous semblait plus si inaccessible que ça. Par mesure de sécurité, la femme en blouse avait également établi un itinéraire de retour, bien que je lui soutenais que la capacité d'Arthur nous en ferait sortir facilement. Elle avait répliqué qu'il ne serait peut-être pas en état de faire ça.

Voilà une autre pensée qui me terrifiait. Arthur avait été enfermé depuis plus longtemps que moi et je me souviens de mon état plus que déplorable à ma sortie. J'espérais sincèrement que la torture ne l'ait pas brisé ou rendu infirme. Il était fort, il n'y avait pas de raison qu'il finisse ainsi.

Il faisait plein jour. L'heure optimale de l'infiltration. Le roi était dehors depuis assez longtemps pour être sûr qu'il ne revienne pas de suite en changeant d'avis et pas assez pour que sa balade se termine. Nous nous rendions sur le toit d'une maison adjacente pour avoir un visuel sur la cour par laquelle nous entrerons. Les quelques soldats présents effectuaient une ronde mollassonne. Enfin, ils disparurent de notre champ de vision au moment de quitter le bout de jardin.

Eemori me désigna l'immense trappe qui nous permettra de descendre sous terre. À l'origine, elle servait à donner accès à la cave à *Borj*, un alcool traditionnel de la région dont la fermentation le rendait meilleur. Cette cave existait toujours, mais nous avions remarqué un trou dans l'un des murs du fond sur le plan. Il donnait sur l'un des escaliers descendants, normalement accessible depuis l'intérieur du château. Le passage normal aurait été trop compliqué d'accès pour nous.

Pour le moment, tout se passait comme prévu, aucun écart, aucune anomalie. Jusqu'à CET instant. Une explosion retentit non loin de notre perchoir. Pas un petit « boum », non. Un énorme « Brahoum ». Nous vîmes une colonne de fumée s'élever au-dessus des maisons. Puis, une ribambelle de lasers de Natura trancha le ciel. D'abord des lasers, puis faisceaux, des explosions, de la fumée, et enfin tout en même temps. Le chaos fut rapidement accompagné d'une riposte à base des mêmes armes. Ainsi, nous assistions à des combats de vagues d'énergies vertes dans le ciel de la ville.

Je cherchais le regard de ma camarade pour trouver des réponses. La femme en blouse croquait nerveusement son bâtonnet entre ses dents.

— Pguse... Salopard. C'est pour ça qu'il n'a pas trop rechigné à nous donner une copie du plan. Il avait prévu d'attaquer ce jour-là.

Je voyais une foule fuir dans la direction opposée aux combats. Les gens hurlaient de peur. Au loin, je vis une colonne de flammes grandir au-dessus d'une maison. Les révolutionnaires n'hésiteraient pas à mettre la ville à feu et à sang pour mener à bien leur coup d'État. Bien évidemment, ils visaient le roi. Ce dernier se repliait vers le château pour se mettre à l'abri. Pguse avait certainement prévu ça. Je comprenais mieux le raisonnement d'Eemori. Avec le roi de retour au château, doublé du fait qu'on a attenté à sa vie, la sécurité sera renforcée à un tel point qu'il nous sera impossible de bouger.

Qu'allions-nous faire ? Nous infiltrer avant que le roi ne revienne et prendre le risque de rester bloquer ? Ne pas y aller et attendre une nouvelle occasion qui ne se représentera peut-être pas ? La date de l'exécution d'Arthur ne devait plus être trop loin. Cette fenêtre de tir était notre seule et unique chance de sauver le garçon. Nous ne devions pas la laisser passer. Ce n'était pas Pguse et sa bande qui allaient nous empêcher d'atteindre notre objectif.

Eeomori grinçait des dents. Je voyais qu'elle essayait de trouver une solution, en vain.

— Dis... Ils sont forts ?

Elle me leva un sourcil.

— Comment ça ?

— Les révolutionnaires. Ils sont assez forts pour prendre d'assaut le palais ?

Elle réfléchit.

— Pguse ne laissera pas passer cette chance d'en finir. Il se peut qu'il profite de la panique générale pour pénétrer le château. Comme il a réuni bon nombre de manieurs de Natura, il doit être sûr de sa force.

— Dans ce cas, on fonce. C'est le moment ou jamais. Il n'y a personne dans la cour. Les souterrains seront la dernière préoccupation des gardes avec la situation à l'extérieur. Il faudra que les révolutionnaires se battent assez longtemps pour que nous ayons le temps de descendre, de libérer Arthur, puis de remonter. Pguse pensait que notre plan tomberait à l'eau à cause du sien. Au contraire, nous allons nous servir de lui.

Je fis signe à la femme en blouse de me suivre. Je glissais le long de la gouttière pour rejoindre la rue. Parfois, je m'étonnais moi-même de mes capacités physiques. L'entraînement subi dans le Paradis portait ses fruits. Eemori me suivait sans problème. Je commençais à me demander si en fait, elle n'était pas une guerrière chevronnée. Nous esquivions la foule pour rejoindre une ruelle aboutissant sur un mur. Il s'agissait du point le plus bas de la muraille entourant le château. Cette partie, n'étant pas été rénovée, offrait le plus simple accès illégal au palais.

Ma camarade joignit ses mains de sorte à me créer une marche sur laquelle je m'appuyai pour sauter jusqu'en haut. Du fil de fer enroulé me bloquait le passage. Je restais accrochée, le corps pendant. Je réclamai une paire de pinces à Eemori que je saisis d'une main pour couper l'obstacle. Cela ne me prit même pas une minute. Une fois la voie dégagée, je me hissais par-dessus pour atterrir directement dans la cour. Je vérifiai d'un coup d'œil rapide la présence de soldats. Personne.

Mon chapeau était tombé juste à côté de moi. Il avait dû s'envoler durant ma chute. Comme Eemori avait déchiré ma nouvelle tenue, je m'étais parée de mes légendaires vêtements de voyageuse. Mes bottines étaient de retour, ma chemise rouge, mon veston. Tous propres et recousus. Je posai mon chapeau sur ma tête. Ma camarade me précéda. Nous filâmes vers la trappe. Au loin, les cris des soldats retentissaient, suivis d'une explosion. Le groupe de Pguse venait d'arriver au château, à la poursuite du roi. Personne ne se préoccupera de nous avec cette bataille.

La trappe était verrouillée. Je tirais de toutes mes forces. Premier obstacle. Nous n'avions pas prévu ça. Ou plutôt, JE n'avais pas prévu ça. Eemori explosa le bois de la porte d'un coup de pied et s'y engouffra sans demander son reste. Je lui emboîtai le pas. Nous descendîmes dans la cave à *Borj*. Le trou permettant de rejoindre le premier escalier était là, comme sur le plan.

Rapidement, nous arrivâmes au premier sous-sol. Plus que huit. Je ne savais pas ce qui se passait au rez-de-chaussée, mais c'était violent. Notre plafond tremblait sous les différents impacts qui le frappaient. De la poussière nous tombait à intervalle régulier dessus. L'endroit était vaste et plutôt bien éclairé. Nous n'entendions aucun bruit environnant, à part les fracas assourdissants de la surface.

— Il n'y a personne, profitons-en.

Nous progressâmes jusqu'au troisième sous-sol. L'architecture était répétitive. Chaque souterrain se composait de quatre couloirs formant un carré autour de pièces alternant entre cellules et bureaux. Plus nous progressions, moins de lumière il y avait. Nous tombions sur un garde isolé. Il avait dégainé son épée dans notre direction avant qu'Eemori ne l'assomme d'un coup de poing. Elle frappait fort. Il n'avait pas de casque. Cette femme me faisait peur. De plus, elle avait amené des armes de sa confection dans un sac qu'elle portait en bandoulière. J'avouais me sentir en sécurité avec elle.

Moins quatre, moins cinq. Rien. La typographie des lieux avait changé, selon les plans. Pas d'âme qui vive par ici. Je trouvais ça de plus en plus suspect. Certes, c'était la panique dehors, mais tous les gardes auraient été rapatriés si vite ? Quand bien même, il aurait dû en rester plus que ça. Au temps, leur absence dans les premiers sous-sols n'était pas surprenante, mais au niveau moins cinq...

Nous empruntions un escalier en colimaçon, quand je fis un geste pour indiquer à ma camarade de s'arrêter.

— Ce n'est pas normal.

— Je confirme. Peut-être que tous les soldats sont regroupés au dernier niveau ?

— Nous venons d'arriver au moins six, avec autant de monde au même endroit, on l'entendrait même d'ici. Non. Je crois que c'est autre chose.

En traversant un des larges couloirs du souterrain, je fus éblouie par une lumière trop puissante pour la pénombre environnante. Un tintement d'acier résonna dans le passage. Il se rapprochait. La lumière s'amenuisait. Je ris nerveusement.

— Monsieur Jirofa...

— Tu es idiote. Revenir en ce lieu est suicidaire.

Jirofa Hoctane se tenait bien droit devant moi. Son imposante armure me faisait hésiter entre l'admirer ou me moquer de lui. J'éprouvais une sorte de respect pour cet homme. Il était puissant, je le savais et je l'avais vu. Je ne doutais pas de ses capacités de combat. Sa maîtrise du Natura était grande. Je me souvenais des tours de passe-passe qu'il m'avait montrés. C'était un homme redoutable, mais surtout celui qui m'avait soulagée de l'enfer de la torture. Sa pitié envers moi l'avait poussé à me libérer. Il n'avait pas un mauvais fond.

Tomber sur lui confirmait mes craintes. Comment rassembler plus de soldats pour la protection du roi lors de ses sorties sans délaisser les souterrains ? Y placer un homme puissant, dont la force dissuaderait quiconque d'y pénétrer.

— Pourquoi es-tu ici ?

Il n'était pas en colère. Sa voix trahissait plus d'inquiétude qu'autre chose.

— Je suis venue récupérer ce qui m'appartient.

À ces mots, il créa d'une main un cercle aux bordures verdâtres. Il y plongea son autre qui disparut à l'intérieur. Il la ressortit en me lançant un objet, puis le cercle disparut. Je réceptionnais le projectile. Mon couteau. Offert par Agathe et Tavo lors de mon départ de la ville des géants gris. Les noms de toutes ces personnes qui comptaient pour moi étaient gravés dans le manche en bois. Je le serrai fort contre ma poitrine en remerciant Jirofa d'un signe de tête. Je m'arrangeai pour qu'il ne voie pas mon émotion de retrouver cette arme si chère à mon cœur. Un reniflement me trahit. Fichu nez.

— Maintenant, repars.

Je fis non.

— Merci beaucoup. J'avais presque abandonné l'idée de le retrouver dans cet endroit. Ce n'était pas lui ma priorité.

— Ne me dis pas que...

— Je ne repartirai pas sans Arthur.

L'homme soupira, déçu.

— Je crains qu'il ne faille me passer sur le corps.

Nous échangeâmes un regard entendu. Je ne plierai pas. Lui non plus. Il sortit d'un cercle fraîchement créé son énorme épée. Après réflexion, elle n'était pas trop grande pour lui, comme je l'avais pensé la première fois que je l'avais vu. Jirofa était massif. Il aurait pu se battre à l'aide d'un pilier de pierre, que ça ne m'aurait pas étonnée. Il sourit en jouant mal la comédie.

— Oh, on dirait que tu es accompagnée ! Je ne pourrais pas m'occuper de vous deux en même temps ! Il ne faudrait pas que j'en laisse passer une pendant que je me bats avec l'autre !

Son ton surjoué m'arracha un sourire. Il était trop gentil avec moi. Eemori ne semblait pas capter son jeu d'acteur. Elle le prit complètement au sérieux.

— Cours, je m'occupe de ce connard.

Elle sortit de son sac un bloc pourvu de deux poignées. Elle saisit celle du haut d'une main et plaça l'autre sur la plus proche d'elle. Le cube avait un trou pointé vers Jirofa. J'échangeais un regard circonspect avec lui. La femme en blouse tourna la deuxième poignée comme on tournait une clef dans une serrure. Un tir de Natura partit droit sur l'armure ambulante. Celui-ci l'encaissa sans broncher. La main d'Eemori revint dans sa position initiale avant de recommencer et d'enchaîner les tirs.

Bon. Ils avaient l'air de se battre. C'était le moment de filer. En passant à côté de Jirofa pour rejoindre les escaliers, il me chuchota quelque chose entre deux rafales de Natura.

— Aaricia est au huitième sous-sol.

30

Aaricia

Je courais. Je traversais l'étage aussi vite que possible. Seulement deux sous-sols me séparaient d'Arthur. J'y étais presque. La voix de Jirofa résonnait dans ma tête. Aaricia n'était pas loin. Mon corps entier tremblait en visualisant le visage de celle qui m'avait torturée. De la peur ? Un traumatisme ? De la colère ? Plus que tout ça réuni, c'était un mélange de haine et de vengeance. Je n'arrivais plus à contenir la noirceur grandissante de mon âme. À présent, cela ne faisait plus aucun doute. Avant mon éveil, je n'étais pas une bonne personne. Les ténèbres de mon cœur menaçaient celle que j'étais aujourd'hui. Ah ! Je ne devais plus y penser. Seul le moment présent comptait.

Je filais à travers le dédale de couloirs du septième sous-sol. Le bruit lourd de mes pas résonnait dans l'espace clos. Je manquais à plusieurs reprises de rentrer dans un mur à cause du manque de visibilité. Les quelques torches dissimulées ci-et-là ne m'aidaient pas vraiment à m'orienter. Je dus finalement réduire la cadence jusqu'à marcher pour ne pas m'exploser la tête contre l'un des nombreux piliers présents. J'entendais mon souffle saccadé lutter contre le silence. Mon cœur se serrait. J'étais seule dans cet endroit sombre et lugubre. Malgré mon but qui me donnait la force d'avancer, je n'avais rien. Le désespoir s'immisça en moi tel un serpent ayant trouvé une proie. Que m'arrivait-il ? Pourquoi douter maintenant ?

La réponse apparut devant moi, habillée d'un costume de la milice. Ses cheveux coiffés en chignon sous un képi, Aaricia Baroq sortit de l'ombre. Ses talons claquaient sur les dalles sèchement. Je me sentis déglutir péniblement. Cette fille m'inspirait, malgré moi, de la peur. La vue du fouet à sa ceinture finit par m'arracher un hoquet de surprise. Elle se tenait bien droite devant moi. Son regard sévère m'aurait intimidée si je n'avais ressenti de la pitié pour elle. La commandante n'était qu'une pauvre fille dont le sadisme la rendait repoussante. Ma peur se mua doucement en mépris.

Sa présence ici m'avait surprise. Jirofa m'avait annoncé qu'elle se trouvait au huitième sous-sol. Or, je n'étais encore qu'au septième. Elle était venue me chercher. Selon les plans, les escaliers devaient se trouver quelque part derrière elle. Ainsi, elle me bloquait le chemin. Le claquement de son fouet interrompit le fil de mes pensées. Aaricia le fit danser dans le vide pour m'intimider. Et ça marchait. Partiellement. Je doutais de ses intentions. Non pas qu'elle n'était pas menaçante, mais une chose me dérangeait dans ses mouvements. Ils étaient mal assurés et fébriles. La commandante de la milice de Frontis ne se plaçait pas en position offensive face à moi. Presque recroquevillée sur elle-même, elle protégeait l'espace autour d'elle.

Aaricia Baroq avait peur de moi.

— Tu n'iras pas plus loin, sorcière.

Cette fille m'avait vue mourir. Ou plutôt, elle m'avait tuée. Je n'étais rien de plus qu'un monstre à ses yeux, mais je m'en fichais. Elle en était un aussi pour moi. Me pourfendre d'une épée alors que j'étais enchaînée et incapable de me défendre, il fallait le faire. La commandante n'avait pas eu de pitié pour moi. Je ne voyais pas pourquoi j'en aurais pour elle.

Le fouet continuait de déchirer l'air pour rien. Cette fichue corde était capable de s'agrandir à volonté. Je l'avais vu faire contre Arthur. Pourrait-il toujours le faire dans un espace clos ? Certainement. D'un coup, il fusa au-dessus de ma tête. Si loin ! J'étais certaine que je me trouvais à plus de dix-huit mètres d'elle. La portée de son arme n'était pas à sous-estimer. Mon chapeau s'envola pour se poser au sol quelques mètres plus loin. Je partis le chercher en marchant lentement pour ne pas exciter davantage mon ancienne tortionnaire.

Il y avait un problème de taille pour moi dont j'avais conscience depuis la planification de l'infiltration. Je ne savais pas me battre. Donner un coup de poing me paraissait impossible. Ce n'était pas une question de volonté. Je doutais simplement de ma capacité à en être capable. Singer les mouvements d'Arthur était inenvisageable. Pourtant, je ne voyais pas d'autres issues possibles pour contourner mon adversaire.

Qu'avais-je sur moi ? Mes bijoux ? Non. Mon couteau ? Imaginer blesser quelqu'un avec me répugnait. Mes billes ? Aaricia Baroq refuserait de régler ça autour d'un jeu. Enfin, en fouillant mes poches, je le sentis. Mon ultime atout.

— Rends-toi.

Cette fille avait vraiment un don pour m'agacer. Elle me sortait par les yeux avec son pseudo-sens de la justice. Je remarquais qu'elle ne portait pas d'épée à la ceinture, ni même d'objet vraiment contondants. D'une certaine façon, cela ne m'arrangeait pas. Peut-être que je croyais un petit peu trop au super-pouvoir de ma tache violacée, car je me disais que, dans le pire des cas, je pourrais simuler une mort après l'avoir provoquée à me transpercer à cet endroit. Quelle idée morbide ! Je n'avais peut-être toute ma tête en fait. Quoi qu'il en était, je risquais vraiment d'y rester cette fois. Son fouet était assez violent pour me blesser gravement, débouchant sur une mort douloureuse.

— Pourquoi es-tu revenue, démon ?

J'aurais presque pu répondre à sa question si elle ne m'avait pas insultée à la fin.

— Tu n'es pas humaine ! Tu es une sorcière ! Un démon ! Une créature des enfers ! Personne ne peut survivre à ça !

Aaricia Baroq prit sa tête dans ses mains en la secouant. Elle criait au désespoir. C'était assourdissant, comme l'écho du souterrain amplifiait sans retenue ce son immonde. Des larmes roulèrent sur ses joues en même temps que ses sourcils se plièrent sur ses yeux. Dire que j'avais trouvé cette fille belle. Elle ne ressemblait plus à rien, si ce n'était qu'une folle en pleine crise. Tout au fond de mon cœur, quelque chose se serra. Était-ce moi qui l'avais rendue comme ça ? La fille au fouet avait assisté à ma mort. Le sens commun ne permettait pas d'imaginer une résurrection. Je ressentais de plus en plus de pitié.

— Je vais te tuer. Je vais te tuer. Je vais te tuer.

Bon, en fait, plus le temps de se laisser aller à une pitié visiblement mal placée. La commandante se mit en position d'attaque et envoya une rafale de coups avec son arme. Je pris chacun de ses assauts. Mes vêtements se déchirèrent, ma peau s'effilocha, mon sang mit les voiles. Un enchaînement de coups suffit à avoir raison de moi. J'avais mal à un tel point que je m'effondrais par terre. Je laissai échapper des râles de souffrance pure. Je me tournai sur le dos pour ne plus avoir à subir le contact de mes blessures sur la poussière des dalles. De l'eau s'enfuit de mes yeux sans autorisation.

Aaricia s'approcha de moi assez près pour que son pied tape mon flanc lorsqu'elle s'arrêta. Ses yeux étaient vides de tout sentiment. Elle me regardait comme elle aurait regardé un insecte. Une part d'elle était-elle déçue de mon incapacité à me défendre ? Moi qui lui paraissait être le némésis dont elle devait se débarrasser, j'étais bien faible en comparaison à ses attentes.

— Pourquoi es-tu là ?

— Pour Arthur.

— Tu veux libérer un terroriste ?

— Je pense que tu te trompes sur lui.

— Ah oui ?

Je ne soupçonnais pas une force aussi impressionnante chez elle. La fille au fouet me souleva du sol en m'empoignant par le col. Me tenant d'une main, elle me frappa au visage de l'autre. Mon nez abandonna rapidement toutes ses sensations pour ne plus souffrir. Elle me mit à nouveau un poing. Du sang filait en douce de mon visage. J'avais peur de perdre une dent. Ce n'était pas la faible garde que je montai devant mon visage qui allait m'épargner les accès de violence de la commandante de la milice.

Mon esprit commençait à glisser ailleurs. Non ! Je n'échouerai pas ici ! J'agrippai le poignet de mon agresseuse. Visiblement dégoûtée que je la touche, elle m'envoya voler sur le côté. Je tombai lourdement, me coupant le souffle. Sans adrénaline, je me serais évanouie. Aaricia nettoyait frénétiquement la manche que j'avais touchée. Dire que je pensais qu'elle ne pouvait pas m'énerver plus qu'elle ne le faisait déjà.

Je me relevai péniblement pour lui faire face. J'esquissais un sourire. Non pas par provocation, mais plutôt car j'avais enfin l'occasion de répliquer. J'enfouis une main dans une poche de mon veston. Un coup de fouet trancha l'air vers moi. Instinctivement, je me baissais pour l'esquiver. Il délogea mon chapeau, épargnant ma tête. Ayant conscience que je n'aurais plus d'autres opportunités, je me dépêchais de sortir le petit objet de ma poche et de le jeter de toutes mes forces devant moi. Ma tortionnaire se protégea de ses bras. Le petit objet rebondit contre elle et roula au sol. Lorsqu'il se stabilisa, Aaricia baissa sa garde avec un regard interrogatif.

— Un dé ?

Une douleur me déchira l'abdomen. J'avais l'impression d'avoir pris un coup de couteau. Je me tordis en deux, sans quitter mon sourire de mes lèvres. Une goutte de sueur perla le long de mon front. Ma souffrance s'estompa et je me redressai pour m'avancer vers le dé.

— Tu m'as jeté un dé ?

Son ton offusqué m'amusa. Était-ce insultant de se voir jeter cet objet ? Je le ramassai. Un trois. Pas de chance pour cette fois. La fille au fouet commença à monter dans les tours en me voyant jouer avec.

— Honnêtement, c'est quoi ton problème ?

Son regard était lourd de sens. À cet instant, nous aurions pu nous lancer dans un débat philosophique, mais je n'étais pas d'humeur à échanger avec elle. Je jouai avec le dé que je lançai et rattrapai d'une main. Au fond, ça ne m'amusait pas. La provoquer ne m'amusait pas. L'atmosphère était devenue si lourde que le bonheur ne pouvait y pénétrer.

— C'est mon *Identitas*.

— Pardon ?

Arthur m'avait initiée à la capacité. Eemori m'y avait complètement éveillée grâce à sa machine. Il y a quelques jours, j'avais appris à m'en servir en vue de venir ici avec les capacités de me défendre. Cependant, pour ne pas changer, j'avais quelques problèmes avec.

— Regarde.

Je tendis mon dé vers elle.

— Il a dix-huit faces plus deux.

— Oui, il a vingt faces donc. Tu ne sais pas compter ?

Mes joues s'empourprèrent.

— Non, je ne sais pas compter.

Elle me regarda avec condescendance. Quelle peste !

— Mon *Identitas* me permet de générer une attaque plus ou moins puissante en fonction du chiffre qui sort.

J'omettais volontairement de lui donner plus de détails. Ainsi, elle ignorait la condition initiale qui était de toucher son adversaire, ce que j'avais réussi à faire. Ensuite, que le lancer était à double-tranchant. Si le dé sortait un nombre entre un et neuf, je subissais des dégâts inversement proportionnels au nombre. Le dix était neutre, il ne pouvait blesser personne. Et évidemment, au-dessus de ce dernier, c'était mon adversaire qui prenait des dégâts suivant la grandeur du nombre sorti. Mes attaques reposaient sur la chance. Le jeu était là.

Lorsque j'avais essayé mon *Identitas* pour la première fois, un phénomène étrange s'était produit. Une projection de la fille blonde était apparue devant moi. Sans âme, elle m'avait parlé avec un ton dénué d'émotions. Il s'agissait d'un décompte. Le nombre d'utilisation de mon dé était limité. En apprenant ça, j'avais crié : « Pourquoi ? ». Ce à quoi le spectre m'avait simplement répondu : « Ce n'est plus ton *Identitas*. Ton âme a changé. La transition s'effectuera complètement quand tu ne pourras plus utiliser *La Chance de l'Hybride* ». Bien évidemment, je n'avais pas bien saisi le sens de ses paroles. N'étant plus celle que j'étais avant de perdre la mémoire, la nature de mon *Identitas* avait changé. Pourtant, ce dé appartenait à l'ancienne moi. Le petit faiseur de hasard avait été témoin de mon évolution. Seul vestige de mon passé, je ne voulais pas qu'il finisse par disparaître.

Un dé. Il en disait long sur mon ancienne nature. Étais-je une férue de jeu ? Dans ce cas, je l'étais un peu restée. J'étais persuadée que je devais être une mauvaise personne avant, mais cet objet me mettait le doute. Peut-être me trompais-je ? La blonde était restée assez floue sur le nombre exact de fois où je pouvais utiliser ce dé. Je me doutais qu'elle réapparaîtrait si je venais à le lancer à nouveau.

Je relançais le petit objet, au grand malheur d'Aaricia Baroq. Le petit objet roula sur les dalles devant moi, puis se stabilisa. Un. Échec critique. Je m'écroulais de tout mon corps, tordue de douleur, incapable de bouger. Quel manque de chance. D'autant plus que le chiffre un est la pire des choses. En termes de douleur, on pouvait difficilement faire pire. Je luttais pour ne pas m'évanouir.

Aaricia comprenait alors mon pouvoir. Je la vis sourire, jusqu'à se mettre à rire. Elle se moquait de moi avec tellement d'entrain que ça ne me faisait la détester encore plus. Ayant sorti le numéro un, je ne pourrais pas me remettre tout de suite. C'était le prix à payer. Je savais qu'à l'inverse, réussir un nombre haut était particulièrement efficace. Cela restait mon *Identitas*, les dégâts causés à l'adversaire étaient plus grands que les miens.

Je rampai vers mon dé. Le défaut de mon pouvoir résidait notamment dans le fait que je devais le relancer à chaque fois. Le petit objet s'était matérialisé tout seul dans ma main au moment où la machine d'Eemori m'avait complétée. Il était la source de mon *Identitas*, je ne pouvais pas le perdre. À chaque fois que je l'égarais, il finissait par réapparaître, comme par magie, dans ma poche au bout d'une dizaine de minutes. C'était pratique. Cependant, je ne pouvais pas me permettre d'attendre dix minutes qu'il revienne pendant que je me fais battre par la commandante de la milice.

Enfin, je mis la main dessus. Main qui fut écrasée dans la foulée par la botte de la fille au fouet. Je criai. Elle faisait tourner son pied en m'arrachant la peau du dos de la main.

— Fini tes petits tours. Ta magie ne fonctionnera pas avec moi.

— Quelle magie ?

— Ce truc que tu fais sans te servir du Natura.

— Ce n'est pas de la magie.

— Comme tu veux.

Aaricia Baroq n'avait plus peur de moi. Ses tremblements n'étaient plus. Devant mes piètres performances, toutes ses craintes s'étaient envolées. Sa personnalité condescendante et militaire refaisait surface. Après m'avoir piétinée la main, elle fit danser son fouet sur mon dos. Les coups passèrent au travers de mon veston et de ma chemise pour m'ensanglanter le dos. Elle prenait plaisir à me faire souffrir.

Sa plus grande erreur fut de libérer ma main. Je saisis le dé, tout en encaissant ses coups, et le lançai. Il roula, assez proche pour que je puisse le récupérer rapidement. Treize. Aaricia tomba sur le côté, comme si elle venait de se prendre un coup de poing. J'en profitai pour me relever et courir le plus loin possible après avoir récupéré mon faiseur de sort. Je choisissais de ne pas me retourner et chercher le plus vite possible les escaliers. La fille au fouet était désorientée par l'attaque venue de nulle part. Je me servais de ce temps de sursis pour m'échapper.

J'empruntai l'accès au huitième sous-sol bien plus vite que je ne l'aurais pensé. Plus qu'un étage avant Arthur. J'entendais ma tortionnaire crier sa rage depuis le haut des escaliers. Elle était folle de rage que je lui aie filée entre les doigts. Si je ne me dépêchais pas, elle me rattraperait plus vite que je n'aurais le temps de dire « ouf ». La silhouette floue de la fille blonde flottait à côté de moi pour me rappeler ma limite d'utilisation. Le fera-t-elle à chaque lancer ?

Je traînais mon corps, meurtri par le fouet, dans le nouveau souterrain. Je ne savais pas où se trouvait le dernier accès et je n'avais pas le luxe de l'erreur. Le vacarme causé par la colère d'Aaricia Baroq se rapprocha à grand pas. Elle sera là d'ici peu.

Par chance, l'étage ne partait pas dans tous les sens comme le précédent. Constitué uniquement d'un couloir assez large pour y caler trois maisons, j'apercevais au loin mon but. Il n'y avait pas de cellules, juste des colonnes de pierres bordant les murs. Cet endroit n'est qu'une transition avant d'atteindre le dernier sous-sol.

J'avais parcouru les trois quarts de la distance qui me séparait de l'ultime escalier quand la commandante de la milice pénétra dans le long couloir. Elle était furibonde. Le coup qu'elle s'était pris l'avait privée de son képi. Et de son sang-froid, apparemment. En la voyant, je me décidai à un lancer de dé. Moi qui pensais la ralentir, je fus déçue de constater que j'étais la seule à avoir mal. Une petite douleur, cela dit. Je récupérais l'objet en vitesse pour retenter ma chance. En me baissant, j'évitai de justesse un coup de fouet agrandi. Il rentra partiellement dans le mur en y laissant une fissure profonde qui témoignait de sa puissance. Des gravats s'en échappèrent, ainsi que de la poussière. Je saisis enfin la caractéristique la plus importante de cette arme. Aaricia l'imprégnait de Natura, la rendant plus puissante que jamais. Vu comment elle avait entamé la roche, je ne doutais pas qu'elle m'aurait coupée en deux. D'autres coups déchirèrent l'espace autour de moi. Je passais à un cheveu de mourir.

Dans la panique, je parvins tout de même à effectuer un autre lancer. Un flash bleu apparut sur la propriétaire du fouet. Elle hurla, comme son corps convulsa brièvement. Mon dix-huit lui avait mis un coup de jus. Son chignon se relâcha. Ses cheveux retombèrent sur ses épaules, en bataille. C'était horrible à admettre pour moi, mais cette fille était belle en toute circonstance. Oui, même avec un petit filet de bave coulant le long de ses lèvres.

La chance ne m'ayant pas abandonnée, je fuyais à nouveau l'affrontement. J'avais presque réussi. J'allais revoir Arthur, le libérer et nous partirons d'ici. Je m'engageais une dernière fois dans une succession de marches incessantes pour accéder au point le plus profond sous la fierté de Frontis. Je manquai la dernière, m'écroulant comme un sac. Mes genoux meurtris me criaient de ne pas me relever. Je les aurais sûrement écoutés si je n'étais pas déjà ensanglantée.

Enfin, le dernier souterrain. Il ne me restait plus qu'à trouver la bonne cellule. Tâche plus ardue que je ne le pensais. Devant moi, le couloir s'étendait si loin que je n'en voyais pas le bout. De plus, il était bordé des deux côtés par des petites cellules individuelles qui le suivaient dans les ténèbres du sous-sol. Retrouver quelqu'un ici sans savoir d'avance où il se situait était fastidieux.

Une nouvelle fois, j'entendis un bruit sourd en provenance de l'étage supérieur. Décidément, cette fille était colérique. Je revivais la même situation qu'auparavant. Une main en piteux état émergea d'une petite fenêtre à barreaux d'une porte blindée. Elle s'agita en même temps qu'un raclement de gorge puissant sorti du même endroit.

— Libérez-moi...

Ce n'était pas celui que je cherchais. Il avait une voix trop roque. Devais-je l'aider ? Le voir emprisonné me rappelait ma propre condition, il n'y a pas si longtemps. Néanmoins, je n'avais pas de temps à perdre. Je ne savais pas comment ouvrir cette porte et Aaricia ne tarderait pas à arriver. Je continuai de courir dans la succession de prisons, avec l'espoir de tomber par miracle sur la bonne. Je me rendis compte que le nombre de détenus était colossal. Toutes les cellules étaient habitées. Si tout le monde était retenu ici, à quoi servait les étages supérieurs ? Ces gens ne reverront certainement jamais la lumière du jour. Ma culpabilité s'accroissait à chaque pas. J'abandonnais tous ces gens à leur sort. Je me promis de tous les libérer quand j'aurai accompli ma mission.

Derrière moi, ma poursuivante émergea de la cage d'escalier, passablement énervée. Je l'entrevis donner un coup d'estoc. Le fouet s'allongea jusqu'à moi comme une flèche reliée à son tireur. Je me jetai sur le côté. Le bout disparut au loin avant de se rétracter pour revenir à elle. Je n'avais pas imaginé une utilisation comme celle-ci. La commandante était vraiment dangereuse. Je songeai à lancer mon dé, mais prendre le risque de me louper n'était pas permis. Je devais conserver mon avance.

— Il n'y a plus d'issue. Prépare-toi, sorcière.

— Cours, petite !

Un détenu avait posé son visage contre les minuscules barreaux de l'ouverture de sa porte. Trois autres firent de même.

— Cours !

— Elle va te tuer !

— Elle est folle !

J'admirais le courage de ces hommes pour m'encourager à fuir. Leurs interpellations me donnèrent une idée. Je me mis à crier de toutes mes forces pour être entendue dans tout le souterrain.

— ARTHUR !

Une fois, deux fois, rien. Personne ne me répondit, à part les hommes qui m'ordonnaient de partir. Aaricia se rapprochait dangereusement. Je n'y avais pas vraiment prêté attention, mais ses cheveux étaient en pétard. Le coup de jus qu'elle a encaissé a malmené son cuir chevelu. Et pourtant, elle restait belle. Deux fois que je me faisais la réflexion, ça ne faisait que m'énerver davantage contre cette fille.

— Je me demande qui ressemble le plus à une sorcière.

Si elle avait compris ma blague, elle n'en fit rien. Seul un sourire fou demeurait sur son visage. Elle allait me faire mal, et ça lui ferait plaisir.

Un léger impact métallique attira mon attention sur une cellule à côté de moi. De l'ouverture de la porte sortit une tête ensommeillée et visiblement agacée du raffut que j'avais amené. Ses cheveux blonds, collés sur son front, étaient aussi sales que le bas de son visage. Ses yeux s'ouvrirent un peu plus grands en se posant sur moi.

— Améthyste ?

— Arthur !

— C'est quoi ce bordel ? Qu'est-ce que tu fous là ? T'es blessée ? Et...

En guise de réponse, il assista à mon magnifique envol, propulsée par une attaque sournoise du fouet de ma tortionnaire. Je roulais sur plusieurs mètres, sonnée. Cet impact m'avait vidée de mes forces. Face au sol, je me redressai sur les coudes, tremblotante. Ma tête allait et venait dans tous les sens. Un coup, je regardais Aaricia, un coup Arthur. Curieuse de cette sensation de brûlure sur ma poitrine, je vérifiai mon état. Du sang s'échappait de mon torse. Elle ne m'avait pas loupée. Un peu plus et je perdais un sein.

— Tu t'arrêtes ici.

La fille au fouet prenait le temps de marcher calmement vers moi. Un prédateur ayant attrapé sa proie. D'instinct, je pris mon dé dans une main. Elle me la fouetta pour me le faire lâcher. Le petit objet vola loin de ma main. Heureusement pour moi, c'était compté comme un lancer. Je devrais plutôt dire malheureusement. Même sans voir le score, je savais qu'il ne jouait pas en ma faveur vu que mon estomac se retourna brusquement. Je roulais sur le dos pour me soulager. Je haletai bruyamment. La course et le combat avaient eu raison de mon endurance.

La fille au fouet lâcha un petit rire satanique avant de me rouer de coups. L'arme m'arracha la peau de mes bras sans pitié. Des effusions de sang peignirent la porte grisâtre de la cellule d'à côté. Luttant contre le désespoir, je me rappelai qu'à défaut de pouvoir me défendre physiquement, j'allais l'agresser psychologiquement.

— Tu ne peux pas me tuer !

Elle cessa momentanément de me frapper.

— Je te torturerai indéfiniment s'il le faut, démon ! Je chercherai ensuite un moyen de te faire disparaître pour de bon.

— Bonne perspective d'avenir, ça. Je ne serai donc qu'une victime de plus.

— Quoi ?

— Tu t'amuses à tuer des gens quand ça te chante.

— Je n'ai jamais tué !

Les prisonniers se mirent à crier depuis leurs cellules.

— Menteuse !

— Tueuse !

— Taisez-vous ! Je travaille pour les forces de l'ordre, je sers la justice.

La douleur de mon estomac se dissipant, je fis un effort colossal pour me mettre debout face à elle. Pointant ma poitrine du pouce, je la provoquais.

— Tu ne peux démentir ton épée qui a pénétré ma chair.

Aaricia abandonna l'argumentaire pour me donner un coup de poing. Je titubai contre la porte de cellule d'Arthur. Mon nez était-il cassé ? Du sang le fuyait. Je commençais à avoir la tête qui tourne. Le visage de mon ami ne trahissait pas une once de panique. Il se voulait même rassurant.

— Rhuby, t'es nulle en baston.

Visiblement, son expression ne collait pas avec ses paroles.

— Montre-lui que tu sais utiliser ta tête.

Comment me sortir de là ? Comment ne pas mourir ? Alors que le désespoir grandissait, la seule chose qui atteignit mon cœur fut une forte dose d'adrénaline apportée par l'excitation d'une idée émergeant au fond de mon cerveau. Un nouveau pari. Je perdais ou je gagnais. Je mourais ou je vivais.

— Ton fouet est faiblard. Je suis indemne.

— Es-tu aveugle ? On dirait une passoire.

Sous mes pieds, les rainures entre les dalles se remplissaient d'un liquide rouge. C'était dégoûtant.

— Peut-être, mais je reste en seul morceau. Tu auras beau t'acharner, tu ne pourras me trancher avec.

— Je n'ai pas besoin de ça pour te tuer.

— Tu penses ?

Je lui exhibai mon plus beau sourire de provocation. Il fallait que je la pousse à bout. Comment la faire sortir de ses gonds ?

— Une amie m'a dit que le souverain du troisième royaume Wonien était ton oncle. Je comprends la tentative de coup d'État d'Arthur si cet homme est comme toi. Il ne doit pas y faire bon vivre.

Le scintillement verdâtre de son fout me confirma que j'avais visé juste. Déjà en rogne, il ne m'avait pas fallu grand-chose de plus. Son arme se mit à briller fortement lorsqu'elle la leva au-dessus de sa tête. Vraisemblablement, mon bluff avait été un peu trop efficace. Les babines retroussées, son expression ne me laissait présager rien de bon. J'en avais peut-être trop fait. Ma survie allait se jouer maintenant.

Aaricia arma son fouet et trancha l'air furieusement. La corde imprégnée de Natura était capable d'endommager les murs, alors une porte ne devrait pas lui résister. Je me précipitai face contre terre pour ne pas me retrouver en morceaux. Une belle entaille était apparue sur le mur derrière moi.

Conformément à mes espoirs, la porte était coupée en deux. Elle n'était pas sortie de ses gonds, mais il suffisait que je pousse la partie inférieure pour m'engouffrer dans la cellule, comme elle était détachée de la serrure. Je donnai un coup de pied et reculai en donnant de grands à-coups de mes mains contre le sol pour ne pas me prendre la deuxième salve de furie de ma tortionnaire.

Arthur s'était instinctivement éloigné de la porte, en vue du coup chargé de Natura. À présent, il me dévisageait en souriant.

— Et maintenant ?

Le pauvre garçon était dans un sale état. Pas un seul centimètre de son corps n'était pas couvert de blessures. Le plus terrifiant était cette trace de brûlure dévorant son torse. Sa peau n'arrivait plus à se régénérer correctement, laissant des traces violacées, témoins des pires atrocités que quelqu'un puisse connaître. Une cicatrice lui barrait l'œil. Heureusement, celui-ci n'était pas crevé. Qu'importait l'endroit où je posais mon regard, je ne pouvais que le détourner tant c'était insupportable à regarder. Malgré tout, il n'avait pas perdu la flamme dans ses yeux. Ils n'avaient pas réussi à le briser.

Il leva des mains emprisonnées aux ongles arrachés devant lui. Comme lorsque je l'avais rencontré chez les bandits, du *bronkterbe* pleureur. Ce matériau anesthésiant le Natura. Les menottes ne permettaient pas de se libérer, mais elles étaient friables de l'extérieur. À condition de manier le Natura, ce dont j'étais incapable. Malgré tout, je ne perdais pas espoir.

Un coup de fouet explosa le reste de la porte. Aaricia apparut à travers l'encadrure, plus folle que jamais. Elle avait compris que je l'avais utilisé pour approcher Arthur. Consciente que le temps nous était compté, je me précipitai devant lui.

— Utilise le Natura de mon bracelet pour que je t'explose tes menottes !

Le cadeau de Niel était imprégné d'une quantité incommensurable d'énergie. Bien que j'en aie gaspillé une grande partie dans la tempête, il devait rester assez pour se débarrasser de ses liens.

— Je ne peux pas. Il faut que j'aie accès au mien d'abord.

— Quoi ? Mais la première fois, tu avais juste manipulé mon poignet avec tes doigts et ça l'avait déclenché.

— J'avais appuyé sur des points sensibles pour accroître ta sensibilité au Natura. Je ne pensais pas que ça activerait ce bracelet.

La commandante de la milice arma son fouet. Je commençais à perdre mon sang-froid.

— Tente !

Le garçon s'exécuta. Cependant, contrairement à l'autre fois, je n'étais pas du tout dans un état de calme. Je savais qu'à cause de ça, rien ne se produirait. Arthur mit ses mains sur ma tête pour me forcer à me baisser et esquiver de justesse le fouet qui entama le mur du fond avec un grincement terrifiant. La commandante criait de rage, les traits déformés par la haine. Elle était devenue un animal enragé.

— Tant pis.

Arthur mastiqua quelque chose. Ses joues se gonflèrent, puis se dégonflèrent à mesure que sa langue semblait s'agiter. Il fronçait les sourcils, concentré. Ce fut à mon tour de le pousser pour ne pas qu'on se fasse découper.

— Qu'est-ce que tu fais ?

Une veine pulsa sur sa tempe sous le poids de ses efforts. Et puis...

— Ah.

Une lueur verte illumina l'intérieur de sa bouche. Il la ferma et mélangea sa salive. Il saisit la main avec mon bracelet. Sa mâchoire se contracta en arrière, comme s'il s'apprêtait à... Il me cracha dessus. Sa salive entra en contact avec mon bracelet, et ma peau au passage.

— C'est dégueu' !

Le bracelet s'illumina intensément au contact de la salive. Des faisceaux de lumière aveuglants en sortirent, chassant les ombres du cachot. Arthur venait de cracher son Natura dessus pour l'activer. Je fus aveuglée.

Le Natura afflua dans mon bras comme des flammes prêtes à tout dévorer. C'était le moment. Je visualisai une explosion comme celles de Btyls. L'énergie verte se rassembla et se redirigea vers ma main. J'avais l'impression qu'elle allait me l'arracher au passage. C'était dur à contrôler. Je n'avais jamais pu m'entraîner à ça. La nécessité de réussir m'obligea à atteindre mon objectif.

J'y étais presque quand le bout du fouet entra dans mon champ de vision. Je ne pourrai pas l'esquiver. Une idée me vint. D'un coup, je relâchai plus que la puissance nécessaire pour briser les menottes. Je vidais les dernières ressources du bracelet. Arrivée à ma paume, l'énergie vola en éclat en martyrisant nos oreilles. Le souffle de l'explosion fut tel que je fus projetée en arrière, ratant de peu d'être transformée en morceau de viande. J'atterrissais lourdement au sol, désorientée. Mon bras brûlait. Le bracelet s'effritait jusqu'à complètement disparaître de mon poignet. Devant moi, à l'endroit de l'explosion, une colonne de fumée due au Natura persistait. Arthur ! La déflagration avait peut-être été trop puissante pour son corps meurtri. Je priais pour qu'il aille bien, mais impossible de le discerner à travers le voile verdâtre qui envahissait la cellule.

Je ne saurais exprimer la joie que je ressentis en voyant un bras en émerger. Non seulement, il allait bien, mais en plus il était libre. Plus que ça même, il était en colère. La projection violente du tigre qui apparut dans son dos, chassant la fumée et détruisant complètement la porte, témoignait de ce sentiment inéluctable de revanche. Il émanait de lui une quantité intarissable de Natura.

Je croisai le regard craintif d'Aaricia Baroq. Je souris. J'éprouvai un réel bonheur de la voir se décomposer. Elle nous avait causé bien du tort. Maintenant, elle ne pouvait plus rien faire. Avec un sourire que je savais malsain, je ne pus m'empêcher de la narguer.

— Échec et mat.

La commandante de la milice vira au rouge. Littéralement. En plus de ses joues, le Natura émanant d'elle se teinta couleur sang. Je n'avais jamais vu ça. Inutile d'être une experte pour comprendre que ça n'amenait rien de bon.

Le débit d'énergie affluant dans son fouet s'accentua forte-ment, au point de déborder. Les reflux rougeâtres effleurant le sol l'endommagèrent lorsqu'ils entrèrent en contact. Quelque chose me disait qu'il ne valait mieux pas que je me le prenne.

Les pupilles d'Aaricia se dilatèrent au moment où elle envoya son arme voler vers Arthur. Je n'étais pas complète-ment confiante. Leur dernier affrontement s'était soldé par une victoire de l'ennemie. De plus, elle semblait plus puis-sante que jamais. Je voulais croire en la force de mon cama-rade. Cependant, j'avais plus que tout peur pour lui.

En vain. Je m'inquiétais pour lui pour rien. D'un geste rapide, il attrapa le fouet et tira dessus. Je m'attendais à voir Aaricia voler vers lui, tirée par sa propre arme, mais celle-ci avait été assez maligne pour allonger le fouet au moment où le garçon avait tiré dessus pour annuler la tension de la corde.

Elle était redoutable. Sa colère la rendait plus forte. Consciente qu'elle ne pouvait plus se servir de son arme, elle la lâcha pour foncer vers nous. Elle voulait tenter le corps-à-corps contre Arthur. Ce fut sa seule erreur.

Aaricia fut repoussée en se prenant le plus gros coup de poing que je n'avais jamais vu. Le tigre dans le dos du gar-çon se faisait plus menaçant que jamais.

Après s'être assuré d'avoir envoyé assez loin son adver-saire, il vint s'agenouiller devant moi en annulant sa projec-tion de Natura. Il me tendit une main.

— Il faut qu'on sorte d'ici.

— Quoi ? Mais les autres prisonniers... Il faut les sortir de là.

— Nous reviendrons. Je ne peux pas me battre ici.

— Tu es plus affaibli que tu ne le montres ? Dans ce cas, nous devons fuir. Nous...

— Non, je risque juste de tout détruire.

En effet, c'était une raison valable. Son ton sérieux saupoudré de vantardise faillit m'arracher un petit rire. Je pris sa main. Aaricia fonça sur nous avec son fouet qu'elle récupéra au passage. Ses yeux étaient injectés de sang. Et pourtant, encore une fois, elle était...

— Même avec cette tête, elle est belle, cette fille.

Exactement. Il avait raison. C'était franchement énervant. Le garçon créa une vague d'énergie pour la repousser de nouveau, puis me regarda.

— Fais une grimace.

Je commençais à m'habituer à cette attitude étrange. Je grimaçai en tirant la langue, sans entrain.

— Ah bah non, c'est juste elle.

Je mis un moment avant de comprendre.

— *Stultus puer*.

— Tu m'as traité de génie ?

— Oui, oui c'est ça.

Visiblement satisfait, il m'empoigna par les bras et posa un pied, nu, sur le mur. Je sentis ses muscles se contracter. Il me lança au travers avec une force monumentale. Grâce à son *Identitas*, je m'envolai dans ce sous-espace noir aux ténèbres insondables. Pour la première fois, je pus prendre le temps d'observer plus attentivement cet espace. Rien ne ralentissait mon mouvement. Je voyais bien alors que tout était noir autour de moi. Tout à coup, je m'aperçus qu'une multitude de petites taches blanchâtres flottaient en suspension un peu partout. Elles disparaissaient à mon contact. J'espérais vraiment ne pas rester plus longtemps ici, car la panique montait progressivement en moi. J'avais confiance en Arthur. Je voulais croire qu'il avait parfaitement prévu son coup.

Au bout de quelques secondes, j'émergeai du sol d'un des jardins du château. La surface m'avait ralentie, voire stoppée, annulant toute ma vitesse, comme si j'avais heurté une membrane gluante. Malgré ma soudaine perte de célérité, j'avais été projetée à un demi-mètre du sol. J'atterrissais sur l'herbe sans avoir mal. J'étais sortie. Le temps passé dans le sous-espace m'avait paru interminable. Il fallait dire que j'avais été envoyée depuis le neuvième sous-sol, autrement dit, depuis très loin sous terre. Je respirais l'air frais, l'accueillant avec bienvenue. Et Arthur ?

Le garçon émergea du sol. Vite. Trop vite. Je le vis s'envoler au-dessus de moi et s'exploser la tête en atterrissant dans un arbre. Des petites créatures fuirent leur maison, dérangées par un nigaud qui avait mal calculé sa trajectoire. Après quelques râles de douleur, il chuta dans l'herbe depuis la branche la plus basse. Ne le voyant plus bouger, je me levai pour m'assurer qu'il allait bien. Me sentant approcher, le blond bondit debout, fierté heurtée par le ridicule. Il me tendit un chapeau, mon chapeau. Je tâtai le haut de mon crâne, ne le trouvant pas. J'avais dû le perdre en remontant à la surface.

Lorsque je le posai sur ma tête, la terre se mit à trembler. Je manquai de perdre l'équilibre tant la force de secousse était grande. Que se passait-il ? Les lasers de Natura fusaient dans le ciel, symbole de la révolte du groupe de

Pguse. Ciel, qui était devenu rouge. Je n'en revenais pas. Le bleu apaisant avait laissé sa place au rouge sang. Je ne remarquai seulement maintenant les innombrables colonnes de fumée s'y élevant. Frontis était à feu et sang. Impossible de compter le nombre de maisons dévorées par les flammes. La révolution avait impliqué toute la ville. Depuis les jardins du château, il n'était pas facile de voir tous les ravages du lieu.

Que faire ? J'avais sorti Arthur de là, et après ? D'abord, je devais récupérer Eemori. Ensuite, faire sortir les prisonniers des souterrains. Pour quelle finalité ? Le chaos régnait dans Frontis. Debout sur l'un des murs d'enceinte du jardin après l'avoir escaladé, un spectacle abominable s'offrait à moi. Des corps par dizaines jonchaient les pavés rouges des rues. Le feu avait pris l'ascendant sur les créations humaines. Des blessés tentaient d'évacuer quand ils ne tombaient pas, leur force drainée par leurs blessures.

Étais-je restée si longtemps que ça sous terre ? Comment la situation avait-elle pu dégénérer à ce point ? Une larme coula le long de ma joue, se mêlant à mes griffures. C'était une vision de l'enfer. En observant mieux, les cadavres étaient arrachés de la plus horrible des manières. Je ne voulais pas croire qu'un humain eusse fait ça. Je sautai du mur pour m'approcher. Quelque chose clochait.

J'avais vu juste. Ces corps étaient ceux de civils. Quel intérêt auraient eu les révolutionnaires à faire ces horreurs ? Et les autorités ? Ces gens n'étaient pas armés. J'avais du mal à me concentrer avec le bruit continu des tirs de Natura à quelques pâtées de maisons enflammées.

— Rhuby...

Les fois où Arthur m'appelait par mon vrai nom étaient assez rares pour être notées. En général, cela impliquait que le moment n'était pas à la rigolade. Le blond s'était agenouillé au-dessus de l'un des malheureux.

— C'est pas bon... Pas bon du tout.

— Je sentais aussi que quelque chose n'allait pas.

— C'est pire que ça.

Un nouveau tremblement de terre nous fit vaciller. Une explosion ? J'avais déjà suffisamment peu comme ça. Le massacre des habitants de Frontis provoquait de l'effroi dans mon cœur. En fait, je manquais de mots pour décrire l'atmosphère pesante et anxiogène qui flottait dans les anciennes rues bondées. Une odeur de danger émanait du sol et des flammes. Si je devais expliquer cette sensation, j'aurais tenté d'expliquer l'omniprésence d'une personne en ce lieu. Comment dire ? C'était comme si quelqu'un rôdait en permanence ici. Ou comme si son simple passage avait laissé une présence rémanente.

— C'est de ma faute.

Je dévisageai Arthur avec de grands yeux en quête de réponse.

— Si je ne m'étais pas fait arrêter, il n'aurait jamais su que j'étais ici. Cette idiote de commandante a dû vouloir faire savoir au monde entier que j'étais là. Ça l'a sûrement attiré.

— Qui ?

Il ne me répondit pas. Les yeux perdus dans le vide, le garçon arborait une expression sévère. Ses poings, fermement serrés, tremblaient.

— Frontis est condamnée. Tu dois fuir, Rhuby.

Ces mots furent un électrochoc. Je comprenais la gravité de la situation sans en comprendre la cause. Peut-être la goutte de sueur sur la tempe de mon camarade y était pour quelque chose ? Il m'avait encore appelée par mon nom et m'avait ordonné de fuir avec une voix grave. Le sang du corps à mes pieds salissait mes bottines. Ce liquide visqueux me rappela ce que je devais faire.

— Je ne partirai pas avant d'avoir sauvé un maximum de personnes. Qu'est-ce qu'il se passe ?

— Ce n'est pas le moment de négocier ou d'être grand prince. Pars. Vite.

L'urgence dans sa voix ne trompait pas. Un événement terrible se profilait à l'horizon.

— Et toi ?

— Je vais me débarrasser de l'emmerdeur qui me traque depuis maintenant trop longtemps.

Je ne comprenais pas ce qu'il voulait dire, mais je craignais qu'il y reste. Il venait de sortir d'au moins deux semaines de torture. Son corps n'était pas censé pouvoir tenir debout. Il en faisait déjà trop à mon goût. Alors, affronter la personne qui menaçait la ville... Si on pouvait appeler ça une personne. La façon dont les habitants avaient été démembrés n'était pas humaine. Et puis, il restait Aaricia. La commandante folle ne tarderait pas à remonter des cachots, enragée. Et encore plus, les armées de Frontis. La bataille hurlait de violence, non loin de nous. S'il restait, Arthur serait perdu dans des combats sanglants.

Un tremblement de terre. Cette fois, je la vis, cette énorme explosion à l'opposé de nous. Un quartier entier avait dû être soufflé sous une telle puissance. Le blond se racla bruyamment la gorge et partit à toute vitesse dans cette direction.

— Continue ton voyage, Rhuby.

Ses dernières paroles s'envolèrent aussi vite qu'il disparut. Je me retrouvais seule au milieu de la rue ensanglantée. Son attitude avait été pour le moins étrange. Après tout, j'ignorais tellement de choses sur lui. Que faire maintenant ? L'écouter et partir en abandonnant mes convictions ici ? Rester, au risque de vraiment y rester ? J'étais secouée de légers spasmes, mon corps était déchiré par la peur et les blessures. Que quelqu'un m'aide. Que devais-je faire ? Quel était le bon choix ?

Depuis le fond de mon âme, un sentiment monta. Au diable toutes les peurs, la violence, la logique, la raison, au diable tout ça. Je ferai ce dont j'avais envie. Je ne connaissais que trop bien ce sentiment de ras-le-bol. Il finissait systématiquement par apparaître quand j'étais tiraillée par la situation. Était-ce une partie de l'ancienne moi qui refaisait surface quand je ne savais plus quoi faire ? J'étais presque convaincue que j'étais une mauvaise personne avant de perdre la mémoire. Maintes fois, des émotions et sentiments sombres étaient venus s'emparer de moi. J'avais parfois des réactions violentes et excessives quand j'étais à bout. Je luttais contre cet aspect de ma personnalité, convaincue qu'elle n'avait rien à faire en moi. Qui étais-je vraiment ? Une scélérate ? Fuir conforterait l'idée que j'en étais une. Je voulais lutter contre mes ténèbres intérieures. Je voulais être une bonne personne. Abandonner les habitants de Frontis à leur sort n'allait pas m'aider à l'être. De plus, la fuite impliquerait de laisser tomber les seuls amis que je m'étais faits. Je ne pouvais définitivement pas partir d'ici.

Une énième explosion secoua le sol. Une personne dangereuse était venue pour Arthur. Aaricia avait été tellement heureuse de l'avoir capturé, qu'elle avait très certainement dû communiquer sur son exécution à travers le continent. Le garçon devait être exécuté publiquement selon elle. C'était de sa faute. Et par extension, la mienne. Si je n'étais pas venue la trouver pour quémander de l'aide, Arthur ne se serait jamais fait arrêter. Ce n'était néanmoins pas le moment de chercher une responsable.

La première chose que je devais faire était d'attendre que mon dé revienne. Dix minutes après l'avoir perdu, il réapparaissait automatiquement dans ma poche. Je ne pouvais rien faire sans, à cause de mes piètres performances d'attaques.

J'attendais au milieu de la rue jonchée de cadavres à supporter les cris incessants de douleur qui émanaient de derrière les pâtés de maison, mêlés aux explosions régulières qui déchiraient Frontis.

31

Chaos

Mon dé possédait dix-huit plus deux faces (vingt ?). Je trouvais ses chiffres gravés en or très jolis, sur sa couleur rouge traversée de teintes plus sombres. Cela lui donnait un aspect... somptueux ? En tout cas, je l'aimais bien, moi, ce dé. Il symbolisait la nature de l'ancienne moi. Il ne m'appartenait pas vraiment, en fait. Son utilisation, bien que temporaire, me permettait de mieux comprendre mes origines. Si mon âme avait changé, cela voulait dire que j'étais devenue une personne complètement différente ? Dans ce cas, retrouver mes souvenirs serait-il utile ? J'aimais admirer ce dé en me posant ces questions. Mon *Identitas* était voué à changer, que deviendra-t-il à la fin du décompte ? Étant impotente au Natura, ce pouvoir demeurait mon unique solution pour survivre dans ce monde de fou. Je n'en aurais jamais eu besoin si j'étais restée dans la forêt. Mes semblables ne m'étaient pas toujours très agréables.

Le petit objet se matérialisa dans ma main, dont la paume attendait orientée vers le ciel. Les particules qui s'assemblèrent pour lui donner une consistance différaient drastiquement du Natura. En observant le phénomène, je doutais que l'énergie verte soit la seule à exister. Ces fines particules blanches composant le dé m'apparaissaient plus mystérieuses que jamais. Je les avais déjà rencontrées dans le sous-espace d'Arthur. Nos *Identitas* en étaient constituées. Pouvait-on les manipuler comme il était possible de le faire avec le Natura ?

Mon « arme » revenue, je courrai en direction des cris les plus proches. Il faisait plus chaud que d'habitude à cause des brasiers avalant les habitations. Les flammes me fascinaient. Leurs mouvements destructeurs étaient hypnotisants. Comment une telle beauté pouvait-elle nuire à la vie de tant de monde ?

Le quartier de Frontis dans lequel je me trouvais était simple à visiter de par sa simplicité d'agencement. Pas de petites ruelles exiguës, pas de maisons cachées entre deux autres. Juste des lignées d'habitations bordant de larges rues. Impossible de s'y perdre grâce à la présence de panneaux d'indications présents à chaque carrefour. C'était justement à l'un de ses croisements qu'une bataille entre les révolutionnaires et la milice faisait rage. La révolte s'était divisée en plusieurs groupes attaquant des endroits différents de la ville pour diviser la défense. En arrivant dans l'espace ouvert, je baissai instinctivement la tête pour ne pas me prendre un tir perdu. Les rebelles avaient créé un véritable fort de protection avec ce qu'ils avaient sous la main. Depuis l'arrière d'une charrette inerte, un homme pointait un long fusil au canon trop grand vers l'opposé du carrefour. Une torpille verte fonça sur le pauvre soldat qui avait fait l'erreur de tourner la tête une demi-seconde. Il disparut dans un nuage dont l'habituelle couleur naturelle hésitait à se ternir de rouge. S'il avait survécu, il lui manquerait un bras, comme celui-ci avait volé sur le côté.

Un révolutionnaire debout sur une brouette renversée criait des ordres aux autres par-dessus le vacarme de l'affrontement. Il n'y avait pas une once d'hésitation dans ses yeux. Se tenant fièrement droit face aux tirs ennemis, il inspirait ses troupes. Jusqu'à se prendre un tir dans la jambe et chuter lamentablement. Là où je trouvais ça ridicule, ses hommes trouvèrent ça héroïque et mirent à canarder de plus belle.

Une boule d'énergie étincelante s'approchait de ma position un petit peu trop vite. Je tombai volontairement pour ne pas finir comme le soldat. Le tir arracha une partie de la maison derrière moi, comme si elle arrachait un morceau de tissu. Je repérai la personne ayant tiré. Une femme d'au moins deux têtes de plus que moi en hauteur et en largeur. Elle jouait avec un canon trop gros pour elle, malgré sa corpulence déjà impressionnante. Son tir dans ma direction n'était qu'un parmi tant d'autres qu'elle envoyait où ça lui chantait. Une folle. Ça ne m'aurait pas étonnée qu'elle ait tiré sur ses alliés.

Au premier coup d'œil, on s'apercevait que la milice n'était pas aussi terrifiante qu'il n'y paraissait. Je ne voyais dans leurs rangs que des gens qui n'avaient pas envie d'être là, ni de se battre. Leur affrontement n'était pas régi par l'envie, mais par l'obligation. J'y voyais là une opportunité de les arrêter.

— Eh !

Mon interpellation fut étouffée sous le bruit. Finalement, l'homme qui vociférait tout à l'heure avait du mérite. Plusieurs hommes tombaient sous les coups adverses, et ce, dans les deux camps. Ils s'entretuaient. Qui étais-je pour les stopper ? Des soldats s'élançaient vers les premières lignes pour se massacrer au corps-à-corps, couverts par les tirs alliés et perforés par les tirs ennemis. Je ne l'entendais pas d'où j'étais, mais les bottes des combattants devaient émettre le bruit si caractéristique d'un pas dans l'eau. Sauf que l'eau était remplacée par le sang de leurs alliés. Je pensais avoir vu l'enfer dans l'autre rue, mais le carrefour était pire. Les hommes se déchiraient pendant qu'une menace plus grande réduisait la ville à feu et à sang, bien plus qu'eux.

D'autres révolutionnaires moururent. D'autres soldats périrent. C'était trop à supporter pour moi. Pourquoi faire ça ? Durant mon voyage juste après mon éveil, j'avais déjà assisté à des meurtres entre les créatures que je rencontrais. Cependant, la finalité était de se nourrir. La loi de la nature, bien qu'injuste, était, à mes yeux, bien plus louable qu'une tuerie sans but.

Je serrais fortement le poing sur mon dé. C'était tout ce dont j'étais capable ? C'est-à-dire rien ? Je ne pouvais pas les stopper. Je ne pouvais pas les empêcher de s'ôter la vie. Ensevelie sous la frustration devant ma propre impuissance, je contenais comme je pouvais ma rage au fond de moi. Cette haine féroce prit alors forme, comme pouvait le faire du Natura. Elle sortait de mes pores, semblable à de la transpiration. J'étais tout à coup trempée d'un liquide noir émergeant de mon corps. Que se passait-il ? Ma colère s'envola en même temps que la panique la remplaça. Le fluide obscur se rassembla, lévitant devant mon torse. À mesure qu'il formait une bulle, tel un cœur, il se mit à battre. Ses pulsations le rendaient vivant. Le temps s'était arrêté devant l'étrangeté de la chose. J'avais donné naissance à cette chose malgré moi. Ce qui me terrifiait le plus était cette volonté qui semblait l'animer.

Mon dé, coincé dans mon poing, luttait pour rejoindre la bulle de ténèbres. Il avait une force si grande que mon bras se leva tout seul. Je ne pus lutter longtemps. Ma main s'ouvrit, libérant le petit objet. Ce dernier s'envola vers le liquide et plongea en son cœur. Les pulsations devinrent plus violentes. Beaucoup plus violentes. Déformée par endroit, la bulle s'agitait dans tous les sens. Elle s'étirait fortement, puis se rétractait. L'action se répéta plusieurs fois jusqu'à ce que l'ensemble du liquide se replie sur lui-même. Comme il était apparu, il se volatilisa. Ou plutôt, il fut absorbé par le dé. Mon *Identitas* brilla d'une lumière... sombre ? Tout s'arrêta. Il retomba au sol sans un bruit. Je n'en revenais pas. J'ignorais volontairement la silhouette flottante de la fille blonde apparue à côté de moi.

La bataille continuait de faire rage, mais elle ne m'intéressait plus. Je me penchai pour le ramasser. Il conservait ses chiffres dorés, contrairement à son fond rouge qui s'était abandonné au noir profond. Sa forme, quant à elle, avait drastiquement changé. Il ne possédait plus que six faces. Je le portai devant mes yeux pour l'inspecter. J'eus une sensation familière en le parcourant du regard. Je ne la connaissais que trop bien. Elle me rappelait le flot de connaissance qui intervenait régulièrement quand j'étais encore perdue. L'effet rencontré fut sensiblement le même. J'acquis un savoir que j'ignorais jusqu'à lors. Je compris le fonctionnement de cette nouvelle version du dé.

Alimenté par ma colère, mon *Identitas* avait évolué. Ne possédant plus le même nombre de faces qu'auparavant, ses pouvoirs avaient, eux aussi, été modifiés. Cinq faces purement offensives. La dernière, sur le numéro un, résidait en un malus pour ma personne. Je n'avais pas encore les détails, mais son utilisation m'était simple. J'avais une chance sur six d'être blessée par ma propre attaque. C'était mieux qu'avant où elles s'élevaient à neuf chances sur vingt (?). Ce nouveau flot de connaissances m'avait appris que mon dé pouvait changer de forme en fonction de ma volonté. Ainsi, j'avais toujours accès à l'ancienne version avec plus de faces. Pratique. Sacré pouvoir que j'avais obtenu là, même si je le sentais s'amenuiser à mesure que je l'utilisais. Je n'en comprenais pas les tenants et aboutissants. La seule dont j'étais certaine, c'était que cette force était la bienvenue.

En face de moi, au milieu du champ de bataille, la femme forte avec l'énorme canon tirait dans tous les sens. Un de ses alliés disparut sous un tir. Trois soldats aussi. Elle représentait le plus gros danger pour les deux camps. Voilà la personne qui inaugurerait mon premier lancer. Contrairement à l'ancienne version, je ne devais pas toucher ma cible avant. Par contre, un nouveau procédé avait vu le jour.

Je lançais de toutes mes forces le dé sur la femme. Elle était loin de moi, mais j'avais confiance en ma visée. L'*Identitas* la toucha au front, attirant son attention vers moi. Instantanément, elle pointa son canon dans ma direction. Le sourire dément sur ses lèvres m'informa qu'elle ne tardera pas à tirer. Ce n'était pas mon inquiétude principale. Le dé roulait au sol. Bientôt, il se stabilisera. Une chance sur six. J'avais une chance sur six que mon attaque se retourne contre moi. Il roula. Encore un peu. Ma vue était bonne. Je vis tout de suite le nombre qui sortit. Un six. Quel lancer ! Je ne savais pas quelle attaque cela allait produire, mais ça devrait être puissant. Ce nouveau dé mettait l'accent sur des capacités puissantes.

Un éclair trancha le ciel pourpre. Sa lumière nous éblouit tous. L'amas électrique frappa de plein fouet la femme dans un flash lumineux sans égal. Le bruit de l'impact avala la bataille. La violence du phénomène subjugua tous les hommes. La foudre s'estompa, ne laissant derrière elle qu'une femme tombant au sol, inconsciente et brûlée sur tout le corps. Le silence s'imposa dans l'affrontement.

Je n'étais pas très à l'aise. Les effets du chiffre six étaient destructeurs. La victime n'était pas morte, mais pas en forme non plus. J'observais le dé au sol. Si petit et si puissant. Je n'osais imaginer ce que j'aurais subi dans le cas le plus défavorable. J'avais obtenu une arme de destruction majeure. L'occasion de s'adresser aux combattants ne se représentera pas une deuxième fois. À moins que je ne rejette un éclair sur quelqu'un. Je me précipitai pour aller récupérer mon lanceur de malédiction à la frontière des deux camps.

Une fois en main, je vociférai à toutes les personnes présentes.

— Arrêtez tout ou je carbonise quelqu'un d'autre.

Des regards inquiets et confus se posèrent sur moi.

— Vous battre est inutile. Vous perdez vos vies pour des futilités. Combien d'entre vous veulent vraiment être ici ?

Pas de réactions des intéressés. Ils attendaient que j'eusse fini de parler pour tirer.

— Un monstre est en train de détruire Frontis pendant que vous vous battez inutilement.

L'homme qui commandait aux autres depuis le dos de sa brouette boita vers moi. Il n'eut pas besoin de parler pour me demander de continuer. Simultanément, le chef des soldats fit de même. J'avais réussi à attirer l'attention de tout le monde.

— Aaricia Baroq était tellement jouasse d'avoir capturé Arthur qu'elle a dû le communiquer un peu partout. Résultat, il semblerait qu'une personne extrêmement puissante soit venue jusqu'ici pour le tuer de ses mains. Vous étiez tellement aveuglés par votre guerre civile que vous n'aviez même pas vu l'état de la ville. Je viens d'une rue où des dizaines et des dizaines de civils ont été démembrés sauvagement. Tenez, écoutez.

Une explosion retentit au loin, dans un autre quartier. Les deux leaders regardèrent dans la direction comme un seul homme. Après un moment de flottement, celui à la jambe abîmée ricana.

— La milice a attiré un monstre avec sa soi-disant justice.

Il allait rajouter quelque chose, mais je le giflais avant qu'un son ne sorte de sa bouche. Il écarquilla les yeux, outré de mon geste.

— Ne cherchez pas à attiser la haine. La situation est grave. Vous pouvez faire votre guéguerre dans votre coin si ça vous chante, mais ne laissez pas mourir de pauvres habitants qui n'ont rien demandé.

— Tu l'entends ? Arrêtez ça.

Le chef de la milice avait eu le culot d'intervenir en donneur de leçon. Allant dans mon sens, il ne s'attendait pas à ce que je lui en mette une aussi.

— Vous êtes tous les deux responsables. Maintenant, ça suffit. Chargez-vous de rassembler vos hommes et d'aller protéger les habitants de Frontis.

— Qui es-tu pour nous donner des ordres ?

— Vous voulez que la foudre de mon courroux s'abatte sur vous ?

Les deux hommes de camps opposés se consultèrent du regard. Leur expression vexée faisait penser à deux frères sermonnés par la même mère. Ils rechignèrent en chœur, puis ordonnèrent à leurs hommes de baisser les armes. Les groupes se séparèrent en partant dans des directions opposées, en m'abandonnant au centre du carrefour. J'avais réussi. J'avais arrêté cette tuerie. Avec un peu de chance, les autres affrontements se déroulant dans la ville cesseront à mesure qu'ils se passeront le message de la menace. J'admirais le dé dans ma main. C'était grâce à lui que j'avais réussi. La puissance était un argument non négligeable. J'y aurais peut-être vraiment pris goût s'il n'y avait pas le

risque qu'elle se retourne contre moi en cas de mauvais lancer. La modestie s'imposait avec ce dé. L'ancienne moi
était-elle parvenue à le maîtriser ?

Et maintenant ? J'avais fait une bonne chose. Ensuite ?
Je ne connaissais pas l'ampleur de la menace. Aller aider
Arthur n'était pas forcément une bonne idée. Je pouvais me
révéler être un fardeau pour lui malgré ma nouvelle forme
d'*Identitas*. Une idée géniale émergea dans mon esprit. Une
vraie idée. Je repensais à Eemori. Je me disais qu'il fallait
que j'aille la chercher. Ce fut en rappelant la situation dans
laquelle je l'avais laissée que je me souvenus qu'elle était
avec Jirofa. L'homme en armure n'était pas mauvais. Il
m'avait aidée comme il pouvait selon ce que lui permettait
son statut. Si je lui demandais de l'aide pour protéger la
ville, il ne refuserait pas. Je cherchai alors où était le château. Je me sentis bête quand je réalisais qu'il était juste à
côté de moi. Les choses allaient aller beaucoup plus vite
que je ne le pensais.

32

L'homme

aux yeux purs

— C'est la pire crise que Frontis n'ait jamais traversée.

Jirofa se tenait devant moi, la mine fatiguée. Nous nous trouvions à l'intérieur du château, dans une salle aux murs renforcés. Prévue à la protection exclusive du roi, elle servait de refuge à la population. Le colonel avait pris les devants en voyant le chaos qui rongeait l'endroit qu'il aimait tant. Bien avant mon arrivée, il avait déjà invité les habitants à venir s'abriter au château. Le groupe de Pguse qui avait pénétré la forteresse semblait, pour une raison mystérieuse, avoir disparu. Jirofa m'avait raconté avoir été témoin des horreurs présentes dans les rues. Sa priorité était avant tout de protéger les autres avant de trouver des responsables.

Pour venir à sa rencontre, j'avais couru vers la fierté de Frontis. Les grilles étaient ouvertes et une foule attendait pour pénétrer à l'intérieur. J'avais vite compris ce dont il était question. Je m'étais faufilé jusqu'à la salle en me faisant passer pour une civile apeurée. La voix puissante de l'homme en armure résonnait dans le château pour rassurer la population. Guidée par ses paroles, j'étais venue le trouver à sa plus grande surprise. Il ne m'avait pas vue remonter des souterrains. Cependant, l'heure n'était pas aux explications, même si j'aurais bien aimé savoir où était Eemori.

Son visage fatigué trahissait la gravité de l'événement en cours. Il ne savait plus où donner de la tête. Derrière lui, des dizaines de familles blessées et meurtries par les attaques croisées des révolutionnaires et des soldats, couplées à la dangereuse personne ayant fait irruption dans la ville, à la recherche d'Arthur. Des pleurs de lamentations étouffaient le faible silence de choc de l'assemblée. Cette scène m'aurait arraché des larmes si j'avais eu le luxe d'avoir le temps pour. Diriger Jirofa vers la principale source de danger était ma priorité.

— Vous devez intervenir.

— Crois-moi que ce n'est pas l'envie qui me manque. Je suis le seul représentant de l'ordre ici. Ces pauvres gens ne peuvent être laissés sans sécurité.

— Et pourtant, si vous ne les laissez pas, beaucoup plus mourront.

Je ne faisais pas la compatissante avec lui. Je le frappai de mots durs pour le faire réagir. Cependant, Jirofa Hoctane n'était pas le genre d'homme à se faire duper facilement. Il avait décelé mes intentions. Je le voyais à son sourire amusé.

— Je comprends, mais ce serait impardonnable pour un colonel de l'armée de Frontis d'abandonner l'unique raison de son statut : la protection du peuple.

Cet homme était profondément bon. Il n'avait aucune arrière-pensée. Une partie de moi était embêtée d'être obligée de le faire renoncer à sa décision. J'enrageais. Que faire ? Il n'en démordra pas.

Une secousse fit trembler le sol si fort que la pièce entière menaça de s'écrouler. Les réfugiés crièrent presque en chœur. Une seconde secousse. Une troisième. Jirofa envoyait balader son regard partout autour de lui pour inspecter que personne ne soit blessé. Il s'arrêta un instant sur moi pour voir si je n'en connaissais pas l'origine. Il avait raison. Mon instinct était clair : Arthur. Le danger à sa recherche avait fini par le trouver. Le début des hostilités avait déclenché les tremblements de terre. Je n'avais pas assez d'informations pour affirmer qui sortirait indemne du combat. Je ne pouvais m'arrêter de m'inquiéter pour lui. L'urgence me poussa à supplier Jirofa d'intervenir. L'armure ambulante refusa une nouvelle fois.

— Quelqu'un réduit Frontis à feu et à sang par-dessus la révolution pour tuer Arthur ! C'est de la faute d'Aaricia. Si elle ne l'avait pas arrêté publiquement, personne ne serait venu pour lui.

— Je ne comprends pas ce que tu dis.

— Il avait des ennemis. Apparemment assez puissants pour commettre toutes les horreurs présentes dans les rues.

— De quoi tu parles ?

Il me regardait avec un air inquiet. Mes paroles ne faisaient pas sens à ses oreilles. Il n'était pas au courant des atrocités parsemant Frontis ? L'impatience montait, menaçante, en moi. Je perdais mon calme au rythme des secousses détruisant lentement les fondations du château.

— Je parle de la multitude de cadavres démembrés et déchiquetés couvrant les rues ! Je parle de la personne, la chose, le monstre qui a commis ça ! Je parle du danger que court mon ami et tous les habitants à cause de cette chose !

Je voyais bien que trop d'informations se battaient dans la tête de l'homme. On pouvait lire en lui comme un livre ouvert. Seul le désespoir ressortit de sa bouche. Le colonel de la milice perdait ses moyens devant l'ampleur du désastre. Je ne le comprenais que trop bien. J'étais pareille. Pourquoi était-il seul ? Une armée n'était-elle pas censée être conséquente ? Pourquoi était-il le seul, avec Aaricia, à être en ville pour assurer la protection ? Tout le reste de la garnison était constituée de simples soldats sans responsabilité. Et toute évidence, l'homme se tenant la tête dans ses mains était écrasé par celle-ci. Je ne pourrais rien tirer de lui.

La salle trembla une dernière fois. Lorsque la secousse fut terminée, mon choix était fait. J'irai aider Arthur avec ou sans l'aide de Jirofa. Je n'étais plus à un risque près. Mes poings fermement fermés sur ma résolution, je hochais doucement la tête pour confirmer ma volonté. D'un geste lent, j'ôtai mon chapeau pour le tendre à Jirofa.

— Gardez-moi ça, j'y tiens.

Il le prit sans comprendre. Je tournai les talons et me mis à courir sans me retourner. Je quittai le château en un rien de temps. J'allais au devant d'un grand danger. Mes pensées filaient dans mon esprit, aussi vives qu'un cours d'eau suralimenté. Qu'allais-je devoir affronter ? Où en était la révolution ? Comment allait Arthur ? Où était Eemori ?

Mon souffle dans ma gorge ne tarda pas à me brûler. Je m'étais mise à courir à grande vitesse sans m'en rendre compte. Un besoin d'extérioriser. Mes bottes heurtaient les pavés ensanglantés de Frontis. Le spectacle macabre auquel j'avais assisté existait dans toutes les rues. Frontis n'était plus qu'un amas de chair et de sang. Les pants de ma chemise en lambeaux volaient derrière moi en claquant l'air.

Me rapprochant de plus en plus de la source des séismes, je cherchai à tâtons mon dé, perdu quelque part dans une de mes poches. Je tapotai mon veston. Immédiatement, je freinai abruptement ma course, ayant décelé une anomalie. À l'instant où je me stoppai, mon souffle partit en roue libre. Je respirais avec difficulté en fouillant ma poche. J'en sortis mon dé de six noir. Pourtant, il restait un autre objet. Je replongeai ma main, extirpant, à ma grande surprise, mon dé de vingt rouge. Je scrutais avec stupéfaction le faiseur de hasard. Je l'avais vu se transformer de mes propres yeux. Il ne pouvait pas y avoir deux dés. Je les faisais rouler dans ma main en continuant de penser. Cela faisait-il partie de mon *Identitas* ? La présence de ces deux dés m'était bénéfique. Mes capacités d'attaques s'en retrouvaient décuplées. Je ne pouvais expliquer pourquoi un tel phénomène s'était produit, mais je l'appréciais particulièrement. Leurs conditions d'utilisation restaient certainement les mêmes.

Alors que je faisais danser mon pouvoir dans ma main, une explosion arracha le rideau de la maison devant moi. De derrière la fumée, une silhouette fut projetée dans ma direction en brisant les pavés sur lesquels elle se heurtait. La maison depuis laquelle elle avait émergé se faisait dévorer par les flammes et la fumée. En regardant une seconde ombre en sortir, mes yeux me piquèrent douloureusement. Je clignais nerveusement pour chasser le mal. Ce ne fut qu'en les rouvrant que je m'aperçus que la couleur du monde qui m'entourait avait changé. L'atmosphère elle-même s'était colorée de rouge. De minuscules particules de cendre flottaient en suspension dans les airs. Mon nez ne lâchait plus l'odeur de cramé environnante. En un instant, j'eus l'impression de m'être retrouvée dans une autre dimension.

La première silhouette ayant atterri à quelques mètres seulement de moi se redressa d'un coup. Je reconnus Arthur. Mon ami, déjà recouvert de blessures à cause de la torture, était en nage. Sa sueur se mêlait à son sang. Ses cheveux blonds, sales, étaient plaqués sur son front. Ce n'était pas la première fois que je le voyais torse nu, mais jamais avec des muscles aussi contractés. On sentait qu'il se battait intensément. Le souffle court, il parvenait à dégainer un léger sourire. Expression de contentement qui disparut en me voyant. Je lus de sa colère dans ses yeux, ainsi que de l'inquiétude. Il m'avait ordonné de partir, ce que je n'avais pas fait.

Avant qu'il n'ait pu faire la moindre réflexion, le bruit assourdissant d'une explosion capta notre attention sur la troisième personne approchant. Les derniers bâtiments debout avaient été définitivement rayés de la surface. Un homme émergea du feu, comme si les flammes le caressaient. Ses pas résonnaient sur les rares pavés encore présents de la rue. Sa seule présence suffisait à apporter le silence. Le crépitement des flammes accentuait la peur grandissante qui montait en moi. Il m'avait suffi d'un regard pour comprendre qu'il ne s'agissait pas de n'importe qui. Ma poitrine se serra un peu en le voyant. Comment décrire ce monstre nageant dans le feu ? Il faisait deux fois ma taille, en hauteur et en largeur. On pouvait mettre trois de mes jambes dans ses bras. Bras qui étaient recouverts de bandages remontant jusqu'aux manches courtes de son veston dont les pants étaient trop petits pour cacher son imposante musculature. Sa barbe mal rasée aurait dû diminuer son charisme, pourtant cela ne le rendait que plus effrayant.

Il s'approchait de nous lentement. Plus la distance qui nous séparait diminuait, plus je ressentais une pression énorme sur mes épaules. Pas au sens figuré, non, au sens propre. J'avais l'impression d'être écrasée par une force supérieure. Mes genoux peinaient à me maintenir debout. L'homme arriva enfin devant nous et me toisa de ses yeux... blancs ? Ses iris, contrairement à la plupart des gens, ne présentaient pas les couleurs habituelles. Le blanc immaculé de ses yeux lui donnait une pureté rare. J'étais subjugué par ces yeux si inhabituels. À côté de moi, Arthur soufflait difficilement. Il se mit à sautiller en levant les bras devant lui. Le coup qu'il asséna à son ennemi fut si rapide que je me surpris à douter qu'il ne l'ait vraiment frappé. En guise de réponse, l'autre l'envoya valdinguer à l'autre bout de la rue. Comment un coup de poing pouvait-il faire ça ? Je me retrouvais seule face à ce monstre. C'était lui qui était venu pour Arthur, lui qui avait massacré tous ces gens. Lui qui avait réduit Frontis à feu et à sang.

Envoûtée d'un courage suspect, je lui lançai mon dé à six faces. Le petit objet rebondit contre sa poitrine et termina sa course au sol sur un cinq. L'espace se distordit à l'endroit heurté par le dé. Puis, semblable à une déflagration, l'air claqua sur sa poitrine. Je ne doutais pas que ce genre d'attaque serait venu à bout d'une personne ordinaire, mais constater son inefficacité totale face à lui m'arracha un rire nerveux. Il n'avait pas bougé d'un centimètre.

Stoïque, il ramassa mon dé et l'inspecta un moment avant de me le tendre. Je ne voyais aucune raison de ne pas récupérer mon bien. Je tendis une main tremblante dans laquelle il lâcha le faiseur de hasard. Sans me quitter des yeux, il m'adressa la parole.

— Tu tiens à ce garçon ?

Il avait une voix grave, comme le laissait supposer son apparence. Ses mots faisaient référence à Arthur. Mon instinct me souffla de ne pas confirmer. Ma réponse ne le surprit pas. Il pencha très doucement la tête sur le côté. Son expression faciale, jusqu'à lors inexpressive, se mua en quelque chose de profondément malsain. Son sourire criait au sadisme, ses yeux à l'excitation par le sang. Il posa une main sur mon épaule. Elle aurait pu être broyée selon son humeur.

— Ronan sera heureux de te savoir ici.

Mon sang se glaça, il le faisait à chaque fois que le nom du garçon aux cheveux rouges parvenait jusqu'à mes oreilles. Ce n'était pas la première fois que je rencontrais quelqu'un qui le connaissait. C'était également le cas avec Esmeralda Miu'Da'Riu. Était-il célèbre ? Où que j'aille, j'avais l'impression que tout me ramenait à lui. Il me hantait sans que je ne sache pourquoi. Dans mes rêves, dans le monde blanc et maintenant au milieu de Frontis en ruines. C'était plus fort que moi, je ne pouvais plus bouger. Mon corps était scellé dans de la glace. Le calme de mon inconscient volait en éclats, me rendant inoffensive.

Il me lâcha en riant. Quel rire horrible. Empli de sadisme et de folie. Contrairement à avant, je n'étais plus aussi faible. J'étais capable d'attaquer. Bien que mes dés soient inefficaces, prise d'un élan de colère incontrôlé, je lui jetai celui qu'il avait ramassé pour moi. Savoir Ronan d'une certaine manière proche de moi me terrifiait autant que cela m'énervait. Ce n'était pas celle que j'étais aujourd'hui qui avait agi. Seule un instinct subsistant de mon ancienne moi avait eu le cran d'attaquer. Provoquant certainement notre fin.

Le dé roula au sol. Je vis une déflagration sur la joue de l'homme. Sans effet. Il ne l'avait même pas remarqué. D'un geste négligeant, il me gifla. Pas le genre de claque qu'une personne ordinaire était capable de faire. Je vins m'écrouler quelques mètres plus loin. Avec plus de force, il m'aurait décapitée. Je soulevai de la poussière dans ma chute, me rendant encore plus sale que je ne l'étais déjà. Je toussai. Tout se bousculait dans ma tête. Colère, peur, panique, urgence, inquiétude et j'en passais. L'enchaînement d'événements survenus à Frontis me rattrapait lorsque je faisais face à ce monstre. Je ne savais pas pourquoi je me relevais, mais je le faisais quand même. Mes blessures me piquaient, mon souffle brûlait. Je tenais bon. Une force insolente m'empêchait de perdre la face devant lui.

Ses yeux trahissaient un étonnement certain, mêlé à une sorte d'admiration. Me surprenant moi-même, je lançai mon dé de vingt par terre. Il le regarda rouler en levant un sourcil. Je grimaçai. J'avais loupé mon coup. Avant qu'il ne s'en rende compte, je retentai ma chance. Quasiment le maximum ! Une décharge électrique l'agressa. Ce n'était aussi impressionnant que l'éclair que j'avais invoqué plus tôt, mais ça restait impressionnant. L'homme claqua la langue et émit un cri bref, dont la puissance suffit à balayer l'électricité. Du Natura. Voilà ce qu'il venait d'utiliser pour s'en débarrasser.

Il avança d'un pas dans ma direction. Sa résonance sur le sol me fit comprendre que je ne m'en sortirais pas sans bleus. À part si... Tel un boulet de canon, Arthur fonça sur lui depuis l'autre bout de la rue, le percutant de plein fouet. L'autre ne recula que de quelques pas. Mon ami respirait fortement. Essoufflé et en colère, sa jugulaire pulsa à mesure qu'il contractait ses muscles. Il chargeait son Natura. Lorsqu'il en eut assez, il relâcha le tout dans une aura explosive verte qui invoqua la projection du tigre. Plus menaçant que jamais, le félin rugit à s'en déchirer la gorge. L'air se mit à trembler. Le sol se disloqua. L'apocalypse. Arthur avait déclenché la vraie apocalypse avec son Natura.

L'homme ricanait en parcourant mon ami du regard. Des coins de son sourire, des flammes se matérialisèrent. Elles grandirent rapidement pour se propager sur tout son corps. Dans le brasier qui le dévorait, de petites billes blanches brillaient intensément. Malgré le crépitement, son rire restait audible. Il s'était enflammé sous mes yeux. Cette vision cauchemardesque ne me quitta pas avant que je ne comprenne. Comment avait-il nommé ça ? Ah oui ! Étant dépourvue de Natura, je n'y aurais jamais accès. Arthur l'appelait le *Spiritus*. Une technique avancée du Natura consistant à donner forme à cette énergie avec quelque chose qui nous représentait. Si l'ennemi en était capable, cela en disait long sur sa dangerosité. Néanmoins, le tigre d'Arthur n'avait jamais été aussi imposant.

— Enfoiré, tu as blessé Rhuby.

Il grognait de colère. Son aura de Natura pulsait autour de lui. La torche humaine était plutôt calme par rapport à lui. On arrivait plutôt bien discerner ses expressions à travers les flammes.

— Qui ?

— Ne te fous pas de moi.

— Attends, tu parles d'elle ?

L'homme me désigna du doigt.

— Rhuby ? C'est pas son nom. Elle s'appelle...

Et voilà. J'avais été à un coup de poing d'Arthur d'enfin découvrir ce nom après lequel je courais tant. La torche humaine vola à travers les derniers bâtiments debout. Le tigre rugit, provoquant un séisme, et se projeta sur son ennemi. Les déflagrations de vent m'empêchèrent de continuer à suivre le combat. Arthur était plus puissant qu'avant. Je ne le pensais pas aussi incroyable. L'espace d'un instant, je croisai son regard. Il m'intima de partir loin d'ici. Je ne lui étais d'aucune aide. L'adversaire était trop fort. J'avais conscience que ce combat me dépassait. L'issue de l'affrontement restait incertaine entre le brasier et le tigre. Arthur paraissait vraiment fort, mais son adversaire me terrifiait seulement par sa présence.

Mon ami partit en direction de l'endroit où il avait envoyé voltiger l'autre. Je me retrouvais à nouveau seule, encore plus perdue qu'avant. Les bruits frénétiques et assourdissants de l'affrontement résonnaient à présent au loin, détruisant toujours plus la ville. Le crépitement des flammes laissées par l'homme aux yeux blancs m'accompagnait dans ma solitude. Que faire ? Ma tentative d'aller aider Arthur s'était soldée par ma propre réalisation de mon impuissance. Je ne pouvais même pas lui apporter du soutien lorsque sa vie est en danger. Quelle piètre performance.

Malgré le désespoir montant en moi, je ne pouvais me résoudre à y céder. J'avais mis fin à une partie de la guerre civile naissante. J'étais convaincue d'avoir sauvé des vies. J'avais besoin de ne pas me sentir nulle. Pas question de déprimer sans rien faire.

Je rebroussais chemin pour retourner vers le château. La protection des habitants serait certainement plus à ma portée que de me battre contre un monstre sanguinaire et ravageur. Mes pas étaient accompagnés de la résonance des impacts des coups qu'ils se portaient au loin. Chaque vibration me donnait l'impression de perdre un peu plus Arthur. Je devais lui faire confiance. Il était assez fort pour survivre.

33

Styx

Arrivée à un carrefour, un son familier m'interpella. Lancée à pleine allure, une Eemori mal en point fonçait dans ma direction. Ses bottes à talons claquaient violemment sur le sol. Sa blouse, teintée de sang, tombait en lambeaux. Elle s'écroula dans mes bras, arrivée à ma hauteur. Je sentis son poids sur mes épaules. Elle ne tenait plus debout. Son souffle était si faible qu'elle n'arrivait plus à parler. Doucement, je l'accompagnai au sol pour l'allonger. Ses yeux vitreux m'inquiétaient particulièrement. La pauvre femme était vraiment en mauvais état. Je remarquai alors une coulée de sang s'échappant d'un endroit de son corps. Le liquide se répandit sur les pavés aussi loin que possible. Je ne voyais pas sa blessure, son corps entier était rouge. Si je m'efforçais jusque-là de ne pas céder à la panique, c'était râpé. Je balbutiais des mots dénués de sens dans le vide. Des larmes montèrent vers mes yeux. Mon amie mourrait sous mes yeux. Encore une fois, j'étais impuissante. Mes mains pleines de son sang tremblaient.

Derrière nous, une silhouette se dessina au bout de l'avenue. Une démarche assurée et fière. Une attitude insolente. Et surtout, un fouet claquant l'air par plaisir. Aaricia Baroq. Elle était enfin remontée du neuvième sous-sol. Sa beauté allait de pair avec le sadisme de ses yeux. Elle s'approchait de nous comme un prédateur vers sa proie. Je ne voulais pas la revoir. Je ne voulais plus jamais la revoir. Cette fille me débectait. Elle m'énervait, m'agaçait, m'exacerbait au plus haut point. Elle ne me causait que des problèmes. Il ne faisait aucun doute que c'était elle qui avait mis Eemori dans cet état. Elle détruisait tout ce qu'elle touchait. Aaricia pensait faire le bien, mais elle n'était qu'un avatar du mal.

J'entrais dans une colère noire. Couplée à la frustration de ne pas avoir pu aider Arthur, ma haine s'en retrouvait décuplée. J'oubliais tout autour de moi : la destruction de Frontis, l'affrontement d'Arthur, la guerre civile, ma peur, tout. Je n'avais qu'une seule envie, faire mordre la poussière à Aaricia Baroq. D'ordinaire, je réprimais les sentiments négatifs dont se nourrissait une partie de ma personnalité, mais là, je m'en délectais. Je m'abandonnais à la haine.

Doucement, je me relevais. Mes dés étaient bien dans mes poches. Le fait qu'ils revenaient à moi automatiquement toutes les dix minutes était vraiment pratique. La commandante de la milice fit claquer son fouet furieusement devant elle pour m'intimider. Ce qui ne fonctionna pas, au contraire. Pour la première fois, je fus celle qui lança, littéralement, l'offensive. Mon dé noir cogna l'arcade de la fille. Elle claqua la langue, énervée. Quelle insolence ! Au vu du résultat sorti, c'était moi qui étais énervée. Une chance sur six que mon pouvoir se retourne contre moi, et ça devait arriver maintenant. Prise de douleurs incommensurables, je me tordis sur place. Mon adversaire n'attendit pas pour me mutiler au sang de son fouet acéré. L'adrénaline me permit de tenir bon, malgré les assauts sans fin de ma tortionnaire.

Je me jetais en avant pour récupérer mon dé et le relancer dans la foulée. Aaricia me trouvait tellement ridicule qu'elle me laissa faire. Elle avait raison. La faible attaque que je lui portai ne valait pas un coup de poing. Cependant, j'avais trouvé un moyen de m'approcher assez pour rattraper mon dé après chaque envoi pour accélérer la fréquence de mes attaques. Deux, quatre, six, quatre, trois, six. Cette fois, elle comprenait son erreur. J'avais sorti deux six, soit deux fois l'éclair dévastateur qui avait stoppé la bataille entre les soldats et les révolutionnaires. Elle n'aurait pas dû pouvoir les encaisser. Quelque chose n'allait pas avec Aaricia. Elle n'était plus comme avant. Elle sourit devant mon incompréhension. Son fouet m'enroula le bras sans que je ne puisse m'en libérer.

Elle ricanait. Il ne fallait pas être un génie pour comprendre que ce n'était pas le rire d'une personne saine d'esprit. Du Natura se matérialisa autour d'elle, teinté d'un rouge inquiétant. Phénomène rare que je n'avais vu qu'une seule fois, lorsque nous étions dans les souterrains. Pour moi, le Natura était naturellement vert. Pourtant, le spectacle se déroulant sous mes yeux me prouvait que ce n'était pas forcément le cas. L'énergie rougeâtre semblait la dévorer autant qu'elle me dévorait des yeux. Elle voulait me tuer, c'était évident.

L'énergie tourbillonnante se propageait autour d'elle, détruisant tout sur son passage. Elle n'était plus crédible en tant que fervente défenseuse de Frontis. Instinctivement, je me plaçai devant le corps allongé d'Eemori pour qu'elle ne prenne pas de coup perdu. L'Aaricia qui se tenait devant moi était folle. Elle représentait autant une menace que la torche humaine.

L'avatar de la folie fendit le ciel de son arme souple. La dense énergie accumulée à l'intérieur explosa lorsque la corde heurta le sol. Elle répéta plusieurs fois l'action, déclenchant de multiples explosions de Natura ci-et-là. Elle se délectait de la peur naissante dans mon regard.

— Eh bien, sorcière ? C'est tout ce que tu vaux ?

Aaricia éclata de rire. Ses yeux, sortant presque de leurs orbites, lâchaient des larmes tant elle riait.

— J'ai acquis la puissance nécessaire pour faire la chasse aux démons, on dirait. Prépare-toi à être exorcisée.

Ses attaques se dirigèrent sur moi. Une seule explosion eut raison de moi. Je tombai à la renverse, trébuchant partiellement sur le corps d'Eemori. Je me redressai sur les coudes en rampant sur le dos pour m'éloigner. Aaricia réduisait la distance entre nous en effectuant de petits pas dansants. Je remarquai ses yeux rougis, marqués de profondes cernes. Cette déferlante de Natura dans son corps n'avait pas de bons effets sur elle.

La commandante de la milice m'écrasa le ventre du bout de sa botte en gloussant. Avec l'énergie du désespoir, je tentai un ultime lancer. Un six. Un éclair déchira le ciel pour la percuter, en vain. Son aura rougeâtre absorba le choc électrique sans un bruit. Mes faibles derniers espoirs se brisèrent. Elle était intouchable.

Riant aux éclats, Aaricia me frappa autant que possible. Ma peau se déchirait à chaque coup reçu. C'était fini. Je ne pouvais plus bouger. Mon corps entier ne répondait plus. J'étais en train de mourir, à l'instar d'Eemori. Peu à peu, mes sens s'estompèrent, m'abandonnant dans un vide aux ténèbres insondables. J'étais réduite à la petite existence coincée dans ma tête, comme lorsque je m'étais éveillée pour la première fois. Ce corps que j'avais appris à contrôler, je ne pouvais plus l'utiliser. Je retournais à mes origines : Une petite pensée perdue dans le vide.

Le rire monstrueux de ma tortionnaire résonnait au loin, filtré par mon manque soudain d'audition. Je chutai. Dans un endroit ne possédant ni vie, ni espoir. Cela me rappelait étrangement le sous-espace par lequel passait Arthur lorsqu'il se déplaçait dans la matière. Au détail près que les minuscules particules blanches en suspension étaient absentes. Qu'étais-je ? Dans cet endroit, je parvenais à voir, à ressentir. J'avais quitté mon corps physique. Étais-je dans le tunnel de la mort ? Mes mains, des mains baignées d'une lumière dorée, s'agitaient devant moi à mesure que je tombais. Sans prévenir, ma chute se stoppa net. Je venais de percuter quelque chose. Dans cet endroit ?

Invraisemblable. Je pivotais en flottant au milieu du vide. J'étais fatiguée de tout, plus rien ne me surprenait vraiment. Pourtant, je ne pus m'empêcher de lâcher un hoquet de surprise. En lévitation au milieu de nulle part, une fille me dévisageait, les bras croisés sur son torse. Je la connaissais. Pas de ma vie antérieure à mes souvenirs, non. Je l'avais déjà rencontrée récemment. Ces cheveux blonds magnifiques, ce visage... agaçant, condescendant, insultant. Je l'avais vu pour la première fois dans le monde blanc, quand Arthur m'avait fait ingérer sa préparation pour m'initier à l'*Identitas*. Cette fille s'était jouée de moi. Elle m'avait fait tourner en bourrique avant de me décerner ma compétence. À l'époque, sa tête ne me revenait déjà pas. Il y avait quelque chose chez elle que je ne supportais pas. Elle revenait me hanter à chaque lancer de dé, me rappelant que je me rapprochais inexorablement du moment où je ne pourrais plus les utiliser.

Elle râla en me regardant. Son air amusé à mon égard, qu'elle avait dans le monde blanc, avait laissé place à de la colère. Pas une petite colère passagère de rien du tout. Je pouvais sans peur affirmer qu'elle me vouait une haine féroce. Pourquoi ?

— Tu n'es pas elle et tu ne le seras jamais.

Sa voix mature se perdit dans le vide environnant. Je pris personnellement cette remarque sans comprendre ce qu'elle signifiait. Je devinais que ce n'était pas un compliment. La moue de dégoût sur son visage me confirmait mes impressions.

Je me savais mourante à l'extérieur de cet endroit. J'allais bientôt trépasser. Sans savoir qui j'étais, sans connaître mon passé, sans jamais rien comprendre. La blonde était en colère contre moi, alors pourquoi ne pouvais-je pas l'être contre elle ? Si elle me connaissait, pourquoi ne rien me dire ? Je ne quitterais pas ce monde sans découvrir la vérité.

Je défiais son regard plein de reproches. Elle savait froncer les sourcils ? Moi aussi.

— Qui suis-je ?

— Pardon ?

— Réponds-moi.

Elle plissa les yeux jusqu'à les avoir quasiment fermés.

— Tu ne veux pas plutôt savoir qui JE suis ?

— Non.

La colère dans ses yeux se transforma lentement en quelque chose de différent. Une émotion à mi-chemin entre le désir de me faire du mal et le besoin de me prouver quelque chose. La fille déplia les bras. Elle en leva un devant elle et joignit son pouce et son majeur en laissant ses autres doigts en retrait. Je ressentis un claquement. L'espace noir se secoua. Le lissage parfait du vide se déforma, semblable à un lac dans lequel on aurait jeté un rocher. De la lumière fit son apparition autour de moi. Les ténèbres laissèrent place à de la lumière. La cage noire se changea en ciel blanc. Derrière la blonde, une image se forma, mêlant une multitude de couleurs. C'était magnifique.

Les couleurs se figèrent en une photo géante flottant dans le dos de mon interlocutrice. La personne dessinée m'était plus que familière. Souriante de bonheur, les cheveux brillants, arborant une robe blanche de haute couture, cette fille d'une grande beauté n'était nulle autre que moi.

De l'image émanait un sentiment chaleureux et réconfortant.

Je peinais à la soutenir du regard. J'avais... mal ? Je ne ressentais pas à proprement parler de la douleur dans ma tête spectrale. C'était plus comme une gêne. En temps normal, j'aurais souffert avec mon enveloppe physique. Mon instinct me soufflait que je n'étais pas censée voir cette image.

— Tu n'es pas elle.

Le ton accusateur de la fille aux cheveux blonds m'affecta. Je voulais lui dire que j'étais désolée de ne pas être cette version de moi, mais en quoi était-ce ma faute ? La beauté de cette image réprimait mes sentiments négatifs. Ce magnifique sourire... À qui appartenait-il ? J'avais conscience qu'elle était moi et que j'étais elle. Alors, pourquoi me paraissait-elle si loin ? Serais-je un jour aussi heureuse qu'elle l'était sur cette projection ?

Je la dévorais du regard sans jalousie, juste subjuguée. La blonde s'adoucit presque en me voyant fébrile.

— Je ne serais pas celle qui te dira la vérité. Ce n'est pas mon rôle.

Elle marqua un temps d'arrêt pour changer de sujet.

— Si tu ne fais rien, tu vas mourir sous les coups d'Aaricia Baroq. Comment comptes-tu t'y prendre ?

Il n'y a pas si longtemps, j'aurais été perdue face à tout ce qui m'arrivait. Aujourd'hui, évoluer dans l'incompréhension était devenu ma routine. J'aurais certainement abandonné si la fille aux cheveux d'or ne m'avait pas montré cette photo. Elle m'intriguait tellement. Hors de question de trépasser sans en découvrir la nature. Ce but me donna foi en l'espoir. Une volonté insoupçonnée émergea du plus profond de mon être. Je n'abandonnerai pas maintenant.

En réponse à ce sursaut d'envie de vivre, une mince particule blanchâtre fit irruption de ma poitrine. Elle dansa sous mon nez et prit l'apparence d'un dé. Mon *Identitas*. Je souris. Le pouvoir ne m'avait pas lâché. Le dé avait une apparence qui m'était inédite. Sa forme de pyramide comportait un numéro sur chaque sommet, laissant aller le maximum à quatre. À l'instar de l'apparition du dé noir, son mode d'emploi fut limpide dans mon esprit. Une chance sur quatre qu'il ne se passe rien. Trois chances sur quatre de me soigner efficacement proportionnellement au chiffre sorti.

La petite pyramide flottait devant moi, animée d'une attitude enfantine. Je pus l'observer se colorer d'un vert nature, rappelant la forêt. Mes deux autres dés évoquaient la violence. Celui-là s'imposait comme un vent frais. Je l'attrapai d'un geste assuré. La fille m'avertit qu'il ne me restait que deux utilisations de mon dé. Ce n'était pas beaucoup. Le temps de dire au revoir à l'*Identitas* de l'ancienne moi approchait dangereusement. Je m'y résignais péniblement.

Je devais d'abord réintégrer mon corps pour effectuer le lancer qui me sauverait. Ce sera mon ultime chance de survivre. Je concentrai mes pensées pour sortir de cet endroit. J'y étais entrée toute seule en voulant fuir la réalité de mes souffrances. Faire le chemin inverse me semblait tout à fait possible.

Avant de regagner mon corps physique, je tournais une dernière fois la tête vers la blonde. Je ne savais plus quoi penser d'elle.

— Étions-nous proches ?

Ma question inattendue la prit au dépourvu.

— Nous le sommes toujours.

Elle me sourit. Mon cœur se serra. Un doux sentiment nostalgique m'envahit. Elle avait raison.

— Je reviendrai.

— Je n'en doute pas. Tu as toujours été collante.

34

Folie

Dur était le retour à la réalité. Mon corps n'était plus qu'une éponge déchiquetée. Je n'arrivais plus à bouger. Aaricia se confortait dans sa folie. Certes, elle avait arrêté de frapper, mais le mal était fait. La vie me filait entre les doigts. Non ! Je devais bouger ! Une dernière fois ! Lancer mon nouveau dé était devenu mon objectif de vie. C'était la seule chose qui m'importait.

Rassemblant toutes mes forces, je plongeai une main ensanglantée dans ce qui restait de mon veston, c'est-à-dire pas grand-chose. En fait, la douleur était si violente que je finissais par ne plus la sentir. En atteignant une souffrance intense pendant longtemps, on finissait par être complètement anesthésié. Peut-être n'avais-je plus assez de force pour avoir mal ? J'extirpai le faiseur de hasard pyramidal de ma poche trouée. Je n'aurais qu'un seul essai, pour deux raisons. La première étant ses conditions d'utilisation. Je ne pouvais le lancer qu'une seule fois par heure. J'osais espérer qu'avec une contrainte comme ça, il me soignerait énormément si je sortais un bon score. Deuxièmement, je supputais que j'étais incapable de le récupérer si je le lâchais.

Aaricia ne me regardait plus. Sa folie la pliait de rire. Je ressentais presque de la pitié pour elle d'être tombée aussi bas. C'était le moment, mon moment. Voilà mon ultime chance. D'une main tremblante, je donnais un coup de poignet pour initier le lancer. La petite pyramide rebondit au sol. Sa forme atypique ne lui permettait pas de rouler comme mes autres dés. Je suivais d'un coin de l'œil son petit trajet. Aller ! Aller ! Encore un peu !

Le chiffre deux. C'était mieux que rien. Mon corps se tordit d'un coup. Une partie de mes souffrances s'envola d'un coup. Je pouvais à nouveau respirer convenablement. Ah... Quel bonheur. Malgré le chiffre le plus faible sorti, la qualité du soin prodigué était déjà impressionnante. Je pouvais bouger mon corps, le contrôler. J'avais échappé de peu à la mort. La folle n'avait pas encore remarqué.

En soulevant un bras, je constatai qu'il fallait que je reste prudente, je ne bougeais pas extraordinairement bien. À la moindre erreur, Aaricia ne me louperait pas. Lentement, je bougeais. Mon but ? Fuir. Mes attaques étaient inefficaces contre elle. De plus, je n'avais aucune chance en combat rapproché. Je ne valais rien contre une combattante aguerrie comme elle.

Dans mon mouvement, je me heurtai à Eemori. La pauvre femme était dans un état bien pire que le mien. Observer les blessures parsemant son corps était si insupportable que je fus obligée de détourner le regard.

Je retrouvais appui pour fuir plus vite. Je faisais exprès de paraître immobile pour ne pas me faire remarquer. Au dernier moment, je bondirai à toute vitesse pour partir d'ici. Je me redressai doucement. La commandante de la milice avait le dos tourné. Elle regardait au loin. C'était le moment.

Je me précipitai d'un coup. Trop vite. Mon pied trébucha. Je manquais de me tordre la cheville. Bien évidemment, maladroite comme j'étais, je provoquai un boucan monstre. Boucan essentiellement constitué d'un cri de surprise et de douleur. Aaricia se retourna vivement, les yeux écarquillés. À l'instant où elle m'aperçut, son sourire diabolique déforma ses traits. Sans temps mort, son fouet s'enflamma de Natura rouge. Zut ! Je n'eus pas le luxe de pouvoir réagir avant de me prendre un coup dévastateur. Je volais sur le côté, terminant ma course en roulant par terre. Ma tortionnaire continuait son assaut. J'esquivais difficilement la pluie de claquements stridents.

Son rictus enjoué s'estompa. À ma grande surprise, elle rangea son arme à sa ceinture. Je ne comprenais pas, mais je ne tarderai pas. Elle me fonça dessus pour me rouer de coups de poing. La sadique voulait me sentir souffrir de ses propres mains. Toujours au sol, je ne pus lutter lorsqu'elle s'assit à califourchon sur moi, bloquant mes jambes. Je n'avais plus d'échappatoire. Je mis mes bras devant moi pour me protéger. Comme je m'y attendais, c'était inutile. Elle passait en travers de mon bouclier improvisé. Mon visage s'affaissa sous la puissance de son assaut.

Perdue au milieu de la pluie me détruisant, une de mes mains se fraya un passage et la gifla. Surprise par le geste ridicule, elle cessa momentanément. Je compris qu'elle avait une idée derrière la tête. Ma claque l'avait visiblement inspirée, puisqu'elle en tenta une sur moi par plaisir.

Incapable de me défendre, mon esprit se perdit dans l'analyse de ses traits. Aaricia Baroq était incontestablement une jolie fille. Quoi qu'elle fasse, elle restait belle. Même dans son accès de folie, elle était magnifique. Je bouillais de jalousie. Elle avait tout pour elle. La puissance, la beauté, la notoriété. Mon péché trouva sa limite dans l'opposition de nos manières de penser. C'était le seul terrain où elle me débectait.

Ses pupilles étaient désormais si grosses que son iris semblait avoir été entièrement recouvert. Son visage creusé trahissait son mal-être. Tout ça, provoqué par son envie de me réduire en poussière. J'étais celle qui l'avait poussée à la folie. Pourtant, je ne m'en sentais pas pour le moins du monde coupable. Qui avait commencé ?

Le torrent de violence se tarit. Aaricia transpirait abondamment. Son énergie s'était envolée. Ses traits se détendirent sans perdre de leur ivresse. Son petit sourire déformé persistait. Elle rit. Je la vis approcher sa tête de la mienne et me saisir une mèche de cheveux. Elle les sentit en inspirant bruyamment. J'étais déconcertée. Visage presque collé, nous échangeâmes un regard. Je n'y lus pas de la colère ou de la haine comme je m'y attendais. De la détresse, de la jalousie.

La commandante plaça sa bouche à mon oreille et chuchota.

— Tout est de ta faute.

Je n'eus pas l'occasion de lui répondre. Elle fut projetée loin de moi. Désorientée, je cherchais à comprendre. Émergeant de nulle part, Jirofa Hoctane apparut, grand et puissant. Son armure, brillante de mille feux, illuminait la rue grâce à la lumière des flammes. Son visage d'ordinaire doux n'était plus. Je ne voyais qu'un homme empreint d'une immense colère. Il me faisait peur. Je le sentais approcher sans avoir besoin de le voir. Comment ? Ses pas résonnaient tels des ondes de chocs. Il était impressionnant. Rien à voir avec les autres soldats de Frontis, ni avec Aaricia à notre rencontre. L'homme doux que j'avais découvert dans ma cellule s'était transformé en fauve.

Aaricia le toisait avec insolence. Elle arma son fouet et effectua quelques moulinets pour avertir le nouveau venu qu'elle ne supporterait pas d'être dérangée. Cela n'impressionna pas le moins du monde Jirofa. Il avança d'un pas assuré vers elle, les mains libres et sans armes.

— Commandante, répondez de vos actes. Que se passe-t-il ici ?

— J'élimine la vermine, colonel.

— Cette jeune fille a été jugée innocente.

— Elle a libéré Arthur Sparks !

L'expression de Jirofa en disait long sur ses intentions. Il ne tardera pas à ne plus mettre les formes.

— Écoute-moi, gamine. J'en ai rien à foutre. Frontis est à feu et à sang, ta priorité est de protéger les habitants et mettre aux arrêts les malfaiteurs.

— C'est ce que je fais.

Le ton monta de plus en plus.

— Tu fais n'importe quoi ! Tu perds ton temps à te défouler sur cette pauvre fille parce que sa tête ne te revient pas !

— C'est une sorcière, une hérétique, une anomalie ! Je purifie le monde en la tuant !

Sa folie la peinait à rendre son discours potable. Les deux militaires savaient déjà où cela allait finir. Sans perdre plus de temps, Aaricia engagea les hostilités. La corde de son fouet s'allongea à toute vitesse sur l'armure ambulante. Chargée d'énergie rougeâtre, l'encaisser serait dangereux.

Je n'avais jamais vu Jirofa se battre. J'imaginais qu'avec une aussi belle armure, il devait se débrouiller. Je n'étais pas au bout de mes surprises. Il ouvrit un cercle de Natura comme il l'avait fait dans ma cellule. Cette fois, au lieu d'en sortir quelque chose, il y glissa vigoureusement sa main. Sans me retourner, j'entendis le bruit si caractéristique d'un coup de poing. Aaricia tomba à la renverse, sonnée. J'aperçus un second portail à côté d'elle avant qu'il ne disparaisse. Je commençais à comprendre. La commandante se releva et s'élança vers lui, perdant le peu de sang-froid qu'elle avait. Arme en avant, elle se résolut au corps-à-corps.

— Tu es sûre de toi ?

Les mouvements mesurés et précis de l'homme décrivaient une aisance remarquable. Je captais, malgré sa vitesse d'exécution, ses actions. Il empoigna sa mastodonte d'épée et la fit danser devant lui. Aaricia se stoppa nette dans sa course et recula devant le monstre. J'imaginais que le colonel s'arrêterait là, mais non. Il utilisa le plat de l'arme pour assommer Aaricia d'un coup sec. L'onde de choc résonna. C'était le genre de son qui laissait penser que se prendre le coup ne faisait pas du bien. La fille s'écroula à terre, flasque. Je me demandais franchement si elle n'était pas morte.

L'épée de Jirofa disparut en une ribambelle de petites bulles de Natura lorsqu'il la lâcha. Le calme revint dans l'intersection des rues. J'avais eu tant de mal contre Aaricia, pour qu'au final, elle se fasse humilier par l'homme en armure. Il avait éliminé la menace bien vite. Et encore, je sentais qu'il avait été sur la retenue. Quelle force possédait cet homme ?

Il claqua ses mains l'une contre l'autre au-dessus de sa tête pour donner un signal. À ma grande surprise, un régiment de soldats accourut vers nous. Je n'entendis pas l'ordre que leur donna Jirofa. Ils vinrent à hauteur d'Eemori, toujours dans un très mauvais état, et sortirent des appareils et objets en tout genre. Certainement des soins, vu les précautions qu'ils prenaient. J'étais soulagée.

— Eh bien, tu as la peau dure.

Un Jirofa tout sourire vint m'adresser la parole. Il avait retrouvé cette expression bienveillante qui lui allait si bien.

— Vous êtes venu.

Il avait catégoriquement refusé de venir m'aider à arrêter le monstre qui dévastait Frontis. Voulant protéger à tout prix les habitants, il était resté au château. Au final, il débarquait en ville sans crier gare. Je ne lui en voulais pas, au contraire.

— Le colonel de la seconde armée de Frontis est revenu précipitamment avec ses hommes. Il s'est occupé de prendre les choses en main pendant que je réglais les problèmes en ville. Avant de te trouver, j'ai mis un terme aux dernières batailles rebelles.

Il posa les yeux sur le corps inerte d'Aaricia.

— Le problème était également interne... Tiens, j'oubliais.

Sa main extirpa mon chapeau d'un portail.

— Je l'ai gardé pendant que tu te battais.

Je l'acceptais et enfilai le couvre-chef.

— Nous parlerons des détails plus tard. Je vous en prie, allez aider Arthur.

Comme pour appuyer l'urgence de mes propos, une explosion plus violente qu'habituellement retentit. Leur combat ne cessait pas. Jirofa exhibait une forte résolution.

— Je vais aller mettre un terme à tout ça. Personne ne détruira ma ville !

35

La fierté
du tigre

Le colonel était un expert du Natura. Mis à part Arthur et Agathe, personne n'arrivait aussi bien que lui à manipuler l'énergie verte. J'avais entendu dire que les Woniens ne possédaient pas d'affinité naturelle avec. Sa maîtrise était donc la résultante d'un entraînement draconien. Ses portails lui permettaient de relier l'espace. Une sorte de téléportation partielle et temporaire. Sur le trajet pour aller aider mon ami, il m'avait confié posséder une salle remplie d'objets utiles, depuis laquelle ils les importaient en fonction de la situation. Son épée de géant en était un parfait exemple. Ses portails ne lui servaient pas qu'à ça. Il pouvait naviguer sans problème à plusieurs endroits, mais passer tout son corps à l'intérieur n'était pas recommandé. En effet, comme en témoignait une cicatrice sur son arcade sourcilière, le transport d'un corps entier le mettait en péril. Pourquoi ? Il m'avait donné la raison, mais je n'avais pas tout compris. La seule chose importante à retenir était qu'il s'agissait d'un corps vivant. L'homme s'estimait heureux d'avoir survécu à sa petite expérience.

En plus de ses portails, il avait développé une technique de sondage d'esprit. C'était comme ça qu'il avait pu savoir si je disais la vérité lors de mon interrogatoire. J'avais arrêté de l'écouter lorsqu'il s'était mis à m'expliquer de façon technique son fonctionnement. Trop difficile pour moi. Avec tout ça, j'en déduisais simplement qu'il était impressionnant. Cet homme, à la nature profonde bonne, méritait d'être considéré comme l'un des hommes les plus prodigieux de sa génération.

Nous courions en direction des explosions. Enfin, « nous ». En réalité, il me portait sur son dos. J'étais en totale incapacité de bouger aussi vite. Les différents combats avaient endommagé mon corps. Solide comme un rock, mon esprit me maintenait éveillée par la peur de perdre quelqu'un. Les rues défilaient à grande vitesse au rythme de course de Jirofa. Son armure me faisait me sentir en sécurité sur son dos.

Je levais la tête et aperçus la plus grosse boule de feu que je n'avais jamais vue. Elle flottait dans le ciel, au-dessus d'une vaste place entourée de ruines. Je percevais un faible mouvement. Elle bougeait. Le petit soleil dériva lentement vers le sol.

— Il va détruire la ville...

La voix glaciale de mon porteur me frappa comme un coup de couteau. La réalité nous heurta tous les deux. Il était trop tard. Le colonel ne pourrait rien faire. Nous étions trop loin. Il se tordit le cou dans tous les sens, regardant autour de lui, avec l'espoir de trouver une solution.

La boule de feu grondait. Le bruit sourd résonnait dans ma poitrine. Des effusions s'en échappaient, symbolisant une énergie débordante incontrôlable. Une fois entrée en contact avec la terre, elle explosera sans aucun doute. Une énergie si dense ne pouvait pas être inoffensive.

Jirofa m'ordonna de descendre. Je posai pied à terre et reculai pour lui laisser de l'espace. L'expression grave figée sur son visage en disait long. Il allait tenter quelque chose.

— Je vais ouvrir un portail. Il faudra qu'il soit assez grand pour accueillir ce soleil. La destination sera la mer la plus proche.

— Vous en êtes capable ?

Pas de réponse. Pouvoir ne comptait plus, vouloir demeurait l'espoir. L'homme écarta les jambes pour fixer ses appuis au sol. Il tendit les bras devant lui, paume vers le lieu qu'il visait. Nous ne voyions pas le sol sous la boule de feu de là où nous étions. Une habitation rebelle nous gênait. Malgré cela, il n'était pas difficile de prédire la zone d'impact. Une faisceau verdâtre parcourut l'armure de Jirofa comme si elle prenait vie. Un deuxième. Un troisième. Il fut envahi par le Natura. Ses cheveux grisonnants se soulevèrent. Une veine pulsa sur sa tempe. Ça venait. Il faisait tous les efforts du monde pour réprimer les tremblements de ses mains. Il devait gérer une quantité astronomique d'énergie. Je le regardais, impuissante. Tout cela me dépassait. Depuis le début, j'étais perdue dans des combats trop titanesques pour moi.

— J'y arrive pas...

Il n'y avait pas de panique dans sa voix. Il était résolu.

Et puis, d'un coup. Sortie de nulle part, une masse aussi monstrueuse que le petit soleil émergea d'un endroit à la surface du sol. Une bourrasque balaya la maison qui nous gênait la vue. Jirofa et moi reculâmes pour ne pas être ensevelis. La masse verte se mua, non sans difficultés, en une forme familière. Elle semblait agripper la boule de feu. Ses traits devinrent plus nets, bien qu'invraisemblables. Un tigre titanesque tenait fermement le soleil entre ses puissantes pattes. La gueule ouverte, il feulait. Ce n'était pas le cri d'un être vivant. Ça ne ressemblait à rien de connu. La bête s'essayait à donner des coups de crocs, s'arrêtant à chaque fois qu'elle se brûlait. Elle était aussi grande que l'amas de flammes. Cet affrontement de colosses arracha un soupir d'effroi au colonel.

— Les dieux se déchaînent.

Les dieux ? S'il savait... L'un des dieux en question avait des problèmes de ronflements. La vue du tigre géant me réconfortait. Arthur était toujours en vie. Et plus puissant que jamais. Au pied des colosses, deux petites silhouettes se faisaient face sans bouger, enveloppées respectivement par du feu et du Natura. Ils se battaient au travers de leurs attaques énergétiques.

L'air tremblait. Le sol grondait. Les cieux hurlaient. Tout portait à croire que la fin du monde était là. Pourtant, je ne voyais que l'affrontement de deux humains. Je croyais plus que tout en la victoire d'Arthur. Depuis que je l'avais rencontré, je ne m'étais jamais sentie autant en sécurité. Il dégageait un je-ne-sais-quoi de rassurant.

Le tigre perdait du terrain. Écrasé par la boule de feu, des effluves de Natura s'échappèrent de lui. Il perdait en puissance. Ses rugissements se muèrent en feulements. L'animal ne supportait plus la chaleur ardente. Même moi, je la sentais d'où j'étais. Arthur devait étouffer sous ce brasier. C'était bientôt fini. Il serait vaincu. Je n'acceptais pas ce que je voyais.

Prise d'un élan de folie, je me précipitai dans sa direction, traînant mon corps meurtri. J'étais ridicule. Ce n'était pas ça qui allait m'arrêter. J'étais déjà trop loin pour entendre les cris d'incompréhension de Jirofa. En un instant, j'étais en nage. Quelle chaleur ! Je suffoquais. Me rapprochant, malgré tout assez vite d'Arthur, j'aperçus son visage derrière un mur transparent constitué de Natura. Ses traits étaient déformés par la douleur. Il serrait les dents tellement fort qu'on aurait dit qu'elles étaient sur le point de se briser. Des filets de sang coulaient le long de sa tempe et de sa bouche. Ses muscles étaient tirés à l'extrême. À leur instar, son corps entier paraissait être sur le point de céder. Point remarquable : son étrange cicatrice enroulant son bras n'était plus que Natura.

Il croisa mon regard au milieu de la tempête. Le vacarme environnant nous empêchait de communiquer. Je lus de la peur dans ses yeux. Pas pour lui. Pour moi. Il me suppliait de partir. Bien évidemment, je n'en ferai rien. Le tigre se mit à ployer sous la puissance du feu. N'étant plus concentré sur son combat, Arthur perdait en force.

Au cœur du maëlstrom de Natura, peu d'options s'offraient à moi. Pourquoi étais-je venue ? Pour une fois, j'avais la réponse. Je savais comment rendre Arthur plus fort. Malgré la dangerosité de la situation dans laquelle je me trouvais, je ris intérieurement. J'avais passé assez de temps avec lui pour capter son tempérament. C'était ce lien d'amitié qui allait nous sortir de là.

Je pris l'expression la plus penaude et déçue dont j'étais capable. Je forçai des larmes à monter tout en les retenant pour avoir les yeux rouges. Ensuite, je plongeai mon regard dans celui du garçon. Enfin, avec une voix douce et fragile, j'articulai quelque chose.

— Tu es vraiment faible en fait...

Touché ! Ses traits inquiets se déplacèrent pour traduire une colère et une consternation qui lui allaient à ravir. Voilà une expression digne de ce *Stultus puer*. Il partait dans les tours en un quart de seconde quand j'avais le culot de prétendre qu'il n'était pas l'homme le plus fort du monde. Cet homme fier et droit dans ses bottes...Gnégnégné. Qu'il prenne donc un coup à sa fierté mal placée.

Conformément à mes prédictions, le tigre reprit drastiquement l'avantage. Il dévorait littéralement la boule de feu. Une aura rouge émanait de ses yeux, le rendant plus menaçant, voire effrayant. C'était d'autant plus impressionnant qu'Arthur n'était toujours pas concentré sur son combat. Il gesticulait dans tous les sens en agitant les bras de manière virulente. Il était rouge et visiblement agacé. Le vacarme de l'affrontement m'empêchait de l'entendre. D'ailleurs, il avait certainement dû lire sur mes lèvres. Ce que je pourrais maintenant faire pour le comprendre si j'en avais envie. Devant mon inintérêt, il s'excita encore plus. Le garçon essayait de capter mon attention avec de grands gestes. J'aurais juré l'avoir vu sauter de frustration comme un enfant. La boule de feu luttait dans le ciel contre le félin de Natura. Il fallait s'en débarrasser une bonne fois pour toutes. Voici la dernière étape de mon plan pour annihiler définitivement la menace.

Je me tournais dans la direction du garçon. Il sourit en voyant qu'il avait réussi à capter mon attention. Désolée Arthur. Je tapotais mon oreille, l'air de dire : « Je n'entends rien ». Le pauvre. Depuis tout à l'heure, il devait faire une tirade bien trop longue pour m'expliquer qu'il n'était pas faible. Et moi, je ne l'avais pas écoutée. Il n'en fallait pas plus pour le faire exploser de colère. Il gérait mal la frustration.

Voyant que je n'avais rien entendu (écouté), son visage se décomposa. Il passa par plein d'émotions pour finir sur, bien évidemment, de la colère. Arthur écarta les jambes pour se créer des appuis solides. Il contracta le haut de son corps. Sa jugulaire ressortit. Il était rouge écarlate. Sa bouche hurlait de rage. En réponse à sa puissance grandissante, le tigre grossit à tel point qu'il ne fit qu'une bouchée de la boule de feu. De plus, le félin n'en avait pas fini. La silhouette de feu qui maintenait jusqu'à présent le soleil devint sa nouvelle proie. Sans perdre un instant, le tigre se rua dessus et explosa. La quantité d'énergie monstrueuse qu'il libéra créa un flash lumineux qui m'éblouit. Ce n'était pas une déflagration ordinaire. Elle ne toucha que son ennemi. Autrement, je serais déjà morte et tous les habitants de la ville aussi. Mes cheveux fouettèrent l'air à cause du vent. Pas besoin de préciser que mon chapeau m'avait faussée compagnie. Une colonne de fumée verte d'un diamètre inédit s'éleva à l'endroit de l'impact.

Mes yeux prirent un moment avant de recouvrer leur fonction. Je papillonnais les paupières. Quand l'image devint nette, je découvris, devant moi, un Arthur sacrément remonté. Les mains sur les hanches, les muscles saillants, la bouche en demi-cercle vers le bas, il allait en découdre avec moi.

— C'est bon ? Tu m'entends, Charbon ? J'espère bien, car je...

Et puis zut. Je récidivai en faisant mine de ne pas l'entendre. Il fronça les sourcils, l'air bougon, et croisa les bras en attendant que je retrouve l'audition. Évidemment, je l'entendais parfaitement, mais je n'avais aucunement envie de subir ses sermons. Je ne pourrais pas jouer la comédie longtemps, il commençait déjà à taper du pied en signe d'impatience.

Jirofa s'approcha de nous. En le voyant arriver, Arthur fit un pas en arrière et se mit en position de combat. L'homme en armure le calma avec des signes de paix. Il ne se présentait pas en ennemi.

— Tout doux, jeune tigre. Je ne te veux aucun mal.

— Ce sont pourtant les gens comme vous qui m'ont jeté dans une cellule comme le dernier des hommes.

Le ton agressif de mon ami ne proposait pas de terrain d'entente. Si je n'avais pas été là, ils se seraient sans doute battus. Le moment était mal choisi. De la fumée, émergea l'ancienne torche humaine. Les flammes ne le recouvraient plus. Les muscles de son torse luisaient. Les bandes sur ses bras avaient noirci. Il était sale. En le voyant, Arthur et Jirofa se préparèrent à l'affrontement. La menace de l'homme aux yeux purs était assez importante pour qu'ils s'allient sans réfléchir. Ce dernier ne traînait plus son air calme. Bien qu'il soit fou, il se cachait jusqu'à lors derrière un sourire posé. L'attaque qu'il venait de subir l'avait atteint. En ignorant complètement Jirofa, il fixa Arthur.

— Saleté de tigre... Je vais te faire comprendre ce qu'il en coûte de s'en prendre au lion !

Sur ces mots, il fonça avec une vitesse inhumaine sur Arthur. Il le frappa sans discontinu. Le pauvre garçon ne pouvait se défendre. Son corps se déforma sous l'impact des coups. L'autre allait le tuer. Jirofa invoqua son épée et la lança sur leur adversaire. L'immense morceau de métal tournoya. Cependant, elle ne toucha aucune cible. L'ancienne torche humaine changea de proie. L'armure ambulante se protégea à coup de poings envoyés dans des portails de Natura. Sa dextérité me subjugua. C'était gracieux, beau, coordonné et parfait. Pourtant, ce fut vain. L'homme aux yeux purs, arrivé à son corps-à-corps, posa une main sur l'armure. Une lumière éblouissante en jaillit et propulsa Jirofa dans une tornade de feu. Il roula au sol dans la fumée. Pendant ce temps, Arthur revint à la charge. Il fut instantanément arrêté. L'ennemi était bien trop fort. Pris d'une folie meurtrière, il agrippa le bras du garçon et le brisa d'un coup de genou. Le cri de mon ami déchira le ciel. Malgré tout, la

flamme animant son regard ne disparut pas. Il contre-attaqua sec, le bras inerte. Son adversaire recula.

Paniquée, je me précipitai vers Arthur pour lui porter assistance. Comment ? Je n'en savais rien. Son bras violacé
au niveau de la fracture me faisait mal rien qu'à la regarder.
Je ne pouvais pas l'aider. Encore une fois, son regard m'intima de m'en aller. La situation était trop dangereuse pour
moi. Il le savait, je le savais. Ces quelques secondes, les
yeux plongés dans ceux de l'autre parurent suspendues
dans le temps. Mille mots ne suffiraient pas à décrire tout
ce que nous communiquâmes par ce bref échange de regard. Il me disait tellement de choses.

L'homme aux yeux purs dut se défendre face aux attaques d'un Jirofa de retour sur pieds. Son armure était sale
et abîmée par la précédente attaque. Il avait récupéré son
épée. En le voyant la manier, j'en vins à la conclusion qu'il
était un bretteur hors pair. N'importe qui de moins expéri-
menté serait déjà mort face à lui. Malheureusement, il af-
frontait un monstre à apparence humaine. Le colonel gagnait du temps pour Arthur. Il ne tiendra pas éternellement.

Mon ami serrait les dents si fort que je voyais les muscles
de sa mâchoire se contracter. Il était rouge. De fatigue et de
sang. Il ne pourra bientôt plus se battre. Je désespérais.
Perdue dans mon désespoir, je me repassais en boucle le
moment de notre arrivée à Frontis. Nous n'aurions jamais
dû entrer dans cette ville. L'intégralité des problèmes ac-
tuels provenait de notre venue. Je regrettais amèrement
d'être là. Sans réfléchir, je le serrais dans mes bras, fort. Je
m'accrochais à lui pour fuir la réalité. Je profitais de sa présence avec la peur qu'elle ne soit bientôt plus. Mes

membres tremblaient avec insistance. Évidemment, je pleurais. La peur me rendait folle.

Devant nous, Jirofa posa un genou à terre, hors d'haleine. Sa prestigieuse armure était en miettes. L'autre homme en était venu à bout en la fragilisant avec du feu entre deux assauts du colonel. Ses coups avaient pénétré sa protection comme un rien. Je n'avais jamais, au grand jamais, rencontré pareille menace. Toutes les personnes que je pensais puissantes tombaient face à lui.

Empli de bravoure, Jirofa se releva une dernière fois, sourire aux lèvres. Il se savait défait, mais il refusait d'abandonner. J'admirais le courage dont il faisait preuve. Une partie de moi se demandait à quoi bon. C'était inutile. Une autre partie de moi ne pouvait détourner les yeux. Les poings dressés devant lui, il défiait son adversaire avec assurance.

Arthur me tira de ma transe. Je sentis sa main se poser sur la mienne.

— Il faut vraiment que tu partes, Rhuby. Il est encore temps. Je le retiendrai.

Il se leva difficilement, se libérant de mon étreinte, le visage sévère. À l'instar de Jirofa, son courage l'emporta sur la peur. Sa résolution était inébranlable. Cette détermination... Je ne savais pas d'où il la sortait, mais elle m'inspirait. Un vent d'espoir souffla sur mon âme. Cet espoir fut accompagné par une idée, elle me donna du courage à mon tour. Je n'avais aucune idée de si ça allait fonctionner. Il fallait essayer. Je sortis mon nouveau dé. Utilisé il y a moins d'une heure, je ne pouvais plus me soigner avec, moi. Peut-être pouvais-je l'utiliser sur quelqu'un d'autre ? Cette espérance me redonna foi, ne serait-ce que quelques secondes.

L'objet pyramidal, dans ma main, m'hypnotisait. Comment se faisait-il que mon *Identitas* soit aussi puissant ? Il avait évolué plusieurs fois. Je ne pensais pas cela possible, surtout qu'il finira par m'échapper sous peu. En observant Arthur, je m'étais persuadée qu'il s'agissait d'un pouvoir fini, qui ne pouvait pas évoluer. Le contraire m'arrangeait bien en ce moment.

Je posai une main sur l'épaule du garçon et lui tendis le dé. Il le prit de son bras valide en le dévisageant.

— Lance-le.

Une instruction simple qui lui fit comprendre que ça ne servait à rien de discuter. Il s'exécuta. La chute du faiseur de hasard me parut particulièrement lente. J'en attendais beaucoup. Je craignais d'être déçue et d'avoir eu un faux espoir. Il heurta le sol. Le moment de vérité.

Quatre. Le score maximum. Je scrutai Arthur, à l'affût du moindre changement. Rien. Et voilà, c'était trop beau d'espérer. J'étais inutile. Puis, d'un coup, un tourbillon de Natura émana du garçon. Je fus surprise, autant que lui. Son bras violacé retrouva une couleur normale. Le sang s'échappant de lui se tarit. Les traces de coups sur son corps s'effacèrent. Le Natura s'envola. Il n'en revenait pas.

— Comment as-tu...

Le garçon fut interrompu par un cri de douleur de Jirofa. Le colonel gisait au sol, le corps meurtri. Ses traits déformés par la douleur étaient insupportables à regarder. Il avait tout donné dans son dernier assaut. Son assaillant le surplombait en lui jetant un regard méprisant. Il leva une main, qu'il enflamma. J'étais certaine qu'il allait l'achever. Ce qui n'arriva pas, grâce à Arthur. Le garçon n'avait pas bougé. Son *Spiritus* se déployait derrière lui. Le tigre était calme, étrangement calme. À vrai dire, c'était plus effrayant que de le voir agressif. Je comprenais, à l'énergie déployée, que mon dé ne l'avait pas juste soigné. Le petit objet lui avait redonné de l'énergie. Sûrement grâce au jet parfait. Mon pouvoir était incertain, aléatoire, pas vraiment fiable. Néanmoins, lorsqu'il fonctionnait, il ne faisait rien à moitié.

— Comment as-tu recouvré tes forces ?

L'homme aux yeux purs ne comprenait pas comment Arthur tenait debout. Je voyais bien qu'il cherchait une réponse. Étrangement, il en trouva une rapidement. Trop rapidement.

— C'est toi...

Au même moment, je sentis mon cœur se déchirer. Un haut de cœur me prit au dépourvu. Je m'attrapai le ventre, voulant étouffer mon mal-être. Que se passait-il ? Cette impression de se faire arracher de toutes parts était intenable. Je priais pour qu'elle s'arrête. Sous mes yeux, le petit dé pyramidal devenait lentement translucide. Sa forme physique s'évaporait en une multitude de minuscules particules blanches. Il en émanait également depuis une poche de mon veston. Mes autres dés devaient, eux aussi, partir en fumée. Je me remémorais les paroles de la fille aux cheveux blonds. J'avais atteint ma limite d'utilisations. Je ne pourrai plus me servir des faiseurs de hasard. L'*Identitas* de l'ancienne moi disparaissait sous mes yeux. Mon dernier lien avec elle s'envolait. Mon âme avait changé. Cette capacité devait donc faire de même.

Toujours à court de souffle, je subissais la perte. L'objet de soin s'était quasiment complètement évaporé. Je ne cessai de me poser des questions sur sa nature. J'avais découvert à travers lui que j'étais détentrice d'un pouvoir très puissant. Les différentes évolutions de mes dés témoignaient de l'expérience que j'avais dû avoir. Je regrettais de ne pas avoir pu en apprendre plus sur mon passé à travers cet *Identitas*.

Qu'allait-il se passer ? En développerais-je un nouveau ? En quoi mon âme était-elle différente d'avant ? Les petits faiseurs de hasards n'étaient plus. Je me retrouvais vide de capacités, sans défenses. Dénuée de Natura, je n'avais plus le bracelet de Niel. Le seul pouvoir ne nécessitant pas cette énergie venait de m'abandonner. Dans d'autres circonstances, j'aurais été triste, voire perdue. Cependant, le rétablissement d'Arthur me rendait tellement heureuse que j'en oubliais mon malheur.

J'aurais dû m'y attendre, et pourtant, je fus quand même surprise en voyant une projection de la blonde apparaître. Ce n'était pas vraiment elle qui communiquait avec moi. Elle n'avait pas toutes les caractéristiques de celle que j'avais déjà rencontrée par deux fois. Il s'agissait plutôt de la forme que prenait la force qui venait me délivrer un message. Avec une voix monotone et sans émotions, elle m'informa de ce dont j'étais déjà au courant : Je n'avais plus d'*Identitas*. Elle n'ajouta rien de plus. Le silence qu'elle laissait en disant étrangement long. Malgré l'importance de ce moment, je ne parvenais pas à y attribuer beaucoup d'attention. La situation réelle dans laquelle je me trouvais était trop dangereuse. Devant mon inattention, la projection disparut en délivrant un dernier message : « Tu es libre, libre d'accéder au véritable pouvoir de ton âme ». Voulait-elle dire que j'allais avoir accès à un nouvel *Identitas* ? Je m'en réjouissais. Tout espoir de pouvoir n'était pas encore tari pour moi. Je voulais sauter de joie, mais le moment n'y était pas propice. Dommage, mes douleurs étaient passées.

L'ancienne torche humaine me foudroyait des yeux. Sa déduction avait été un peu trop rapide à mon goût. Il claqua des doigts et ses membres s'enflammèrent. Les flammes le dévorant étaient plus pures qu'avant. Sûrement parce qu'elles étaient plus puissantes.

— Tu me gênes.

Une boule de feu partit à toute allure dans ma direction. Je ne pouvais l'esquiver. L'homme voulait en finir avec moi. Heureusement, mon ami s'interposa. La projection du tigre rugit, désintégrant le projectile. Oui, il n'était plus du tout fatigué. Je reconnaissais ses mouvements habituels.

— Je rêve ou tu viens d'attaquer une innocente jeune fille ?

Il parlait de moi ? Drôle de manière de me désigner venant de lui. Cependant, je sentais de la colère au fond de sa voix.

— Ne te mêle pas de ça, le tigre. C'est une vieille querelle entre elle et moi.

Arthur me consulta furtivement. Je haussais furtivement les épaules. Ainsi, cet homme me connaissait personnellement. Je m'en doutais à notre première rencontre et quand il avait parlé de Ronan. Étions-nous encore plus proches que je ne le pensais ?

— Cette espèce de salope ne se rend pas compte à quel point j'ai envie de lui faire la peau pour ce qu'elle a fait.

— « Cette salope » ? Tu parles de Rhuby, là ?

Arthur sortait de ses gonds pour de bon. J'étais gênée qu'il se mette en colère parce qu'on m'insultait.

— Tu te trompes sur elle, apparemment. Elle est tout sauf une gentille fille. Si tu savais, mon pauvre. Reste en dehors de ça. D'ailleurs, elle ne s'appelle pas...

— Rhuby, pour la première fois, je vais me battre à fond devant toi. Observe bien.

Le dos d'Arthur se dressait grand et fort devant moi. Je ne l'avais jamais vu aussi imposant, aussi charismatique. À cet instant, j'oubliais tous ses défauts pour ne plus que voir un homme courageux et puissant. Sa volonté de me protéger me touchait au plus profond de mon cœur. Une palpitation inconnue me parcourut. J'éprouvais un sentiment nouveau pour lui. Plus que tout, je ne voulais pas le perdre. Je voulais le voir gagner. Je voulais le soutenir jusqu'au bout.

Pourquoi me demander de le regarder se battre ? J'en avais l'habitude. Il avait annoncé qu'il donnerait toutes ses forces. Qu'est-ce qu'il y avait de différent ? J'étais intriguée par ses paroles. Sans dire un mot, je choisis de lui faire confiance et de ne pas détourner les yeux une seconde de son combat.

Devant la confiance d'Arthur, l'homme aux yeux purs sourit diaboliquement d'excitation. Quand on atteignait un certain niveau, se battre devait devenir jouissif. Sinon, c'était juste de la folie.

— Je me rends enfin compte de ta valeur, le tigre. Rares sont les personnes à pouvoir me faire face aussi longtemps.

Je vais te faire le privilège de te donner mon nom. Originaire du deuxième royaume Wonien, je suis Yvaro Ydoranan. Retiens le bien, car tu l'emporteras dans ta tombe.

— Je dois donner mon nom aussi ?

— C'est parce que je le connais déjà que je suis venu te tuer, Sapiens.

— Je vois. La traque des miens ne finira donc jamais. T'es juste un paparazzi qui me suit depuis plusieurs mois. Je peux te donner une photo de moi dédicacée, si tu veux.

Arthur et Yvaro se firent face durant un instant qui me parut infiniment long. Ils s'en disaient plus avec des silences qu'avec des mots. La torche humaine engagea les hostilités. Son poing cogna l'air, comme la tête de mon ami s'agita négligemment sur le côté pour ne pas se faire toucher. Il contre-attaqua avec un coup de pied pour détourner son attention et enchaîna avec des poings minutieusement placés à différents endroits de son visage. L'homme recula, sonné. La projection de Natura du tigre d'Arthur se mélangeait de plus en plus avec son corps, se muant en une armure verte. À mesure que ses coups atteignaient sa cible, le tigre devint peu à peu un peu plus une partie de lui. Cette fusion lente, mais certaine, déconcerta la torche humaine. Le feu le recouvrant se fit plus vif et virulent. Sa teinte orangée adopta le rouge sanglant. Sans hésiter, il fit déferler ses flammes sur Arthur. Malgré la distance, je discernais l'irrégularité dans le flot de chaleur. Mon impression se confirma lorsque l'attaque s'estompa et dévoila le blond toujours debout. Le tigre avait disparu.

— Tu vas comprendre pourquoi mon peuple a été décimé.

Une aura verte s'empara du corps d'Arthur. Lorsqu'elle entra en contact avec la cicatrice torsadée sur son bras, elle en suivit les lignes jusque sa main. Sur le bout de ses doigts, des griffes de Natura poussèrent. Assez longues pour être effrayantes, assez courtes pour ne pas être gênantes. Les pupilles du garçon se muèrent en fentes. Il arborait certaines caractéristiques du tigre, tout en restant très humain.

— Nous étions trop dangereux.

Ce fut à son tour de lancer l'attaque. Yvaro récidiva son lance-flamme. Avant que le feu ne l'atteigne, Arthur plongea dans le sol. Je lâchais un hoquet de surprise, bien que je connaissais son pouvoir. Impossible de s'habituer à voir quelqu'un passer au travers de la matière. Tout comme moi, la torche humaine ne put cacher son étonnement. Le garçon ressortit à ses pieds à pleine vitesse. Il remonta le long du corps de son adversaire, griffes en avant. Le sang déferla comme un torrent à mesure que sa peau se déchirait. L'extension de Natura acérée atteignit son visage et le priva, dans une scène sordide, d'un de ses yeux. Cette perte fut accompagnée d'un cri de souffrance démentiel. Toute la douleur contenue dans ce cri me fit mal au cœur. Je ressentais son agonie à travers son extériorisation. Yvaro porta une main à l'orbite vide. Il aurait mieux fait de se protéger, car Arthur n'eut aucun scrupule à continuer. Sa main pourvue de griffes lacéra le corps de son ennemi. Sa vitesse et son agilité n'avaient rien à voir avec avant. Le garçon était devenu un véritable prédateur. Entre deux assauts, il se réfugiait dans le sol pour esquiver les attaques désespérées de la torche humaine. Pour décrire au mieux ses mouvements, je dirais que ça ressemblait à un poisson surgissant de l'eau au meilleur moment pour attaquer. Plus aucun coup ne l'atteignait. Le nouveau borgne tenta d'enflammer toute la zone autour de lui au moment où il plongea pour qu'il ne puisse se soustraire aux flammes. Contre toute attente, Arthur passa également au travers du feu. Ceci acheva de plonger Yvaro dans le désespoir.

L'homme aux yeux purs était réduit à subir Arthur. Le monstre qui avait réduit Frontis à feu et à sang n'était plus. Il ne restait qu'une petite flammèche luttant contre un tigre enragé.

— Si je ne peux pas te tuer, je te prendrai tout !

Sur ces mots, il déchaîna son pouvoir. Un tourbillon de flammes se forma autour de lui. Il grandit jusqu'à chatouiller les nuages. L'air se réchauffa dangereusement. Il voulait tout détruire. J'étais en première ligne de son désir de destruction.

Jirofa accourut vers moi. J'étais surprise de constater qu'il lui restait des forces. Il était méconnaissable sans son iconique armure. Le colonel de la milice ouvrit un portail d'où il sortit un bouclier d'une taille non conventionnelle. On aurait dit un mur portatif. Décidément, il aimait les armes trop grandes. En se plaçant devant moi avec, il m'expliqua rapidement qu'il n'avait plus assez de force pour ouvrir un portail capable de nous contenir. Quand bien même, nous n'aurions pas été certains d'en ressortir en un seul morceau.

Cachée derrière son bouclier, ma vue était obstruée. Plus de torche humaine, plus de tigre. Juste une colonne de flammes immense. Le feu ne m'impressionnait presque plus. J'aurais dû m'inquiéter davantage. Après tout, ma vie était en jeu. Je mettais ma vie entre les mains d'Arthur, et je savais qu'il ne me trahirait pas.

Je me tortillais dans tous les sens pour tenter d'apercevoir la suite du combat. Malgré le mur de feu autour d'Yvaro, Arthur continuait de nager librement. Je comprenais qu'il était aussi capable de passer au travers des flammes avec son *Identitas*. En y réfléchissant, sa capacité à passer au travers de tout était remarquable. Avait-elle une faiblesse ? Certainement, sinon cet imbécile ne se serait pas fait capturé deux fois alors qu'il aurait pu se libérer de ses menottes. Maintenant, il ne fallait pas qu'il tarde à faire quelque chose, sinon nous finirons tous en cendres.

— Sombre idiot ! Même en me tuant, tu ne pourras pas stopper l'explosion que je prépare !

L'homme aux yeux purs hurlait de toutes ses forces. Il n'avait plus rien de calme. La partie folle de lui avait complètement pris le dessus. Un fou. Rien de plus qu'un fou à lier. Le trou béant à la place de son œil lui donnait un air mortuaire.

— Je...

Arthur le frappa.

— ...commence...

Deuxième coup.

— ...à en avoir...

Troisième.

— ... marre de toi !

Le dernier coup mit Yvaro à terre. L'homme, bien que désorienté, gloussa.

— Je te l'ai dit, j'ai lancé une bombe ! Même si ça ne te fait rien, ça détruira la ville à coup sûr.

Il était satisfait de son cou. Son rire, caché par les crépitements nerveux du tourbillon, accompagna le danger qu'il venait de créer. Son unique œil trahissait la honte de devoir en arriver là. Son honneur avait été souillé par la surpuissance de mon ami.

— Il ne te reste qu'une minute pour empêcher ça.

Sa provocation ne fonctionna pas. Arthur leva les bras au-dessus de sa propre tête. Il posa le bout de ses paumes l'une contre l'autre, formant avec ses doigts ce qui ressemblait à une mâchoire d'animal aux dents pointues. Après quelques secondes, il referma ses mains. Cela déclencha instantanément un tremblement de sol. Formant un cercle plus grand que le diamètre du tourbillon, des pics sortirent du sol. En émergeant, je constatais qu'il s'agissait plutôt de dents, des crocs pour être plus précise. Puis une tête. Arthur, Yvaro et le tourbillon de feu disparurent dans la gueule d'un tigre géant de Natura. Il ne cessait de grandir, rejoignant le sommet de la tour de feu. Arrivé en haut, il abattit sa puissante mâchoire dans les nuages, étouffant l'ultime recours de l'homme aux yeux purs.

Je scrutais ce gigantesque félin à la musculature puissante flotter dans le ciel. Il n'était pas sans rappeler celui que j'avais rencontré peu de temps après mon éveil. Je n'avais pas eu peur de lui à ce moment-là. Peut-être parce que le destin prévoyait de me faire devenir l'allié d'un autre tigre. La projection de Natura s'effaça lentement, libérant le monde céleste de sa présence. Il avait littéralement englouti l'ultime recours du borgne. Au milieu de la clairière urbaine née de l'affrontement, plus aucune flamme ne brûlait, plus aucun soupçon de Natura ne subsistait.

Arthur se dressait, debout, devant un Yvaro vidé de son énergie. Le combat s'était soldé sur la victoire de mon ami. Le borgne n'avait en sa possession plus assez de force pour continuer. De plus, la projection du tigre, revenue à une taille conventionnelle, rôdait autour de lui. L'aura de Natura entourant Arthur persistait, là où les flammes du borgne s'étaient éteintes depuis longtemps. Du sang séché par les flammes parsemait les joues du perdant. Son unique œil exprimait une fatigue et une colère immense. Plus que tout, c'était un coup sévère à sa fierté.

— Maudit sois-tu, Sapiens ! Je vais...

Sans finir sa propre phrase, il tenta de frapper Arthur. Celui-ci le réprimanda en envoyant négligemment ses griffes vers son torse. Les extensions de Natura vinrent profondément marquer sa poitrine dans des griffures sanglantes, lui arrachant un dernier cri de douleur.

Jirofa se releva et rangea son bouclier qui m'obstruait la vue. Il devait avoir jugé que la menace avait disparu. Prudemment, nous nous approchâmes des deux combattants. Vu de près, Arthur se dévoilait plus épuisé que prévu. Je compris en le regardant que je n'avais rien à craindre, il avait encore assez de jus pour me défendre. Nous formions tous les trois un cercle autour de celui ayant détruit Frontis.

— Vous me le paierez ! Maudits plébéiens !

Il ne disait rien d'intéressant à part des insultes à notre égard. L'amertume de se défaite était tenace. Même blessé, je tremblais face à lui. Pourtant, je voulais avoir des réponses.

— Qui es-tu ?

L'homme à l'œil pur parut outré par ma question. Mille émotions le traversèrent avant de s'arrêter sur le mépris.

— Arrête de te foutre de ma gueule, conna...

Avec la présence d'Arthur, il ne parvenait pas souvent à terminer ses phrases.

— Ne fais pas semblant de ne pas savoir qui je suis. Et ne fais pas croire à ce tigre que tu es gentille.

J'étais bouleversée. Depuis un moment déjà, je pressentais au fond de moi une noirceur que je ne voulais connaître. À des moments cruciaux, je n'assumais pas les sentiments sombres qui s'emparaient de moi. Certaines de mes réflexions me paraissaient étrangères, comme elles étaient éloignées de celle que j'étais maintenant. Je craignais de découvrir que ma véritable nature soit mauvaise. Je ne voulais pas l'imaginer, je ne l'acceptais pas. S'ignorer soi-même était assez difficile comme ça. Découvrir ce mauvais fond me donna un sérieux coup au moral. À ma grande surprise, une partie de moi ne voulait plus retrouver la mémoire. Je ne souhaitais plus découvrir qui j'étais. J'avais envie de fuir, de partir loin de tout ça. Loin de la vérité. Cependant, fuir l'inévitable relève de l'impossible.

Il fallait que j'accepte la vérité. Pour lever les derniers doutes m'habitant, je voulus le questionner, en apprendre plus sur moi.

— Est-ce que je...

— Accepte ta défaite et arrête de l'embrouiller.

La voix sèche d'Arthur interrompit le cycle de doutes et de peur qui me hantait.

— On n'en a rien à faire qu'elle ait pu être mauvaise. Seule celle qu'elle est maintenant compte. Je ne veux plus t'entendre la tourmenter avec des futilités.

— J'espère être là quand elle te trahira. Elle cache bien son jeu.

Le problème ne demeurait pas dans ses accusations. Son ton, son expression et son intonation étaient authentiques. Il n'inventait rien. Je l'avais vraiment blessé par le passé. L'amertume de ses paroles me déboussola à nouveau, malgré le discours de mon ami. J'aurais profondément aimé qu'il mente, qu'il en fasse des tonnes pour me faire mal. J'aurais pu me réfugier dans le fait que ce soit un mensonge. La vérité faisait plus mal que la fiction.

— Rhuby ne me trahira pas. Je le sais.

— Comment peux-tu l'affirmer ?

Le blond me jeta un coup d'œil.

— Personne n'était jamais venu m'aider lorsque j'avais le monde à dos. Même en apprenant ma réputation, elle ne m'a pas abandonné. C'est pourquoi je ne la lâcherai pas non plus.

J'étais émue par ses éloges. Mes joues s'empourprèrent de gêne. La passion des paroles d'Arthur aurait dû ancrer le doute en Yvaro, pourtant ce fut l'inverse qui se produisit. Apprendre ça le confortait dans sa haine.

— Tu utilises les gens. Tu les jettes quand ils ne te sont plus utiles. Sale monstre.

Se faire traiter de monstre par un autre monstre était une expérience que je ne recommanderais à personne. Je me forçais à ne plus l'écouter, sans succès. Il continuait de déblatérer des choses horribles à mon sujet. C'était trop pour moi. Sans pouvoir me retenir, les larmes coulèrent sur mes joues. Des larmes de désespoir alimentées par la fatalité de ma vraie nature. Je cachai mon visage derrière mes mains.

— Tu paieras pour ta trahison.

Quelle trahison ? Que... Ma panique intérieure disparut lorsque je sentis l'étreinte d'Arthur. Le garçon me serra dans ses bras. Sa main derrière ma tête la plaquait contre son torse. Il m'offrait un endroit où me réfugier. Je lui rendis son câlin. J'entourais son corps de mes bras avec force. Je le sentis caresser mon cuir chevelu pour me réconforter. Je ne fis plus aucun effort pour retenir mes larmes. Je sanglotais, au creux de ses bras.

— Vous me dégoûtez ! Un Sapiens et une...

La façon dont les paroles d'Yvaro cessèrent n'était pas naturelle. Sa voix avait été étouffée. À cet instant, l'étreinte d'Arthur s'était momentanément faite plus violente. Je supposais qu'il l'avait fait taire de force. Sûrement avec du Natura. Son *Spiritus* traîna toujours autour de nous.

Je pensais pouvoir profiter un peu du silence, mais Jirofa quelque chose.

— Il s'enfuit ! Jeune homme !

Le garçon me lâcha et se retourna. J'aperçus le corps du borgne prendre feu. Les endroits consumés par les flammes disparurent. Mettait-il fin à sa vie ? Cela n'y ressemblait pas. Nos regards se croisèrent une dernière fois. Je n'oublierai jamais cet unique œil rempli de haine.

— Le lion vous pourchassera.

Ce furent les dernières paroles qu'il prononça.

— Dans ce cas, il se fera dévorer par le tigre. Si je te recroise, je n'aurais aucune hésitation à mettre fin à tes jours, pourriture.

Les dernières flammèches de son pouvoir le firent partir en fumée, nous laissant seuls dans une Frontis grandement abîmée. La menace envolée, ma tension redescendit partiellement. Les paroles d'Yvaro résonnaient toujours en moi. Elles me hantaient. J'avouais ne pas avoir la force de les confronter. J'accomplis ma fuite en rapprochant Arthur de moi et en l'enlaçant. Il se laissa faire. Le Natura émanant de son corps s'amenuisa. Sa faible aura s'effaça, comme le Natura de sa cicatrice aboutissant sur des griffes s'envola. Il revenait à la forme que je connaissais. Sa poitrine se soulevait difficilement pour respirer. Ses forces l'avaient quitté. Malgré tout, il ne me lâchait pas. Je ne comptais pas le temps que nous restâmes ainsi.

Jirofa, lui, si. Il s'impatientait même. L'homme, désormais sans armure, ne voulait pas se montrer insensible, mais il était pressé de gérer les problèmes restants. Sa ville bien-aimée souffrait. D'innombrables habitants avaient perdu la vie. Son devoir de militaire lui imposait de prendre des décisions rapidement. Il avait beaucoup à faire avec tout ce qu'il s'était passé. Entre la révolution, l'attaque de l'homme à l'œil pur et la folie d'Aaricia Baroq, il ne sera pas tranquille avant un moment.

— Tu es fort, jeune homme. Un peu trop fort pour être en liberté.

— Je sais.

Mon moment de bonheur prenait fin. Il me faudra du courage pour affronter les problèmes venant à moi. Le garçon avait relâché l'étreinte. Une main bienveillante subsistait sur mon épaule, en soutien.

— Ne m'oblige pas à me battre contre toi, le vieux.

Jirofa éclata de rire. Un rire bienfaiteur et sincère. Je m'étais fourvoyée si j'avais senti une menace. Le colonel ne tentera rien contre nous. Au contraire.

— Du calme, enfin. Je ne ferai rien à celui qui s'est débarrassé de ce monstre.

Je repensais à ce combat sanglant. Il durait depuis un bon moment. L'endurance du garçon était remarquable. Il avait tenu tête à la torche humaine pendant si longtemps. Cependant, une pensée me chiffonnait.

— Pourquoi n'y es-tu pas allé à fond dès le début ?

Arthur sourit comme un idiot.

— Car, il y a longtemps, j'ai scellé ma puissance. Elle était trop dangereuse, même pour moi. Maintenant, dès que j'en utilise une partie, je dors ensuite pendant trois jours en m'évanouissant comme une merde.

— Ah.

Sur ces mots, il s'effondra au sol, inconscient.

Epilogue

Epilogue

Cela faisait une demi-douzaine de jours qu'Arthur était endormi. Il s'était passé tant de choses durant ce laps de temps. Tout d'abord, Jirofa avait fait le nécessaire pour nous cacher. Le garçon étant recherché, nous ne pouvions pas rester dehors. Bien qu'il ait chassé le responsable de l'état de la ville, cela ne suffisait pas à assurer pleinement sa sécurité. Le colonel m'avait aidée à le transporter jusqu'à la maison d'Eemori. Je savais que nous y serions tranquilles. Cette partie de la ville était heureusement intacte. Les jumeaux occupant les lieux sous la tutelle de mon amie l'avaient pris en charge en m'assurant qu'ils prendraient soin de lui. Je pouvais leur faire confiance. Après tout, ils s'étaient également occupés de moi.

Le colonel sans armure m'avait conseillé de rester aussi. Je lui avais rétorqué que je voulais l'aider à remettre la ville sur pied. Ce à quoi il avait riposté en relevant chacune de mes blessures. En théorie, je ne devais même pas pouvoir tenir debout. Il avait eu raison, car au moment où je m'étais allongée dans un lit, je m'étais écroulée de fatigue.

De son côté, l'homme s'attelait à la reconstruction des nombreux quartiers tombés sous la folie destructrice d'Yvaro. Parfois, j'observais au loin les chantiers de reconstruction depuis le balcon. Soucieux de mon état, il revenait nous voir régulièrement, apportant des nouvelles. Il m'expliquait que la priorité était de rendre hommage aux habitants massacrés afin de pouvoir partir du bon pied. Je me souvenais de ce moment de silence qui avait envahi Frontis. L'endroit, d'ordinaire si animé, courbait l'échine devant l'importance du deuil.

Accompagné du colonel de la deuxième armée de Frontis, Jirofa avait trouvé un accord avec Pguse, le chef des révolutionnaires. L'homme que j'avais battu au *roulus* pour récupérer les plans du château s'était montré compréhensif et avait accepté de trouver un terrain d'entente avec les deux hommes. Lui qui voulait complètement soumettre le pouvoir en place, les nombreuses pertes avaient calmé ses ambitions. Il fut convenu de l'abdication du Roi actuel. Ce même Roi qui ne cessait de renforcer son armée au détriment de son peuple. Néanmoins, sans personne au pouvoir, Frontis était condamnée. Conscient du problème, le colonel de la deuxième armée de Frontis, dont je ne connaissais pas le nom, proposa une solution qui plut à toutes les personnes présentes lors de la discussion. La direction de la ville ne serait plus assurée par une personne, mais par deux. Une venant du peuple et l'autre de l'armée. Pguse et Jirofa furent proposés comme candidats, presque contre leur gré. Cette solution fut si bien accueillie qu'ils ne purent refuser. L'armure ambulante m'avait raconté ça avec la voix d'une personne qui n'en revenait toujours pas. Je l'avais encouragé dans cette voie. Pour moi, il avait les épaules et le cœur à diriger cette ville. L'entente du peuple et de l'armée sur les personnes à mettre en place au pouvoir garantissait la prospérité future de Frontis.

Aaricia Baroq fut emprisonnée après avoir été jugée folle par un docteur. Son état mental ne lui permettait pas de continuer à tenir son rôle de commandante, ni de rester en liberté. Elle était devenue dangereuse. Ses manifestations de Natura rouge appuyaient son incapacité à être stable. J'avais interrogé Jirofa sur cet étrange pouvoir. L'homme ayant créé de nombreuses techniques à partir de cette énergie avait tenté de m'expliquer brièvement la nature de cette couleur agressive. Le Natura résidait en chacun de nous (sauf moi), ainsi il était vulnérable aux changements drastiques de comportement ou de caractère. Empreint de sentiments négatifs, il devenait plus violent, plus incontrôlable et plus puissant. Cela restait tout de même quelque chose de rare. J'avais poussé Aaricia à la folie. C'était de ma faute si elle avait développé ce Natura qui lui avait valu une incarcération. Mais bon, elle avait voulu me tuer. Ou plutôt, elle m'avait tuée. Même en me forçant, je ne ressentais aucune compassion pour elle. Ce manque de compatissance me rappelait les paroles d'Yvaro concernant mon passé.

En repensant aux geôles du sous-sol, je me souvenais que je voulais libérer les hommes qui y étaient emprisonnés. Jirofa me stoppa rapidement dans cette idée. Il me soutenait avec insistance qu'ils étaient des criminels payant pour leurs crimes. Je lui rappelais alors que j'avais été torturée sans raison. M'expliquant que c'était différent, il peinait à trouver des arguments pour me réprimer. Je lui forçais la main pour passer en reconsidération les sanctions des prisonniers. Sans cacher sa réticence, il accepta de voir ce qu'il pouvait faire. J'insistais pour qu'il le fasse vraiment. Sa manière de râler était très drôle. Ce grand bonhomme bougonnait comme un bébé.

Le jour où nous avions déposé Arthur chez Eemori, la pensée de cette dernière revenait m'inquiéter. La pauvre femme avait été grièvement blessée par Aaricia au point d'avoisiner la mort. L'équipe de Jirofa l'avait prise en charge au moment de mon sauvetage. Je n'avais pas eu de nouvelles depuis. J'espérais alors sincèrement qu'elle aille bien. Quelques jours après, mon informateur préféré m'avait rassurée, en me rapportant qu'elle était hors de danger. Mon amie avait été transportée dans un bâtiment de soin de l'armée, où elle avait été prise en charge très rapidement. Bien que tirée d'affaire, elle devait rester alitée. Je ne la reverrai que dans quelques jours.

Durant ces derniers jours, je me repassais en boucle tous les événements passés depuis mon arrivée à Frontis. Nous avions rencontré des gens qui utilisaient une sorte de drogue renforçant les capacités liées au Natura. Arthur s'était battu contre eux, et j'étais allée chercher l'assistance de quelqu'un. Ma rencontre avec Aaricia s'était soldée par notre arrestation. J'avais ensuite été torturée durant plusieurs jours, occasionnant au passage ma mort. Ma capacité de ne pas mourir, en étant transpercée par une épée, me perturbait. J'avais la certitude que la cicatrice, ou tache, au milieu de ma poitrine y était pour quelque chose. Après avoir été relâchée par Jirofa, j'avais fait la rencontre d'Eemori avec qui j'avais partagé mes connaissances et qui m'avait aidé à en comprendre davantage sur moi, notamment par le développement de mon *Identitas*. Pouvoir que je n'avais désormais plus, car appartenant à l'ancienne moi. J'en développerai un qui me sera propre, à la moi d'aujourd'hui. Nous étions ensuite allées à la rencontre de Pguse, chef des révolutionnaires, dans le but d'obtenir une carte du château pour voler au secours d'Arthur. Le jour du sauvetage, la révolution avait éclaté. J'avais sorti mon ami des souterrains en combattant Aaricia. En remontant, nous avions découvert une ville détruite par un homme à la recherche du garçon pour le tuer. Tout s'était enchaîné très vite. J'avais arrêté un affrontement entre les révolutionnaires et l'armée, affronté une Aaricia rongée par la folie et rejoint mon ami contre la torche humaine. Tout cela en quelques jours à peine.

Nombreuses de mes questions restaient sans réponse. Comme toujours. J'avais peur. Peur de revivre ça, peur de découvrir la vérité sur moi. La perspective de continuer mon voyage m'effrayait. J'étais, au bas mot, perdue. Plus je voyageais, plus je me rapprochais de Ronan. Le lion... L'animal mentionné par Yvaro faisait, pour sûr, mention au garçon aux cheveux rouges. Et si, il n'était pas méchant ? Et si, c'était moi la méchante ? Je le craignais. À chacune de nos rencontres, il me faisait peur. Yvaro m'avait finalement reproché des choses dont je n'avais connaissance. Était-ce également le cas pour Ronan ? Mes démons revenaient me hanter, comme toujours. Une main se posa sur la mienne.

— Oh putain, on est quel jour ?

Incapable de contenir ma joie, je sautais au cou de mon ami, fraîchement réveillé. Il grogna, la mine enfarinée. Je le tins pendant plusieurs secondes qui lui parurent une éternité, puisqu'il me le fit remarquer. Gênée, je le libérai.

— J'ai la tête dans le cul. On est où ?

Je lui racontai alors le déroulé des derniers jours. Il m'écouta... Attentivement ? Entre deux bâillements plutôt. Ses yeux de poissons morts étaient témoins de son épuisement. Ah non. Ils étaient comme d'habitude, au temps pour moi. Quand j'eus terminé, il se redressa en position assise. Son corps arborait des muscles épuisés, mais impressionnants. Les traces de son combat persistaient. La torture lui avait laissé une petite cicatrice à l'œil. Je m'efforçais de ne pas regarder ses doigts privés d'ongles. Il avait tellement souffert dans sa cellule. Pourtant, il n'en montrait rien. Ce n'était pas dans ses habitudes de montrer ses faiblesses devant moi. Il aimait bien m'impressionner.

Arthur me regarda droit dans les yeux. Je ne saurais expliquer pourquoi, mais, à cet instant, mes peurs et mes doutes s'envolèrent. J'aimais beaucoup cet air sérieux qu'il prenait parfois pour me montrer que tout allait bien.

— On va enfin pouvoir se casser de là. Pas vrai, Améthyste ?

— Oui.

— J'espère que le pays du ciel sera plus accueillant que Frontis, parce que ça craint.

— Je l'espère aussi.

Arthur marqua un temps d'arrêt. Il reprit d'une voix calme.

— Quel que soit le nom que tu y trouveras, tu resteras toujours Rhuby.

Je lui adressai mon plus beau sourire.

— Merci.

Table des matières

Petit mot

Voilà, nous voici à la fin de ce premier tome. Naïvement, je m'étais dit que je condenserais l'histoire en un seul et énorme tome. Que nenni. Arrivé à la fin de l'arc narratif de *Frontis*, je me suis dit qu'il était peut-être temps de m'intéresser un petit peu à la mise en page. Et voilà où nous en sommes. Que se serait-il passé si je ne m'étais pas arrêté ? Combien de pages ? Combien de touches de clavier maltraitées ?

Ainsi s'achève cette première partie de l'histoire de Rhuby. L'écriture m'a porté hors du sentier de ma trame originale, ce qui n'est pas pour me déplaire. Je ne pensais pas passer autant de temps sur certains éléments, mais j'ai conscience que sans ça, cette histoire n'aurait pas été ce qu'elle est. Je suis content de la tournure que cela prend. Bien évident, les mystères et intrigues concernant notre pauvre amnésique trouveront toutes et tous une réponse. Pour ma part, en tant que lecteur, je déteste rester sur des éléments non élucidés. Je ne ferai pas l'affront de vous le faire subir.

Il y a encore une ribambelle de choses que j'aimerais vous faire découvrir au travers du voyage de cette jeune fille et de son cas social d'ami (je parle d'Arthur). Si vous m'accordez votre confiance, je vous montrerai aussi bien le futur que le passé de cette histoire qui semble partir dans tous les sens, mais pour laquelle les détails étrangers convergeront.

Merci beaucoup d'avoir lu cette première partie de l'histoire de Rhuby. J'espère de tout cœur qu'elle vous a plu et vous a donné envie d'en connaître la suite.

Merci encore de votre soutien. Je vous dis à une prochaine fois, même si je pense que vous reverrez d'abord Rhuby.